dtv

Drei Frauen, jede als Hexe verschrien, erzählen ihr Schicksal. Da ist Viktorija, genannt Vika, die ihre Liebe zu dem Priester Paulius nicht überwinden kann – auch nicht, als er, um von ihr loszukommen, ins Kloster geht. Einer Psychotherapeutin erzählt sie von ihrem Schmerz und der Rache, die sie an Paulius und allen Männern nehmen will. – Marija Viktorija liegt in einem Kerker der Inquisition: nicht nur, daß sie eine verbotene Liebe zu dem heiligen Mann Povilas hegt, sie weiß auch um das Evangelium der Maria Magdalena, ein Machwerk des Teufels zweifellos. Kann Marija Viktorija also etwas anderes als eine Hexe sein? – Maria Magdalena schließlich erhofft sich nur einen schnellen Tod, als sie gesteinigt werden soll. Doch ein Mann, dessen Geschichte sie später aufschreiben wird, rettet sie. Sein Name ist Jesus …
»Ivanauskaitė verfügt über eine Sprengkraft der Sprache, die unter heutigen Autoren selbst im internationalen Vergleich kaum ihresgleichen findet. Das Buch ist voll von Träumen, Albträumen und Visionen … Ein großes, ein gewaltiges Buch!« (Friedemann Kluge im ›Neuen Deutschland‹)

Jurga Ivanauskaitė wurde 1961 in Vilnius geboren. Sie studierte Grafik und hat bisher sechs Romane, darunter drei über Reisen in Tibet, sowie zwei Erzählungsbände veröffentlicht. Inspiriert ist ihr Schreiben durch den Feminismus, östliche Philosophie und die gnostischen Schriften. Mit ihrem Roman ›Die Regenhexe‹ ist sie auch in Deutschland sehr bekannt geworden.

Jurga Ivanauskaitė

Die Regenhexe

Roman

Aus dem Litauischen
von Markus Roduner

Deutscher Taschenbuch Verlag

Übersetzung mit freundlicher finanzieller Unterstützung
des Auswärtigen Amtes der Bundesrepublik Deutschland

Bücher aus Litauen

Ungekürzte Ausgabe
Februar 2004
Deutscher Taschenbuch Verlag GmbH & Co. KG,
München
www.dtv.de

Titel der litauischen Originalausgabe:
›Ragana ir lietus‹ (Vaga, Vilnius 1993)

Umschlagkonzept: Balk & Brumshagen
Umschlagbild: Ausschnitt aus dem Gemälde
›Frauenbildnis‹ (1995) von RABE
Satz: Fotosatz Reinhard Amann, Aichstetten
Gesetzt aus der Aldus (QuarkXPress)
Druck und Bindung: Druckerei C. H. Beck, Nördlingen
Gedruckt auf säurefreiem, chlorfrei gebleichtem Papier
Printed in Germany · ISBN 3-423-13132-2

»Hexe«, murmelte die Alte und schlug mit der flachen Hand auf den blauen Sitz. »*Hexe*«, wiederholte sie lauter, während sie ihren Korb, in dem mit schmutziger Gaze zugedeckte Küken piepsten, zwischen die Beine stellte. »Hexe ...«, kicherte sie und warf dabei der Frau in Rot bohrende Blicke zu.

Der Bus machte schadenfroh einen Ruck und fuhr los.

Die Frau nahm ihre Sonnenbrille ab und spitzte die stark geschminkten Lippen wie zum Kuss. Sie hauchte das dunkle Glas an und rieb es an der roten Seide über ihrer linken Brust. Ein vergebliches Ritual ... Deine Bemühungen, provozierend zu lächeln und dem sengenden Blick der Alten standzuhalten, sind hoffnungslos ... Heute, wie schon gestern, wie überhaupt die ganze Zeit, haben sich alle insgeheim gegen dich verschworen!

»Hexe«, zischte die Alte wieder zwischen den Zähnen hervor, wobei sie ihre violette Lippe, über der schwarze Schnauzhärchen prangten, in unangenehmster Weise vorwölbte.

Plötzlich wurde es im Bus gefährlich still. Als ob sie ein geheimes, stummes Kommando vernommen hätten, sahen alle zur Frau in Rot hinüber. Sie war nicht groß gewachsen, von zartem Körperbau, das schwarze Haar trug sie ganz kurz, wie eine tibetische Nonne. Erst bei genauerem Hinsehen geriet man über die musikalische Schönheit ihres Gesichts ins Staunen, die jetzt von einem dichten Schleier aus grauer Verzweiflung und gelber Traurigkeit verhüllt war. Nur wenn man dieses Gesicht zwischen die Hände nähme und sich näher heranbeugte, würde man sehen, dass eines ihrer Augen violett, das andere blau war. Und wenn man es ins Licht drehte, würde man die feinen freudlosen Fältchen in den Winkeln der mit Ocker bedeckten Augenlider und die Klammern von ironischer Bitterkeit bemerken, die den vollen Mund einrahmten. Und doch ist sie noch nicht einmal dreißig.

»Hexe, verdammt noch mal, eine waschechte Hexe ...«, sagte die Alte in einem fort und wandte sich an die Mitreisenden, mit den Händen fuchtelnd, mit den Fingern schnippend, als ob sie verschiedenfarbige Lotterielose verteilte, auf denen nur ein einziges Wort stand: »Hexe«.

Die Frau strich sich mit den schmalen Fingern durch das schwarze tibetische Nonnenhaar. Das rechte Augenlid zuckte nervös. Die Feindseligkeit rings umher, vermischt mit dicker Luft und ermüdender Wärme, drang ihr durch Mark und Bein. Die Frau blinzelte ein paar Mal kurz hintereinander und setzte sich die dunkle Brille wieder auf.

»Sie versucht sich zu verstecken«, prustete die Alte und schaute sich wichtigtuerisch nickend um. »Hexe ...«

Alle schwiegen beipflichtend.

Der Omnibus hielt an. Die Frau stieg aus. Plötzlich brach ihr der Schweiß aus. Ihre Beine zitterten ein wenig. Sie spürte, wie die geschärften Blicke aller die verschmutzten Scheiben durchstießen und sich ihr in den Rücken bohrten, als ob dort eine Zielscheibe aufgemalt wäre. Pass nur auf, du Hexe, jetzt bricht dir gleich ein Absatz ab, oder du stolperst unmanierlich über einen Pflasterstein, ein Strumpf rollt sich ab wie eine Schlangenhaut, im anderen gähnt ein Riesenloch (dabei ist dieses Paar dein letztes und du bekommst erst in drei Wochen wieder Lohn), du zerkratzt dir die Hände bis aufs Blut, die Sonnenbrille fliegt vor die Räder des Busses und wird zermalmt, der Riemen deiner Handtasche reißt ...

Und dann fällt eine Unmenge rätselhafter Dinge zu Boden, die du, Hexe, immer wieder zu Hause lassen willst, da du dir ganz genau vorstellen kannst, was die anderen denken werden, wenn sie darauf starren nach deinem Unfall. Dein lebloser Körper liegt schon mit weißen Laken zugedeckt am Boden, und sie leeren deine Handtasche aus und fingern neugierig an den vertrockneten Kastanien herum, an der blauen Glasmurmel, an der Spiegelscherbe, am abgeleckten und dann wieder ins rosarote Papier eingewickelten Bonbon ... Woher sollen die anderen denn auch wissen, dass das Stückchen morsches Holz im pastellblauen Taschentuch eine Reliquie vom Sarg des Seligen Jurgis Matulaitis ist, dass das braune, geruchlose Pulver in der Streichholzschachtel Weihrauch ist, den einer deiner Freunde aus den Händen des Dalai Lama selbst erhalten hat, dass der weiße, weiche Fetzen Papier in deinem Notizbuch keineswegs von Toilettenpapier oder einem Taschentuch stammt, sondern von Bambusmark und dir vom selben Weltenbummler geschenkt wurde ... Wie sollten sich die Leute nicht über die Blauracken-Federn, das mit Brotkrumen vermischte Konfetti, die im Notizbuch trauernden farblosen Blütenblätter wundern, wie sollten sie verstehen, warum du zwischen säuberlich aufgereihten Telefonnummern plötzlich mit roter Tinte zu schreien beginnst: Ich kann nicht mehr kann nicht mehr kann nicht mehr kann nicht mehr nein nein ... Oder: Ich hasse dich hasse dich hasse dich hasse dich ... Und weshalb, Hexe, flüsterst du auf der letzten Seite mit zärtlichem Bleistiftstrich: »Ich liebe dich«? Wer könnte die Rätsel des großen Fischgrätenwirbels, der zerrissenen Silberkette, des roten Ohrrings, des abgekauten stumpfen Bleistiftendes, des ausgefransten schwarzen Bandes, des himmelblauen Plastikkätzchens, der flachen weißen Tabletten, der holländischen, italienischen, japanischen Münzen, der gelben Vitamin-Kügelchen, des von scharfen Wimpern eingerahmten Puppenauges und noch von vielem vielem anderen lösen, wenn du ...

Doch nichts passierte. Der Bus fuhr davon. Genau hier an dieser Haltestelle hatte die Frau auch aussteigen wollen. Sie zog einen Fetzen Papier aus der Tasche, las die Adresse und fand das richtige Haus. Nachdem sie durch die Tür mit der abblätternden Farbe getreten war, die schon viele Male überstrichen worden war und jetzt an ein abstraktes Gemälde erinnerte, fand sie sich in einem langen gelben Korridor wieder. Entschlossen ging sie hindurch. Sie blieb vor einem weißen Schild mit blauer Aufschrift stehen: *Psychoanalyse/Psychotherapie.* Kaum hörbar klopfte sie an die sandfarbene Tür.

»Bitte«, sagte eine Stimme, weich und nicht sehr angenehm, wie ein daunenumhülltes Stück Plastilin.

Die Frau schlüpfte zaghaft hinein.

Das Zimmer war nicht besonders groß. Das einzige Fenster war von braunen Plüschvorhängen eingerahmt. An den Wänden bräunliche Tapeten mit kaum mehr sichtbaren Konturen gelber Ahornblätter darauf und vier schrecklich schlecht gemalte Landschaften in Öl. An der Wand standen in Reih und Glied ein niedriges Ledersofa mit weißer Nackenstütze, ein zerschlissener Sessel, ein Korbschaukelstuhl und ein Stuhl, von dessen Armlehnen der Lack abgeblättert war. Hinten im Zimmer befand sich ein mit Papieren überladener Schreibtisch. Dahinter saß, den Kopf aufgestützt, eine beleibte dunkelhaarige Frau. Die obere Hälfte ihres Gesichtes wirkte fast männlich – hohe Stirn, dichte, formlose Wimpern, eng zusammenstehende Wolfsaugen in tiefen Augenhöhlen. Die untere Hälfte war weiblich, sanft, mit weichen Lippen, mit Grübchen in den roten Wangen und im Kinn, einem Doppelkinn wie auf den Gemälden von Rubens, das im Kragen eines luxuriösen Pullovers versank. Sie glich ganz einem missglückten Phantombild.

»Guten Tag, meine Liebe. Fühlen Sie sich wie zu Hause. Nehmen Sie doch Platz, wo Sie möchten.« Sie verteilte die Wörter sorgfältig auf drei Satz-Häufchen.

»Guten Tag.«

Die Frau in Rot schaute sich um, und alle vier Möbel an der Wand erschienen ihr abstoßend, wie vier ungewaschene Männer, die sie mit unanständigen Gesten einluden, sich auf ihre Knie zu setzen.

»Und wie ist Ihr Name?« fragte das Phantombild so vorsichtig, als versuche es, ein Geheimnis zu lüften.

»Viktorija«, flüsterte die Frau, während sie aus unerfindlichem Grund auf Zehenspitzen über den Teppich huschte. »Alle sagen Vika zu mir.«

»Dann setzen Sie sich, Vika. Setzen Sie sich, wo Sie möchten.«

Vika setzte sich auf den äußersten Rand des Korbsessels. Sie bedauerte schon, hergekommen zu sein. Sie spürte Traurigkeit in sich hochsteigen.

»Vika, machen Sie es sich bequem. Ich glaube, wir werden uns lange miteinander unterhalten. Nicht wahr? Ich höre.«

Vika atmete tief durch und lehnte sich zurück. Der Sessel begann zu schaukeln.

»Nennen Sie mich Norma«, sagte die Psychotherapeutin, fing professionell Vikas Blick ein, wartete ein Weilchen, bis der Sessel zu schaukeln aufhörte, und sondierte dann freundlich lächelnd: »Also, welche Probleme haben Sie zu mir geführt?«

Vika lehnte den Kopf zurück. Ihr Hals verkrampfte sich ein paar Mal. Die Traurigkeit wuchs. Sie rutschte wieder auf den äußersten Rand des Sessels und spürte, dass sie sich den Strumpf zerrissen hatte. Sie stützte die Ellbogen auf die Knie, legte das Kinn auf die geballten Fäuste, blickte Norma von unten an und sagte ziemlich herausfordernd: »Ich bemühe mich, gleich zur Sache zu kommen. Ich liebte einen Menschen sehr. Verstehen Sie? Jetzt ist er nicht mehr da. Ich will, ich muss ihn vergessen … Vergessen, vollständig vergessen, um jeden Preis vergessen. Und es gelingt mir einfach nicht. Ich weiß, dass nicht mal in den schlimmsten Melodramen so gesprochen wird. Schrecklich banal. Aber ich will, ich muss diesen Menschen vergessen. Verstehen Sie?«

»Verstehe. Leben und Melodram sind zwei völlig verschiedene Dinge. Meinen Sie nicht auch, Vika?«

»Ja, aber ich …«

»Existiert dieser Mensch überhaupt nicht mehr, oder nur für Sie nicht?«

»Nur für mich nicht.« Vika biss sich auf die Lippen.

»Es ist schlimm für Sie, sich dies eingestehen zu müssen, nicht wahr?«

»Was?«

»Dass die Person am Leben ist, aber für Sie nicht mehr existiert.«

»Nun ja … Nein, ich habe nicht gesagt, dass es schlimm ist. Ich will ihn einfach vergessen. Das ist alles.«

»Was verletzt an dieser Situation Ihre Eigenliebe?«

»Meine Eigenliebe?« Vika wurde ganz starr. »Mein Gott, das verletzt mich als Ganzes.« Sie drehte den Kopf zur Seite, damit die Psychotherapeutin ihr zitterndes Kinn und die feuchten Augen nicht bemerkte. »Das verletzt meinen Körper, meine Seele, meinen Verstand. Das zerstört meine Tage und meine Nächte. Das macht mein Leben kaputt. Ich habe manchmal einfach Angst, dass ich den Verstand verliere. Oder – mich umbringe …«

»Könnten Sie vielleicht etwas genauer sagen, was Sie mit diesem ›das‹ meinen? Vielleicht ist das, was Sie verletzt, zerstört, kaputt macht, verrückt macht und zum Selbstmord verführt, Sie selbst?«

Vika ballte die Fäuste, presste die Lippen zusammen; sie glich einem Kind, das sich an einem überfüllten Strand verirrt hat. Und Norma sah sie an wie ein Jockey sein Pferd, das schon am niedrigsten Hindernis gescheitert war.

»Beruhigen Sie sich, Vika. Über ›das‹ sprechen wir ein andermal. Einverstanden? Und jetzt sagen Sie mir, ist der Mensch, den Sie vergessen wollen, ein Mann?«

»Natürlich ist es ein Mann …«

»Warum ›natürlich‹? Es könnte Ihre Mutter sein, Ihre Freundin, Ihre Schwester, Ihr Vater oder Ihr Kind. War er Ihr Ehemann?«

»Das nicht. Aber ich habe ihn geliebt.«

»Sie lieben ihn auch jetzt noch, Vika?«

»Nein … Ja …« Vika bedeckte ihr Gesicht mit den Händen, bewegte die Beine und zerriss sich dabei den zweiten Strumpf an der Sesselkante. »Nein … Ich weiß es nicht. Ich sage doch, dass ich nur eines will: ihn vergessen.«

»Hat er Sie denn geliebt?«

»In Gottes Namen! Muss ich diese Fragen beantworten? Ist das wichtig? Ich weiß es nicht … Ich will doch nur eins, ihn vergessen!«

»Also gut. Auch über die Liebe sprechen wir ein andermal. Sind Sie ganz sicher, dass Sie diesen Mann vergessen wollen, Vika?«

»Ja! Ganz sicher!«

»Können wir also das Problem so formulieren: Sie wollen, dass Sie ihn nicht mehr lieben? Oder vielleicht wollen Sie nicht mehr, dass Sie ihn lieben? Wie ist es nun?«

»Ich will, dass ich ihn nicht mehr liebe. Ich will nicht mehr, dass ich ihn liebe. Mein Gott, wo liegt da der Unterschied?!« Sie legte den Kopf in die Hände und begann vor und zurück zu schaukeln. »Ich will nur eins, ihn vergessen …«

»Haben Sie nicht Angst, dass Sie danach überhaupt nicht mehr fähig sein werden, jemanden zu lieben?«

»Ich weiß auch so, dass ich niemanden mehr lieben kann. Ich will nicht mehr. Ich bin vergiftet von der Liebe. Ich habe nur einen Wunsch: ihn zu vergessen!«

»Ausgezeichnet. Dann arbeiten wir daran, das zu erreichen. Ich gebe Ihnen zu bedenken, dass es lange dauern und nicht wenige Anstrengungen Ihrerseits erfordern wird. Sind Sie bereit, Vika?«

»Ganz egal, wie viel Zeit und Anstrengung dazu nötig sind.«

»Nun.« Norma holte tief Atem, wie ein Feldherr, in dessen Händen das Schlachtenglück liegt. »Es gibt eine ganze Reihe von Methoden. Nehmen wir eine und versuchen es. Sind Sie bereit, Vika?«

»Ja, ja, natürlich! Ja.« In ihrer Stimme klang Verärgerung mit.

»Machen Sie es sich bequem, lehnen Sie sich zurück, entspannen Sie sich.«

»Ich bin entspannt.«

»Hervorragend. Und jetzt versuchen Sie bitte, sich diesen Mann als Ding vorzustellen. Wir werden dann versuchen, ihn aus Ihnen zu entfernen.«

»Als was für ein Ding?«

»Das weiß ich nicht. Sie haben den Mann gekannt und geliebt. Lassen Sie Ihrer Phantasie freien Lauf. Tun Sie sich keine Gewalt an. Entspannen Sie sich. Zuerst einmal stellen Sie sich den Menschen vor. Sehen Sie ihn vor sich. Sehen Sie ihn?«

»Ja.«

»Und jetzt ersetzen Sie ihn durch ein Ding! Nun? Schneller! Was ist er?«

»Ein Flügel. Ein schwarzer, glänzender Konzertflügel. Auf kleinen Rädern ...«

»Danke, Vika. Es wäre für Sie einfacher, wenn Sie ihn sich als blau schimmernde Glasmurmel vorstellen würden. So eine, mit der die Kinder spielen.«

»Ja, die kenne ich ...« Vika lächelte traurig. »*Ihn* kann man sich nicht als blaue Glasmurmel vorstellen. Er ist ein Flügel. Groß. Schwer. Schwarz.«

»Zum Glück, Vika, hat er wenigstens Rädchen, nicht wahr?«

»Ja ...« Sie war den Tränen nahe.

»Ist es ein guter Flügel? Wie klingt er? Wie ist er gestimmt?«

»Er ist schlecht gestimmt ...«

»Haben Sie den Klavierstimmer kommen lassen?«

»Nein.«

»Warum nicht?«

»Ich hatte nie Zeit dazu. Ich konnte mich nicht dazu aufraffen.«

»Spielten Sie oft auf diesem Flügel?«

»Nein. Nicht so oft ...«

»Spielten Sie gerne?«

»Ja.«

»Vika, spielen Sie gut Klavier?«

»Nicht sehr gut ...« Vika schlug plötzlich die Augen auf und warf einen wütenden Blick auf Norma. »Ich habe nie im Leben Klavier gespielt! Ich verstehe gar nicht, worüber wir hier eigentlich sprechen. Wenn Sie etwas über mein Intimleben erfahren möchten, kann ich Ihnen das auch direkt sagen. Ohne diese idiotischen Metaphern. Ich weiß doch, dass in der Psychoanalyse immer alles auf das eine hinausläuft ...«

»Meine Liebe, wir haben nur ein wenig über Ihren Flügel geplaudert. Es war ganz interessant für mich, etwas darüber zu erfahren. Also, Vika, seien Sie nicht so verkrampft, entspannen Sie sich. Heben Sie den Kopf, schauen Sie mir in die Augen! Lächeln Sie mal. Alles in Ordnung, nicht wahr? Lächeln Sie ...«

»Also, Vika, sei nicht so verkrampft, entspann dich. Nun heb doch mal den Kopf, schau mir in die Augen. Lächle mal! Alles in Ordnung, nicht wahr? Lächle ...«, sagte der Mann, während er sein schwarzes Hemd aufknöpfte und abstreifte.

Vika hob die Hände, als ob sie sich gefangen geben würde. Er zog ihr das Kleid aus, das grau und glatt wie Eis war.

In die Badewanne floss Wasser. Es roch nach Fichtenextrakt.

»Meine Liebe«, fuhr er fort, zog sich weiter aus und hängte die Kleider pedantisch ordentlich auf den Heizkörper. »Versprich, dass du mir die ganze Nacht in die Augen schaust und lächelst. Und den Kopf nicht hängen lässt.«

»Also gut, Paulius«, flüsterte Vika und schmiegte sich an seinen nackten, bebenden Körper. »Ich verspreche es«, fügte sie hinzu, streckte sich und küsste ihn auf den Hals, mit der Zungenspitze berührte sie sein Schlüsselbein, ihre Lippen umschlossen das silberne Medaillon.

»Nun versteck dich doch nicht.« Paulius packte ihre langen Locken und bog ihren Kopf zurück.

Sie lächelte schwach. Der Mann betrachtete die Frau wie eine Gleichung, von der er schon ganz müde geworden ist und die er nicht mehr lösen zu können glaubt. Vika spürte plötzlich, dass etwas Furchtbares geschehen würde. Sie schauderte.

»Na bitte, unser Bad ist schon eingelaufen!« rief Paulius und stieg platschend ins schaumige Wasser. Er streckte sich aus, stützte den Hinterkopf auf den violetten Rand der Badewanne und lächelte wie ein Mensch, der in einem indianischen Kanu die Welt umsegelt hat. »Nun komm schon!«

Vika schloss die Augen, taumelte und streckte vorsichtig wie ein scheues Tier ein Bein ins Wasser. Er streichelte ihren glänzenden Unterschenkel.

»Du hast doch versprochen, die Augen offen zu halten und zu lächeln.«

Sie lächelte, öffnete die Augen, glitt ins Wasser und umfasste mit zitternden Knien verkrampft die Hüften des Mannes. Das Wasser schwappte über den Wannenrand.

»Komm, Gierige.« Er lächelte immer noch, triumphierend.

Vika hielt sich am Badewannenrand fest. Mit der Stirn stützte sie sich auf seiner feuchten Stirn ab. Ihr langes Haar wogte im grünen Wasser wie schwarzer Seetang.

»Liebste, du beißt ja«, sagte Paulius lachend, tätschelte Vika die Wange, nahm sie beim Kinn und hob ihren Kopf. »Ich komme morgen im Fernsehen. Was macht das denn für einen Eindruck, wenn ich mit wunden Lippen und zerbissener Zunge rede ...«

Vika stützte sich mit den Händen auf dem Boden der Wanne ab. Während sie ihre weit gespreizten, vom schimmernden Wasser seltsam verformten Finger betrachtete, kam ihr der Gedanke, dass so wohl die Hände einer Meerjungfrau aussehen müssten.

»Lächle.«

Der Mann schaute mit halb geschlossenen Augen in die halb geschlossenen Augen der Frau. Vika lächelte seufzend. Ihre Haare wanden sich um seinen Hals wie schwarze Algen. Das Wasser begann schlürfend abzufließen, einer von ihnen hatte wohl mit dem Fuß den Stöpsel weggestoßen. Vika senkte den Kopf. Mit weit offenem Mund rang sie immer wieder nach Luft, schluckte aus Unvorsicht einige Male Wasser und hätte sich dabei fast verschluckt. Dann fand sie Paulius' Lippen wieder, doch sie streichelte sie nur zärtlich mit der Zunge.

Das ganze Wasser war ausgeflossen. Paulius hob Vika, die immer noch zuckte und wimmerte, aus der Wanne. Er trug sie zum Bett und legte sie darauf. Sie begannen sich wieder zu küssen.

»Vika, weißt du, von deinen Küssen kann man nicht genug bekommen ...«

Paulius löste sich aus der Umarmung und legte sich auf den Rücken. Die Frau schmiegte sich an den Mann und fühlte sich klein, zart, schwach wie ein frisch abgezogenes Kaninchenfell.

»Mach das Licht an« sagte er plötzlich.

»Wozu?«

»Ich möchte mit dir sprechen.«

»Können wir das denn nicht im Dunkeln?«

»Nein.«

»Dann zünde ich eine Kerze an, ja?«

»Gut.«

Sie glitt mit Katzenschritten aus dem Zimmer und kehrte sogleich mit einer brennenden Kerze in der Hand zurück.

»Stell sie auf den Boden.«

Er lag immer noch ausgestreckt auf dem Bett und beobachtete, auf den Ellbogen gestützt, die Frau wie ein exotisches, sich im Käfig bewegendes Lebewesen.

»Bring jetzt die Blumen, die ich dir heute geschenkt habe.«

»Mit der Vase?«

»Natürlich.«

Als Vika ins Schlafzimmer zurückkam, die schwere Vase mit dem riesigen Strauß gelber Rosen in den Händen, saß Paulius schon im Schneidersitz auf dem Boden. Vika stellte die Vase hin und setzte sich ihm in gleicher Pose gegenüber. Der Mann betrachtete die Frau wieder mit bohrendem Forscherblick, und sie schüttelte den Kopf und lachte verängstigt auf.

»Komm näher zu mir.«

Vika stand auf, ging auf Zehenspitzen um die Kerze herum und legte sich wie eine Schlange zusammengerollt neben ihn. Paulius umarmte sie mit einer Hand, mit der anderen streichelte er ihren Schenkel, danach die Leistengegend.

»Fandest du es heute Nacht schön, Vika?«

»Wunderschön«, flüsterte sie im Bewusstsein, dass sie log, und legte ihren Kopf auf seine Schulter.

»Ich wollte unbedingt, dass es schön wird für dich. Und jetzt sieh mir in die Augen und lächle. Ich muss dir etwas sagen.«

Vika löste sich aus seiner Umarmung, hob den Kopf und lächelte, wobei sie sich fühlte wie der Bajazzo, der seine berühmte Arie trällert. Das Unglück war schon geschehen, sie wusste nur nicht welches. Doch Paulius würde es ihr gleich sagen.

»Versprichst du mir, unsere Vereinbarung für diese Nacht einzuhalten?«

»Ja.« Die Frau schaute dem Mann unterwürfig und vertrauensvoll in die Augen.

»Es ist so weich und warm bei dir«, seufzte er auf und nahm plötzlich die Hand von ihrem Körper. »Heute ist unser letztes Mal.«

Vika spürte nichts von dem, was sie nach diesen Worten zu fühlen erwartet hätte. Es schien ihr nur, dass sich unvermittelt eine schreckliche Stille über das Zimmer gesenkt hatte, wie sie sich bei einer Sonnenfinsternis oder bei großen Katastrophen einstellt, oder wie sie sich über den Himmel legt, wenn das apokalyptische Lamm das Siebte Siegel zerbrochen hat.

»Warum?« fragte sie nur.

»Liebste, das ist nicht gut! Du hast den Kopf hängen lassen. Du schaust mir nicht mehr in die Augen, du lächelst nicht mehr.«

Vika rollte sich wieder zusammen. Das Kinn presste sie auf die Knie. Er streichelte ihre Schulter, strich ihr mit dem Zeigefinger über das Rückgrat, tätschelte väterlich ihren Hintern. Sie streckte sich.

»Warum?« wiederholte sie und wandte ihm ihr angstvolles Gesicht zu.

»Es muss sein.«

»Ist etwas geschehen?«

»Nein. Bis jetzt noch nicht.«

»Warum also?«

Vika umschlang plötzlich seine Beine, und da schon diese Bewegung sie anwiderte, brachte sie auch noch den Satz hervor, von dem sie das Gesicht verzog, als ob sie ein Haar im Mund gespürt hätte: »Hast du vielleicht eine andere gefunden?«

»Nein. Unsinn. Lass meine Beine los. Ich möchte mich aufsetzen.«

Vika drückte seine Waden nur noch fester. Sie fühlte sich vollkommen erniedrigt. Es bereitete ihr ein eigenartiges, dumpfes Wohlgefühl.

»Liebste, sei doch nicht so kindisch ...«

Vika warf die Hände weit zurück, als sollte sie schon an die Pferde gebunden werden, zur Vierteilung. Sie sah Paulius unter gesenkten Wimpern hervor an und fröstelte.

»Ist dir kalt?«

»Nein.«

»Du hast überall eine Gänsehaut ...«

»Wenn du nichts dagegen hast, gehe ich und hol mir Kognak und eine Zigarette.« Wankend stand sie auf.

»Siehst du, wie vernünftig du denken kannst.«

Vika watete durch die Stille wie durch kalten Sand ins andere Zimmer. Aus dem Büffet nahm sie eine Flasche Kognak und zwei Gläser.

»Ich trinke nichts«, war aus dem Schlafzimmer Paulius' Stimme zu vernehmen.

Als sie zurückgekommen war, fragte sie nochmals: »Warum?«

In Paulius' durchdringendem Blick glänzte Ironie.

»Sieh mich nicht so an.« Sie schenkte sich Kognak ein und trank ihn in einem Zug aus, doch sie fröstelte noch immer.

Der Mann wandte die Augen nicht von der Frau.

»Ich kann das nicht ausstehen, wenn du mich so ansiehst.« Sie nahm einen tiefen Zug und streckte sich auf dem Boden aus.

»Auf diesem Teppich siehst du aus wie eine Odaliske ...«

Vika nahm noch ein paar Züge, hustete und löschte die Zigarette im leeren Glas.

»Ich will nicht ...«, stöhnte sie leise, zermarterte sich den unglücklichen Kopf und versuchte dort wenigstens einen vernünftigen Satz zu finden, doch sie brachte nur die größte aller Banalitäten heraus: »Verlass mich nicht…«

Paulius begann summend im Zimmer umherzugehen. Vika lag auf dem Rücken. Er stellte sich neben ihre Beine und musterte sie, als sähe er sie zum ersten Mal.

»Weißt du«, murmelte sie, »wenn ein Kranker den Tod am Fußende erblickt, so hat er noch Hoffnung, gesund zu werden. Wenn der Tod hingegen am Kopfende steht, dann hält den Menschen nichts mehr auf dieser Erde. Das hat mir meine Großmutter gesagt…«

Paulius beugte sich über sie, packte sie an den Knöcheln und spreizte ihre Beine. Er kniete sich hin und zog sie zu sich heran. Vika fühlte sich wie eine schlecht gestopfte Stoffpuppe. Unterwürfig legte sie ihre Beine auf seine Schultern. Alle Lust auf diesen Mann war ihr vergangen. Sie bedeckte ihr Gesicht mit den Händen. Als er sich auf sie legte, murmelte sie: »Du bist schwer wie ein Grabstein…«

Draußen vor dem Fenster prasselte der Regen los.

»Das ist ein Zeichen«, flüsterte er.

»Was für ein Zeichen?« sagte die Frau und umrankte den Mann mit Armen und Beinen, ertrank in ihm, starb in ihm: »Ich sterbe, sterbe, sterbe, sterbe!« schrie sie, und dann, schweißüberströmt dem langsam verstummenden Regen lauschend, wunderte sie sich, dass sie nicht wirklich gestorben war.

»Hast du's bemerkt?« fragte er und küsste sie auf die Stirn.

»Was?«

»Unser Höhepunkt fiel mit dem Gewitter zusammen.«

Vika schwieg. Er küsste sie noch einmal auf die Stirn, auf die Augen, auf die Lippen, den Hals, die Brüste, auf den Bauch und tiefer, auf beide Knie, auf die Füße, stand auf und sagte: »Zieh dich an.«

Paulius ging ins Badezimmer. Vika folgte ihm. Er schlüpfte unter die Dusche. Sie wollte sich neben ihn stellen, doch die Handbewegung, mit der er sie zurückhielt, war so bestimmt, dass sie am ganzen Körper zu zittern begann.

»Du duschst später. Wenn ich gegangen bin. Jetzt zieh dich an.«

Vika zog sich an und fühlte sich aus irgendeinem Grund an die schrecklich hoffnungslosen Morgen im Wochen-Kindergarten erinnert. Sie fröstelte schon wieder.

Unter der Dusche sang Paulius:

»Es war vor manchem und manchem Jahr,
In einem Lande fern am Meer,
Dass ein Mädchen lebte, ihr Name war
(Vielleicht kennt ihr sie?) Annabel Lee ...«

Vikas Augen füllten sich mit Tränen. Und als wäre sie überhaupt nicht da, trocknete er sich ab, zog sich an und sang weiter:

»Und ihr Herz wusste von nichts anderm, als dass
Sie mich liebte und ich sie.
Ich war ein Kind, und sie war ein Kind
In einem Lande fern am Meer ...«

Vika weinte jetzt laut, doch er schenkte ihr keine Beachtung. Schließlich legte er seine Uhr an und sagte ruhig: »Und jetzt gehen wir und unterhalten uns.«

Er nahm sie an der Hand und führte sie in die Küche, setzte sie auf einen Hocker und holte aus dem Nebenzimmer die Flasche, ein Glas und Zigaretten. Er spülte das Glas aus, schenkte Kognak ein und stellte alles vor Vika hin.

»Und du? Heute könntest doch auch du etwas trinken?«

»Nein.«

»Kannst du mir bitte erklären, was passiert ist?«

»Meine Liebe, bitte keine melodramatische Szene. Wir haben uns doch eben erst bei Donner und Regen geliebt. Und jetzt lass uns einander adieu sagen und wie richtige Europäer auseinander gehen.« Er stand auf und küsste sie auf die Stirn.

»Nein! Setz dich«, sagte sie, hob den Kopf und setzte ein maskenhaftes Lächeln auf. »Ich führe den Befehl meines Herrn aus. Ich schaue ihm mit erhobenem Haupt in die Augen und lächle. Doch, mein Herr, würdet Ihr geruhen, Eurer untertänigsten Dienerin mitzuteilen, was denn, verdammt noch mal, geschehen ist?!« Die Adern an ihrem Hals traten hervor.

Paulius setzte sich, holte tief Luft, zog Viktorija die Zigarette aus den Fingern, nahm einen Zug und sagte traurig: »Du vergisst die ganze Zeit, wer ich bin.«

»Nein. Ich bin mir dessen bewusst. Du vergisst es selbst.«

»Vielleicht. Also habe ich, um es nie mehr zu vergessen, beschlossen, auch noch das Mönchsgelübde abzulegen.«

»O Gott! Was für ein Hirngespinst ist das schon wieder...« Sie nahm einen Schluck Kognak direkt aus der Flasche. »Was ändert das denn?!«

»Das macht meine Verantwortung um so größer.«

»Und hast schon mal daran gedacht, dass du dich auch für mich verantwortlich fühlen solltest? Kommst und machst mir mein Leben kaputt und dann verschwindest du einfach so...«

»Ach, bitte, lass uns dieses sinnlose Gespräch beenden! Wir werden einander nur schlimme Dinge an den Kopf werfen. Damit zerstören wir nur alles, was an Schönem zwischen uns war...«

»Dann zerstören wir es eben!«

»Wo kommt bloß dein russischer Masochismus her?«

»Wenn du meinst, dass *du* dich wie ein englischer Gentleman benimmst, täuschst du dich, mein Lieber. Und das ist kein Masochismus. Schon gar kein russischer... Du bist ein Feigling! Du hast Angst vor den unbedeutenden Qualen, die du wegen deiner widerstreitenden Loyalitäten aushalten musst. Oder fürchtest du etwa, in die Hölle zu kommen? Wie schön du da brennen wirst, Priesterchen! Du hast mich ja als Erster verführt.«

»Liebste.« Er fiel vor ihr auf die Knie. »Versuch doch, mich zu verstehen. Du hast vollkommen Recht. Ich halte die widerstreitenden Loyalitäten nicht aus...«

»Dann sei so mutig und triff eine Wahl!«

»Ich treffe ja eine Wahl. Aber ich wähle nicht dich.«

Vika fuhr jäh zurück und schlug mit dem Hinterkopf gegen die Wand. Paulius kniete noch immer vor ihr, die Stirn auf ihren Knien. Sie blickte auf seine geschlossenen Augen, und erst jetzt riss der Schmerz sie fast in Stücke.

»Warum?«

Die Frau blickte den Mann an, wie man den verstorbenen Geliebten anblickt, kurz bevor der Sarg zugenagelt wird. Sie starrte schaudernd die ihr lieb gewordenen Gesichtszüge an, als ob diese schon im nächsten Augenblick in der Ewigkeit entschwinden müssten. Mit feuchtem, fiebrigem Blick liebkoste sie den runden, ausdrucksvollen Kopf, von früh ergrauten Haaren bedeckt, die hohe Stirn, die dichten schwarzen Augenbrauen, die römische Nase, die sensiblen Lippen, deren leichtfertiges Lächeln so gar nicht zu den dunklen, schmerzerfüllten, hart, fast furchterregend strahlenden Augen passte.

»Warum?!« Plötzlich packte sie die Wut. »Das hast du dir so gedacht, mit mir zu spielen, deinen Spaß zu haben und mich dann fallen zu lassen! Nicht mit mir, Priesterchen, so einfach wirst du mich nicht los! Nicht mit mir!« Mit starrem Lächeln blickte sie auf seine zuckenden Lider.

»Weißt du, ich habe dich geliebt und liebe dich immer noch. Aber wir müssen uns trennen.«

»Ich werde mich umbringen.«

»Vika, nicht.« Endlich öffnete er die Augen. »Stell dir doch vor, wie ich mich dann mein ganzes Leben lang fühlen würde... Willst du dich etwa so an mir rächen?«

»Ach! Natürlich geht es nur um dich! *Du* wirst dich schlecht fühlen, wenn ich mich umbringe. Du!«

»Nun sei doch nicht so böse. Versuch mich zu verstehen. Ich liebe dich doch. Verletze mich nicht so ...«

»Jetzt könnte ich dich fragen: Was soll dieser russische Masochismus?«

»O Gott, was für Blödsinn wir faseln. Ich bitte dich, lass es genug sein! Trennen wir uns im Guten ...«

»Du sollst den Namen deines Herrn nicht missbrauchen, Priesterchen, wenn es dich schon so danach verlangt, alle seine zehn Gebote zu befolgen. Führe du ein geruhsames, langes und glückliches Leben in dem Wissen, dass du mich umgebracht hast!«

»Vika ...«

»Ich kann einfach nicht begreifen, was plötzlich mit dir los ist. Während der ganzen Zeit, die wir zusammen waren, hast du nicht ein einziges Mal auch nur die leiseste Anspielung gemacht auf dein Gewissen oder deine Pflichten oder deine Berufung!«

»Aber jetzt ist Schluss. *Schluss.* Verstehst du? In einer Woche lege ich das Mönchsgelübde ab.«

»Das ist doch tiefstes Mittelalter... Ein Anachronismus.«

»Nein.«

»Mein Gott, ich kann mir kein Morgen vorstellen.«

»Du wirst aufstehen, duschen, dich anziehen, frühstücken, dich schminken und zur Arbeit gehen.«

»Ich muss morgen nicht zur Arbeit. Und wenn ich müsste, ginge ich nicht hin.«

»Dann wirst du eben aufstehen, duschen, dich anziehen, frühstücken, dich schminken und ins Krankenhaus fahren, deinen Mann besuchen ...«

»Das hätte mir gerade noch gefehlt! Und mir anhören, wie es in den letzten zwei Wochen um seinen Stuhlgang stand!«

»Die Pflege von Kranken und Mitgefühl ihnen gegenüber ist zutiefst sinnvoll.«

»Behalt deine Weisheiten für dich. Wenn ich dich nicht kennen würde, würde ich meinen, dass du dich über mich lustig machst. Du lässt mich am Boden zerstört zurück und sprichst auch noch von Mitgefühl! Das halte ich nicht aus ... Ich werde mich umbringen.«

»Nun hör schon auf damit! Tu mir nicht so weh.«

»Ich will, ich will, ich will, dass es dir wehtut!«

»Es tut mir weh. Sehr sogar. Bist du jetzt zufrieden?« Er stand auf, atmete tief durch, lehnte sich an die Wand und vergrub das Gesicht in den großen, schön geformten Händen.

Vika kam näher. Vorsichtig strich sie über seine Gürtelschnalle. »Entschuldige. Ich liebe dich trotzdem.«

»Ich gehe jetzt. In Ordnung?«

»Geh. Sag mir nur, wie ich weiterleben soll? Prediger. Gib mir einen Rat ...« Sie schmiegte sich an ihn.

Der Mann schob die Frau sanft von sich. Er sagte leise: »In Amsterdam wurde im 15. Jahrhundert ein Schild an einer Kathedrale angebracht: ›Es ist so, wie es ist. Deshalb kann es nicht anders sein.‹ Verstehst du? Es ist so, wie es ist. Deshalb kann es nicht anders sein. Häng dir das übers Bett.«

»Vielleicht soll ich es mir ja auch auf die Stirn tätowieren lassen? Paulius, ich will nicht an solche Dinge glauben! Ich will nicht, dass es nur so ist, wie es ist. Ich will nicht, dass du mich verlässt ...« Vika trommelte schluchzend mit den Fäusten gegen die Wand.

»Bitte, Liebe, fang nicht wieder von vorne an! Und weißt du, was George V. auf die Wände der Bibliothek im Buckingham-Palast schreiben ließ?«

»Ich weiß es nicht und will es auch nicht wissen.« Sie schniefte laut.

»Lehre mich, nicht das Unmögliche zu verlangen und nicht wegen des Unabänderlichen zu trauern.«

»Woher hast du denn solche Zitate?«

»Ich habe Dale Carnegie gelesen«, antwortetete er und lachte, »ein Bestseller: ›Sorge dich nicht, lebe!‹«

»Ach. Hat der nicht Selbstmord begangen?«

»Davon weiß ich nichts.«

»Zitier ihn doch für die Weiber deiner Gemeinde, die mit offenem Mund deinen Predigten lauschen. Oder für die gottesfürchtigen jungen Frauen, die deinen Beichtstuhl belagern. Aber die sind ja nicht auf deine Weisheit aus. Ich weiß genau, dass sie nur darauf warten, dich ohne Soutane zu sehen, wie sie auf deine Beine starren, deinen Hintern und sonst wohin! Der Teufel sendet solche Priester wie dich in die Welt!«

»Ich gehe jetzt wirklich. Sei stark! Sei nicht traurig. Leb wohl ...« Paulius küsste Vika auf die Stirn und ging entschlossen zur Tür.

»Ich flehe dich an, bleib, bleib wenigstens noch ein paar Minuten! Ich habe böse Dinge zu dir gesagt, trennen wir uns nicht im Bösen, bleib noch«, rief sie und versuchte ihn zurückzuhalten. »Ich möchte, dass alles auf schöne Weise endet, hab Mitleid mit mir, bleib wenigstens noch einen Augenblick!«

Er blieb in der Tür stehen und sagte ohne sich umzudrehen: »Wir gehen im Guten auseinander. Du wirst mich bald vergessen. Auf Wiedersehen.«

Er schloss leise die Tür. Sie ging in die Küche zurück. Griff nach der Kognakflasche. Setzte sich auf den Boden. Spreizte die Beine ganz weit. Trank die nach Wanzen stinkende Flüssigkeit und wiederholte unter Tränen: »Vergessen, vergessen, ich muss ihn vergessen, vergessen.«

»Vergessen, vergessen ... Ich muss ihn vergessen ...«, wiederholte Vika noch einmal, putzte sich die Nase, wischte die Tränen ab, sah in den kleinen Spiegel und fügte wie ein einschlafendes Kind hinzu: »Vergessen ...«

»Vika, wir sind uns doch einig, dass die Arbeit lange dauern wird«, sagte die Psychotherapeutin und setzte ein Lächeln auf wie in der Waschmittelreklame. »Und heute ist erst die zweite Sitzung. Einigen wir uns darauf, dass Sie mir alles erzählen werden.«

»Wenn Sie ›alles‹ sagen, dann schaudert mich. Es scheint, als könnte ich wirklich alles erzählen: angefangen bei Maria Magdalena mich durch von dichtem Gestrüpp überwachsene Jahrhunderte kämpfen wie durch einen Urwald ...«

»Das mag ja eine schöne Metapher sein, sich durch die Jahrhunderte kämpfen wie durch einen Urwald ... Doch warum würden Sie denn bei Maria Magdalena beginnen? Und nicht bei Eva?«

»Ich weiß es nicht. Magdalena war schon in der Schule meine Lieblingsgestalt.«

»Interessant. Über sie sprechen wir vielleicht ein andermal. Und jetzt erzählen Sie mir, was Sie in jener Nacht getan haben, als Paulius Sie verlassen hatte.«

»Ich legte mich in der Küche auf den Boden. Ich konnte nicht in das Zimmer und in das Bett zurück, wo wir uns zum letzten Mal geliebt hatten.«

»Stellten Sie das Telefon neben sich?«

»Woher wissen Sie das?«

»Erfahrung.«

»Ich trank Kognak, rauchte, schluckte Schlaftabletten, wieder Kognak, Wasser, hin und wieder fiel ich in Schlaf, der tief und grauenvoll war wie eine Wolfshöhle.«

»Haben Sie je Gedichte geschrieben?«

»Wie alle, in der Schule. Früher einmal hatte ich ganz unbescheidene literarische Ambitionen.«

»Daher die Metaphern ... Hat er angerufen?«

»Nein. Ich weiß nicht. Jemand rief gegen Morgen an, ohne etwas zu sagen. Nur Schweigen am anderen Ende. Vielleicht war er das. Vergewisserte sich, dass ich mich nicht umgebracht hatte.«

»Dachten Sie denn nicht daran?«

»Woran?«

»Sich umzubringen.«

»Doch. Obwohl mir schien, als ob ich auch so sterben würde. Ohne einen Finger zu rühren. Aus Verzweiflung. Mir tat alles weh. Ich fühlte mich, als ob ich in einem bodenlosen Gewässer versinken würde. Es schien mir, als könnte mein Körper diesem fürchterlichen Druck nicht standhalten und müsste einfach explodieren. Früher dachte ich oft: Wenn ich sterbe, kommt er dann zu meinem Begräbnis? Wird er aufgewühlt, traurig, zerknirscht sein, vielleicht weinen? Werden ihn Gewissensbisse plagen, auch nur für einen Augenblick Schuldgefühle sein Herz zusammenpressen? Das war das Thema, über das ich am liebsten nachgrübelte. Wenigstens einmal im Leben versucht doch jeder, sich sein eigenes Begräbnis vorzustellen. Oder etwa nicht?«

»Doch. Das versucht wohl jeder einmal. Haben Sie nicht etwas von Schlaftabletten gesagt?«

»Die habe ich nur genommen, um einschlafen zu können.«

»Was waren das für Tabletten?«

»Ich glaube, Rodedorm ...«

»Wieviel?«

»Nun, etwa fünf Tabletten. Vielleicht acht. Ich weiß, das ist lächerlich.«

»So lächerlich ist es nun auch wieder nicht. Haben Sie sich nicht übergeben müssen?«

»Nein ...«

»Erinnern Sie sich vielleicht noch daran, was Sie träumten?«

»Nur einen einzigen Traum. Und eigentlich – nur absolute Schwärze ...«

»Erzählen Sie bitte.« Norma stellte den Kassettenrecorder an.

»Ich träumte, dass ich in einem weißen Sarg liege. Ich weiß, dass gleich der Deckel zugenagelt wird und ich begraben werde. Ich habe fürchterliche Angst. Ich sehe, wie der Deckel näher kommt, immer näher, immer näher, und ich gerate in Panik, als er sich schließt. Ich ringe nach Luft, schwitze, es schaudert mich, und doch versuche ich mich krampfhaft zu beruhigen: Ich bin nicht die Erste und auch nicht die Letzte, alle erwartet dasselbe Schicksal.

Ich halte es nicht mehr aus und schreie los. Fürchterlich, wie eine Verrückte. Und dabei denke ich dauernd, dass ich noch bei keinem Begräbnis den Toten so habe schreien hören. Und ich mache mir Vorwürfe, was werden wohl die anderen von mir denken? Ich schreie sogar noch im Ersticken und bin angewidert von meinem schwachen Willen. Ich höre, wie Erdklumpen auf den Deckel fallen. Die erste Hand voll, dann die zweite, die dritte. Ich kreische immer noch, obwohl ich begreife, dass mich schon niemand mehr hört. Auch ich selbst habe ja nie gehört, wie die anderen schrien, wenn sie begraben wurden. Und dabei haben sie geschrien! Sie schrien wie am Spieß in ihrem Grab. Denn es ist ja nicht möglich, dass nur ich allein so feige und schwach bin und alle anderen sich schweigend begraben lassen. Ich bin durstig. Die Luft wird immer knapper. Doch plötzlich, als die Stimmen der Trauergäste sich schon entfernt haben, durchfährt ein grauenhafter Gedanke meinen erstickenden, dahinschwindenden Geist: Jene wurden doch tot begraben, und mich hat man lebendig begraben ...«

Die Stille wurde vom Klicken des Kassettengeräts beim Ausschalten unterbrochen.

»Danke. Ein sehr interessanter Traum.«

»Mag sein. Nach so einem Traum vergeht einem die Lust, wieder einzuschlafen. Ich fühlte mich wirklich wie lebendig begraben. Ich glaubte schon, dass kein neuer Morgen mehr kommen und kein neuer Tag mehr anbrechen würde. Die Lebenden existierten für mich nicht mehr. Und ich für sie auch nicht. Da ich mich vor dem Einschlafen fürchtete, versuchte ich etwas zu lesen.«

»Einen Kriminalroman?«

»Nein. Simone de Beauvoirs ›Das andere Geschlecht‹.«

»Sind Sie Feministin?«

»Das würde ich so nicht sagen. Doch in jener Nacht war de Beauvoir für mich wie eine echte Schwester. Eine Trösterin. Die große Mutter. Ich lachte über ihre Ironie! Die Lachanfälle gingen so schnell in Weinkrämpfe über, dass ich selbst verblüfft war.« Vikas Stimme zitterte.

Das Telefon klingelte. Norma meldete sich mit farbloser Stimme.

Völlig unerwartet belebte sich ihr Gesicht, schimmerte wie das stehende Wasser eines Teichs beim Durchzug eines Sommerregens.

Doch Vika zog sich zusammengekauert in die enge Höhle ihrer Hoffnungslosigkeit zurück. Und je fröhlicher die Stimme, je koketter der Gesichtsausdruck der Therapeutin wurden, desto bitterer war der Hohn, den Vika für sie empfand. Das Telefongespräch dauerte an. Enthusiastisch aufkreischend, schlüpfrig kichernd, theatralisch die Augen rollend, wurde Norma immer größer, blies sich auf wie eine kosmische Kröte, wie die höchste Göttin der Unempfindsamkeit und Gleichgültigkeit. Vika rollte sich im Sessel zu einem Knäuel zusammen und brach, da sie es in ihrer Verbitterung nicht mehr aushielt, in Tränen aus. Sie tauchte wieder bis zum Hals in die bedrückende Stimmung jener letzten Nacht ein.

»Haben Sie sich an etwas besonders Trauriges erinnert?« Norma legte den Hörer endlich auf. »Ja? Erzählen Sie es mir?« Sie kam näher und begann, Vika übers Haar zu streichen. »Nun, nun, weinen Sie doch nicht. Legen Sie sich auf die Couch und erzählen Sie. Was verletzt Sie denn so?«

Vika stieß Normas Arm grob zur Seite. Sie duckte sich noch mehr, versank geradezu in sich selbst und murmelte so leise, dass man die Worte kaum noch hören konnte: »In jener Nacht habe ich mich kahl rasiert.«

»Warum?«

»Was weiß ich? Sagen Sie es mir. Vielleicht zum Zeichen der Trauer...«

»Trauer?«

»Nun ja. Die Frauen irgendeines Volkes rasieren sich kahl, wenn sie ihren Mann begraben haben. Oder vielleicht habe ich ja ein Gelübde abgelegt.« Vika kicherte böse.

»Was für ein Gelübde?«

»Wissen Sie denn nicht, dass sich Nonnen kahl rasieren, bevor sie den Schleier nehmen? Damals konnte ich noch nicht einmal an einen anderen Mann denken ...«

»Ist das jetzt vorbei?«

»Ich weiß es nicht. Danach hatte ich noch viele. Sie glichen einander wie ein Ei dem anderen!« Vika brach plötzlich in schallendes Gelächter aus und blickte Norma böse mit tränengeröteten Augen an.

»Von denen erzählen Sie ein andermal. Und jetzt möchte ich hören, warum Sie sich das Haar abrasierten.«

»Mir wurde übel. Ich schleppte mich ins Badezimmer. Ich würgte über dem Waschbecken, übergab mich aber nicht. Alles wegen der Nerven. Ich sah mein schweißüberströmtes Spiegelbild. Ich schaute mich lange an. Mein Ebenbild erinnerte mich in unerträglicher Weise an ihn.«

»Sehen Sie beide einander etwa ähnlich?«

»Nein. Mein Spiegelbild erinnerte mich an ihn, so wie die Zimmer und alle meine Sachen an ihn erinnerten. Ich war ganz von ihm durchdrungen. Vor allem mein Gesicht. Denn ich starrte in den Spiegel, wenn ich auf ihn wartete. Paulius war nie pünktlich. Er kam immer zu spät. Und ich, beinahe winselnd vor Sehnsucht, schaute mich dann im Spiegel an. Ich kann noch mehr sagen – ich sah ganz anders aus, bevor ich ihn getroffen hatte. Dieser Mann hat mich gewissermaßen neu erschaffen. Oder es vielleicht geschafft, mein innerstes Wesen aufzudecken. Ich begriff, dass ich mich bei jedem Blick in den Spiegel an ihn erinnern würde, und nur an ihn. Er war überall – in meinen Augen, auf meinen Lippen, auf meiner Haut, in meinem Haar. Ich musste ihn vergessen. Um jeden Preis vergessen! Wenn ich mich nicht selbst zerfleischen wollte, musste ich zumindest mein Gesicht verändern. Die Schönheit verwüsten, jene einzigartige, unverwechselbare Melodie meines Gesichts, die, wie auch meine Liebe, nur Paulius gehörte. Ich ergriff die Schere und fing an, meine Haare abzuschneiden. Ich beeilte mich fürchterlich, als ob hinter meinem Rücken ein Gespenst stehen und die Peitsche schwingen würde: schwirr schwirr schwirr... Meine schwarzen Locken fielen herab und wanden sich um meine Füße wie zerfetzte Fledermäuse...«

»Warum Fledermäuse?«

»Ich weiß nicht... Mir erschien es so. Ich habe das mal als Kind gesehen. Ein Kater riss ein Fledermausnest in Stücke und verstreute im ganzen Hof kohlschwarze Fetzen. Ich weiß nicht... Ich schnitt und schnitt. Kurz. Noch kürzer. Langsam war ich nicht mehr wiederzuerkennen. Ich reckte den Hals. Die Adern traten hervor. Ich kam in schreckliche Versuchung, sie zu durchtrennen. Diese unbekannte, völlig verängstigte Frau ganz zu zerstören!« Vika brach in heftiges Gekicher aus. »Ich fand einen alten Rasierer meines Mannes. Angerostet. Das machte aber nichts... Ich seifte mir den Kopf ein. Ich begann mich zu rasieren. Ich schabte und schabte, schnitt mich an einigen Stellen bis aufs Blut. Die süße Versuchung, mir mit der verrosteten Klinge einen Schnitt in den Hals zuzufügen, verschwand nicht. Ich gab mich ihr nicht hin. Ich wurde hundertmal stärker als sie. Ich hielt meinen juckenden Kopf unter den Wasserstrahl. Ich trocknete mich ab. In meinen Ohren brauste es. Eine unmenschliche Leichtigkeit überkam mich. Eine unmenschliche! Ich schaute ohne zu blinzeln geradeaus. Aus dem Spiegel schaute eine ganz andere Frau.«

Aus dem Spiegel schaute eine ganz andere Frau. In den Spiegel schaute eine ganz andere Frau. Bald hielt sie sich die brennende Kerze vor das Gesicht – die Pupillen zogen sich zusammen, das Spiegelbild glänzte hell –, bald entfernte sie sie, und ihr Gegenstück im silbergerahmten Spiegel wurde ganz geisterhaft. Sie trug ein Kleid aus schwarzem, feinem Wollstoff, das in schweren Falten bis auf den Boden fiel. Wer war sie? Woher kam sie? Warum wanden sich schwarze Locken um ihre in spitzen Sandalen aus Kalbsleder steckenden Füße, wie furchtbare Schlangen? Warum stand in ihren Augen ein solches Entsetzen?

Die Frau schaute in den Spiegel. Ihr Kopf war gerade erst kahl geschoren worden. Die Haut blutete stellenweise noch. Die Frau kauerte nieder und hob mit zitternden Fingern ihre Haare auf. Sie blickte sich ängstlich um wie eine Diebin, huschte auf Zehenspitzen über den Steinboden und warf die glänzenden Locken in den Kamin. Das kaum noch glimmende Feuer streckte augenblicklich eine Unzahl gieriger roter Zungen aus. Was war geschehen? Warum? Ganz in der Nähe läuteten laut die Glocken. Doch wo?

Die Frau zuckte wie in einem Fieberanfall zusammen. Wie alt mochte sie sein? Vielleicht noch nicht einmal dreißig? In der violetten Dunkelheit war ihr trauriges Gesicht nur undeutlich zu erkennen, und auch der kahl geschorene Kopf erschwerte das Erraten des Alters. Wie hieß sie? Wie sollte sie sich daran nur erinnern ... Die Buchstaben tröpfeln bröckchenweise herab, raschelnd drehen sie sich im Kreis, wie in einem Magnetfeld gefangene Eisenspäne. Sie wollen sich nicht zu einem Wort zusammenfügen. ...M ... V ... A ... I ... K ... T ... J ... R ... O ... Da, da ist er schon, ihr Name vibriert schon auf der Zungenspitze, doch – wie ihn aussprechen? Marija? Viktorija? Ja, das ist er! Marija Viktorija.

Marija Viktorija bekreuzigte sich und kniete vor dem riesigen schwarzen Kruzifix nieder. Das langnasige Gesicht des Gekreuzigten war unbeschreiblich gequält, von furchtbarster Enttäuschung verzerrt.

»Mein allerliebster Jesus«, flüsterte die Frau fast singend. »Ich habe sehr gegen deine Allerhöchste Herrlichkeit gesündigt. Ich habe schwer und unzählige Male gesündigt, mein Gott! Deine mir so oft zuteil gewordene Gnade, Himmlischer Vater, habe ich dir mit Missetaten vergolten. Ich habe deinen heiligen Willen sogar dann mit Füßen getreten, wenn du, o Herr, gnädig auf mich blicktest, wenn du mir den Himmel versprachst, wenn du mir mit der Hölle drohtest, wenn du mich an dich drücktest, wenn du mir so viele Male meine Sünden vergabst, und ich kränkte dich jedes Mal schwerer und mehr. Weise mich nicht ab, weise mich nicht ab für meine Untaten, denn ich rufe dich, du meine letzte Hoffnung! Erhöre die Stimme meines Herzens! Nimm Furcht und Schande von mir, denn ich dürste danach, mich dem Thron deiner Barmherzigkeit zu nähern, und wie Magdalena werfe ich mich dir zu Füßen ...«

Marija Viktorija schloss die Augen. Die süßesten Gebetsworte verhedderten sich im Gewebe bitterer Gedanken wie Fische in einem feinmaschigen Netz.

Sie sah sich wieder, vor kaum einer Stunde, über den massiven Folianten des Bestiariums gebeugt, im hellen Schein einer Kerze. Woher hatte sie dieses kostbare, in Rindsleder gebundene Buch mit den Kupferbeschlägen und vergoldeten Seitenrändern? War es ein Familienerbstück? Das Geschenk eines reichen Geliebten?

Verwendete Marija Viktorija das Bestiarium für einen Zauber oder wollte sie nur ihre Neugier stillen?

Mit sanften Fingern die Worte streichelnd, drang M. V. (denn es ist einfacher, sie so zu nennen) in die langen und gewählt formulierten Sätze ein, das Einhorn *(unicornis, monoceros)*, ein Tier, stark und wild, nur zu zähmen durch die einmaligen Kräfte einer unschuldigen Jungfrau, stand schon greifbar vor M. V., doch plötzlich ... plötzlich – klatsch – fiel ein schwarzes Körnchen auf das Pergament. Die Frau strich es mit ihrer Hand, weiß wie der Flügel einer Taube, weg. Sie wollte weiterlesen, bewegte den Kopf, und da war es wieder – klatsch klatsch klatsch bröselten schwarze Pünktchen herunter. Geradewegs in die in den leuchtendsten Farben gemalten Blumenbeete des königlichen Gartens, in die weiße Wolle des winzigen Einhorns zu Füßen der blau gekleideten Jungfrau ...

M. V. beugte sich noch tiefer über die Seiten, die nach Schimmel und Staub rochen. Die Buchstaben tauchten in den Schatten ihres Kopfes ein wie in Wolken. Plötzlich schrie sie auf. Es waren ekelhafte, durchsichtige, mit Blut vollgesogene Insekten. Sie zuckte zurück, fuchtelte mit den Armen und erstarrte dann im Eichensessel wie ein auf eine Nadel gespießter schwarzer Schmetterling. Als sie sich wieder gefasst hatte, nahm sie langsam wie eine Schlafwandlerin den mit Topasen und Hyazinthen inkrustierten silbernen Kamm, die spitzen Kupfernadeln, die vielen mit Glasperlen geschmückten Spangen aus dem Haar. Die schwarzen Locken flossen über ihre Schultern und fielen wie ein Trauerschleier bis zur Hüfte. M. V. stand auf, warf mit den Händen die Haare zurück und beugte sich mit einer plötzlichen Bewegung nach vorn, wobei sie sich wie eine Zauberin fühlte, die Regen und Winde herbeiruft. Sie senkte den Kopf, und ihre langen Locken zeichneten auf dem Buch ein Muster wie ausgeflossene schwarze Tinte. Die Frau presste die Hände auf die Schläfen. Die Finger glitten weiß und blind durch das schwarze Haar zum Scheitel. Die Nägel kratzten die Haut immer mehr auf, und da war es wieder, das grauenvolle Geräusch: klatsch klatsch klatsch ... Als hätte sie Hagel herbeigerufen aus der schwärzesten Wolke ihres Haars!

M. V. teilte vorsichtig, als wollte sie das sehen, was verboten ist, den schweren Lockenvorhang und starrte, von nacktem Entsetzten gepackt, auf die Seiten des Bestiariums. Sie flimmerten, glitzerten und schimmerten, als ob all die schwarzen und roten Punkte auf einen geheimen Befehl von den ihnen zugeteilten Buchstaben heruntergesprungen wären. M. V. blätterte fieberhaft weiter. Sie fühlte ein Stechen in der Brust. Die Augen versuchten noch, sich an den Buchstaben festzuhalten, verschlangen hastig die Worte, die von der Manticora *(manticora)* erzählten, einem furchterregenden Wesen mit dem Gesicht eines Menschen, mit blutunterlaufenen Augen, drei Reihen von Zähnen, mit dem Körper eines Löwen und einem Skorpionschwanz, doch ... klatsch klatsch klatsch ... M. V. griff nach dem knöchernen Kamm. Wie rasend kratzte sie sich damit am Hinterkopf. Klatsch klatsch klatsch fielen die ekelhaften Insekten auf den grün gefärbten Körper der Manticora. Die Frau blätterte wieder um. Jetzt schaute sie mit traurigen Augen ein türkisfarbenes Schaf *(ovis)* mit einem goldenen Glöckchen am Hals an. Der Kamm brach entzwei. Die Frau schleuderte ihn weg und fing an, das friedliche Schaf mit Fäusten zu bearbeiten, während sie hören konnte, wie zwischen den umgeblätterten Seiten die mit ihrem Blut voll gesogenen Lebewesen knirschten. Leise, doch unerträglich, wie Sand zwischen den Zähnen. M. V. setzte sich, fuhr jedoch sofort wieder hoch, wie von einer Feder emporgeschleudert, hob den zerbrochenen Kamm vom Boden auf und kämmte sich und kämmte sich und kämmte sich mit beiden Bruchstücken den juckenden Kopf. Der ganze schmale, gewölbte Raum schien von einem Echo erfüllt: klatsch klatsch klatsch klatsch ... Merkwürdige Geräusche drängen sich unter der Tür hindurch nach draußen und rollen dann durch die langen Korridore des für die Pilger bestimmten Gebäudes. Für die Pilger? Wo befindet sich diese Frau und was tut sie hier?

M. V. stürzte zu der eisenbeschlagenen Truhe, hob den schweren, knarrenden Deckel, wühlte lange in Dingen herum, die ihr schrecklich fremd und ganz überflüssig vorkamen, bis sie endlich eine Schere fand. Sie biss sich auf die Lippen und versuchte sich an den Namen der widerlichen Insekten zu erinnern, die sich auf ihrem Kopf eingenistet hatten: Schaben? Wanzen? Flöhe?

Was nur? L..? L-äu-se? Läuse. Vor Verzweiflung und Scham mit den Zähnen knirschend, immer noch vor der Truhe kauernd, begann sie ihre Haare abzuschneiden. Das erste, das zweite, das dritte, das vierte Büschel. Sie flatterte zum Spiegel. Sie schnitt und schnitt und schnitt. Es schien, als ob das alles kein Ende nähme, als ob die Haare immer wieder nachwüchsen, wie die Köpfe der Hydra.

Schließlich erstarrte M. V., von einer unbeschreiblichen Leichtigkeit gepackt. Aus dem Spiegel blickte sie voller Verzweiflung ein unbekanntes, geschlechtsloses Wesen an. M. V. dachte plötzlich, warum werden die Engel, die doch auch weder Mann noch Frau sind, immer mit üppigem Haar dargestellt? Sie atmete tief ein, ging zum Tisch und schlug wieder das Bestiarium auf. Ein schlechtes Zeichen: Auf dieser Seite schlich eine Hyäne *(hyaena)* heran, das Symbol von Sodomie, Götzenanbetung und anderen schwersten Sünden. Das rote Ungeheuer mit dem sorgsam gezeichneten riesigen Hodensack verschlang gierig die Innereien eines demütig lächelnden Sünders. Die Frau neigte den Kopf, der jetzt so leicht erschien wie ein von Spinnweben umhülltes vertrocknetes Ei. Sie ergriff mit jeder Hand eine Hälfte des knöchernen Kamms. Vorsichtig fuhr sie sich über die schmerzende, lichterloh brennende Haut – klatsch klatsch klatsch ... Mit einem Knall schlug sie das dicke Buch zu, griff nach einer Kerze und beträufelte sich mit heißem Wachs. Sie öffnete die knarrende Tür und stürzte in den dunklen, von wenigen Fackeln schwach beleuchteten Korridor hinaus. Beim Rennen wurde sie von einer bestiarischen Meute ihrer eigenen Schatten begleitet. In ihren Schläfen hämmerten monoton Gebetsworte: »O keusche und ohne Sünde gezeugte Jungfrau Maria! Jetzt, in dieser Stunde, bitte ich, ein von Gottes Weg abgekommenes Geschöpf, dich um deine Hilfe und Fürsprache. Bitte für mich um das Geschenk des Heiligen Geistes, damit ich all meine Sünden erkenne, mit denen ich deinen Allerliebsten Sohn erzürnte, und, wenn ich die Fürchterlichkeit meiner Sünden erkannt, herzzerreißend weinen möge ...«

M. V. stieß die Tür am Ende des Korridors weit auf. Draußen konnte man die Hand nicht vor den Augen sehen. Es regnete. Sie zögerte einen Augenblick und lief dann denselben Korridor wieder zurück. Ihre Schritte dröhnten ihr in den Ohren. Sie stürzte zurück ins Zimmer (oder war es eine Zelle?) und schob den Riegel vor. M. V. wühlte erneut in der großen Truhe herum, bis sie ein schmales metallenes Ding herauszog, das einen ganzen Schwarm Lichtspiegelungen an die Decke warf. Es war ein Rasiermesser. Sie holte tief Luft und stand auf. Woher hatte sie dieses Rasiermesser? Wie sollte sie das wissen? Sie konnte sich doch an nichts erinnern. Gehörte dieses scharfklingige Ding ihrem Vater, ihrem Bruder, ihrem Mann? Vielleicht ihrem Geliebten?

Die Frau trat vor den Spiegel. Unschlüssig wog sie das Rasiermesser in der Hand. Der silberne Griff war mit zarten Lilienornamenten verziert. Die Frau klappte das Messer langsam auf, und es schnürte ihr die Kehle zu, so scharf war die strahlende Klinge geschliffen. Sie mußte würgen und beugte sich über das Kupferbecken, übergab sich jedoch nicht. Lange starrte sie, von kaltem Schweiß bedeckt, ihr Spiegelbild an. Sie seifte sich den Kopf ein. Als ob sie ins Wasser tauchen wollte, atmete sie tief ein, hielt die Luft an und begann sich zu rasieren. Sie schabte und schabte, an einigen Stellen schnitt sie sich bis aufs Blut. Sie hielt sich die glänzende Klinge an die Kehle und kicherte heiser. Sie erkannte ihr eigenes Lachen nicht. Wieder schabte sie und schabte und schabte. Über die linke Schläfe schlängelte sich ein schmaler Blutstrom. Die süße Versuchung, sich mit der Klinge über den Hals zu fahren, ließ sie nicht los. Die Frau nahm all ihre Kräfte zusammen, um ihr nicht nachzugeben. Sie betete und fühlte, dass sie hundertmal stärker wurde als alle Selbstmordversuchungen: »Engel Gottes, mein Behüter, da bin ich – ich Sünderin – ich habe nicht auf dich gehört, deine Mahnungen und deine Eingebungen habe ich mit Füßen getreten, bin von Sünde zu Sünde geschritten und schließlich zur allergrößten Sünderin geworden. Doch jetzt will ich in Trauer meine Sünden beweinen und zu Gott zurückkehren. Rette mich, richte mein Herz, zeige mir, wie furchtbar meine Sünden sind, entferne mich von ihnen und verbinde mich auf ewig mit Gott. Amen.«

M. V. nahm den weißen Alabasterkrug und übergoss ihren juckenden Kopf mit lauwarmem Wasser. Dann trocknete sie sich mit einem Leinentuch ab. Sie atmete auf. Es brauste in ihren Ohren. Plötzlich überkam sie eine unmenschliche Leichtigkeit. Eine unmenschliche! Sie schaute nach vorne, ohne zu blinzeln. Aus dem Spiegel schaute eine völlig andere Frau. Draußen prasselte der Regen.

Die schmerzliche Einsamkeit ließ die Frau erstarren. Sie wusste, dass sie, wenn sie am Leben bliebe, die ganze ihr noch verbleibende Zeit vor Schmerz in dieser unermesslichen Einsamkeit heulen würde. Innerhalb eines Augenblicks hatte sie alles verloren: den Vater, die Mutter, die Brüder, die Schwestern, die Freundinnen und die Geliebten. Alles, was sie je erlebt hatte, die Gefühle, denen sie so besessen nachgejagt war, die ersehnten Freuden, die Verzweiflung, an der sie sich heimlich labte, die Entdeckungen, die Verluste, die Geilheit, die Frömmigkeit, die Sorgen, die Ängste fielen jetzt von ihr ab wie große glänzende Schuppen. Sie blieb nackt zurück. So wie vor ihrer Geburt. Schon nicht mehr sie selbst, sondern nur irgendetwas Jammervolles und Ohnmächtiges. Eine gespannte traurige Saite zwischen dem schwarzen Himmel und der noch schwärzeren Erde.

M. V. blies die Kerze aus und legte sich hin, ohne sich auszuziehen. Das Bett war hart und feucht und roch modrig. Sie starrte mit weit aufgerissenen Augen in die Dunkelheit und wartete darauf, dass endlich die Tränen kämen und danach – wenigstens ein kleines bisschen Ruhe. Doch ihre Augen blieben völlig trocken. M. V. wälzte sich hin und her, schluchzte, schlug mit den Fäusten auf das Kopfende des Holzbettes ein, setzte sich auf, kaute an den Fingern herum, schlug den Kopf gegen die gekalkte Wand, doch alles war vergeblich. Die Klage wollte nicht ausbrechen.

Wieder läuteten die Glocken. Sie verkündeten die Frühmesse.

M. V. erhob sich taumelnd, zog aus der Truhe einen Umhang aus roter Seide und warf ihn sich über den Kopf. Die mit violettem und goldenem Faden aufgestickten Greife bedeckten den kahlrasierten Hinterkopf. Es dämmerte.

Draußen herrschten dichter Nebel und ein frischer Duft, wie es ihn nur an einem frühen Frühlingsmorgen gab, wenn nachts ein heftiger Regen niedergegangen war. Der Weg war völlig aufgeweicht, und so ging M .V. durch das Gras. Ihre Beine und der untere Teil des Rocks wurden augenblicklich ganz nass. Plötzlich war ein Rascheln zu hören – etwas nicht allzu Großes, Hartes, Schweres wie ein Stein schlug gegen ihren Oberschenkel, kreischte fremdartig auf, und ein schwarzes Etwas sprang in einem Satz über den Weg und verschwand. M.V. presste die Hand aufs Herz, der Vorfall schien ihr ein besonders böses Omen. Sie rannte los durch die Pfützen, in denen sich der rötliche Morgenhimmel spiegelte.

Auf dem Vorplatz der Kirche hielt sie inne, bekreuzigte sich, hob den Kopf und blickte zum grauen Portal aus Stein empor. Auf dem halbrunden Tympanon waren Bilder des Jüngsten Gerichts eingemeißelt. Die mageren Sünderfigürchen vollführten in kleinen Schritten einen nie endenden Totentanz ... Und obwohl sich ihre Körper in furchtbarer Qual krümmten, leuchtete in den Gesichtern eine melancholische Hoffnung. Denn der Herr selbst zerstampfte mit steinernen Füßen die Ungeheuer der Hölle, breitete über alles seine behütenden langfingrigen Hände aus, und in seinen Gesichtszügen malten sich Vergebung und Gnade.

In der Kirche war es kalt, leicht frostig sogar, es herrschte ein bläuliches Dämmerlicht, und nur vor dem golden schimmernden Altar brannten einige Kerzen. Es roch nach Weihrauch. Die frühen Pilger sangen mit noch schläfriger Stimme eine Litanei: »... Jesus höre uns Jesus erhöre uns Gott Vater im Himmel erbarme dich unser Sohn Erlöser der Welt Gott erbarme dich Heiliger Dreifaltiger Gott erbarme dich unser Jesus Sohn des lebendigen Gottes erbarme dich unser ...«

M. V. kniete nahe bei der Tür nieder und stimmte flüsternd ein: »Jesus Licht Gott Vaters erbarme dich unser Jesus Keuschheit des ewigen Lichtes erbarme dich unser Jesus König der Ehre erbarme dich unser Jesus Sonne der Dunkelheit erbarme dich ...«, doch schien ihre Stimme wie eine unbewegliche, stachlige Pflanze, die sich nicht zu einem Litanei-Kranz flechten ließ, sondern abweichen, brechen wollte.

Die Frau warf, als ob sie auf ein Wunder warte, den Kopf zurück und blickte nach oben. Das dunkle, mit geheimnisvollem Echo und leisem Murmeln durchtränkte Gewölbe wirkte noch gleichgültiger als der Himmel selbst. Und von den Säulenkapitellen, dem Plafond, dem Chor stürzte eine erstaunliche Vielfalt in

Stein gehauener Figuren auf sie herab: Grimassen schneidende Affen, Löwen mit scharfen Zähnen, gefleckte Tiger, Greife, Chymären, Kentauren, Basilisken, Hydren, edle Ritter, ins Jagdhorn blasende Jäger, Könige und Königinnen, nie gesehene zweiköpfige Ungeheuer und schuppige, mit mehreren Köpfen um sich blickende Monstren, Zähne fletschende, Feuer speiende Teufel und Schwerter schwingende Erzengel ... Wo mag sich nur diese Kirche befinden, die mit einem Blick nicht zu erfassen ist – wie ein Schlachtfeld? Wer ist diese Frau und welche Sünden hat sie begangen, dass sie nicht zur Ruhe kommt, nicht einmal, wenn sie vor der großen Statue der Jungfrau Maria kniet, aus der sich Tag und Nacht Weihwasser ergießt, und den fiebrigen Kopf an die kalten Beine der Heiligsten drückt?

M. V. stand plötzlich auf und ging auf Zehenspitzen durch den grauen, hallenden Kirchenraum. Sie fühlte sich wie eines der in das Tympanon gehauenen Figürchen, die Schritte setzte sie im Rhythmus der Litanei: »... Jesus du Wunderbarster erbarme dich Jesus festester Gott erbarme dich Jesus Vater des zukünftigen Zeitalters erbarme dich Jesus Allergeduldigster erbarme dich Jesus Freund der Unschuld erbarme dich ...«

Die Frau kniete bei einem leeren Beichtstuhl nieder, faltete die Hände zum Gebet, senkte den Kopf und stieß langsam, als ob jedes Wort übermenschliche Anstrengung erforderte, hervor: »... Jesus Vater der Ermatteten erbarme dich Jesus Hort der Gläubigen erbarme dich Jesus guter Hirte erbarme dich Jesus wahres Licht erbarme dich ...«

M. V. sprang auf wie von einer unterirdischen Kraft emporgeschleudert und rannte mit den Bewegungen eines in der Hölle auf glühenden Kohlen Tanzenden, immer noch von der monotonen Melodie der Litanei gewiegt, zum nächsten freien Beichtstuhl.

»... Jesus Feste der Leidenden erbarme dich unser Jesus Feste der Bekennenden erbarme dich unser Jesus Unschuld der Jungfrauen erbarme dich unser Jesus Kranz aller Heiligen erbarme dich unser ...«

Die Zeit schien stehen geblieben zu sein. Es gab nur den kalten, hallenden Kirchenraum, die unerschöpflichen Worte der Litanei, den süßen Rausch vom Weihrauch und Dutzende leerer

Beichtstühle. M. V. huschte nicht mehr auf Zehenspitzen, ging nicht mehr langsam wankend von einer Seite auf die andere. Sie kroch auf den Knien von einem Beichtstuhl zum anderen, ihr nasses Kleid hinterließ eine breite, geschlängelte Spur. Es sah aus, als sei eine riesige Schnecke über die grauen Steinplatten gekrochen.

»... von dem Bösen erlöse uns Herr von allen Sünden erlöse uns Herr von deinem Zorn erlöse uns Herr von den Listen des Teufels erlöse uns Herr vom ewigen Tod erlöse uns Herr ...«

Es wurden immer mehr Stimmen. Die Menschen kamen wie immer in großer Zahl zur Frühmesse. M. V. tat so, als sehe sie sie nicht. Der Umhang rutschte ihr auf die Schulter hinunter, und der kahl geschorene Kopf voller Wunden leuchtete bald grün, bald rot, bald gelb, je nachdem, durch welches Glas des Kirchenfensters das Licht der aufgehenden Sonne einfiel. Die Pilger gingen auseinander und ließen die Frau durch, ihre Blicke waren voller Verwunderung und Mitleid.

»... durch deine Mühen erlöse uns Herr durch deinen blutigen Schweiß und dein Leiden erlöse uns Herr durch deine Ohnmacht erlöse uns Herr durch deinen Tod und dein Begräbnis erlöse uns Herr ...«

M. V. schloss die Augen, und die Litanei schien ihr ein langes weißes Laken, ausgebreitet über ein frisch gepflügtes Feld bis zu der Stelle, wo die schwarze Erde den blauen Himmel trifft. Und mit jedem Wort wickelte sich ihr schmerzender und todmüder Körper fester in den kühlen, nach Sauberkeit riechenden Stoff ein. Er wickelte sich ein und ein und ein.

»... durch deine Auferstehung von den Toten erlöse uns Herr durch deine Himmelfahrt erlöse uns Herr durch deinen Ruhm erlöse uns Herr Lamm Gottes der du die Sünden der Welt hinwegnimmst vergib uns ...«

Endlich! Gesang war zu hören. Melodische harmonische Männerstimmen näherten sich. Die Mönche kamen durch einen unterirdischen Gang vom Kloster in die Kirche. M. V. geriet ganz plötzlich ins Schwitzen, obwohl es in der Kirche immer noch kalt war. Zwanzig Mönche schritten in Zweierreihen hinter dem Altar hervor. Ihre Stimmen schienen von göttlicher Reinheit, und

M. V., die die Gotteslästerlichkeit dieses Gedankens erkannte, war dennoch überzeugt, dass die Stimme dessen, der mit ausgebreiteten Armen auf dem Tympanon der Kirche sitzt, genauso klingen müsse. Könnte doch Seiner Stimme nur der allerschönste Gesang vieler menschlicher Wesen gleichkommen. Hatte nicht der heilige Gregor diese Stimme Gottes gehört, als er unter dem Einfluss des Heiligen Geistes all die wunderbaren Melodien der Kirchengesänge erschuf? Die Mönche knieten vor dem Altar nieder, und ihr Gesang wurde besonders rein. Sie warfen die Kapuzen aus rauem Stoff ab, und während M. V. die Hinterköpfe der Mönche, rund wie Steine auf dem Feld, musterte, dachte sie darüber nach, bei welchem sie die Beichte ablegen sollte.

»Introibo ad altare Dei. Ad Deum qui laetificat juventutem meam«, ertönte es, und die Mönche bewegten sich wie riesige Vögel, die braunen Ärmel ihres Habits flatterten, als sie sich mit ausgebreiteten Armen flach vor den Altar legten.

M. V. betrachtete die zwanzig Paare nach Gebeten duftender Hände und nackter, nur mit Sandalen bekleideter Füße und entschied, bei wem sie die Beichte ablegen würde. Die Mönche standen auf und begaben sich, das Gebet fast flüsternd, zu den Beichtstühlen.

»Agnus Dei, qui tollis peccata mundi, miserere nobis ...«, beteten die auf der rechten Seite.

»Kyrie eleison, Christe eleison«, antwortete es von links.

»Agnus Dei, qui tollis peccata mundi, dona nobis pacem ...«

»Christe eleison, Christe eleison! Kyrie eleison, Kyrie eleison.«

M. V. kniete sich in einen Beichtstuhl, den ein ganz junger Franziskaner mit mädchenhaftem Gesicht betreten hatte. Als er sich setzte und die Stola anlegte, konnte die Frau seinen Duft riechen: ein mit Feuchtigkeit durchtränktes Gewand, Milch und Weihrauch. Die Hand des Mönchs war unbeschreiblich bleich, fast bläulich, und die dünnen Finger mit seltsamen Verdickungen um die Nägel herum erinnerten an ungenießbarePilze, wie sie manchmal auf dem Misthaufen wachsen. M. V. bedauerte nun ihre Wahl. Aber daran war schon nichts mehr zu ändern.

Sie flüsterte schnell und lange und leise. Hätte jemand den jungen Mönch beobachtet, so hätte er rote Flecken auf dessen

Gesicht gesehen und wie er in Schweiß ausbrach, wie die von einem dünnen Bart eingerahmten vollen Lippen sich vor Ekel und Abscheu zu einer Grimasse verzogen und die Augen wie von Sinnen aufleuchteten.

Plötzlich herrschte in der Kirche völlige Stille. Nur das Flattern der Tauben oben unter der Decke war zu hören, vom Echo seltsam verzerrt und verstärkt. Da sagte der Mönch, das Kreuz schlagend:

»Hexe!«

Die Stille dröhnte laut. Wie auf einen stummen Befehl blickten alle zu der Frau hinüber, und sie versuchte vergeblich, sich vor den durchbohrenden Blicken zu schützen, indem sie ihren Kopf mit dem roten Seidenumhang bedeckte.

»Hexe«, wiederholte der Mönch lauter, trat aus dem Beichtstuhl und schrie so laut er konnte: »Hexe! Hexe! Hexe!«, wozu er mit seiner Hand mit den eigenartigen Fingern immer wieder das Kreuz schlug. Er schwankte hin und her, Schaum vor dem Mund, den Kopf weit nach hinten gebogen, den Blick gen Himmel gerichtet, als ob er in der Einöde stünde und ringsherum keine einzige lebendige Seele wäre, die seinen prophetischen Schrei hören könnte: »Hexe! Auf Geheiß Gottes rufe ich es, so laut ich kann! Bischöfe, Fürsten, Könige, ihr guten Menschen, lasst die Hexen nicht am Leben! Vernichtet diese Pest des Menschengeschlechts! Hat es uns doch Gott selbst befohlen! Hexe!«

Einen Augenblick lang standen sie alle wie vom Blitz getroffen. Doch dann bewegten sie sich, wogten auf und ab, und in der Kirche erhob sich ein fürchterlicher Lärm. Die Menge sperrte ihr Maul weit auf, ein Schlund wie der einer riesigen Hydra tat sich auf, packte die Frau und zerbiss sie, zermalmte sie zwischen den Zähnen, ertränkte sie im Speichel, zerquetschte sie mit der Zunge, drückte sie gegen den Gaumen, schmatzte, kreischte, gurgelte, verschlang sie, würgte sie wieder hoch und spuckte sie schließlich halb tot draußen am Eingang zum Friedhof aus.

M. V. lag auf dem Boden und sah durch die einen Spaltbreit geöffneten Augen, wie eine Unmenge wütender Hände Steine aus dem Pflaster herausriss. Als jemand sie aufhob und auf die wackligen Beine stellte, tat ihr der ganze Körper entsetzlich weh. Die

Menschen schlossen die Sünderin in einem engen Kreis ein. Noch nie zuvor hatte sie so viele scheußliche Gesichter gesehen. Sie fühlte sich wie in einem Käfig. Durch einen schrecklichen Schrei hindurch schien sie zu hören, wie rasselnd das Gitter zuging und das letzte Schloss einklickte. In ihrem Kopf dröhnte ein einziger Gedanke: »Dass sie mich nur gleich umbringen, dass sie nur gleich auf die Stirn, die Schläfen, den Hinterkopf zielen, bloß nicht auf den Rücken, den Bauch oder die Brust, dass sie mich nur gleich mit ihren Steinen umbringen ...« Und ein Steinhagel ergoss sich über sie. Und ein Schmerz überkam sie wie die neunte Welle. Stille und völlige Dunkelheit stellten sich ein.

Stille und völlige Dunkelheit.

Stille und völlige Dunkelheit. Zusammengerollt wie ein Kind im Mutterleib lag M. V. in einem engen, stickigen, mit Dunkelheit wie mit schwarzer Tinte angefüllten Raum. Sollte das die Hölle sein? Ist sie etwa schon tot, wo sie doch immer noch atmet, noch immer den bald stechenden, bald stumpfen Schmerz im ganzen Körper fühlt, den Gestank riecht und keuchenden Atem hört, der langsam zum Summen wird und schließlich zu einem Liedchen:

»Eia popeia, mein Söhnchen zart, eia popeia, mein Sohn ...«, sang eine Frauenstimme ganz nahe bei M. V.s Ohr.

Sollte das die Hölle sein und nebenan sang mit dünner und sanfter Stimme die Seele einer anderen Sünderin? Allmählich begann M. V. die Gerüche der Hölle zu unterscheiden: den Gestank von Harn, Exkrementen, Schweiß und verrottendem Blut. Sie versuchte sich auszustrecken, doch traf sie sofort mit den Füßen auf eine schleimige Wand. Sie zuckte zurück, rückte auf die gegenüberliegende Seite und schlug sich den schmerzenden Hinterkopf an kaltem Stein an. Die Hölle war unsäglich eng. Die Frau hob die Hand und berührte mit den Fingerspitzen die Decke, die mit etwas Weichem, Feinem, Nassem und fürchterlich Ekligem bewachsen war. Welcher Kreis der Hölle war das wohl? Der Gesang verstummte, doch das Wesen nebenan atmete noch. Plötzlich berührte eine schlaffe, lauwarme und feuchte Hand M. V.s Stirn. Sie schrie vor Schreck auf, versuchte zurückzuweichen, stieß jedoch sofort gegen die Wand, und spitze Eisenstücke bohrten sich ihr in den Rücken.

»Schrei nicht«, empfahl ihr eine Frauenstimme, »schreien muss man nur dann, wenn die Ratten kommen. Manchmal reicht es auch zu singen, um sie zu verscheuchen: eia popeia, eia popeia ... Auf der Seite, wo die Beine sind, ist ein Loch, wenn du mal musst. Von dort kommen sie ...«

»Wer?«

»Na, die Ratten. Davon gibt's hier eine Unmenge. Besonders im Winter.«

»Wo hier?«

»Nun, in dieser Hölle ...«

»Hölle? Ach, es ist also wirklich die Hölle.«

Plötzlich erschallte ein volles kehliges Lachen. M. V. fuhr zusammen wie unter einem Peitschenhieb.

»Was ist mit dir, weißt du etwa nicht, wohin es dich verschlagen hat?«

»Nein. Ich weiß es nicht. Sie haben mich mit Steinen beworfen, und an mehr erinnere ich mich nicht ...«

»Mit Steinen? Wie Maria Magdalena? Dann bist du wegen Unzucht hier?«

»Ja ...«, flüsterte M. V. und brach in mitleiderregendes Schluchzen aus.

»Hast du mit dem Teufel gesündigt?« fragte die Frau laut und sorglos lachend, als ob sie im warmen Sonnenschein unter einem blühenden Baum sitzen, Wein trinken und ihr Liebster ihr die allerlustigste Geschichte ins Ohr flüstern würde. »Bist du eine Ehe mit dem Satan eingegangen?«

»Ich weiß es nicht ...«

»Ha ha, sie weiß es nicht! Du wirst es gleich erfahren! Du wirst Dinge über dich hören, wie sie dir nicht einmal im Traum eingefallen wären! Ich kann dir sagen, was sie dich fragen werden. Denk dir die Antworten im Voraus aus, dann werden sie dich weniger foltern. Werden dich mit derselben Frage nur hundert Mal und nicht tausend Mal quälen. Hast du verstanden, Hexe?«

»Ich bin keine Hexe ...«

»Ha ha, sie ist keine Hexe. Meine Liebe, ehrbare Frauen kommen nicht hierher. Es lohnt sich nicht einmal, es abzustreiten. Glaub mir. Das Wichtigste ist, sich nicht zu fürchten. Weißt du, an

Schmerz gewöhnt man sich. So wie auch an übergroße Freude. Ich weiß sogar, wie man die Grenze der Schmerzen überschreiten und dabei ganz gefühllos bleiben kann. Auch du wirst das lernen. Aber zu diskutieren, irgendetwas beweisen zu wollen, das lohnt sich nicht. Hast du das begriffen?« Sie lachte wieder laut und sprudelte, sich mit dem ganzen Körper an M V. schmiegend, einen Wortschwall hervor: »Also, Hexe, wie hast du dich von Gott losgesagt? Schriftlich oder mündlich? Falls schriftlich, womit hast du unterschrieben, mit Tinte oder mit Blut? Wo, wann und mit welchen Zeremonien? Wollte der Dämon dich heiraten oder nur mit dir Unzucht treiben? Wie nannte er sich und wie war er gekleidet? Wie sahen seine Füße aus? Falls einmal eine Hochzeit stattfand, was wurde da gegessen und getrunken? Wurde Musik gespielt? Wer war der Musikant? Ein Mensch oder ein Teufel? Kannst du fliegen? Braucht man zum Fliegen Öl? Wie wird das hergestellt, wie ist seine Farbe und wie riecht es? Kannst du Regen, Kälte, Nebel, Dürre, Unwetter, Hagel machen? Wirken deine Zauber lange und wie werden sie gemacht? Hat der Dämon dich hier im Gefängnis schon besucht?« Ihr ganzer außerordentlich magerer Leib zitterte und bebte vor Lachen, und die Worte brodelten wie in kochendem Öl: »Zuerst werden sie dich mit Wasser auf die Probe stellen, Hexe. Dann mit Feuer. Zuletzt mit Schwimmen und einer Waage. Weißt du, dass Hexen weniger wiegen als ehrbare Menschen? Berühr mich, du kannst dich selbst davon überzeugen.« Sie ergriff M. V.s Hand und strich damit über ihre hervorstehenden Rippen. »In ein, zwei Monaten wirst auch du so aussehen – nur Knochen. Hab keine Angst. Die Grenze der Schmerzen kann man überschreiten. Doch je weniger davon, desto besser…«

»Ich werde das nicht aushalten…«, flüsterte M. V. Die Worte erschienen ihr völlig leer und sinnlos. »Ich werde das nicht aushalten…«

»Du wirst. Alle halten das aus. Ich weiß nicht, ob es irgendetwas gibt, was eine Frau nicht aushält. Manche meinen, Gott habe das weibliche Geschlecht verflucht. Doch es ist umgekehrt. Er hat uns die Kraft gegeben, alles auszuhalten. Die Männer beneiden uns um diese Macht. Und alles, was sie den Frauen an Bösem antun, das tun sie aus blindem Neid. Hast du das schon bemerkt?«

»Ich weiß nicht ...«

»Du weißt es nicht? Dann wirst du es erfahren! Oh, viel, sehr viel wirst du hier erfahren. Danke Gott dafür, dass du hierher gekommen bist, denn wo sonst könntest du derart unschätzbare Erfahrungen machen? Doch das Wichtigste ist, du wirst das hören, was ich als Einzige auf der ganzen Welt erzählen kann!« Die Frau atmete tief und verstummte, doch als sie von M. V. keine Antwort vernahm, gab sie ihr einen schmerzhaften Stoß in die Seite und fragte: »Interessiert es dich nicht? Du hast nicht einmal gefragt, weshalb ich hier bin.«

»Weshalb?«

»Nun, wegen Maria Magdalenas Tagebuch!«

»Weshalb?« fragte M. V. nach und wollte nur eines: dass die neben ihr Liegende endlich schweige.

»Ja, ja. Du hast dich nicht verhört! Wegen Maria Magdalenas Tagebuch!«

»Konnte sie denn schreiben?«

»Stell dir vor, ja! Einer der Männer, denen die Ärmste ihren Körper schenkte, bezahlte dafür nicht mit elenden Groschen, sondern lehrte sie schreiben. Natürlich ist keine Handschrift von ihr selbst erhalten. Auf uns ist nur eine griechische Übersetzung gekommen.«

»Und du kannst gewiss Griechisch?«

»Warum zweifelst du? Ich habe dir schon gesagt, dass Gott den Frauen einiges mehr mitgegeben hat als den Männern. Ich habe ihr Tagebuch aus dem Griechischen übersetzt. Und habe es viele Male abgeschrieben. Deshalb bin ich jetzt eine Hexe! Sie haben alles verbrannt, sowohl das griechische Exemplar als auch meine Übersetzungen. Doch ich kann jedes Wort auswendig. Maria Magdalenas Tagebuch ist erst tot, wenn sie auch mich verbrennen. Zuvor wirst du noch ihre wahre Geschichte hören, Hexe!« Die Stimme der Frau veränderte sich plötzlich, es schien fast, als spräche ein ganz anderer Mensch aus ihr: »Es ist nicht bekannt, ob Maria Magdalena schon während der Tage, an denen sie Jesus begleitete, ihre Aufzeichnungen machte, oder ob sie das, was sie erlebt hatte, erst nach Christi Tod niederschrieb. Nur eines ist klar, sie war unsagbar einsam, denn nicht einmal ein Einsiedler in der Wüste ist einsamer als ein schreibender Mensch. Und sie war zweifellos sehr intelligent.

Maria Magdalena galt als die Frau, ›die vollständig verstanden hatte‹. Philipp beschreibt sie in seinem Evangelium als die treueste Begleiterin Jesu, als Symbol der Göttlichen Weisheit. Er sagt, dass Christus sie mehr geliebt habe als alle anderen Jünger und dass er sie ›oft auf den Mund geküsst habe‹. Die Übrigen fühlten sich deshalb vernachlässigt und fragten Jesus: ›Weshalb liebst du sie mehr als uns alle?!‹ Der Meister beantwortete die Frage mit einer Frage: ›Weshalb liebe ich euch nicht so wie sie?‹ Die ›Gespräche des Erlösers‹ bezeugen, dass Maria eine von den drei Jüngern – neben Thomas und Matthäus – war, die von Jesus für die geheimsten Lehren auserwählt worden waren. Doch das erleichterte ihr Schicksal nicht, sondern erschwerte es noch.

Besonders Simon Petrus schien Magdalena zu hassen. Im Thomas-Evangelium steht geschrieben, dass er einmal sagte: ›Möge Maria aus unserer Mitte fortgehen, denn Frauen sind des Lebens nicht würdig!‹ Und Jesus antwortete ihm: ›Seht, ich werde sie führen, damit ich sie zum Manne mache, auf dass sie auch eine lebendige Seele werde, euch Männern ähnlich. Denn jede Frau, die zum Manne wird, hält Einzug ins Himmelreich.‹ Noch anders werden die Streitigkeiten zwischen Maria und Petrus in der ›Pistis Sophia‹, dem ›Licht des Glaubens‹ beschrieben: Petrus beschwerte sich, dass Maria eine bevorzugte Stellung unter den Aposteln einnehme. Er forderte Jesus immer wieder auf, Maria Schweigen zu gebieten, doch wurde er selbst vom Meister zum Schweigen gebracht. Als Maria sich einmal bei Jesus beklagte, sie wage nicht mehr laut zu sprechen und fürchte sich vor Petrus, ›denn er hasst das Geschlecht der Frauen ...‹, antwortete Jesus, dass ›der Geist Frauen und Männer gleichermaßen segne und mit der Eingebung zu sprechen versehe‹.

In ihrem Tagebuch erwähnt Magdalena seltsamerweise ein Ereignis nicht, das vom Evangelium nach Maria bezeugt wird. Nach dem Tod Jesu waren die Jünger sehr besorgt um ihr eigenes Überleben. Magdalena sprach ihnen Mut zu und sagte, dass sie den auferstandenen Christus gesehen habe. Sie behauptete, dass der Retter noch unter ihnen sei und so gesprochen habe: ›Weinet nicht und trauert nicht und zweifelt nicht. Seine Gnade ist stets mit euch, und Er wird euch beschützen.‹ Petrus forderte Maria auf, die Worte des Meisters zu wiederholen, die Er ihr nach Seiner Auferstehung sagte. Als sie das getan hatte, rief Andreas aus: ›Sagt doch, wie denkt ihr über das, was sie gesagt hat? Ich glaube nicht, dass der Erlöser so gesprochen hat. Seine Lehren haben eine andere Bedeutung.‹ Petrus schloss sich sofort Andreas' Zweifeln an und verlachte Magdalena. Maria fing an zu weinen und flüsterte: ›Mein Bruder Petrus, was sagst du da? Denkst du denn wirklich, ich hätte dies alles nur erfunden? Glaubst du wirklich, ich könnte über unseren Erlöser Lügen erzählen?‹ Da mischte sich Levi ein: ›Mein Bruder Petrus, du bist von jeher aufbrausend ... Du kämpfst mit dieser Frau wie mit einem Feind. Wenn der Erlöser Magdalena schätzte und ehrte, wer bist du, sie zu verwerfen? Sicherlich kannte der Herr sie ganz genau. Deshalb liebte er sie auch mehr als uns ...‹« Die Frau hüstelte, verstummte und fragte dann mit ihrer normalen Stimme: »Nun sag mal, hat nicht der Neid aus diesen Jüngern gesprochen?«

»Ich weiß nicht ...«, murmelte M. V., die in sich eine furchtbare schwarze Wüste der Angst wachsen fühlte. »Ich weiß nicht ... Ich weiß nur eins: alles ist zu Ende. Alles ist zu Ende ...«

»Alles ist zu Ende. Ich weiß nur eins: alles ist zu Ende«, sagte ich laut zu mir selbst. »Maria Magdalena, alles ist zu Ende ...«

Jemand hatte mich angezeigt. Ich schaffte es kaum, mein rotes Kleid anzuziehen, die Ohrgehänge anzulegen und den Kopf mit dem blauen Umhang zu verhüllen. Nicht einmal die Haare konnte ich mir kämmen. Die Pharisäer brachten mich zu dem neuen Propheten, der sich als Gottes Sohn bezeichnete. Er würde über mich richten. Wie kann man sich denn Gottes Sohn nennen, dachte ich. Sogar Johannes hatte von sich nur gesagt: »Ich bin die Stimme dessen, der in der Wüste ruft ...« Ich habe Johannes nie gesehen. Doch der Bruder von einem von Herodes' Wächtern, mit dem ich ebenfalls gesündigt habe, möge Gottes Sohn mich für alles richten, hatte mir erzählt ... Was hatte er mir erzählt? Meine Gedanken verschlangen sich wie wilde Weinreben. Und einer verdrängte den anderen. Ach, sagte ich zu mir selbst, könnte nur der erste von ihnen geworfene Stein meine Schläfe, den Hinterkopf oder die Stirn treffen, könnte ich nur sofort bewusstlos zu Boden fallen, und dann möge geschehen, was geschehen muss.

Es ist schade, dass ich den Johannes nie zu Gesicht bekommen habe. War er doch nach den Worten derer, die ihn gesehen haben, völlig ausgetrocknet, nichts als Haut und Knochen, die Haare verfilzt, mit einem Kamelfell bekleidet, das um die Lenden mit einem Ledergürtel zusammengehalten wurde – und doch erstaunlich schön. Diese ihm eigene außergewöhnliche Schönheit soll, so erzählte man, die Tochter der Herodias, Prinzessin Salome, verrückt gemacht haben. Oder ist es vielleicht so, dass wir sündigen Töchter der Eva einen Heiligen nicht wie einen normalen Sterblichen ansehen dürfen und hat vielleicht Gott Salome zur Strafe den Verstand genommen? Der Bruder von Herodes' Wächter erzählte einmal, als er mich zärtlich streichelte, wie die unglückliche Salome auf Knien um den Brunnen kroch, in den man den Johannes geworfen hatte. Während er an meinen Brustwarzen knabberte, ahmte der Bruder von Herodes' Wächter Salomes herzergreifende Klage nach: »Ach, ach, ach«, schluchzte sie. »Prophet Johannes, du bist so schön, so schön, der Blick deiner Augen so feurig, deine Lippen so rot! Ach«, jammerte sie. »Ach, schau mich an, küss mich, dring in mich ein! Ach, nur für dich allein habe ich meine Unschuld bewahrt!« Doch Johannes gönnte der vor Leidenschaft fast ohnmächtigen Prinzessin nicht einen einzigen Blick. Und da traf Salome mit ihrem Stiefvater Herodes Antipas eine furchtbare Vereinbarung: Sie versprach dem König einen Tanz, wenn dieser dafür den Propheten köpfte. Ich versuche mir immer noch vorzustellen, wie diese liebestrunkene Prinzessin getanzt hat ... Und wie Salome auf einem Silbertablett den abgeschlagenen Kopf des Propheten herumtrug, wie sie ihn mit blutigen Fingern liebkoste, wie sie die geschlossenen Augen küsste und die erkalteten Lippen leckte ... Wäre ich imstande, so etwas zu tun, auch wenn ich den Mann noch so wahnsinnig begehrte und noch so grausam von ihm abgewiesen, noch so fürchterlich erniedrigt worden wäre? Salome wurde von den Wächtern mit Schwertern und Lanzen erstochen, während sie den Kopf des Propheten streichelte. Oder war sie vielleicht glücklich?

Es wurde heiß und stickig. Ach, dachte ich, was wird dieser neue Prophet schon für einer sein. Er wird mich richten. Zum Tode verurteilen. Er soll Wasser in Wein verwandeln, Brot und Fisch vermehren können, die Blinden wieder sehend machen und auf der Oberfläche des Sees wandeln wie auf einer Straße. Ist er etwa wirklich ein Prophet? Ist er wirklich der Sohn Gottes? Dann wird sein Gericht furchtbar sein ...

Ich spürte schon immer, dass der Tod nicht weit von mir ist. Manchmal bemerkten das auch die anderen. Der Schriftgelehrte Simon aus Gadar, der mich oft aufsuchte, sagte immer wieder, dass er nie in seinem Leben so traurige Augen gesehen habe wie meine. »Ach«, pflegte er zu sagen, »ich habe noch nie einen so vollkommenen, einen so wollüstigen und ... einen so lebensmüden Körper gesehen, ein so deutliches Todeszeichen auf weißer Stirn, so viel Gram in strahlenden Augen ...« Mich überkam eine seltsame Süße, wenn er mich mit ungelenken Fingern liebkoste und flüsterte: »Maria, Maria, ich weiß, warum dich die Männer so begehren, warum sie dich umschwirren wie Wespen den süßesten Honig. Sie hören, wie dein prächtiger Körper ruft: Nehmt mich, besitzt mich, liebt mich, denn ich werde schon bald nicht mehr unter euch sein! Sie sehen, wie der traurige Blick deiner Augen durch die Dinge und Menschen hindurchfließt wie Wasser, doch nirgendwo anhält ... Du läufst die ganze Zeit nackt herum, denn der Tod folgt dir auf den Fersen und reißt dir, wenn er dir auf die Fersen tritt, alle Kleider vom Leib. Dich umhüllt nur der rote Schleier des Todes, der eine brennende Begierde erweckt! Ach, Maria, Maria, wenn du nur wüsstest, wie ich dich bedaure ...« Von diesen Worten wurde ich tatsächlich entsetzlich traurig.

Manchmal wurde mein Herzweh so groß und ich so klein, dass ich darin herumzappelte wie ein schlammiges Rotauge im Bauch eines riesigen Walfischs. Manchmal ... Doch jetzt ging ich hinter den Wächtern her und dachte, dass ich Simon aus Gadar liebte und dies vor mir selbst verbarg und, was das Wichtigste war, ihm nicht gestand. Er lehrte mich lesen und schreiben, und mit ihm und niemand anderem wurde ich beim Ehebruch gefasst. Ach, er war ja so außerordentlich hässlich, mit dicken Lippen, langer Nase, einem Gesicht voller roter Flecken, mit hervorstehenden, wässrigen, fast farblosen Augen. Er seufzte immer so herzerweichend, wenn ich ihn liebkoste, er beklagte sich über sein abstoßendes Gesicht, seinen kränklichen Körper und besonders über die Hartherzigkeit der Frauen. »Nur du, nur du, die du bald sterben wirst, schmiegst dich so zärtlich und voller Zutrauen an mich«, stammelte er, während er mir die Hände leckte und die Zehen küsste, erbarmenswert wie ein alter geschlagener Hund. Oft dachte ich, dass er ganz einfach wusste, welche Spielzeuge meine hungrige Seele brauchte. Er erahnte ihre kleinsten Vibrationen, wie eine Mutter die ihres kapriziösen und dauernd kranken Kindes. Er wusste, dass meiner Seele die Gespräche über den Tod wohl taten – die langen, wehmütigen und tränenreichen Gespräche ... Solche Überlegungen stellte ich an und wusste, dass ich nicht mehr länger als eine halbe Stunde zu leben hatte.

Es wurde unerträglich heiß und drückend. Ich bewegte mich mit gesenktem Kopf vorwärts. Noch nie zuvor hatte ich bemerkt, dass auf dem Boden so viele Steine lagen. Große und kleine. Das Geschrei der Meute näherte sich. Die Leute, die den Propheten umringten, kniffen mich, schlugen mich mit den Fäusten, bespuckten und verspotteten mich auf alle möglichen Arten. Schimpfend rissen sie mir das Tuch vom Kopf, also stand ich mit bloßem Haar und zerzaust vor dem Propheten. Ich fürchtete mich davor, ihn auch nur flüchtig anzublicken. Der Menschenkreis schloss sich hinter mir wie das Gitter eines Käfigs. Ich schaute auf die staubigen Füße des Propheten. Ein Riemen seiner Sandale war zerrissen – genauso wie bei mir. Seine Waden waren fest, muskulös, braun gebrannt, stellenweise bis aufs Blut zerkratzt, wahrscheinlich war er durch Gestrüpp oder stachliges Gras gegangen. Der Saum seines grauen Gewandes war ausgefranst. Ich wagte nicht, den Kopf zum Propheten zu erheben, doch spürte ich auf meiner Stirn seinen brennenden Blick. Ein Pharisäer versetzte mir einen Stoß, so dass ich fast zu Boden gestürzt wäre, und brüllte: »Rabbi, dieses Frauenzimmer wurde beim Ehebruch erwischt. Moses hat uns im Gesetz geboten, solche Frauen zu Tode zu steinigen. Und du, Rabbi, was rätst du uns?«

Meine Beine begannen zu zittern, und kalter Schweiß brach mir aus. Ich sah, wie die Leute, die mich umringten, schon ungeduldig die Steine in der Faust wogen. Wenn sie nur auf den Kopf zielen! Auf den Hinterkopf, die Stirn, die Schläfen! Nur darum betete ich, als ob ich den Namen Gottes vergessen hätte. Doch zum Gesicht des Propheten erhob ich die Augen nicht. Ich sah, wie er die Hand mit den hervortretenden bläulichen Adern sinken ließ und mit einem langen, dünnen Finger im Sand zu zeichnen begann. Zuerst setzte er einen Punkt, dann zog er darum Kreise, immer größere, und größere, und größere. Genauso wuchs auch meine Angst. Irgendwie dachte ich, dass der Prophet die Sonne zeichnete. Vor Anspannung wurde mir ganz übel.

Und die Meute johlte: »Rabbi, sie ist eine stadtbekannte Sünderin!«

»Lehrer, sieh nur, wie ihr Haar zerzaust ist, was für blaue Flecken sie am Hals hat nach dieser Nacht voller Vergnügungen!«

»Jesus, wir warten auf dein Wort! Gehen lassen? Töten?«

Jesus hörte auf, im Sand Kreise zu zeichnen. Und sagte ganz leise: »Wer von euch ohne Sünde ist, der werfe den ersten Stein.«

Die Menge schwieg verdattert. Ich hörte nur noch das Klirren meiner Ohrringe im warmen Wind.

Jesus wiederholte lauter: »Wahrlich, ich sage euch! Wer von euch ohne Sünde ist, der werfe den ersten Stein!« Und er bückte sich und zeichnete noch einen großen Kreis in den Sand.

Da fasste ich den Mut, den Propheten anzusehen. Ich hob den Kopf, so dass meine Stirn, mein Hinterkopf, die Schläfen schutzlos preisgegeben waren. Und plötzlich traf ich auf den Blick Jesu. Durchdringend, aufmerksam, strahlend und ... unendlich fern, als schauten einen die Sterne vom Himmel herab an. Ich spürte: er sieht durch mich hindurch. Er betrachtet meine verwirrte Seele ruhig, gleichmütig, wie dahinfließendes Wasser. Er lächelte. Wie um Mitgefühl zu zeigen und mich aufzumuntern. Oder um mich zu verhöhnen? Ich wusste es nicht ... Totenstille. Man sagt, dass solch eine Stille vor einer Sonnenfinsternis eintritt. Wankend wartete ich auf den Steinhagel. Ich fühlte einen schrecklichen stechenden Schmerz im Bauch und mir war furchtbar schlecht. Jesus senkte den Kopf, bückte sich und zeichnete weiter seine Kreise. Schritte waren zu hören und das Raunen der Menge, das sich entfernte. Ich konnte es nicht glauben, deshalb dachte ich bei mir, ich sei vor Schreck taub geworden. Ich legte den Kopf zurück und schaute zum Himmel, der unbeschreiblich blau war, türkis. Dort oben trieben weiße, durchscheinende Wölkchen dahin. Jauchzend tauchten die Schwalben. Ob dieser wunderbaren Schönheit schnürte es mir die Kehle zu und meine Augen waren voller Tränen. Ich sah mich um. Die Menschen, zuerst die älteren, gingen fort. Die einen erschienen betont gelassen, gleichgültig, die anderen machten sich sogar schnellstens aus dem Staub, wie auf frischer Tat ertappt.

Und so war ich nun allein mit Jesus. Es war ganz still, nur die Schwalben zeterten dicht über unseren Köpfen und sagten Regen vorher. Und meine Ohrringe aus Messing klirrten im Wind. Die Fliegen surrten. Der Prophet stand auf und kam, leise vor sich hin summend, näher zu mir. Ich spürte die Kraft, die von ihm ausging und die mich Sünderin, so schien es, mit Haut und Haar von Gottes Erdboden wegfegen würde. Schon damals begriff ich, dass ich Jesu Größe nicht verstehen würde. Niemals.

»Frau, wo sind sie alle geblieben? Nicht ein Einziger hat dich verurteilt.«

»Nicht ein Einziger«, flüsterte ich und fügte, ich weiß selbst nicht weshalb, noch ein Wort hinzu: »Herr.«

Er sah mich mit alles sehenden, aber nicht neugierigen Augen an. »Nein, ich werde dich nicht richten. Gehe hin und sündige nicht mehr.«

Und ich konnte mich nicht rühren, nur hervorstoßen: »Herr, du hast mich aus den Händen der Feinde befreit, sie nicht schadenfroh über mich lachen lassen. Du hast mich vor dem Totenreich errettet, hast mich leben und nicht in den Abgrund stürzen lassen ...«

»Du verstehst es, schön zu reden, Frau. Deshalb höre nun, was ich dir zu sagen habe. Ich bin das Licht der Welt. Wer mir folgt, wird nicht länger im Dunkeln schreiten, sondern er wird das Licht des Lebens haben. Obwohl ich über mich selbst Zeugnis ablege –

und das halten mir die Pharisäer dauernd vor –, ist jedes meiner Zeugnisse wahr. Ich weiß, woher ich komme und wohin ich gehe. Doch sie wissen nichts davon. Sie richten den Körper, ich jedoch werde niemanden richten. Deshalb habe ich auch dich nicht gerichtet. Gehe hin in Gesundheit, Maria Magdalena.«

Woher kennt er meinen Namen? Vielleicht haben ihn ihm die Pharisäer und die Schriftgelehrten gesagt? Mir war schwindlig, der Boden glitt mir unter den Füßen weg.

»Ich kann keinen Schritt tun, Herr!«

»Aber Maria! Wenn ich es ihnen sage, beginnen sogar die Lahmen zu gehen«, sagte er mit völlig anderer Stimme als zuvor und lachte, wie ein ganz gewöhnlicher gut gelaunter Mann.

Sogar sein Gesicht war plötzlich wie von einer Maske verdeckt, und jetzt schien es, als ob jene Worte über das Licht der Welt ein anderer ausgesprochen hätte. Ich wollte mich Jesus zu Füßen werfen und ihm danken, danken, danken, doch er hielt mich mit einer gebieterischen Geste zurück: »Geh, Maria Magdalena, geh ...«

Ich ging. Nicht ein einziges Mal drehte ich mich um. Bald weinte ich, bald lachte ich. Ich dachte schon, ich sei verrückt geworden, so wie die Prinzessin Salome. Ich konnte nicht verstehen, was mit mir geschah. O Herr, sagte ich und sah nur sein Gesicht vor mir, du bist gnädig, du hast meiner bedrückten Seele geholfen und hast meine Beine in die Freiheit laufen lassen. Doch sag mir, Liebster, was soll ich jetzt tun? Furcht hat mich überkommen, vor Traurigkeit haben sich meine Augen verdunkelt, mein Schicksal liegt allein in deinen Händen ... Sei mir der Fels, hinter dem ich mich in Gefahrenzeiten verbergen kann, sei die feste Burg, in der ich Zuflucht finde, in deine Hände lege ich mein Leben, nur in deinen Händen liegt mein Schicksal, nur du kannst mich erretten ... So sprach ich zu mir selbst und rief laut, während ich durch den Platzregen lief, und alle, die mich sahen, meinten, dass ich den Verstand verloren hätte.

Als ich zu Hause war, konnte ich einfach nicht zur Ruhe kommen. Und meine Seele erfüllte sich mit unbeschreiblicher Sehnsucht.

»Und meine Seele erfüllte sich mit unbeschreiblicher Sehnsucht…«, sagte Vika, streckte sich auf der Couch aus und schloss die Augen. »Kaum hatte ich ihn zum ersten Mal gesehen.«

»Er – ist das Paulius?« fragte Norma gleichgültig und stocherte mit einem zugespitzten Streichholz zwischen ihren Zähnen herum.

»Natürlich ist das Paulius.«

»Wir treffen uns nun schon zum dritten Mal. Ich glaube, es ist jetzt wirklich an der Zeit, dass Sie erzählen, womit alles begonnen hat.«

»Ist es denn wichtig, wie es begonnen hat? Es geht doch darum, dass es nicht enden will. Warum nur meinen die Leute, dass die große Liebe unbedeutend sein kann, dass es möglich ist, sie schnell zu vergessen?«

»Meinen das die Leute?«

»Sie wollen immer alles banalisieren. Nur ganz wenige begreifen, dass die echte Liebe immer Risikofaktoren in sich birgt. Sie ist von einer besonderen Spannung erfüllt – so als ob man über eine Klinge springen würde. Man kann jederzeit Schmerz zu spüren bekommen, selbst in Augenblicken größter Glückseligkeit… O mein Gott, ich schaffe es einfach nicht, ihn zu vergessen.«

»Können Sie mir sagen, was an diesem Mann für Sie am schwierigsten zu vergessen ist?«

»Was?« Sie presste die Hände an die Stirn und biss sich auf die Lippen. »Was? Ist das denn wichtig?«

»Oder können Sie mir vielleicht sagen, was Sie am meisten an ihm geliebt haben? Was Ihnen am teuersten war an seiner Seele? Oder an seinem Körper?«

»Ach so, am teuersten an seinem Körper…« Vikas Stimme war voller Spott. »Ich weiß genau, was Sie hören wollen!«

»So?«

»Ha, die Psychoanalytiker… Unglückselige freudianische Phallokraten.«

»Phallokraten? Ein hübsches Wort.«

»Ja, nicht? Und Erica Jong verwendet in ihren Büchern ein ebenso schönes: Phallozentriker.«

»Wirklich…«

»Sie haben sicher schon bemerkt, dass alle Männer, nicht nur das grämliche Ekel aus Wien, fest überzeugt sind, dass die Leidenschaft, die von ihnen Besitz ergriffen hat, auch uns Frauen quält?«

»Welche denn?«

»Welche, welche …« Vika setzte sich mit dem Rücken zu Norma hin und sprach, nervös mit den Fingern schnippend, weiter: »Na, die sind doch alle verrückt wegen ihres Penis, Phallus, oder wollen Sie, dass ich das Ding anders nenne? Als ob das kein Teil von ihnen wäre, wie die Hand, der Fuß oder die Nase, sondern ein allmächtiger und schrecklich eigensinniger kleiner Gott, den sie in ihrer Hose verborgen mit sich tragen. Man braucht nur zu hören, wie die Männer von ihrem kleinen Gott sprechen: Ach, Er ist müde, Er ist enttäuscht, Er ist wieder bei Kräften, Er freut sich, Er ist high … Ha ha, Er! Wie sanft, wie sorgsam, wie rücksichtslos bitten sie dich, als ob sie dir ein äußerst seltenes, exotisches Tierchen anvertrauten: Ach, nimm Ihn, streichle Ihn, küss Ihn, erwecke Ihn! Ihn – unbedingt großgeschrieben! Und mit welchem Gesichtsausdruck sie dir ihren Reichtum in den Mund stopfen – wie kleine Kinder, denen es gelungen ist, ihren Egoismus zu überwinden und die größte Leckerei mit jemandem zu teilen! Die Gesichter werden ganz ekstatisch, und dann lallen sie nur: freu dich an Ihm, freu dich, als ob sie das Abendmahl austeilten …«

Vika verstummte plötzlich, drehte sich zu Norma um und lächelte herablassend, da sie aus irgendeinem Grund glaubte, die Psychotherapeutin kenne intime Dinge nur aus Büchern.

»Wenn Sie erlauben, rauche ich eine, auch wenn Sie darin nur das Verlangen nach Oralsex oder so was sehen …«

»Rauchen Sie nur«, sagte Norma, und noch bevor Vika sich eine Zigarette angezündet hatte, stellte sie den leise summenden Ventilator an. »Sie wollten erzählen, wie Sie diesen Mann kennen gelernt haben.«

Vika nahm einen Zug, zog die Vorhänge auseinander, öffnete das Fenster und sagte, auf die Straße hinunterblickend: »Sie wissen, dass mein Mann krank ist und den größten Teil seiner Zeit in der Psychiatrie verbringt. Soll ich das genauer erläutern, oder ist das nicht notwendig? Wir alle nennen ihn Go. Nach Gauguin.«

»Das erzählen Sie ein andermal. Wir sind uns doch einig, worüber wir heute reden.«

»Gut. Vor einigen Jahren begann mein Mann, wenn ich ihn im Krankenhaus besuchte, plötzlich von einem ganz besonderen Priester zu erzählen. Das war seltsam, denn Gos Lieblingsthemen waren Essen, Verdauung und Stuhlgang, und vielleicht noch Schlaf, Schlaflosigkeit und prophetische Träume. An lebendigen Wesen nur der Satan, wenn man den ein lebendiges Wesen nennen kann. Und dann plötzlich ein Priester! Wenn man Go zuhörte, hätte man meinen können, dass jeden Sonntag ein Heiliger ins Irrenhaus komme. Ich kann nicht sagen, dass Gos Geschichten mich besonders interessiert hätten. Ich mag keine Menschen, die unbedingt zu Symbolen werden wollen. Und Vater Paulius, wie ihn Go ehrerbietig nannte, schien mir einer von denen zu sein. ›Vater‹! Wir bleiben das ganze Leben lang Kinder, die sich nach besonderer Obhut sehnen. Es ist so angenehm, wenn man beim Aussprechen von ›Vater‹ spürt, wie auch nur für einen kurzen Augenblick die sonst immer auf uns lastende Verantwortung, Unruhe und Ungewissheit leichter wird ...

Auch andere hatten mir schon von diesem Priester erzählt. Er schien mir ein werdender Star, eine neue Legende, Frischfleisch für die ständig nach neuen Helden dürstende litauische Meute. Sie erinnern sich doch, was vor einigen Jahren passiert ist? Eine allgemeine Rückkehr ins katholische Mittelalter. Jeder zweite meiner Bekannten ließ sich taufen. In allen historischen Epochen gab es wohl für die Menschen nichts Verlockenderes als ein plötzlich gebrochenes Tabu, ein abgeschafftes Verbot. Und die Kirche samt all ihren Dienern und Ritualen befand sich so viele Jahre hindurch in einer Zone strengsten Verbots! Und nun plötzlich hob sich der Vorhang. Einer der neu erschienenen Superhelden war der Priester Paulius.

Schenken Sie meinem Zynismus keine Beachtung. Ich gefiel mir schon immer darin, gegen die zu wüten, vor denen alle Welt sich verneigt. Doch als Vater Paulius bei uns auftauchte – und er wurde zum häufigen Gast von Go –, da begann ich ganz einfach den Verstand zu verlieren. Je mehr es mich zu ihm hinzog, desto mehr Tabus und Verbote tauchten aus den Tiefen meines

Unbewussten auf. Die Stimme des Gewissens oder vielleicht auch die einer anderen Instanz sprach eilfertig über unauslöschliche Schande und ewige Strafe für diejenige, die sich in einen Priester verliebte. Und der Priester interessierte sich überhaupt nicht für mich. Doch eines Tages …« Vika kicherte seltsam. »Es war einmal … So beginnen doch alle Märchen, nicht wahr? Es war einmal an einem schönen Frühlingstag, als ich mit Go nach draußen ging, in den Hof des Krankenhauses. Sie kennen doch die Umgebung der Psychiatrischen: die finsteren Gebäude aus der Jahrhundertwende mit den vergitterten Fenstern, die Jahrhunderte alten, von krächzenden Krähen zerhockten Bäume und die restliche klassische Szenerie – man könnte sie direkt an ein Filmstudio vermieten … Go wanderte davon, um sich mit einem alten Gaul, der dem Irrenhaus gehörte, zu unterhalten, und ich setzte mich auf die helle, von Butterblumen gesprenkelte Wiese. Die Sonne schien warm, die Vögel zwitscherten, alles roch betörend, und ich hatte Lust, vor Zufriedenheit zu schnurren wie eine Katze. Doch plötzlich sah ich, wie der Priester Paulius auf der Wiese näher kam. Er war in Hemdsärmeln, das schwarze Jackett hatte er sich über die Schulter geworfen. Sein dichtes, ergrautes Haar leuchtete in der Sonne wie eine Aura.

Ich kann nicht beschreiben, was ich fühlte. Ich träume manchmal, dass ich an einem ruhigen Abend bei Sonnenuntergang auf einer hohen Düne am Meer sitze. Doch plötzlich sehe ich, wie das Wasser sich aufrichtet und fauchend die gigantische neunte Welle auf mich zukommt. Im Traum, wenn ich die sich auftürmende Wassersäule anblicke, bekomme ich keine Angst, auch keine Panik, sondern ich fühle eine seltsame Erregung, den Urinstinkt der wilden Tiere … An jenem Vormittag, als ich Vater Paulius sah, spürte ich dasselbe: ein unbeschreibliches, wildes Urgefühl … Ich kann darauf wetten, dass auch er etwas Ähnliches spürte. Im Leben eines jeden gibt es solche metaphysischen Momente, auch wenn wir es uns nicht immer eingestehen … Aber Sie stellen sich den Moment, der das Leben von Mann und Frau auf den Kopf stellt, sicher anders vor?«

»Ich finde alles interessant, was Sie da sagen.«

»Wirklich?« Vika drückte die Zigarette aus, warf den Stummel aus dem Fenster, blickte Norma unfreundlich an und legte sich wieder auf die Couch. »Und haben Sie bemerkt, dass ich immer noch nicht auf die Frage geantwortet habe, was mir an diesem Mann am meisten gefiel? Also, hören Sie zu. Sein Körper war herrlich. Kräftig, geschmeidig und leidenschaftlich. Doch am meisten liebte ich seine wunderschönen Hände mit den langen schmalen Fingern und die Augen, tief wie ein Sumpfloch, dunkelgrau, streng. Und falls Sie an der Seele interessiert sind – ich liebte seine Fähigkeit, sich zu freuen.

Seien Sie nicht erstaunt. Ich weiß, dass in meiner Erzählung bisher nicht die Rede davon war. Wegen meiner Liebe zu ihm musste und muss ich leiden. Doch er konnte sich wirklich freuen. Vielleicht ist er ja deshalb in den Franziskanerorden eingetreten. Wussten Sie, dass Franz von Assisi seine Brüder *joculatores Dei*, Spielleute Gottes, nannte? Sogar die Regula heißt sie freundlich, heiter und fröhlich zu sein. Und noch etwas dürfte für Sie und Freud interessant sein: Die Regula verbietet es den Franziskanern, auf einem Pferd zu reiten ...«

»Sie glauben anscheinend, dass sich bei mir alles nur mit ein und derselben Assoziation verbindet.«

»Aber nein, warum denn ... Vielleicht haben Sie noch nie darüber nachgedacht, doch Priester beeinflussen die Natur der Frau in besonderer Weise. Die sündige Natur der Frau, wie man so schön sagt. Im Mittelalter nannte man uns Sündenkelch und verbrannte uns auf dem Scheiterhaufen. Ich sage es offen – ich wollte den Priester verführen. Ich kleidete mich provozierend: Minirock, Blusen mit tiefem Ausschnitt, schweres Parfum, stark geschminkte Lippen ... Obwohl eigentlich alles ganz anders war. Ich liebte ihn wahnsinnig. Doch ich verhielt mich wie eine Todkranke, die so tut, als ob sie ihre wirkliche Krankheit nicht kennen würde, mit allerlei Tropfen und Pillen spielt, als ob sie nur den Schnupfen hätte. Wir nähern uns dem entscheidenden Moment. Also – es war einmal ...« Vika stieß einen tiefen Seufzer aus und verstummte.

Norma sah sie an wie eine Blume, die unter ihren Augen aufging. »Ich höre, Vika. Es war einmal ...«

»Ich ging unter dem allerbanalsten Vorwand, nämlich um mir

ein Buch auszuleihen, zu Vater Paulius. Er hat eine reiche Bibliothek. Ich erinnere mich genau an jenen Tag – es war ein stiller, grauer und nebliger Tag. Erfüllt von einer nicht in Worte zu fassenden Zärtlichkeit. Ich saß im Zimmer des Priesters, das asketisch wirkte, obwohl sich darin mächtige Bücherregale, eine Fülle von luxuriösen Kunstbänden, ein Schreibtisch, ein Fernseher, ein schmales Bett, einige antike Stühle befanden, in deren Rückenlehnen Weinblätter eingeschnitzt waren. Vielleicht wurde der Eindruck von Askese von dem riesigen über dem Bett hängenden Gekreuzigten hervorgerufen. Sein langnasiges Gesicht war unbeschreiblich gequält, von einer furchtbaren Enttäuschung verzerrt …« Vika atmete tief durch und fuhr fort: »Ich blätterte mechanisch die Schriften des Anselm von Canterbury durch, ohne mich in die Worte zu vertiefen, denn wie eine Pflanze mit allen Fasern das Sonnenlicht aufsaugt, so genoss ich die Nähe des Priesters. Trotzdem blieb ein Satz für immer in mir stecken wie ein riesiger Splitter: ›Einst aß der Mensch Engelsbrot, nach dem er jetzt so lechzt, jetzt isst er Schmerzensbrot, das er vorher nicht kannte …‹« Vika holte dreimal nacheinander Atem. »Vater Paulius kam zu mir, nahm mir das Buch aus der Hand und legte es auf den Tisch. Dann legte er seine schönen Hände an meine Wangen, hob meinen Kopf und begann mich zu küssen. Gierig, rücksichtslos, wie ein Verdurstender, der vom Wasser der endlich erreichten Quelle trinkt. Ich war völlig perplex. Ich kann mir vorstellen, wie sich der Mensch fühlte, der die Wendung ›wie vom Blitz getroffen‹ erdachte. Ich sagte zwar, dass ich den Priester verführen wollte, doch mir hätte es genügt, einmal in der Woche ganz harmlos in seiner Gesellschaft zu sein. Ich glaubte, dass es eine Grenze gäbe, die wir nie überschreiten würden. Niemals. Auch wenn ich mir so einiges zusammenphantasierte – wer von uns hat denn nicht alle möglichen erotischen Träume? Ich erschrak und sagte mit einer mir selbst unbekannten tonlosen Stimme: ›Vater, nicht – Sie dürfen mich nicht so küssen.‹

Bis zu jenem Moment sprach ich ihn mit ›Sie‹ an und fügte jedesmal noch ›Vater‹ hinzu.

Vielleicht liege ich ja falsch, doch ich denke, dass jede Frau wenigstens einmal im Leben den Geschmack der Erbsünde spürt, so wie damals die unglückliche Eva im Paradies. Das muss nicht unbedingt beim Verlust der Jungfräulichkeit sein, es kann auch viel später geschehen. Es gibt kabbalistische Theorien, die die Sünde von Adam und Eva als wesentlichen Bruch in deren Seele erklären, als Verlust von Harmonie, Ruhe und Ganzheit. Die Strafe dafür ist die Einbuße des seligen Urzustandes, der einmal zwischen Mensch und Gott, zwischen Mann und Frau geherrscht hatte. Die alten Schriften der Rabbiner behaupten, dass erst die Sünde Gott für den Menschen unerreichbar, transzendent werden ließ, unwiderruflich in die Ferne rückte. Die Sünde und nichts anderes war verantwortlich für die tragische Disharmonie und die Einsamkeit des Menschen. Ich fühlte, dass die Strafe näher kam, ich hatte Angst wie ein Tier, doch ich konnte nichts mehr tun. Ich versuchte aufzustehen, da kniete der Priester nieder und küsste meine Füße.

›Vater‹, stammelte ich wieder, ›es ist doch an mir, vor Ihnen niederzuknien und nicht umgekehrt ...‹

Das tat ich dann auch – ich kniete nieder. Einen Augenblick lang knieten wir so und schauten einander benommen an. Dann umarmte er mich und legte mich mühelos auf den Boden. Er legte sich mit dem ganzen Gewicht seines großen Körpers auf mich, was mich außerordentlich erregte. Es war, als ob er mich in Brand steckte: Mein ganzer Körper erhitzte sich, ich begann zu beben, mich zu winden wie von einem Feuer erfasst. Dann wich Paulius etwas zurück, umfasste kniend meine Beine und befahl mit heiserer Stimme: ›Zieh dich aus.‹

Auch die anderen Male, wenn wir uns liebten, klangen seine Worte wie ein kategorischer Befehl ...

Er nahm eine handgewebte gemusterte Decke vom Bett und breitete sie auf dem Boden aus. Er sah mich an und befahl: ›Leg dich hin.‹

Bis dahin hatte ich Liebesangelegenheiten eher als Spiel betrachtet. Eine Art Schach. Immer neue Partien. Ich beherrschte alles mit dem Verstand. Steigende und sinkende Lust, sogar die stärksten und längsten Orgasmen. Die meisten hielten mich für eine ausgezeichnete Partnerin. Und nur dafür. Doch Paulius weckte in mir, wenn er mich mit stockendem Atem küsste, eine ganz andere, leidenschaftliche, wilde, animalische Erregung. Als ob ich aus mir selbst herausgetreten wäre und irgendwo unter der Decke schwebte, beobachtete ich die am Boden rasende und mit einer mir fremden Stimme kreischende Frau.

Als alles zu Ende war, hob der Mann die Frau vom Boden auf, trug sie zum Bett und setzte sich. Sie, nackt und bebend, nahm er auf die Knie. Er streichelte die Frau, die immer noch zuckte und wimmerte, und flüsterte: ›Meine Liebe, beruhige dich, beruhige dich, beruhige dich ...‹

Durch das Fenster schien die Sonne herein. Ich schaute zu, wie an den Wänden des Zimmers die Schatten der Bäume tanzten. Ich fühlte mich ganz ruhig und glücklich. Mir schien, dass genau so, Körper an Körper sich schmiegend, die Menschen das Wort ›Glückseligkeit‹ erdacht haben mussten. Ich atmete auf, die furchtbare Grenze war überschritten. Er stellte mich auf den kalten Boden und befahl: ›Zieh dich an!‹

Der Glückszustand zerplatzte. In jenem Moment erfuhr ich dasselbe wie Eva, als sie vom verbotenen Apfel versucht hatte. Ich zitterte und schrak zusammen, denn Gott rief mir mit donnernder Stimme zu: *›Ich werde deine Mühsal vervielfachen!‹* Ich zog mich an. Und Paulius sagte gelassen: ›Gehen wir in die Küche.‹

Wir saßen da und hörten zu, wie das Wasser aus dem Hahn tropfte und der Wasserkocher brodelte.

Paulius sagte: ›Ich bitte dich, lass den Kopf nicht hängen. Du hast doch nach dem, was geschehen ist, keine Angst davor, mir in die Augen zu sehen?‹

›Nein‹, antwortete ich und warf einen verstohlenen Blick auf ihn. ›Ich habe keine Angst. Wenn du nichts dagegen hast, rauche ich eine.‹

›Natürlich. Ich wusste nicht, dass du rauchst.‹

Ich fühlte, dass er den Blick nicht von mir wandte. Erst als ich den siedend heißen Tee ausgetrunken hatte, wagte ich schließlich, ihn anzusehen. Paulius schien sehr darauf gewartet zu haben, er küsste mir die Hand – einen Finger nach dem anderen. Ich versank wieder in Glückseligkeit. Diesmal war sie schon anders, voll von besonderen Vibrationen. Wie ein Apparat, der jeden Augenblick explodieren kann.

›Nun, meine Liebe‹, sagte Paulius und stand auf, ›wir müssen fahren.‹

›Wohin?‹ stotterte ich hervor.

›Es ist Zeit für die Abendmesse. Möchtest du mitkommen?‹

›Ja‹, stammelte ich wie ein kleines Kind.

Ich sehnte mich danach, dass er mich beschützte und behütete. Ich bemühte mich, mit leiser, zarter Stimme zu sprechen, damit er, wenn er mich hören wollte, sich zu mir zerbrechlichem Geschöpf herabbeugen musste. Ich wollte sein kleines, unglückliches Mädchen sein, das auf ewig seiner Hilfe und seines Trostes bedurfte. Doch nie mehr nannte ich ihn ›Vater‹. Ich spürte Furcht in mir, mein Schicksal lag ganz in seiner Hand, er wurde zu meinem Fels und meiner Burg, nur er konnte mein Retter sein, mich vor allen Gefahren schützen. Ich schaute ihn an, ertrank in ihm, zerging in ihm ...«

Vika holte tief Luft und fügte, sich die absolut trockenen Augen mit einem geblümten Taschentuch abtupfend, hinzu: »Mir scheint noch immer, dass ich das, was da mit mir geschehen ist, nie ganz werde erfassen können ...«

»Mir scheint noch immer, dass ich das, was da mit mir geschehen ist, nie ganz werde erfassen können ...«, sagte M. V. und zerkratzte sich die Hand an der feuchten rauen Wand, als sie sich eine Träne abwischte.

»Ich kann dir einen Rat geben«, sagte die andere Frau, »drehen wir uns jetzt auf den Rücken, ziehen wir die Knie an und legen die Hände unter den Kopf. Ja. Ist ganz bequem. Ich kenne alle möglichen Arten des reglosen Daliegens in diesem Loch.«

Beide Frauen drehten sich auf den Rücken.

»Du hast mir deinen Namen noch nicht gesagt.«

»Namen? Aber ich habe doch keinen mehr. In dieser Hölle ist mir nichts von dem geblieben, was ich außerhalb, in der Freiheit hatte. Jetzt bin ich ganz einfach Namenlos.« Sie lachte schnaubend und am ganzen Körper bebend. »So zu liegen ist doch um einiges besser, nicht wahr? Wenn du dich ein bisschen anstrengst, kannst du dir sogar vorstellen, dass du auf einer Wiese inmitten von Klee, Kamille und Schmielgras liegst; die Sonne scheint, die Grillen zirpen und es duftet nach Honig ...«

»So ist es wirklich besser. Mein Körper war schon ganz steif geworden.«

»Und jetzt erzähl mir, was mit dir passiert ist. Und warum dich das so verwundert.«

»Ich weiß nicht ...«

»Ich weiß nicht ...«, zog Namenlos den Satz in die Länge und ahmte dabei M. V.s klagende Intonation nach. »Immer das gleiche Liedchen. Du wirst deine Geschichte noch Hunderte von Malen erzählen müssen. Mit deinem ›weiß nicht‹ kannst du dich nicht aus der Affäre ziehen, wenn sie dich ausziehen, fesseln und für eine kurze Woche in den Bottich mit dem kalten Wasser stecken. Du wirst alles erzählen, auch wenn dir die Worte im Hals stecken bleiben, sobald sie dich aus dem Bottich herausnehmen und mit glühenden Eisenstangen traktieren ... Du wirst gestehen, dass du mit der Göttin Diana zu Festen der Ausschweifung geflogen bist, dass die Göttin Hekate dir die Macht verlieh, den Mond vom Himmel herunterzuholen, dass ...«

»Ich habe doch aber nichts dergleichen getan ...«

»Was soll's? Ich sage dir, erzähl mir jetzt, wie alles in Wirklichkeit war, denn du wirst keine weitere Möglichkeit dazu haben. Sie werden dich zwingen, das zu sagen, was sie von dir hören wollen. Ich zum Beispiel sagte, als ich es nicht mehr aushielt, dass Maria Magdalenas Tagebuch das wahrhaftigste Schwarzbuch gewesen sei, vom Satan mit weißen Buchstaben auf schwarzem Papier geschrieben. Ich habe dir ja gesagt – sie verstehen etwas vom Foltern. Doch wenn du die Grenze der Schmerzen überschritten hast, gelangst du in eine andere Welt, in der alle Äußerlichkeiten verschwinden. Du wirst sehen, dass die Wahrheit die Wahrheit ist, doch in den Worten steckt nicht viel davon. Worte sind nur die von einem Eidechsenschwanz abgestreifte Haut ... Die Wahrheit ist woanders. Wenn du die Grenze überschreitest, wirst du dich in der Wahrheit wieder finden, und es spielt überhaupt keine Rolle, welche Worte von deinen Lippen kommen. Deine Worte werden zu sinnlosen Schreien, zu Ächzen und Stöhnen werden. Wenn du jenseits der Grenze bist, kannst du die Worte sprechen, die sie aus dir herauszerren wollen. Wenn du in der Wahrheit bist, begreifst du, dass in allen Worten immer ein klein wenig Betrug steckt.«

»Und wenn ich die Grenze der Schmerzen nicht überschreite? Wenn ich einfach in den Schmerzen stecken bleibe?«

»Ich habe langsam genug davon, es dauernd wiederholen zu müssen: Sie verstehen etwas vom Foltern, auch wenn sie das, was sie tun, nicht foltern nennen. Sie sagen, dass sie nur eines wollen – dich vom Teufel trennen. Die Trennung geschieht mit Wasser und Feuer. Vom Wasser habe ich schon erzählt. Und mit dem Feuer spielen sie auf alle möglichen Arten. Zum Beispiel ziehen sie dich aus, fesseln dich und legen dich auf den Boden. Dann tauchen sie Gänsefedern in geschmolzenen Schwefel, zünden sie an, und werfen sie auf dich. Die Federn bleiben an deiner Haut kleben, der geschmolzene Schwefel brennt und spritzt. Wenn auch dann der Teufel deinen Körper noch nicht verlässt, stecken sie dir kunstvoll zurechtgeschnitzte Holzspäne zwischen die Zehen und zünden sie an und über dir hängen sie eine brennende Fackel auf, so dass die zischenden Schwefeltropfen direkt auf deine nackte Haut fallen ... Und während sie das tun, stellen sie dir ihre verrückten Fragen. Sie werden dich nicht so fragen, wie ich dich jetzt frage: Ist der Mensch, dessentwegen du hier bist, ein Mann?«

»Welcher Mensch?«

»Wie ich schon sagte – der, dessentwegen du hierher gebracht wurdest ...« Namenlos kicherte heiser.

»Und woher weißt du, weshalb ich hierher gekommen bin?«

»Ich weiß es nicht. Darum frage ich ja. Nun antworte schon, weiche nicht immer aus! War es ein Mann?«

»Natürlich ...«

»Natürlich? Es hätte deine Mutter, deine Schwester, dein Vater, dein Bruder, deine Freundin oder dein Kind sein können. Hexen kann man mit jedermann ... War er dein Ehemann?«

»Nein ... Doch ich liebte ihn.«

»Und du liebst ihn noch immer?«

»Ja ...« M.V. bedeckte ihr Gesicht mit den Händen, obwohl es dunkel war wie in einem Grab. »Nein ... Vielleicht doch. Ich weiß es nicht. Aber ich will ihn vergessen.«

»Und hat er dich geliebt?«

»Um Gottes willen ... ich weiß nicht ... das ist doch schließlich gar nicht wichtig.«

»Das ist wirklich nicht wichtig. Und wer war er?«

»Einige hielten ihn bloß für einen Einsiedler, der Wunder vollbringen kann. Andere sogar für einen Heiligen. Jetzt wird die Inquisition ihn wohl zum Teufel erklären. Er wurde Povilas Paukštietis, der Vogler, genannt.«

»Povilas Paukštietis! Ist das ein komischer Name!« Namenlos wählte jetzt aus ihrem breiten Lach-Register ein kehliges Kichern.

»Er war immer von einer Unzahl seltsamer Vögel umgeben. Nie zuvor hatte ich solche in dieser Gegend gesehen. Sie waren klein und hatten eine helle Stimme. Von leuchtender Farbe – wie die Blumen im Paradies auf den Heiligenbildern. Gelb, blau und grün. Mit kleinen schwarzen Wellen auf den Flügeln und der weißen Brust. Mit großen, schweren Schnäbeln und langen Schwanzfedern. Im Bestiarium habe ich gelesen, dass man diese Vögel, solange sie noch jung sind, lehren könne, wie Menschen zu sprechen. Martial schreibt, er habe so einen Vogel ›Ave Caesar‹ sagen hören.«

»Und wie heißt so ein Vogel?«

»Papagei.«

»Hmmm, sehr interessant!« Namenlos quietschte vor Vergnügen. »Und wo hast du diesen Vogelzüchter aufgegabelt?«

»Jeder von uns erlebt in seinem Leben eine leere und dunkle Zeit, wenn ihm schon alle Hoffnung verloren scheint. Ich war tief in der schwärzesten Enttäuschung versunken, als ich von einem Wundertäter erfuhr, der den Menschen die Hoffnung zurückgebe. Dieser Povilas Paukštietis wohnte weit weg, an einem schwer zugänglichen Ort, inmitten von Wäldern und Sümpfen. Seine Bleibe hatte er sich in einer Höhle eingerichtet, zwischen Steinen und Baumwurzeln. Unweit befanden sich ein großes Franziskanerkloster und eine Kirche. Als sich die Gerüchte um die vielen von Povilas Paukštietis vollbrachten Wunder verbreiteten, kamen die Hoffnungslosen in Scharen, um den Wundertäter wenigstens von weitem zu sehen. Die Franziskaner traten den zahlreichen Pilgern zuerst einen Flügel ihres Klosters, dann auch einen zweiten ab. Den dritten, in dem die strengste Klausur herrschte, umgaben die Kleinen Brüder mit einer hohen Mauer wie die einer Festung, mit einem einzigen Tor und sogar einer Zugbrücke. Povilas Paukštietis kam jeweils in der ersten Weihnachtsnacht, um sich die Christmette anzuhören, am Dreikönigstag, am Aschermittwoch und zweimal an Ostern – am Karfreitag und Ostersonntag. Er betete ganz besonders konzentriert, in vollständiger Ekstase, wobei er sogar einige Fingerbreit vom Boden abhob. Alle haben das gesehen. Seine Vögel flogen niemals nach drinnen, obwohl unter der Decke der Kirche eine Menge Tauben hausten, die so grau waren wie die in den Stein gehauenen Figürchen. Seine Vögel ließen sich über der Tür nieder, auf dem zentralen Tympanon, das das Jüngste Gericht darstellte. Ich reiste im Frühling hin, nach Ostern. Die Gärten blühten. Wie jetzt auch ...«

»Blühen jetzt etwa die Gärten?«

»Ja, sie blühen.«

»Ach, erzähl mir vom Frühling!«

»Ich weiß nicht, wie ich vom Frühling erzählen soll ... Wenn die Gärten erblühen, packt mich immer so eine süße Lebenslust, unentwirrbar mit Schuldgefühl verbunden ...«

»Schuldgefühl? Warum denn das?«

»Ach, wie soll ich dir das erklären? Hattest du nie das Gefühl, dass alles, was du tust, falsch ist ... Es ist, als ob das Leben in kleine Stücke zerfallen würde, die nicht mehr zusammenpassen, und in jedem einzelnen wäre ein Vorwurf versteckt. Als ob du dich an einen prophetischen Traum erinnerst – du spürst tastend, dass dir nur ein Detail fehlt, um zu begreifen, was von dir verlangt wird. Doch du begreifst es nicht, und mit stechendem Schuldgefühl wandelst du durch die blühenden Gärten und duftenden Wiesen ...«

»Seltsam. So etwas habe ich nie gefühlt ... Erzähl weiter.«

»Im Kloster kam ich gegen Abend an. Ich war sehr müde von der Reise, die zwei Tage und zwei Nächte gedauert hatte. Mir wurde eine kleine Zelle zugewiesen, durch deren Fenster ich nichts außer einer hohen Steinmauer sehen konnte, auf der graues, gelbes, grünes und violettes Moos wuchs. Das Fenster hatte keine

Scheibe, nur Eisenstäbe. Und an der Decke, dort wo sich die gekalkten Wölbungen kreuzten, hing ein Schwalbennest. Als ich die Zelle betrat, flatterten zwei große Vögel aufgescheucht hinaus, und im Nest piepsten ängstlich die Kleinen. Die Wände waren bis einige Ellen über den Boden mit weißem pelzigem Schimmel überzogen. Die Schwalben kehrten zurück, doch als zwei junge Mönche die Truhe mit meinen Sachen und einen Arm voll Brennholz für den Kamin brachten, flatterten die Vögel wieder beunruhigt hinaus. Die große Kirchenglocke läutete, mit singenden Stimmen antworteten die kleineren. Gleich musste der Abendgottesdienst beginnen. Ich war so müde, dass ich beschloss, nicht hinzugehen. Ich sah mich in meiner neuen Bleibe um. In der Ecknische standen ein Kupferbecken und ein weißer Krug mit Wasser. Dort stellte ich den Spiegel auf, den ich mitgebracht hatte…«

»Magst du Spiegel?«

»Ja. Dann nahm ich ein Buch aus der Truhe, das ich ebenfalls überallhin mitnehme. Das Bestiarium. Ich weissagte gern daraus. Jeder neue Tag schlich sich an wie ein noch nie gesehenes Tier, flog herbei wie ein Vogel, und manchmal war er zahm wie ein wohlbekanntes Wesen. Das Bestiarium half mir jeden Morgen, den Namen des neuen Tages zu erraten. Ich legte das Buch auf den Tisch am Fenster, der an einigen Stellen mit Schwalbenkot verschmutzt war. Doch plötzlich hatte ich das schmerzliche Gefühl, dass ich schon wieder, schon wieder alles nicht so machte, wie ich es sollte. Die Schuld ließ mich vor dem großen schwarzen Gekreuzigten niederknien, der neben dem Bett hing. Ich betete und wurde den Eindruck nicht los, dass der ans Kreuz Genagelte angeekelt sein gramvolles Gesicht von mir abwandte. Ich erhob mich, zündete eine Kerze an und schlug das Buch auf. Ich wollte nicht nur etwas über einen Tag erfahren, sondern über die ganze mir noch verbleibende Zeit. Das Buch öffnete sich bei einem Vogel.«

»Einem Papagei?«

»Nein, einem Geier. Lateinisch – vultur. A volatu tardo – in langsamem Flug. Dieser langsam gleitende Vogel ist außerordentlich scharfsichtig und räuberisch. Besonders gut sieht er alles, was mit dem Tod zusammenhängt. Plinius behauptet, dass die Geier, die hinter den in die Schlacht ziehenden Heeren herflogen, die Zahl der Gefallenen im Voraus kannten. Der Geier kann dem Menschen seine Todesstunde voraussagen. Und aus dem Flug erblickt er alle Leichen, auch die tief unten im Wasser. Der Verfasser des Bestiariums sieht eine seltsame Parallele zwischen dem Geier und dem Erlöser. Ebenso wie der Geier von hoch oben alles vom Tod Gekennzeichnete sieht, so ist auch der Erlöser aus dem Himmel in die Welt der Sterblichen gekommen. Und noch etwas! Das Geierweibchen kennt den Wunderstein, der die Geburt beschleunigt und die Schmerzen lindert ...«

»Bist du vielleicht wegen eines Kindes zu Povilas Paukštietis gefahren? Sollte er dir die Hoffnung zurückgeben, dass du ein Kind bekommen kannst?«

»Vielleicht ... Dräng mich nicht, unterbrich mich nicht. Alles, was ich da las, bewegte mich sehr. Doch die Müdigkeit war stärker als die Aufregung. Ich hatte nicht mehr die Kraft, im Kamin Feuer zu machen und auch nicht, mich auszuziehen. In allen Kleidern fiel ich auf das feuchte, modrig riechende Lager. Doch ich konnte nicht einschlafen. Ich weiß nicht, ob ich wenigstens für ein kurzes Weilchen geschlafen habe. Dann dämmerte es. Im Nest piepsten die Schwälbchen, und ihre Eltern flogen ein und aus. Die Glocken schlugen die klösterlichen Gebetsstunden: Matutina, Laudes, Prim. Vom Licht der aufgehenden Sonne färbten sich die Wände meiner Zelle rot. Ich stand auf und ging nach draußen.

Die Frische des Morgens war mit Worten nicht zu erfassen. Auf dem Hof gingen barfüßige Novizen emsig ihrer Arbeit nach. Ich wusste nicht, ob es sich für mich schickte, als Frau unter ihnen zu sein. Ich stieß sachte ein hübsch geflochtenes Türchen auf, es knarrte und ließ mich in einen großen Garten ein. Dort blühten Apfel-, Kirsch- und Birnbäume. Auf dem Boden lagen so viele Blütenblätter, dass man durch sie hindurchwaten konnte wie durch Schnee, man versank bis zum Knöchel, an manchen Stellen bis zum Knie darin. Ich hatte noch nie etwas Ähnliches gesehen. Plötzlich spürte ich, dass mich jemand beobachtete. Ich schaute mich um. Natürlich war da niemand. Mich schauderte. Ich rannte aus dem Garten hinaus und ging in die Kirche. Als Erstes sah ich drinnen die Geier. Sie waren aus Stein gehauen, auf dem Kapitell jeder Säule hockte einer. Sie sahen genauso aus wie in meinem Bestiarium. Nur hatten die steinernen in ihren mächtigen Schnäbeln noch je ein Kindlein.«

»Ah, dann bist du also tatsächlich wegen des Kindes zu Paukštietis gegangen?«

»Dräng mich nicht, unterbrich mich nicht. Ich war erstaunt, die Kirche fast leer vorzufinden. Es beteten nur einige Mönche, doch kein einziger Gast, von denen es hier nach den Erzählungen der Leute Hunderte geben musste. Ein Kleiner Bruder trat zu mir und sagte: ›Meine Dame, Ihr werdet zu spät kommen. Jeden Morgen kurz nach Sonnenaufgang und jeden Abend nach Sonnenuntergang zeigt sich Povilas Paukštietis den Pilgern. Vielleicht schafft Ihr es ja noch. Die Lichtung, der die Leute den Namen Hoffnung gegeben haben, ist nicht weit von hier.‹ Und er zeigte mir den Weg.

Unversehens fühlte ich mich ganz allein. Ich eilte auf einem von vielen Füßen ausgetretenen Pfad, doch eine unerklärliche Sehnsucht und Traurigkeit presste mir die Brust zusammen. Ich wollte es mir nicht eingestehen, doch ich bereute schon, hierher gekommen zu sein. Ich begann zu rennen, als ob ich so den unentwegt wachsenden Gewissensbissen entkommen könnte. Oben auf dem Hügel blieb ich wie erstarrt stehen. Vor mir tat sich eine große Lichtung voller Menschen auf – die Lichtung der Hoffnung. Sie waren so still, dass sie zu schlafen oder sogar tot zu sein schienen. Ich stieg hinab und spürte, dass ich gar nicht in diese Menge hinein wollte. Nichts außer der Morgenfrische roch nach Hoffnung. Ich sah nur die Rücken und die mit verschiedenfarbigen Tüchern bedeckten Köpfe der Frauen. Und all diese stummen Menschengestalten wogten wie Espen im Wind. Plötzlich wurde ich von einem heißen Gefühl der Unruhe fast versengt. Wie von einer schrecklichen Macht verfolgt zwängte ich mich durch die dicht zusammenstehenden Frauen nach vorn. Ich erwartete, dass die Leute zu murren beginnen, mich an den Kleidern und an den Händen packen würden, doch nichts dergleichen geschah. Alle machten mir schweigend den Weg frei, und ich fühlte mich wie in einen Traum versetzt. Schließlich fand ich mich in einer der ersten Reihen wieder. Vor mir schlängelte sich ein Bächlein, dahinter breitete sich eine sumpfige Lichtung aus und noch weiter hinten ein dunkelblauer Wald. Durch die schwarzen Baumwipfel drangen die roten Strahlen der eben erst aufgegangenen Sonne, und lautes Vogelgezwitscher war zu hören. Ich schaute mich um – alle Frauen sahen mich an, und in ihren Augen spiegelte sich die Sonne, sie funkelten rot, wie die von Wildkatzen. Ich wandte mich ab und starrte angespannt in den Wald. Nichts, gar nichts auf dieser Lichtung roch nach Hoffnung. Die Frauen stimmten mit weinerlichen Stimmen die Litanei der Heiligsten Jungfrau Maria an: ›… Heilige Mutter Gebärerin Gottes Mutter Christi Mutter der Gnade Gottes reinste Mutter keuscheste Mutter unberührte Mutter unbefleckte Mutter liebe …‹

Ich erinnerte mich aus irgendeinem Grund an das, was ich am Vorabend im Bestiarium über das Geierweibchen gelesen hatte. Hinter meinem Rücken wogte ein seltsames Geräusch durch die Menge: als ob ein vom Regen ausgewaschener Abhang einbricht und das Gras, die Büsche und der Boden ins Rutschen kommen. Ich drehte mich um. Alle Menschen auf der Lichtung waren auf die Knie gefallen. Ich kniete auch nieder und sah erst jetzt den über den Sumpf schreitenden Menschen. Das war er. Povilas Paukštietis. Ich bedauerte, den Augenblick versäumt zu haben, als der Einsiedler aus dem Wald heraustrat, und noch mehr bedauerte ich, dass ich in diesem besonderen Augenblick nicht von einer angemessen frommen Stimmung erfüllt war.

Povilas Paukštietis trug ein schwarzes weites Gewand mit einer großen, das Gesicht vollkommen bedeckenden Kapuze. Man sah nur den langen, dichten grauen Bart. Das sackartige, gürtellose Gewand verbarg seinen Körper. Man konnte nur erkennen, dass er größer als der Durchschnitt war. Die Arme hatte er auf der Brust verschränkt und die Hände in den weiten Ärmeln der Kutte versteckt. Die Vögel, die um ihn herum schwirrten wie ein gelbgrün-blauer Schleier, machten einen genauen Blick auf den Einsiedler unmöglich. Ich sah, dass Paukštietis ohne einzusinken über den Sumpf ging, über dem gespenstische Nebelschwaden hingen – so als ob er über Marmorboden schreiten würde.

Es wurde ganz still. Sogar die Vögel im Wald verstummten, nur die Papageien zwitscherten mit hellen, durchdringenden Stimmen.

Als er zum Bach kam, blieb Povilas Paukštietis für einen Augenblick stehen, ließ die Hände sinken und hob sie dann wieder in die Höhe, als ob er uns segnen wollte. Die Vögel ließen sich auf seinem Kopf und seinen Schultern nieder. Ich sah, wie sie ihre langen Krallen in den schwarzen groben Stoff bohrten. Dann ging der Einsiedler einfach über das Wasser, obwohl sich gleich daneben ein hölzerner Steg befand.

Die Menge durchfuhr ein frommes Aufseufzen, und hie und da waren hysterische kurze Schreie zu vernehmen. Der Einsiedler stand ganz nahe bei mir, ich konnte seine nackten Füße und die großen, schönen Hände mit den blau hervortretenden Adern deutlich sehen. Die Papageien ließen sich auf dem Boden nieder und das grüne Gras erblühte plötzlich wie im Paradies. Povilas Paukštietis bekreuzigte sich und segnete das Kreuz schlagend die ganze Lichtung. Aus der Menge stiegen Schreie, Weinen und laute Gebete auf.

Ich begann zu zittern. Ich erhob die Augen zu Povilas Paukštietis, als könnte ich durch die tief heruntergezogene Kapuze hindurch sein Gesicht sehen. Ein plötzlicher Windstoß hob für einen Augenblick die Kapuze des Einsiedlers, und mir schien es, als sei sein Blick direkt auf mich gerichtet. Erst später, als ich mich mit den Pilgern unterhielt, erfuhr ich, dass alle jedes Mal dasselbe fühlten. Sogar der am äußersten Rand der Lichtung Stehende war fest überzeugt, dass der kurze Blick von Povilas Paukštietis, den er dank eines zufälligen Windhauchs erhaschen konnte, nur ihm allein zugedacht war. Ihr allein. Deshalb versuchte kaum einer, sich so wie ich möglichst bis in die Nähe durchzudrängeln. Jeder wünschte sich, inmitten der dicht gedrängten Menge bemerkt und auserwählt zu werden. Nur er allein. Nur sie allein. Doch damals wusste ich davon nichts und versuchte heuchlerisch, meine Eitelkeit zu bekämpfen, indem ich mir einreden wollte, es sei nicht wahr, dass der heilige Blick mich gestreift habe. Nur mich allein. Mich allein, die sogleich von einer unanständigen Neugier ergriffen wurde: Wie sah wohl das unbedeckte Gesicht dieses Menschen aus, wie war die Berührung seiner Hände und … hatte der asketische Körper des Einsiedlers eine Frau gekannt?

Ich fuhr zusammen, denn Povilas Paukštietis begann plötzlich zu sprechen. Wieder hatte es den Anschein, als seien die mit tiefer, leiser Stimme gesprochenen Worte nur mir zugedacht. Nur mir allein. Gewiß konnten diese Rede doch nur die noch hören, die einige Schritte hinter mir standen.

›... O gramvolles Schicksal der Menschheit! O schweres und trauriges Los! Wir haben das verloren, wozu wir in Tat und Wahrheit erschaffen wurden. Ihr fragt mich, was wir verloren haben und was erlangt? Was ist verschwunden und was geblieben? Wir haben die Seligkeit verloren, für die Gott uns erschuf. Wir haben die Mühen erlangt, die uns an aller Anfang nicht zugedacht waren. Wir lechzen nach dem Engelsbrot, an dem wir uns einst satt aßen. Doch wer wird jetzt unseren unerträglichen Hunger stillen? Jetzt essen wir Schmerzensbrot, das wir früher nicht kannten. O du unser andauerndes Klagen, o du unser endloses Weinen! Wehe, wir Unglücklichen! Von wo sind wir vertrieben und wohin verbannt? Aus der Heimat – ins Exil! Von dort, wo wir Gott von Auge zu Auge sahen, in die schmerzvolle Blindheit! Aus der Süße der Unsterblichkeit in die Bitternis des Todes! O schreckliche Veränderung: vom großen Guten zum großen Bösen! Schwer ist die Strafe, schwer die Reue, wie schwer ist uns alles!‹

Es war, als ob Povilas Paukštietis von meinem Zustand sprach. Ich hätte selbst keine passenderen Worte gefunden, um meine nicht zu lindernde Sehnsucht, meinen unstillbaren Hunger, meine unendliche Traurigkeit zu beschreiben. Als er seine Predigt beendet hatte, schlug der Einsiedler über der Menge das Kreuz, drehte sich um und ging davon. Die Papageien hingen wie ein großer bunter Heiligenschein über seinem Kopf. Der Einsiedler ging über das Wasser und entfernte sich mit den leichten Schritten eines Wesens, das fliegen kann, durch den nebelverhangenen Sumpf. Ich folgte ihm mit den Augen bis zum grün glänzenden Wald und war überzeugt, dass der Mönch meinen wie eine Vogelkralle an ihm haftenden Blick spürte. Als Povilas Paukštietis zwischen den hohen hundertjährigen Bäumen verschwand, konnte man in der Menge Weinen vernehmen. Auch in meinen Augen standen Tränen, Unruhe nagte an meinem Herzen, Sehnsucht riss an meiner Seele, und ich konnte einfach nicht verstehen, warum man dieser Lichtung den Namen Hoffnung gegeben hatte.

Wie Treibeis, das im Fluss nur schwer vorwärts kommt, bewegte sich die Menge langsam zurück zum Kloster. Erst jetzt bemerkte ich, wie viele Verkrüppelte hier waren. Blinde Frauen glitten in einer langen Kette dahin, ihre weißen, zum Himmel emporgerichteten Augen glänzten in der Sonne wie Perlmutt und in den Gesichtern herrschte ... Seligkeit! Irgendetwas erzählten sich die Stummen, ihre langen und empfindsamen Finger zerteilten eifrig den dicken Filz der Stummheit, doch in den Gesichtern herrschte ... Seligkeit! Wie in einem unbekannten rituellen Tanz hüpften die einbeinigen, die armlosen, die gebeugten, die abscheulich dicken, die von ihren Behinderungen gekrümmten, die mit Fischflossen statt Händen winkenden, die kleinwüchsigen, die großköpfigen, die aussätzigen, die von der Wolfskrankheit oder vom Wasser verunstalteten, die nasenlosen, die verfaulenden, die blutenden Frauen ihnen nach und wirbelten weiße Staubwolken auf, auf Rädern rollten die beinlosen Frauen, die gelähmten, doch in aller Augen herrschte ... Seligkeit! Nur mir blieb sie verwehrt ... Wollte Povilas Paukštietis mich etwa so aus den anderen erwählen?

Die ganze Menge ergoss sich in den Klosterhof. Dort waren große, weiß gedeckte Tische aufgestellt und flinke barfüßige Novizen brachten den Pilgern das Essen.

Ich hatte großen Hunger. Ich sah mich nach einem freien Platz um und wunderte mich sehr, als eine Frau mich winkend mit meinem Namen rief. Sie hatte ein sehr knochiges und bleiches Gesicht mit blauen Ringen unter den hervorstehenden stahlfarbenen Augen. Als sie lächelte, sah ich, dass sie keinen einzigen Schneidezahn mehr hatte. Trotzdem sah ihr Gesicht schön aus.

›Alle nennen mich Upė, auch wenn das ‚Fluss' heißt und nicht unbedingt ein Name zu sein scheint‹, sagte sie, als ich mich neben sie setzte. ›Und wie du heißt, habe ich aus dem Gästebuch erfahren. Weißt du noch, gestern trugst du deinen Namen ein, wie alle Neuankömmlinge?‹

Ich erinnerte mich gar nicht mehr daran. Obwohl ich vielleicht von Müdigkeit übermannt jemandem meinen Namen zugemurmelt haben mochte.

Und Upė fuhr fort und versetzte mich immer mehr in Staunen:

›Meine Pflicht ist es, jeden Morgen Vater Paukštietis die Namen aller Neuankömmlinge mitzuteilen. Auch wenn es einige hundert sind. Jetzt, im Frühling und im Sommer erwarten wir einen richtigen Ansturm von Menschen …‹

Wie verhext schaute ich auf ihren zahnlosen Mund, aus dem außergewöhnlich sanfte, wie in Seide gehüllte Worte strömten. Ich konnte die Augen nicht von dieser seltsamen Frau abwenden. Wann und wie traf sich Upė wohl mit dem Einsiedler? Wie erreichte sie seine Bleibe, wenn doch ein gewöhnlicher Sterblicher den Sumpf zu Fuß nicht überqueren konnte? Kannte sie andere Wege? Warum gerade sie? Warum war gerade Upė auserwählt?! Mich packte der Neid. Sie spürte es und sah mich voller Verachtung an.

Upė füllte meine Schüssel bis zum Rand mit Roggenbrei mit Milch. Ich aß und schien im Leben noch nichts so Schmackhaftes versucht zu haben. Die Luft war erfüllt von Licht, Apfelblüten, Bienengesumm, Düften und Vogelgezwitscher. Es überkam mich eine süße, durch nichts gestörte Seligkeit – ich war ganz verwundert, es war, als hätte mich jemand verwandelt. Ich hatte noch nie so ein Gefühl von erlösender Leichtigkeit gehabt. Ich sah mich um: Jeder Einzelne der an den weißen Tischen Sitzenden warf wie ein Spiegel meinen seligen Gesichtsausdruck zurück. Nur Upė war griesgrämig. Sie schien uns alle durch halb geschlossene Augenlider anzuschauen wie unverständige Kinder und uns auszulachen. Plötzlich erblickte ich an ihrem Hals ein Schmuckstück aus blauen, gelben und grünen Federn. Ich ahnte gleich, dass die Frau absichtlich das Haar zurückwarf und sich mir so zuwandte, dass ich den Talisman sehen musste, der ihre besondere Beziehung zu Povilas Paukštietis klar und deutlich bezeugte. Mich packte noch finsterere Eifersucht, ich bemühte mich vergeblich, sie zu verscheuchen. Es war eine Schande, dass mir in all dem fröhlichen Glanz dieses Frühlingstags ein so schwarzes Gefühl seinen giftigen Kranz aufsetzte.

Später konnte ich mich davon überzeugen, dass nicht ich allein, sondern jeder Einzelne, sogar der mit dem glückseligsten Lächeln, heimlich von furchtbarer Eifersucht zerfressen wurde. Die Männer beneideten die Männer und noch mehr die Frauen, und am meisten beneideten die Frauen die Frauen. Neid ... Wer könnte all seine stechenden Farben und schmutzigen Farbtöne schildern, wer die Tiefe seiner widerhallenden Abgründe ausmessen, die Kälte seiner vereisten Gipfel, die Hitze seiner Wüsten, seinen vom Geruch nach Blut und Schmutz verpesteten Atem?

Doch jedem Ding seine Zeit. Ich saß am weiß gedeckten Tisch, trank von dem Honigwein, den mir Upė eingeschenkt hatte, stieß den Neid zur Seite und lächelte.

›Heute Abend komme ich in deine Zelle. Ich denke, wir haben einiges zu bereden‹, sagte Upė, als das Frühstück zu Ende war. ›Und jetzt geh ein wenig hinaus. Es ist sehr schön hier. Besonders im Frühling!‹

Ich trat wieder durch das Tor aus dem Kloster hinaus. Ich ging nicht den gleichen Weg wie am Morgen, sondern in entgegengesetzter Richtung, obwohl ich nur allzu gern ausspioniert hätte, auf welchen Wegen Upė zu Povilas Paukštietis gelangte ... Manchmal gefiel es mir, mit mir selbst zu kämpfen. Doch je mehr ich mich bemühte, nicht an ihre Treffen zu denken, desto mehr zehrten Neugier und Neid an mir. Ich wanderte lange umher. Die Landschaft war schön und seltsam: Sümpfe, brachliegende Felder, unzählige Bäche, Rodungen, verbranntes Gestrüpp, Weiden, leere unbesäte Äcker ...

Ich ging auf dem Kiesweg, und rundherum, so weit das Auge reichte, breiteten sich feuchte Wiesen mit kleinen Teichen aus, in denen sich der blaue Himmel und die dünnen Wolken spiegelten. Hie und da waren Störche auf Froschfang, und wie Scherben waren überall kleine, spitzschnablige, spitzflüglige, spitzschwanzige, blendend weiße Vögel verstreut. Die Welt erschien wunderbar erfrischend, klar, rein und als wäre sie gerade erst erschaffen worden. Ich schritt mit geschlossenen Augen voran, das Gesicht der Sonne und dem warmen duftenden Wind zugewandt. Und als ich die Augen öffnete, sah ich auf dem Weg jemanden kommen. Er war groß und trug ein schwarzes Gewand. Ich dachte, ein Pilger, der neue Hoffnung schöpfen will, eilt ins Kloster. Plötzlich blieb mein Herz fast stehen und meine Beine wurden weich. Das war er selbst! Povilas Paukštietis!

Augenblicklich vergaß ich meine Neugier, meinen Neid und

dass Upė sich jeden Morgen mit ihm traf. Ich dachte nur eins: Schickt es sich oder nicht, ist es erlaubt oder verboten, sich mit einem Einsiedler – und wenn auch rein zufällig – zu treffen? Vielleicht werde ich, oder habe es schon, eine verbotene Grenze überschreiten? Wäre es nicht besser, wenn ich mich umdrehe und wegrenne? Aber was denkt dann Paukštietis von mir? Soll ich mich vielleicht im Straßengraben verstecken? Oder wie eine Verrückte über die Wiesen laufen? Während ich dies dachte, hörte ich nicht auf, vorwärts zu gehen. Wir kamen einander näher.

Povilas Paukštietis hatte seine große Kapuze zurückgeschlagen. Die Papageien flatterten im bunten Viereck hoch oben im Himmel wie ein ohrenbetäubend zwitschernder Drache. Ungestört konnte ich das Gesicht des Einsiedlers betrachten. Doch gleich wurde ich wieder von Zweifeln gepeinigt. Sollte ich den Einsiedler grüßen? Wenn ja – mit welchen Worten? Ihn dabei ansehen oder die Augen niederschlagen? Sollte ich lächeln oder ein frommes Gesicht machen? Das Kreuz schlagen? Auf die Knie fallen?

Wir waren nur noch einige Schritte voneinander entfernt. Ich starrte gierig in das Gesicht des Einsiedlers. Er hatte einen großen, ausdrucksvollen Kopf und dichte graue Haare. Ich musterte die hohe Stirn, die schwarzen Augenbrauen, den durchdringenden, ja furchteinflößenden Blick der tiefen grauen Augen, die römische Nase, die hervortretenden Backenknochen und die sensiblen Lippen, über die plötzlich ein kindliches, sorgloses Lächeln huschte. Ich hatte mir das Gesicht des Einsiedlers nicht so vorgestellt und war erstaunt.

Wir blieben voreinander stehen. Ich blickte mit gesenktem Kopf auf seine nackten, staubigen Füße. Wir hätten einander berühren können.

›Es ist schön hier, nicht wahr? Und viel Raum für Gedanken …‹, sagte Povilas Paukštietis und legte mir seine schwere Hand mit den langen Fingern auf die Schulter.

Ich hob den Kopf. Er sah mir direkt in die Augen. Ich tat noch einen Schritt nach vorn. Er umarmte mich. Ich fragte mich nur, was ich jetzt mit meinen Armen tun sollte, die schlaff herabhingen. Durfte ich den Einsiedler berühren? Umarmen? Wenn ja – fest? Oder war das vielleicht schon eine Todsünde? Povilas Paukštietis legte eine Hand um meine Hüfte, die andere auf meinen Nacken und drückte mich noch fester an sich. Ich umarmte ihn auch und legte meinen Kopf an seine Schulter. Ich nahm den Geruch des Einsiedlers wahr, den ich außerordentlich gut zu kennen schien, doch weder damals noch heute vermochte ich zu ergründen, woran er mich so erregend und betörend erinnerte... Über die Schultern von Povilas Paukštietis sah ich in den unendlichen Wiesen die weißen spitzschnabligen Vögel schimmern. Ich fühlte mich ganz ruhig und glücklich. Mir schien, dass genau so sich aneinander schmiegend zwei Menschen, ein Mann und eine Frau, das Wort ›Glückseligkeit‹ erfunden haben mussten.

›Ich dachte nicht‹, flüsterte ich, ›ich hätte nie gedacht, dass der Mensch solch ein Wohlgefühl in dieser Welt erfahren kann.‹

Povilas Paukštietis wich ein wenig zur Seite, streichelte meinen Kopf und sprach: ›Die Menschen erklären das Gesicht von Himmel und Erde und sehen nicht das, was vor ihnen liegt, und sind nicht fähig, den Augenblick zu erfahren ...‹

Wir standen einander noch immer gegenüber, und seine Hände lagen noch immer auf meinem Körper. Plötzlich brauste, schwirrte, schrie etwas über unseren Köpfen. Ich stieß einen Angstschrei aus, doch es waren nur die Papageien. Kreischend und die scharfen Krallen in seinen Körper bohrend setzten sie sich auf die Schultern des Einsiedlers. Ohne ein weiteres Wort zu sagen zog sich Povilas Paukštietis die schwarze Kapuze über und ging davon. Die Vögel kreischten immer noch, schlugen mit den Flügeln, und der Schatten des Einsiedlers ähnelte einem Baum mit breiter Krone, dessen Blätter im Wind zittern. Plötzlich fühlte ich einen scharfen Schmerz in einer Schläfe. Ich fuhr mit der Hand darüber und sah Blut auf meinen Fingern. Wahrscheinlich hatte mich ein Papagei im Sturzflug mit seinem räuberischen Schnabel oder den Krallen gekratzt. Ich ging einige Schritte, doch dann drückte mich eine wie aus dem Nichts aufgetauchte Unruhe zu Boden. Ich setzte mich ins feuchte Gras am Wegrand, presste die Hände an den Kopf und murmelte wie mit fremden Lippen: ›Was wird jetzt mit mir geschehen, was wird jetzt nur mit mir geschehen ...‹«

»Was wird jetzt mit mir geschehen,was wird jetzt nur mit mir geschehen?« So fragte ich mich tausendmal am Tag. »Was wird mit dir geschehen, Maria Magdalena?«

Ziellos irrte ich durch die Straßen der Stadt und fühlte mich wie ein Vogel auf dem Durchzug – so fremd erschienen mir alle Menschen. Zu Hause angekommen schloss ich die Tür hinter mir zu, erkannte jedoch weder meine Kammer noch die Gegenstände darin noch mein Spiegelbild. Ich schlich im Zimmer umher wie in ihrem Käfig die große schwarze Katze aus Übersee, die ich einmal auf dem Marktplatz sah.

Seit jenem Tag, als Jesus mit mir sprach, kann ich gar nicht mehr schlafen. Ich drehe nur Runden in meinem nächtlichen Käfig. Ich fahre zusammen und drücke mich in die Ecke, wenn jemand an meine Tür klopft. Sie, die Männer, können nicht verstehen, was mit mir los ist … Die Armen. Barfuß spüre ich die Wärme des tagsüber heiß gewordenen Fußbodens. Um Mitternacht kühlt er ab. Gegen Morgen liegt etwas Tau darauf. Am Anfang der Nacht erscheinen alle Dinge in meinem Zimmer grau. Dann werden sie schwarz. Noch später nehmen sie eine grünliche Farbe an und vor der Morgendämmerung eine violette. Bei Sonnenaufgang ist es, als ob sich rotbrauner Staub darüber legte. Auch meine Augen fühlen sich an, als ob Staub hineingeraten wäre. Sie brennen.

Ich weinte nur in den ersten Nächten. Dann begann ich hinauszugehen und mir anzuhören, was Jesus sagte. Ich lauerte ihm auf wie eine Katze. Ich mischte mich unter die Leute. Einmal drängte ich mich bis ganz in seine Nähe durch. Er erkannte mich nicht. Er sah mich nicht einmal an, obwohl ich das Gedränge ausgenutzt und ihn berührt hatte. Doch nicht für mich, nicht für mich waren seine Worte bestimmt: »Wer mir nah ist, der ist nahe beim Feuer, und wer fern von mir ist, der ist fern vom Königreich.« Ich war fern, unendlich fern, und da packte mich eine große Hoffnungslosigkeit. Vor Tränen blind ging ich nach Hause.

Ich glaubte, dass wenigstens der Wein, rot wie Blut, meinen Schmerz lindern würde. Ich saß in der offenen Tür und sagte zu mir selbst: Der Abend ist so wunderschön, duftend, zwitschernd, klar, was also quält dich so furchtbar, Maria Magdalena? Was erfüllt deine Tage mit Unruhe, was lässt dich in den Nächten nicht einschlafen? Sieh nur, wie grün und glänzend die Blätter der Olivenbäume sind, wie wunderbar gelb das blühende Senffeld, wie rot der Wein im silbernen Becher; wie blau der Himmel ist, wie golden die Ränder der rötlichen Wolken, wie violett dein Kleid, wie weiß deine Haut ... Warum also stößt du diesen Tag von dir wie den schlimmsten Feind? Er wird nicht wiederkehren! Was begehrst du denn? Die Liebe des Propheten? Das Schicksal der Prinzessin Salome? Warum sagst du dir, dass die Einsamkeit dich mehr verletzt als die Lanzen, die die Stieftochter des Herodes niederstachen? Verlangst du wirklich nach demselben Schicksal wie die wahnsinnige Salome? Nach der Liebe des Propheten?

Was ist Liebe, Maria Magdalena? Bis jetzt hast du keine erfahren, obwohl du so viele Männer hattest! Träumst du wirklich davon, dass eure beiden Körper nackt wären, die Beine sich umeinander schlingen, die Hände sich verschränken, die Zungen sich verflechten, euer Atem zu einem verschmelzen würde und der Prophet in dich eindränge wie ein Strom geschmolzenen Metalls? Ach nein, nein, nein, nein, ich träume überhaupt nicht davon! Obwohl – auch davon! Ich weiß nicht, wonach ich mich sehne, denn niemand könnte meinen Durst stillen.

Begehrst du vielleicht ein Kind von ihm, dem Propheten? Maria Magdalena, du willst ein Kind? Du?! Und erinnerst du dich noch an die heißen Aufgüsse, die du in den Höhlen bei den Zauberinnen trankst? Erinnerst du dich noch an die stinkenden, siedend heißen Bäder, in die du deinen sündigen Körper tauchtest, brüllend vor Schmerz, wie am Morgen endlich das Blut floss, aber auch deine Haut sich schälte wie die einer Aussätzigen? Erinnere dich daran, wie du, die Zähne zusammenbeißend, die heißen Steine auf deinem Bauch ertrugst, nur um die von einem Fremden in dir gezeugte Frucht zu vernichten! Hast du vergessen, wie scheußliche Werkzeuge in deinem unglücklichen Schoß herumstocherten, die Zauberinnen dazu schreckliche Zaubersprüche herunterleierten, ihre schwarzen Hähne krähten und die einäugigen Katzen vor Geilheit miauten, und wie du betetest, dass das unerwünschte Leben in dir erlöschen möge?

Was ist nun also Liebe, Maria Magdalena? Du weißt es nicht... Deshalb weißt du auch nicht, was du mit dir anfangen sollst. Du bist wie eine einsame Reisende, die es in ein unbekanntes Land verschlagen hat. Das Land der Liebe ... Deshalb findest du auch keine Ruhe an diesem wunderbar ruhigen Abend. Diese Unruhe wird weder ein Blick noch ein Wort noch eine Berührung noch eine Zärtlichkeit von ihm noch sein Körper in deinem Körper noch sein Kind in dir vertreiben! Ach, ich fürchte mich, Maria Magdalena!

Und dann kann ich nur beten und zusehen, wie der Mond auf- und wieder untergeht. Ich schließe die Augen und wiederhole laut mit Jesu Gesicht vor Augen: »Mein Geist ist verängstigt, mein Herz wird schwer in meiner Brust ... Ich strecke die Hand aus zu dir, meine Seele dürstet nach dir wie verbranntes Land ... Sende mir mit dem Morgengrauen Vergebung, auf dir ruht meine Hoffnung ...«

Und eines Morgens verließ ich mein Haus. Ich ging hinaus mit denen, die Jesus folgten. Jünger, Frauen, Bettler, Krüppel – eine große Menge. Unter ihnen wurde mir ein wenig leichter ums Herz. Als ob eine Art Ruhe sich auf meinen Schultern niedergelassen hätte. Ich ging hinaus, schaute, den Kopf im Nacken, den Himmel, die Wolken, die Vögel, die Baumwipfel an und fühlte mich sofort, als ob ich fliegen würde. Obwohl meine Augen nicht einmal jeden Tag die von Jesus trafen.

Ich nahm jedes Wort Jesu in mich auf und begriff entsetzt, wie vernachlässigt, wie verunstaltet meine Seele war.

Und er sprach: »Kommet her, all ihr Ermatteten und Bedrängten! Ich werde euch erfrischen. Mein Joch ist leicht, meine Last leicht ...«

Sanft waren seine Stimme und seine Augen und sein Lächeln und seine Bewegungen. Ich starrte auf das leuchtende Gesicht Jesu und wagte nicht zu blinzeln. Meine Blicke waren wie die Hände eines Hungernden, die zitternd nach dem Brot greifen; wie die Finger eines Ertrinkenden, die im Todeskampf plötzlich Halt spüren. Jeden Augenblick befürchtete ich ihn zu verlieren. Mit den Augen klammerte ich mich an Jesus fest wie ein von Fieber gequältes kleines Kind an seiner Mutter.

»Nehmt mein Joch auf eure Schultern und lernt von mir, denn ich bin friedfertig und wohlgesinnt. In mir werdet ihr Erquickung für eure Seelen finden.«

Und das sanfte Joch Jesu fiel auf meine Schultern wie Frühlingsregen auf einen Boden, den seit Jahrzehnten kein Wasser mehr benetzt hat. Vor lauter Tränen sah ich den Weg nicht mehr und stürzte zum Meister. Ich kniete nieder und umarmte seine Beine. Meine Tränen ergossen sich auf seine staubigen Füße. Ich löste die Riemen seiner Sandalen und wischte mit meinen Haaren und Tränen den Staub von seinen Füßen. Da sagte einer in der Menge: »Jesus, diese Frau, die dich berührt, ist eine Sünderin! Alle wissen das. Auch du, wenn du ein Prophet bist, müsstest das wissen!«

Ich löste mich auf. Wie damals, als ich auf dem Magdala-Platz vor ihn hingestellt wurde. Jesus bückte sich, fuhr mir mit der Hand übers Haar und sprach: »Ich habe euch allen etwas zu sagen.«

»Sag es, Meister, sag es!« Die Menschen wogten auf und ab und umringten uns in einem engen Kreis.

»Ein Geldverleiher hatte zwei Schuldner. Einer schuldete ihm fünfhundert Dinar, der andere hingegen fünfzig. Da sie die Schuld nicht zurückzahlen konnten, erließ er sie beiden. Welcher wird ihn wohl mehr lieben?«

»Ich glaube, der, dem mehr geliehen worden war«, sagte der, der mich angeklagt hatte, nun schon viel demütiger.

Ich wagte es, meine Augen zum Meister zu erheben.

»Du hast richtig entschieden«, sagte Jesus, und sein Gesicht wurde von einem seltsamen Licht verklärt, das ich nicht zum ersten Mal bemerkte. Doch es war kein Lächeln.

Unsere Blicke trafen sich wieder. Wieder – nach jenem verhängnisvollen Mal, als ich hätte gesteinigt werden sollen. Beschämt bückte ich mich und beeilte mich, ihm die Füße zu küssen. Da brach Judas aus Karioth das Schweigen. Seine tiefe und heisere Stimme würde ich unter tausend erkennen.

»Rabbi, den Buckligen begradigt erst das Grab. Wenn ich du wäre, würde ich diese verdorbene Frau weit fort schicken. Marias Lippen küssten für Geld und ihre Hände liebkosten viele Männer. Und jetzt wagt sie es, dich, Gottes Sohn, zu küssen und zu berühren.«

Ja, Judas aus Karioth hatte mich mehr als einmal und bezahlte immer großzügig.

»Judas, richte nicht die anderen, auf dass du nicht selbst gerichtet werdest! So wie du sie richtest, so wirst auch du gerichtet werden. Warum siehst du das Körnchen im Auge deiner Schwester, doch bemerkst nicht den Balken in deinem? Heuchler, rolle zuerst den Balken aus deinem Auge heraus, und dann kümmere dich darum, wie das Körnchen aus Marias Auge zu entfernen sei.«

Ich wurde ganz rot, und der Schweiß brach mir aus. Ich senkte den Kopf und wollte mein schamerfülltes Gesicht hinter meinem Haar verbergen. Jesus bückte sich, legte kühle Finger um mein Kinn und ließ es nicht zu.

»Mit welchem Maß ihr messt, mit dem wird auch euch zugemessen werden. Und wem wenig vergeben wurde, der liebt auch wenig. Maria werden viele Sünden vergeben, denn sie liebte sehr…«, sprach Jesus und drang mit einem strahlenden Blick in mein innerstes Wesen ein.

Er erinnerte sich nicht mehr daran, dass er mir schon einmal vergeben hatte! Er erinnerte sich nicht mehr an mich! Ach, wollte ich aufschreien, gib ein klares Zeichen, dass du mich behütest! Sollen meine Feinde sich schämen, wenn sie sehen, dass du, Herr, mir hilfst und mich tröstest!

Jesus nahm mich bei der Schulter, half mir aufzustehen und sagte leise: »Maria aus Magdala! Ich erinnere mich sehr gut daran, dass ich dir schon einmal deine Sünden vergeben habe. Danach hast du in Gedanken so gesündigt wie Prinzessin Salome durch ihr Handeln. Doch ich vergebe dir wieder.«

Jesus sah durch mich hindurch. Ich verneigte mich und küsste schweigend den Saum seines Gewands.

»Wer ist er denn, dass er sogar die Sünden vergibt wie der Herr?« rief ein Pharisäer aus der Menge.

»Ich warf das Feuer in die Welt und jetzt wache ich darüber, bis es sich entfacht! Doch ihr alle seid Feiglinge und Kleingläubige!« sagte Jesus unerwartet zornig, seufzte auf und sprach dann mit halblauter Stimme zu mir: »Tochter, dein Glaube hat dich errettet. Folge mir ruhig.«

»Ach, Meister, ich bin unwürdig, unwürdig, unwürdig! Teurer als das Leben ist deine Gnade! Ich weiß nicht, wie und womit, Herr, ich sie verdient habe.«

»Wer bittet, der bekommt immer, Maria. Wahrlich, ich sage euch allen: Bittet und euch wird gegeben. Suchet und ihr werdet finden. Klopft an und euch wird aufgetan!«

Er musterte uns alle aufmerksam, als ob er nach etwas suchte, drehte sich um und ging. Und ich wollte ihm noch so viel sagen. Ach, Jesus, meine Seele sehnt sich nach dir, mein Körper dürstet nach dir wie die Wüste nach Wasser. Hatte Jesus meinen stummen inneren Schrei gehört? Er sagte, ohne sich umzudrehen: »Wehe dem Körper, der von der Seele abhängt, wehe der Seele, die vom Körper abhängt.«

Ich schwieg, denn alle starrten mich wachsam an, wie auf Beute lauernde Vögel. Didymos Judas Thomas, der keinen Schritt von Jesu Seite wich und alle seine Worte aufschrieb, zog ein Täfelchen hervor und ritzte diesen mir zugedachten Satz ein.

Jesus reiste durch Städte und Dörfer, lehrte und verkündete die Gute Nachricht von Gottes Königreich. Und ich ging mit ihm. Jetzt schon mit ihm und nicht mit der Menge. Er wurde stets begleitet von zwölf Jüngern und von Frauen, die er von bösen Geistern und Krankheiten geheilt hatte. Ich hörte die Menschen flüstern, Jesus habe auch aus mir sieben Dämonen ausgetrieben. Da begann ich, sie an den Fingern abzuzählen. Er vertrieb die Trauer aus mir, von der ich bis ins Innerste erfüllt war, die meine Tage vergiftete und die Nächte in schwärzeste Abgründe verwandelte. Auch von größter Lieblosigkeit war ich, und alle Menschen schienen mir Feinde zu sein. Ich weiß, dass die Eitelkeit von mir Besitz ergriffen hatte – wie auf edle Steine bildete ich mir etwas ein auf meine Schönheit und Intelligenz vor denen, die sie nicht hatten. Ich empfand für niemanden Mitleid – weder für mich selbst noch für Gottes Geschöpfe um mich herum, ich redete mir ein, dass die ganze Welt sich gegen mich verschworen hatte – ich wollte mich an ihr rächen. Ich fand keine Ruhe: Hoffnungslosigkeit, Gier und

Lust trieben mich wie mit Peitschen durch die mir verhasste Zeit …

Wenn sich die großen Mengen versammelten und während die Menschen noch von allen Seiten herbeieilten, sprach Jesus in Gleichnissen. Ich legte jedes seiner Worte in mein Herz. Überflutet von Glück war meine Seele, nur von ihm träumte ich, wenn ich vor dem Schlafen noch wach lag und in meinen nächtlichen Träumen, und an ihn dachte ich, kaum war ich erwacht. Er war mein großer Beschirmer, im Schatten seiner Flügel jauchzte ich.

Jesus vollbrachte Wunder. Die Kunde davon verbreitete sich wie von einem gewaltigen Sturm getragen, doch der Meister sagte zu jedem, den er errettet hatte: »Erzähl niemandem davon …«

Jeder von uns suchte selbst nach einer Erklärung für die Wunderkraft Jesu. Doch am nächsten bei der Wahrheit lag wahrscheinlich Levi, ein Zöllner aus Kapernaum, der sich an die Worte des Propheten Jesaja erinnerte: »Er hat unsere Behinderungen genommen, er hat sich unsere Krankheiten aufgeladen …«

Ich habe schon gesagt, ich ließ mit den Augen nie ab von Jesus und weiß deshalb, welch übermenschliche Anstrengung für jedes einzelne Wunder nötig war. Ich sah, wie sein ganzer Körper sich anspannte wie der eines wilden Tiers vor dem Sprung, wie die Kraft durch seine Arme strömte, wie er die Finger spreizte so wie ein fliegender Vogel die Federn seiner Flügel, wie feine Schweißtröpfchen auf seiner Stirn erschienen, wie die Adern an den Schläfen anschwollen, die Gesichtsmuskeln zuckten und der Blick scharf wie eine geschliffene Klinge wurde. Doch die Menge kümmerte das gar nicht. Die nach Wundern Dürstenden umringten Jesus, stießen und bedrängten ihn, dass er kaum mehr atmen konnte. Als ob der Meister kein Mensch wäre, sondern ein heidnisches Götzenbild, von dem sich der Unwissende, der es berührt, sofortige Heilung erhofft. Alles hing nur vom Wunsch und Willen Jesu ab. Ich erinnere mich, wie er einmal, von der Menge nach allen Seiten gezerrt, voller Schmerzen schrie: »Wer hat mich berührt?«

»Meister«, sagte Simon Petrus, der gefühllos und hart wie Fels war, »die Menge drückt und stößt dich.«

»Nein, mich hat jemand berührt, denn ich spürte, wie mich Kraft verließ.«

Da stimmte eine Frau ein Klagelied an: »Herr, ich war es, ich habe mich dir von hinten genähert und den Saum deines Kleides berührt ... Seit zwölf Jahren leide ich an Blutungen, mein ganzes Vermögen habe ich für die Heilkundigen ausgegeben, doch niemand konnte mir helfen. Und kaum hatte ich dich berührt, hörten die Blutungen sofort auf!«

Jesus lächelte, mich jedoch erfasste plötzlich schreckliche Wehmut. Ich begriff die Ursache dieses bitteren Gefühls nicht, oder vielleicht wollte ich mir ja nur nicht eingestehen, dass ich so traurig war, weil Jesus für mich immer unerreichbar, unverständlich, unerkennbar bleiben würde. Ein Rätsel. Das Große Geheimnis ...

Trotzdem berührten mich nicht seine Wunder, sondern seine Worte am meisten. Wenn der Meister zu sprechen anfing, heilte meine Seele, schlossen sich die Wunden, verschwanden die Narben.

»Selig sind die geistig Armen«, wiederholte Jesus gern, »denn ihnen gehört das Himmelreich. Selig sind die Traurigen, denn sie werden getröstet werden. Selig sind die Sanftmütigen – sie werden die Erde erben. Selig sind, die nach Gerechtigkeit hungern und dürsten – sie sollen gesättigt werden.«

Die süßeste Glückseligkeit bereiteten mir solche Worte von ihm, denn was war ich anderes als eine schrecklich ermattete Seele, geplagt von grenzenloser Traurigkeit, von in Worte nicht fassbarem Warten, quälendem Hunger, unstillbarem Durst?

Wer war ich, wer bin ich denn? Ich war wie ein spielendes kleines Mädchen: Ich lief durchs Leben, die Augen mit einem bunten Tuch verbunden, wer immer meinen Weg kreuzte, den drückte ich an mich, betastete ihn, streichelte ihn und versuchte zu erraten – vielleicht ist gerade er meine wahre Liebe? Doch nein: Weder der Schriftgelehrte noch der Hirte noch der Pharisäer noch der Zöllner noch der Soldat noch der Händler noch der Maler noch der Goldschmied noch der Dichter ... Ach, nicht dieser, nicht jener und der dort auch nicht!

Und jetzt endlich habe ich ihn gefunden. Die Binde fiel von meinen Augen. Ich liebte Jesus. Diese Liebe war tausendmal größer als ich. Ich fühlte mich in ihr wie ein kleines Käferchen, das auf einer riesigen, mit aller Kraft in Schwung gebrachten und tönenden Glocke gelandet ist. Doch meine Gedanken waren immer noch die eines Menschen. Allzu menschlich... Und mit niemandem konnte ich sie teilen.

Ich wollte ein Kind von Jesus. Ich wusste, dass er Kinder außerordentlich liebte. Die Leute brachten sie oft zum Meister. Sie baten darum, dass er seine heiligen Hände auf die Köpfe der Kinder lege. Und Petrus, der sich als Aufseher unserer Gruppe fühlte, gefiel es außerordentlich, allen alles zu verbieten. Er konnte nicht anders als erklären: »Der Meister hat auch ohne eure Kinderchen mehr als genug Arbeit!«

Einmal hörte das Jesus und sagte: »Lasst die Kleinen zu mir! Verbietet den Kindern nicht, zu mir zu kommen, denn ihnen gehört das Himmelreich. Gerade diese Kleinen gleichen denen, die ins Himmelreich eingehen. Wahrlich, ich sage euch: Wer das Himmelreich nicht annimmt wie ein Kind, geht nicht darin ein.«

Jesus streichelte die Kinder, sprach mit ihnen, brachte sie zum Lachen, küsste sie, nahm sie in den Arm, drückte sie an sich und leuchtete dabei vor Freude. Sogar die reizbarsten hörten auf zu wimmern und zu heulen, begannen zu jauchzen, wenn sie den Segen seiner Nähe erfahren hatten. Wenn ich Jesus betrachtete, wie er mit den Kindern spielte, begann mein Herz zu bluten. Ich verlor fast die Besinnung vor Traurigkeit und Wehmut, vor unendlicher, vergeblicher Sehnsucht.

Einmal, als ich mich so quälte, kam Judas zu mir und fragte mit schiefem Lächeln: »Weißt du, warum er die Kinder so lieb streichelt?«

Ich erstarrte, denn ich meinte, Judas habe meine geheimsten Wünsche erraten. Er kannte mich tatsächlich gut. »Nein, ich weiß es nicht...«, brachte ich nur stotternd heraus.

»Jesus hat Gewissensbisse. Wer, wenn nicht er, ist schuld am Mord an Tausenden von Säuglingen in Bethlehem?«

»Herodes befahl, sie zu töten!« zischte ich zwischen den Zähnen hervor und fühlte, wie plötzlicher Hass auf Judas mir die Kehle zuschnürte.

»Herodes? Und was tat der Vater im Himmel, von dessen endloser Gnade Jesus so oft spricht?«

Judas' Lächeln war fürchterlich. Ich wollte ihm mit den Nägeln das Gesicht zerkratzen. Doch Jesus drehte sich genau in dem Moment um und hob, ein blondes Mädchen an sich drückend, fragend die Augenbrauen. Vielleicht kam es mir nur so vor, als ob seine Augen voller Zorn waren.

»Du redest böse gegen Gott«, sagte ich zu Iskarioth und entfernte mich.

Am selben Abend wollte ich Jesus alles erzählen. Damit es mir leichter ums Herz würde ... Er schien müde und traurig wie nie zuvor. Er rührte nichts zu essen oder zu trinken an. Ich befürchtete, dass er das Gespräch zwischen mir und Judas gehört haben könnte. Er saß da, den Kopf gesenkt, und schien unbeschreiblich weit weg von uns allen zu sein. Plötzlich stand er auf, kam zu mir, nahm mich an der Hand und zog mich vom Boden hoch.

»Komm mit mir«, sagte er nur und gab keine weiteren Erklärungen.

Wir gingen schweigend, doch Hand in Hand.

»Deine Ohrringe klirren wie damals, als man dich zum ersten Mal zu mir brachte«, sagte er schließlich.

Wir wanderten den See entlang. Die Sonne ging unter. Es war ein stiller Abend, irgendwo in der Ferne bellten Hunde. Ihr Gekläff unterstrich nur noch die Ruhe und den Frieden.

»Setz dich«, sagte er mit sanfter Stimme, doch gebieterisch, denn er redete stets nur so mit mir.

Wir setzten uns. Es roch nach Schilf und Schlamm. Fische sprangen von Zeit zu Zeit hoch, glitzerten in der Abendsonne auf mit ihren silbernen Schuppen und plumpsten zurück ins Wasser, und dieses Glitzern versetzte einen in größtes Erstaunen.

»Ich bin sehr müde«, sagte er leise. »Lass mich meinen Kopf auf deine Knie legen.«

Ohne auf mein Einverständnis zu warten, tat er es. Mein Körper erbebte wie vom Blitz getroffen. Ich wagte weder seine Stirn noch sein Haar zu berühren – ich, Maria Magdalena, die so viele Männer gehabt hatte.

»Du warst heute auch traurig« sagte er, ergriff meine Hand, die nicht wusste wohin, und drückte sanft meine Finger.

»Ja, Meister. Ich fühlte mich in der Menge furchtbar einsam, obwohl ich ganz nahe bei dir stand. Es war zum Weinen, so unerträglich war meine Einsamkeit.«

»Es warten viele vor der Tür, doch es sind die Einsamen, die in den Hochzeitssaal eintreten.« Jesus sah mich an, und in den Winkeln seiner Lippen erzitterte ein geheimnisvolles Lächeln. »Gesegnet sind die Einsamen, denn sie werden das Königreich finden, denn sie stammen dorther und kehren dorthin zurück.«

Ich legte meine Hand auf seine kühle Stirn. Ich fühlte mich völlig ruhig und glücklich. Mir schien, dass so aneinander geschmiegt zwei Menschen, ein Mann und eine Frau, das Wort »Glückseligkeit« erdacht haben mussten.

»Ich glaubte nicht«, flüsterte ich, »dass der Mensch auf dieser Erde eine solche Glückseligkeit erfahren kann.«

Er setzte sich auf, umarmte mich und flüsterte: »Die Menschen erklären das Gesicht von Himmel und Erde und erkennen nicht, was ihnen zu Füßen liegt, und vermögen nicht den Augenblick zu erfahren.«

Plötzlich kam Wind auf.

»Es ist Zeit zu gehen« sagte er, erhob sich und half mir beim Aufstehen.

Der plötzliche Windstoß blies meine Haare Jesus direkt ins Gesicht. Im Licht der untergehenden Sonne leuchteten sie rot und flossen über seine bleiche Stirn und Wangen wie Blut. Ich wagte nicht, das laut zu sagen. Er sprach es selbst aus: »Ja, Maria. Ich werde bald sterben.«

Ich fuhr zusammen, und er nahm mich mit beiden Händen an den Schultern, drehte mich um und flüsterte: »Schau nur ...«

Unweit unter einer hohen smaragdfarbenen Zypresse versteckte sich ein weiß gestrichenes Häuschen. In der Tür standen ein Mann und eine Frau. Der Mann hielt ein Kind in den Armen, die rot gekleidete Frau war schwanger und erinnerte an eine riesige Klatschmohnknospe. Auf dem Dach des Häuschens, das während des Tages heiß geworden war, schmiegten sich zwei Katzen aneinander. Die Luft roch nach Abend. Mir schien, als hätte ich nie etwas Schöneres gesehen und würde es auch nie mehr.

»Gehen wir«, sagte er und drückte dabei meine Finger, so dass es mir wehtat.

Wir kehrten zu den anderen zurück. Die Augen von Simon Petrus waren scharf, als ob er unsere verschränkten Hände mit seinem Blick auseinanderhacken wollte. Als in meinem Geist das Wort »zerhacken« auftauchte, erinnerte ich mich wieder an Jesu Gesicht, das mir gerade erst blutig erschienen war, und den furchtbaren Satz: »Ja, Maria, ich werde bald sterben.«

Jesus beabsichtigte zu beten, doch bevor er uns verließ, sagte er uns, dass es die Bestimmung des Menschensohnes sei, viel zu leiden, von den Ältesten, den Hohenpriestern und den Schriftgelehrten verurteilt, ausgepeitscht, ermordet zu werden und am dritten Tag aufzuerstehen. Er sprach gerne in Rätseln, sah uns an und konnte sein Lächeln kaum verbergen, manchmal lachte er sogar, nur die Augen blieben immer streng dabei.

An jenem Abend kam er noch mal zu mir, streichelte meine Wange und fragte in die plötzlich entstandene Stille: »Warum verursache ich dir so furchtbares Leid? Versuch zumindest dir selbst zu antworten ...«

»Versuchen Sie zumindest sich selbst zu antworten«, sagte Norma. »Warum verursachte dieser Mann Ihnen solche Verzweiflung? Oder tut es immer noch?«

Auf der Couch liegend verbarg Vika ihr Gesicht in den Händen und sagte kaum hörbar: »Sehnsucht nach dem verlorenen Paradies.«

»Was?«

»Sehnsucht nach dem verlorenen Paradies. Ich habe es auch erst kürzlich begriffen. Meine Liebe für ihn war und ist nur Sehnsucht nach dem verlorenen Paradies.«

»Könnten Sie das so erklären, dass ich es verstehe?«

»Was gibt es da zu erklären? Einfach eine furchtbare Sehnsucht nach dem, was unmöglich, unerreichbar ist ... Auch wenn ich mit ihm zusammen war, auch in den Augenblicken, in denen wir uns am nächsten waren, fühlte ich mich nicht völlig glücklich. Im Gegenteil – ich spürte ein schmerzhaftes Stechen, und manchmal brach ich sogar in Tränen aus, denn ins verlorene Paradies kann man nicht zurückkehren ... Er wusste das, deshalb tröstete oder beruhigte er mich nie. Er lag neben mir und schwieg. Und die Stille über uns war so schwer und groß. Später weinte ich auch in den Armen anderer Männer, aber nicht aus Sehnsucht nach Paulius, sondern nach dem verlorenen Paradies.«

»Sie hatten immer nur Sehnsucht nach dem verlorenen Paradies? ... Erzählen Sie mir vielleicht, von welcher Art die Beziehungen mit denen waren, die Sie die ›anderen Männer‹ nennen?«

Vika begann zu weinen. Die feuchten, flüsternd ausgesprochenen Wörter glitten zwischen ihren gespreizten Fingern hindurch wie kleine Fische: »O mein Gott, wieso verstehen Sie denn nicht? Ich liebte Paulius. Und liebe ihn noch immer. Zuerst waren die anderen ein Mittel, um Paulius zu vergessen, dann – eine Art Rache ...«

»Eine Art Rache?«

»Zuerst an ihm. Dann wurden meine Beziehungen zu den ›anderen Männern‹ zur Rache an ihrem ganzen Geschlecht.«

»Ja, das ist nicht ungewöhnlich. Und wann begannen Sie Ihren Rachefeldzug?«

»Damals, als ich mir den Kopf kahl rasierte, schien es, dass ich keinen Einzigen von ihnen je wieder würde ertragen können. Ich würde nicht mehr mit einem Mann zusammen sein können, der Dreck unter den Fingernägeln hatte oder in der Nase bohrte, dessen Mund nach altem Zigarettenrauch stank oder nach saurem Wein, dessen Körpergeruch an die Stiefel eines Reiters erinnerte, der fünf Tage ohne Unterbrechung geritten ist.«

»Und wonach roch Paulius?«

»Paulius?« Vika warf die Hände hoch und starrte an die Decke. »Er roch, wie Sieger riechen. Die, die immer und überall gewinnen. Er roch nach sauberem, weißem, ruhigem und freudigem Sieg. Er verströmte nie auch nur einen Hauch von Hoffnungslosigkeit oder Verzweiflung. Kein Schweiß, keine Mühen oder Misserfolge. Manchmal roch er wie Bergluft – mir wurde ganz schwindlig davon. Manchmal nach Weihrauch. Diesen Geruch, der am Körper und im Haar klebte wie Sand, brachte er aus der Kirche mit.«

»Und wann haben Sie versucht, ihn mit einem ›anderen Mann‹ zu vergessen?« Die Worte »anderen Mann« sprach Norma wie einen unanständigen Ausdruck aus.

»In der Nacht, nachdem er mich verlassen hatte.«

»So schnell?«

»Ja. Möchten Sie, dass ich erzähle?«

»Auch für Sie selbst wäre es nicht schlecht, sich auszusprechen. Sie haben doch noch niemandem davon erzählt, oder?«

»Doch, habe ich. Ich ging zu Paulius zur Beichte. Nur einige Stunden nach dem Verrat. Ich erzählte alles. Bis in die kleinsten Details. Er trug mir eine Buße auf und erteilte mir die Absolution!« Vika lachte schallend.

»Hofften Sie, ihm so Schmerzen zu bereiten?« Norma kam zur Couch und stellte sich mit verschränkten Armen neben Vikas Kopf auf.

»Nein. Ich wollte mir selbst Schmerzen bereiten. Und auch – die Beichte ablegen. Paulius war mein Beichtvater.«

»So ist das also? Vielleicht erzählen Sie es mir auch?« Norma setzte sich auf den Rand der Couch.

»Am Tag, nachdem er mich verlassen hatte, fühlte ich, dass ich es nicht länger aushielt in meinem Haus, in meinem Zimmer, in meinem Bett. Ich musste unbedingt nach draußen. Unbedingt. Tagsüber wagte ich nicht, mit meinem frisch rasierten Kopf irgendwo hinzugehen. Ich wartete bis zur Nacht. Als es dunkel wurde, setzte ich mir einen schwarzen Hut auf und schlich mich in die Stadt. Haben Sie Vilnius schon mal in der Nacht gesehen?«

»Ja.« Norma lehnte sich in unangenehmer Weise gegen Vikas Beine. »Natürlich.«

»Wirklich in der Nacht? Die Nacht, das ist die Zeit, wenn schon lange alle Restaurants, Cafés, Bars geschlossen sind. Die Schlägereien sind zu Ende. Nacht ist, wenn in allen Fenstern und in vielen Straßen das Licht erlischt, wenn sogar die Kirchen verschlossen sind für die Enttäuschten und die Sünder. Ich weiß nicht, ob es eine Stadt gibt, die leerer ist als Vilnius in der Nacht. Ich fühlte mich darin wie ein Fremdkörper, wie ein spitzer Splitter, der in ein riesiges, weit offenes Auge gefallen ist. Das nächtliche Vilnius braucht gar keine Menschen, genauso wenig wie die Berge, die unermesslichen Ozeane, die Wüsten oder die großen Wälder. Ich lief lange umher und hatte viel Zeit, um darüber nachzudenken. Ich schaute die unbewohnten Häuser mit den mit Brettern zugenagelten Fenstern an. Ich starrte sie an, als ob sie ein Rätsel verbergen würden, das ich, koste es, was es wolle, lösen musste. Und während ich so ungefähr die zehnte Runde durch das frühere Ghetto drehte, löste ich es ...« Vika brach in ein Gelächter aus, das jeden Augenblick zur Klage werden konnte.

»Sagen Sie vielleicht auch mir die Lösung des Rätsels?« Norma presste fest ihr Handgelenk.

»O ja! Ich dachte, dass, wenn ich mich in einem unbewohnten Haus umbringen würde, für ein halbes Jahr oder so niemand meinen Körper fände. Ich würde verschollen sein, das wär's. Ich konnte mir immer nur eine Art des Selbstmords vorstellen: mir die Pulsadern aufzuschneiden. Vor allem anderen hatte ich Angst. Doch auch diese Methode braucht viel Zeit, es besteht immer die Gefahr, dass dich jemand zu früh erwischt. Dann bringt man dich ins Krankenhaus, wiederbelebt dich, pumpt dich mit Neuroleptika voll und so weiter. Ich konnte mir die riesigen Blutlachen vorstellen, durch die dieser Jemand waten müsste. In ein altes Haus mit zugenagelten Fenstern aber kommt kein Retter. Das Blut wird vom Müll, dem Staub, dem morschen, weichen Boden aufgesogen. Niemand stört es bei seinem Lauf. Mehr als genug Zeit, um zu sterben ...«

»Und über das alte Haus haben Sie nicht nachgedacht? Warum sollte es zum Zeugen eines so furchtbaren Todes werden?«

»Nein, daran habe ich nicht gedacht. Ich habe es einfach ausgewählt – ein fensterloses, blindes, absolut totes Haus – und ging hinein. Ich wusste, wie man es macht, die Adern durchschneiden, durchtrennen oder auch durchbeißen. Ich war entschlossen, das zu tun ...«

»Was hat Sie dann daran gehindert?« Norma strich über Vikas

Handgelenk, an dem keine Spuren eines Selbstmordversuchs zu erkennen waren. »Haben Sie Angst bekommen?«

»Nein, nicht ein bisschen. Die Außentür knarrte beim Aufmachen und fiel hallend hinter mir zu. Die Dunkelheit roch muffig nach Katzen, feuchten Lappen und, warum auch immer, nach Flussschlamm. Mir gegenüber befand sich eine Treppe. Ich stieg tastend hinauf, stieß gegen unsichtbare Gegenstände, strauchelte und schob mit den Schuhspitzen Glasscherben aus dem Weg. Im ersten Stock hörte ich Stimmen, Musik. Die schwarze Wand wich plötzlich zurück und es fiel ein blendend weißes Lichtband über den Boden. Ich erstarrte. Ich sah einen Mann den Raum durchqueren. Er blieb bei dem Loch stehen, das einst die Balkontür war. Er pinkelte pfeifend. Der Mond beleuchtete den Strahl, wie einen romantischen Springbrunnen. Wie kann man nur auf so einen Vergleich kommen!«

»Sie sagten nicht, dass der Mond schien.«

»Natürlich schien er. Mondlicht und surrealistische Schatten, wie auf den Bildern von de Chirico.« Vika biss sich auf die Lippe und verstummte.

»Erzählen Sie weiter.«

»Ich wollte abhauen, doch der Absatz meines Schuhs blieb in einem Spalt des morschen Bodens stehen. Ich stieß einen kurzen Schrei aus, hüpfte zur Seite, verlor das Gleichgewicht und stürzte fast zu Boden. Das Licht fiel jetzt direkt in meine Augen. Der Mann drehte sich um und bemerkte mich. Ich konnte ohne Schuh nicht rennen. Und ich wollte auch nicht … Er näherte sich mir, während er seinen Hosenschlitz zumachte. ›Es scheint, wir haben einen Gast‹, sagte er, als er schon ganz nahe war. Er stank nach billigen Zigaretten und Alkohol. Ich schwieg. ›Zu wem willst du denn, Kleine?‹ fragte er und legte mir seine schwere Pfote auf die Schulter. ›Zu niemandem. Ich habe einen Schuh verloren.‹ Er ließ ein Streichholz aufzischen. Ein zweites, ein drittes. Er gab mir den Schuh. Er hob mich hoch und trug mich keuchend weg. Sein Hals war nass vor Schweiß, sein Hemd aufgeknöpft, die Brust schrecklich behaart. Sein Gesicht konnte ich immer noch nicht erkennen. Im Zimmer saßen sie zu fünft. Drei Jungs und zwei Mädels. Eine Lampe brannte. Ein CD-Player spielte. Sie hatten sich gar nicht schlecht eingerichtet. Sie hatten zwei völlig zerschlissene Betten, vier schiefbeinige Stühle, statt eines Tisches ein Brett, das auf rote Ziegelsteine gelegt war. An der Wand prangten echte Graffiti-Meisterwerke.«

»Wer sind ›sie‹?«

»Ich weiß es nicht. So eine alternative Jugend in schwarzen Kleidern und Lederjacken. Der, der mich hergebracht hatte, war etwa zwanzig Jahre alt, mit einem massigen Boxer-Gesicht, eingeschlagener Nase, betrunkenen, blutunterlaufenen Augen. ›Ich hab euch Aschenputtel hergeschleppt. Sie hatte einen Schuh verloren‹, sagte er mit heiserer Stimme, stellte mich auf den Boden, tätschelte mir den Hintern und nahm mir den Hut ab.

Als sie meinen kahlen Kopf sahen, begannen sie zu klatschen, mit den Füßen zu stampfen und zu johlen, als ob ich ein Superstar wäre. Sie machten keine Anstalten, mich zu vergewaltigen. Sie gaben mir zu trinken. Sie soffen Wodka. Sie spülten ihn mit Wasser aus einem Glas mit weißem Satz runter, wahrscheinlich schlecht aufgelöstes Vitamin C. Boxer – es stellte sich heraus, dass genau dies sein Spitzname war – war vor drei Tagen aus dem Gefängnis entlassen worden. Schon seit drei Tagen dauerte in dem alten Haus sein feierlicher Empfang an.

Ich setzte mich auf das eingedellte Bett. Alle streichelten ohne Unterlass meine Glatze, wie einen magischen Stein, bei dessen Berührung man Unsterblichkeit erlangt. Ich tauchte in eine beduselte, allumfassende Gefühllosigkeit ein. In meinem Kopf tummelten sich wie schlüpfrige Eidechsen mit langen Schwänzen die seltsamsten Gedanken. Zwischendurch glaubte ich schon tot zu sein. Haben Sie mal von der Theosophen-Theorie gehört, nach der die Seele eines Toten noch tagelang unter den Lebenden umherirrt, ohne zu begreifen, dass der zu ihr gehörende Körper schon begraben ist? Je stärker sich die Seele an das irdische Sein klammert, desto länger glaubt sie, das wichtigste Attribut der materiellen Welt – den Körper – noch zu haben. Deshalb vollführt sie mit Überzeugung das ganze tägliche Ritual: isst, schläft, läuft umher, macht sich an die Arbeit, spricht Menschen an. Doch die sehen, hören, riechen, ertasten sie nicht mehr …

Nein, ich war keine von der Gewohnheit zu leben besessene

Seele einer Toten. Ich wurde angesprochen, gestreichelt, mit Getränken versorgt, aber in meinem Inneren gellte laut etwas bedrückend Fremdes. Da erinnerte ich mich an eine andere Theorie, nach der in Momenten eines großen Schocks, einer großen Erschütterung oder auch der absoluten Verzweiflung die Seele für kurze Zeit den Körper verlassen kann. Und der Körper bleibt ganz leer, wie ein unbewohntes Haus, in das hineingehen kann, wer will: ein Dieb, ein Obdachloser, ein Selbstmörder. Wahrscheinlich war genau das mit mir passiert. Eine schrecklich fremde Seele floss in meinen Körper wie Spenderblut. Deshalb fühlte ich weder Schmerz noch Sehnsucht, keine Verzweiflung oder Gewissensbisse mehr. Der Schüttelfrost der Erinnerungen ließ mich nicht mehr zittern. Das Wort *Liebe* bedeutete mir nicht mehr und nicht weniger als jedes andere. Liebe und auch alle anderen Gefühle und Sinneswahrnehmungen – sind das nicht einfach nur leere Trugbilder, dachte ich, und um es zu überprüfen, zwickte ich mich in den Arm und biss mir auf die Zunge. Mein Körper war gefühllos. Wie meine Seele.

Ein Pärchen begann sich auf dem ein Jahrzehnt lang nicht mehr gesäuberten Boden zu lieben, nachdem es vorsorglich eine Zeitung ausgebreitet hatte. Das zweite küsste sich und gab ein klebriges Schmatzen von sich, wie durch eine viel zu enge Öffnung in ein Gefäß fallende Sülze.

›Alle Engel sind Voyeure...‹, sang ein magerer langbeiniger Bengel und trat dabei jemandem in den nackten Hintern, der weiß aus dem schwarzen Geflecht der sich am Boden Windenden herausstach.

Ich ging in den Korridor. Der Langbeinige folgte mir. In der Hand hielt er ein halb zerschlagenes Glas, in dem eine brennende Kerze stand.

›Darf ich der gnädigen Frau den Weg beleuchten? Wahrscheinlich willst du mal pinkeln? Unsere Mädels erledigen das in der Ecke dort.‹

›Nein, will ich nicht ... Ich will gar nichts.‹ Ich verkroch mich ins andere Zimmer, in dem es stockdunkel war, denn das einzige Fenster war mit Brettern zugenagelt. Der Langbeinige trat hinter mir ein, die Kerze in der erhobenen Hand, und bekleckerte die Wand, den Boden, die Decke mit unseren flatternden Schatten.

Ich hockte mich auf den Fenstersims. Er setzte sich mir gegenüber auf eine verrostete Metallkiste, die einem Safe glich. Die Kerze stellte er neben sich. Unsere Knie berührten sich. Er drückte meine Finger mit seinen verschwitzten Händen. Sein Kinn hatte eine bläuliche Farbe vom schon seit einigen Tagen nicht rasierten Bart. Ich wusste, was jetzt kommen würde. Er stand auf und küsste mich stürmisch.

›Oh, du bist sicher sehr erfahren in solchen Dingen!‹ stammelte er und lispelte dabei aus irgendeinem Grund auch noch. ›Sag mir, wie alt bist du?‹

›Nein, das sage ich nicht. Und du?‹

›Siebzehn. Und du so ungefähr dreißig?‹

›Ungefähr . . .‹

›Ich habe schon oft davon geträumt, mit einer erfahrenen Frau zu schlafen. Mit so einer wie dir.‹

›Ich habe nur einen Mann geliebt. Einen Priester. Du kannst dir vorstellen, was für ein erfahrener Liebhaber der war‹, sagte ich, als ob ich über Schnee von vorgestern sprechen würde. ›Also, Kleiner, ich werde dich durch nichts überraschen.‹

Er zog mir die Schuhe aus. Er rollte die Strümpfe ab. Er streifte mir die Unterhose hinunter. Er schob meinen Rock hoch. Er knöpfte mir die Bluse auf.

›Brüste machen mich ganz verrückt.‹

Ich saß da, die Hände auf meinen Hut gelegt. Ich beobachtete den Lispler wie einen Menschen, der sich mit einem mir völlig unbekannten und uninteressanten Mechanismus abmühte.

›Leg deine Beine hierher, dann hast du's bequemer‹, flüsterte er und hob meine Beine auf das eiskalte Ungetüm. Er stand mit der Kerze in der Hand zwischen meinen gespreizten Beinen und sein Atem stockte unbeschreiblich, als ob er im Begriff wäre zu sterben. Er sah aus, wie wenn er die Flamme gestohlen hätte und lange, lange vor den Verfolgern davongerannt wäre.

›Nimm die Kerze und halte sie. Weiter nach unten, noch weiter. Ja, so ist's gut.‹

Ich hielt das Glas fest und hielt es gehorsam nach unten, wie von ihm erbeten: zwischen meine Beine. Das Bürschchen kniete nieder. Er schnaubte wie in Agonie. Ich hob die Kerze etwas an, um ihn nicht zu stören. Er drang in mich ein mit seiner langen flinken Zunge, sog sich wie ein Saugnapf mit seinen gierigen Lippen fest. Ich drückte seinen Kopf mit meinen Beinen. An meinen Schenkeln fühlte ich seine schweißüberströmten Schläfen pulsieren. Ich lehnte mich zurück. Die Kerze hielt ich vor meine Augen. Ich sah die flackernde Flamme an. Ich spürte, wie sich in meinem Bauch, ganz unten, etwas regte und sich drehte und wendete wie ein großer Fisch. Ein anderes in meinem Innern sich befindendes Wesen machte meinen Mund auf und stieß kurze Schreie aus – unheimlich, ruckweise, wie eine Eule.

Der Lispler stand auf. Neugierig, als ob ich noch nie einen von Leidenschaft Besessenen gesehen hätte, betrachtete ich das nasse gerötete Gesicht mit den halb geschlossenen, glasigen Augen und den roten aufgequollenen Lippen.

»Hast du auch keine schlimme Krankheit, Kleine?«

»Nein, habe ich nicht.«

»Halt mal die Kerze hierher, schau, wie schön er ist.«

Ich hielt die Kerze hinunter. Ich schaute sein riesiges Organ an und fühlte mich wie eine Außerirdische, die überhaupt nicht begreift, wozu dieses Ding taugen soll. Meine Augen schlossen sich, das Kerzenlicht flimmerte zwischen meinen Wimpern wie Reste eines Regenbogens. Ich beobachtete, wie sein Phallus näher kam, vorsichtig und sachte, als ob er meine Scham beschnupperte, dann eintauchte wie ein flinkes Raubtier in einen fremden Bau. Unsere Unterleiber verschmelzen im schwarzen Schatten, entfernen sich, verschmelzen wieder, entfernen sich, verwachsen miteinander, fließen ineinander wie zwei Tropfen heißen Glases. Ich lasse die Kerze fallen, das Licht bricht, ich falle in den Abgrund der Dunkelheit, drücke wie eine Verrückte seinen stöhnenden Kopf an mich und bohre die Zähne in seinen festen, siebzehnjährigen Hals …

Als ich wieder zu mir kam, sah ich einen Feuerball in der Tür. Der Boxer hatte uns beobachtet, die Szene mit einer Fackel aus Zeitungspapier beleuchtend.

›Alle Engel sind Voyeure …‹, sang ich.

Der schwere Kopf des Lisplers zuckte immer noch auf meiner Brust. Ich stieß ihn zur Seite. Er sah aus wie ein Ertrunkener: nasse, zerzauste Haare, glänzendes Gesicht, aus den fast geschlossenen Augen leuchtete das Weiße hervor, Speichel floss ihm über das Kinn, der Mund war offen, rang nach Luft.

Die Fackel des Boxers, die zum Feuer geworden war, brannte in einer Ecke des Zimmers. Ich hob meinen Hut vom Boden auf, klopfte den Staub ab und setzte ihn auf, dann zog ich mich langsam an und verließ das Haus. Der Boxer trottete hinter mir her. Ich fühlte absolut nichts, dachte nur – bin ich am Leben oder tot?

Als ich nach Hause kam, spürte ich, während ich die Treppe hinaufstieg, eine brennende Furcht, dass mein Zimmer angefüllt sein würde von Gespenstern, Spukerscheinungen, Geistern. Die Erinnerungen an meine Liebe lauerten mir auf, um mich anzugreifen und zu zerfetzen. Ich spürte das, kaum hatte ich den Korridor betreten. Also war ich am Leben! Der Boxer schlüpfte hinter mir herein.

Wir setzten uns an den Tisch. Tranken Kaffee. Rauchten. Er bewegte die Lippen. Folglich sprach er. Doch die Worte erreichten mich nicht. Noch nie hatte ich ein so hässliches Gesicht gesehen …

Alles in meinem Zimmer war bedeckt mit dem Staub der Erinnerungen an Paulius. Er wirbelte nicht nur bei der geringsten Bewegung, sondern schon bei jedem tieferen Atmzug auf.

›Geh‹, sagte ich, doch der Boxer überschüttete mich mit einem Schwall wehmütiger Worte. Ich hörte nur ein trauriges Knarren, als schlüge der Wind Hunderte kleiner Türen mit ungeölten Scharnieren auf und zu. ›Geh‹, wiederholte ich und schob ihn in den Korridor. ›Geh, ich kann nicht länger mit dir zusammen sein.‹

Ich öffnete die Tür ins Treppenhaus.

›Darf ich dich vor dem Gehen küssen?‹

›Ja‹, antwortete ich und streckte ihm die Lippen hin, als seien sie kein Teil von mir, sondern ein rotes Band auf meinem Gesicht.

Alles war falsch. Der Kuss, die Lippen, die Zunge, die Zähne, der Atem. Ich weiß nicht, ob es etwas Stärkeres und Unbarmherzigeres gibt als die Erinnerung des Körpers! Ich stieß den Boxer zur Seite, aber er fiel ungelenk auf die Knie und umarmte meine

Beine. Seine Augen waren voller Tränen und sein flaches, wie an eine Fensterscheibe gedrücktes Gesicht verzerrt.

›Ich flehe dich an, wirf mich heute Nacht nicht raus! Ich flehe dich an, lass mich hier bleiben ... Ich flehe dich an und schwöre, dass ich dich nicht anrühren werde; wirf mich nur nicht raus! Ich habe dich gefunden und fürchte mich grauenhaft davor, dich wieder zu verlieren! Ich werde das nicht aushalten ... Nicht aushalten! Hab Mitleid mit mir! Hab Mitleid!‹

›Hab Mitleid!‹ Vorgestern – o Gott! – schon vorgestern, weinte ich selbst diese Worte in derselben Tür hinaus. Vorgestern schwor ich, dass ich nie einen anderen zurückweisen würde, der um Mitleid bat. Ich schwor das nur von furchtbarem Schmerz gezwungen, so wie die gefolterten Hexen schwören – alles schwören ...

Ich setzte mich auf den Boden und fing an zu weinen. Er rollte sich neben mich. Er schluchzte auch. Die Tür zum Korridor stand noch immer offen.

›Du hast so gut geküsst ... Ich hätte dich sonst nicht darum gebeten, hier bleiben zu dürfen, aber du hast mich so geküsst ...‹

›Ich habe nicht dich geküsst!‹ stieß ich von Schluchzen gewürgt hervor. ›Nicht dich ... Und ich halte nur, was ich vorgestern geschworen habe, als man mich verließ, obwohl ich auch um Gnade bat.‹

Schwarze Tränen kullerten in meine Hände. Die Wimperntusche biss in den Augen. Wir kehrten ins Zimmer zurück. Die Erinnerungen stauten sich an wie Giftgas. Ich sah alles wie durch einen gelb-blauen Nebel.

›An dem, der dich verlassen hat, kann ich dich rächen! Sag nur, was du möchtest. Auch wenn du davon träumst, dass es ihn überhaupt nicht mehr gibt ...‹

›Nein!‹ schrie ich so laut, als ob ich den Boxer schon mit dem Beil ausholen und Paulius niedermetzeln sähe. ›Nein nein nein!‹ kreischte ich und erschrak vor meiner eigenen Stimme.

Ich machte das Bett, das mit Erinnerungen vollgesogen war. Ich lege mich schlafen und die Leintücher werden mich auffressen, wie die von Medea vergifteten Kleider die junge Frau des Jason.

›Du hast versprochen, auf dem Boden zu schlafen ...‹ Er hätte ebensogut versprechen können, zum Mond zu reisen.

In jener Nacht musste ich vernichtet werden. Gleichgültig ließ ich den Boxer sich auf mich legen und mich auf alle möglichen Arten vergewaltigen.

›Oh‹, rief er, ›noch nie hatte ich einen so wunderbaren, geilen Körper!‹ In seiner Stimme, die eben noch flehte und flennte, war eine satte Siegesmelodie zu hören. ›Dich muss man ja vom Abend bis zum Morgen und vom Morgen bis zum Abend vögeln, von allen Seiten, in alle Löchlein ...‹ Die Intonation des Sklavenhalters wurde stärker: ›Na komm schon, komm, setz dich auf mein Gesicht!‹

Ich führte gehorsam alle Wünsche des Boxers aus. Es war ein Selbstzerstörungs- und Selbstmord-Wahn, und er meinte, es sei Begierde. Nicht ein einziges Mal öffnete ich die Augen. Er bemerkte es: ›Nun komm schon, öffne die Augen, öffne die Augen ... Ich habe extra Licht gemacht, damit du alles sehen kannst und noch mehr in Fahrt kommst. Ich weiß schon, dass du schweigsam bist. Und du hast mir fast die Zunge abgebissen! He, mach doch die Augen nicht zu. Ich mag das nicht!‹ Das war die Stimme eines keine Widerrede duldenden und absoluten Gehorsam fordernden Aufsehers. ›Nun komm schon, öffne die Augen, sieh zu, was ich jetzt mache! Ja, ich werde dein Gesichtchen mit Sperma übergießen, deinen ganzen phantastischen kahl rasierten Kopf! Nun komm, ist das nicht schön – schön!!‹

Der Boxer jubelte tatsächlich. Wie ein Wahnsinniger. Ich öffnete die Augen. Ich hätte mich beinahe übergeben, als mir die warme klebrige Flüssigkeit über das Gesicht zu rinnen begann und sich mit den immer noch schwarzen Tränen mischte.

›Na, siehst du, du weinst sogar vor Freude!‹

Nach Luft ringend drehte ich mich zur Wand. Am nächsten Tag bemerkte ich Abdrücke meiner Zähne im hölzernen Bettgestell.

Mein Gebieter konnte nicht aufhören: ›Nun sei doch nicht so schlapp, na na, na na‹, wiederholte er, als ob er ein abgehetztes Pferd mit der Peitsche schlagen würde. ›Komm, du musst dir schon ein bisschen Mühe geben, wenn du willst, dass wir bis zum Morgen Spaß haben!‹

›Ich bin müde‹, murmelte ich und fühlte mich so schwer, als ob plötzlich die Müdigkeit aller Frauen der Welt in mich geflossen wäre.

›Nun komm schon, dreh dich zu mir!‹

Ich fühlte mich wie ein Mensch, den man getreten, geschlagen, bis zur Bewusstlosigkeit gefoltert hat und dem man jetzt, nachdem man ihn mit kaltem Wasser übergossen hat, wieder aufzustehen befiehlt. Ich legte mich der Länge nach hin. Er zog mir die Decke weg, und ich lag hell beleuchtet da – wie auf dem Operationstisch.

›Komm, zeig mir, wie du dich selbst befriedigst, wenn kein Mann da ist. Komm!‹

›Nein!‹ zischte ich hervor und hörte, dass ich mit den Zähnen knirschte.

›Nun mach schon, es wird lustig, dabei zuzuschauen. Komm schon!‹

Mit einer gebieterischen Geste legte er meine Hände auf meinen Unterleib. Ich lag da wie eine unschuldige Jungfrau: mit geschlossenen Augen und die Scham mit den zitternden Händen bedeckt.

›Nun komm schon, zeig es nur, es wird dir auch Spaß machen!‹

›Nein!‹ wiederholte ich noch einmal.

›Also gut. Komm, ich umarme dich‹, flüsterte er und machte das Licht aus.

Ich ließ mich von seinen Armen und Beinen umarmen, die behaart waren wie die eines Menschenaffen. Er flüsterte mir ins Ohr: ›Ooh, riechst du gut ...‹ (Das war der Geruch seines Spermas und ich musste wieder würgen.) ›Na, ich fühle, dass du dich bald erholt hast. Gleich bin ich auch wieder bei Kräften, wart nur ein bisschen. Das wird unser Geheimnis sein! Tagsüber werden wir leben wie alle Leute, werden durch die Straßen ziehen, und niemand wird wissen, dass wir Nächte haben, wie sie es sich nicht einmal im Traum vorstellen können!‹ Er triumphierte wie ein Mensch, der eine Goldader gefunden hat.

Boxers Worte lagen auf mir wie Pflastersteine. Ich ächzte unter seinem Gewicht. Doch er glaubte, dass mich wieder die Leidenschaft packte, und steckte seine lüsternen Finger zwischen meine nassen Schenkel.

›Ich will schlafen‹, log ich, denn was ich wollte, war sterben.

›Nun, dann schlafen wir ein wenig. Stell dir vor, wie wunderbar das Aufstehen am Morgen sein wird! Wir werden ein Bad nehmen. Ich habe gesehen, wie groß deine Badewanne ist. Wir werden frühstücken. Wir werden Kaffee trinken. Wir werden Musik hören und rauchen. Und dann …‹

Halt! Du hast die Grenze überschritten. Du hast verbotenes Territorium betreten. Ich drehte mich zur Wand.

›Du weißt doch, wie schön es ist, morgens neben dem geliebten Menschen aufzuwachen?‹

Ich weiß es. Alle wissen es. Ich sah es klar und deutlich wie ein leuchtendes Zeichen der Offenbarung: Die Trennung von Paulius sagte mir nur das Ende der Welt voraus, doch das Erwachen am Morgen neben Boxer – bedeutete einen furchtbaren, apokalyptischen Tod. Es tagte schon. Die Vögel begannen zu singen. Alles war wie an dem Morgen, als ich nach dem Erwachen in Paulius' schlafendes Gesicht blickte und das Wesen des Glücks erkannt zu haben glaubte. Ich erkannte das Wesen des Glücks …

›Geh‹, sagte ich, obwohl mein unter Qualen erpresster Schwur das eigentlich nicht zuließ. ›Geh. Vergib mir, aber geh. Ich kann neben dir nicht einschlafen. Und noch weniger kann ich neben dir aufwachen. Ich liebe einen anderen. Ich werde den Verstand verlieren, wenn ich beim Erwachen dich neben mir finde und nicht ihn. Geh …‹

Ich begann laut zu schluchzen.

›Nun wein doch nicht. Ich sehe, wie sehr er dich verletzt hat. Sag nur, was du willst. Wenn du willst, mache ich die Bremse in seinem Wagen kaputt. Hau ihm eins auf die Nieren, dass er Blut pisst. Wenn du willst – dann töte ich ihn. Du brauchst es nur zu sagen …‹ Das war wieder die Stimme des unglücklichen Bittstellers, nicht die des allmächtigen Sklavenhalters.

Mit jedem seiner Vorschläge sah ich ein Bild vor Augen wie auf dem Fernsehbildschirm in der Wochenschau der Verbrechen. Ich war wie gelähmt vor Angst, dass Boxer ausspionieren könnte, wer mein Geliebter war, und eine seiner brutalen Absichten in die Tat umsetzen könnte.

›Geh! Verzeih und geh.‹

Ich fühlte selbst die besondere Kraft meiner Worte. Boxer gehorchte. Ich drehte mich nicht um, um nicht zu sehen, wie er sich anzog. Ich wusste, dass er traurig, bedauernswert aussah, und wahrscheinlich würde ich ihn von dummem Mitgefühl getrieben doch wieder bleiben lassen. Bevor er ging, übergoss er mich mit einem Schwall lieber, trauriger und herzerweichender Worte. Im Bett liegend hörte ich, wie er verzweifelt die Tür zuschlug.

Der Spermageruch auf meinem Gesicht war unerträglich. Ich stand auf. Im Zimmer war es schon ganz hell. Sieben Uhr. Sonntag. Den siebten Tag sollst du feiern. Ich werde feiern!

Ich badete zwei Stunden. Aber diese Nacht war nicht mehr abzuwaschen. Ich frühstückte. Ich trank Kaffee. Ich rauchte und trank Kaffee. Alle Dinge hatten ihre Bedeutung und ihren Sinn verloren. Sie hatten nur eine Bestimmung: Sie erinnerten an Paulius.

Ich band mir mein schwarzes Halstuch um. Sogar die klare Morgenluft löste Erinnerungen aus. Deshalb musste ich zur Beichte gehen. Zu Paulius.

Die Kirche war fast leer. Nur vor dem Beichtstuhl, in dem Paulius saß, stand schon eine Sünder-Schlange. Wie immer. Er gefiel den Frauen. Auch den allergottesfürchtigsten. Ich kniete mich so hin, dass ich durch das Gitter des Beichtstuhls sein weiß schimmerndes Gesicht sehen konnte.

Ich erzählte ihm alles viel genauer, als ich es hier getan habe. Paulius' Gesicht sah ich nicht, ich schaute nur auf seine große schöne Hand, die sich in dauernder Bewegung befand. Nur das blieb mir noch. Als ich die Beichte abgelegt hatte, setzte ich mich direkt vor dem Beichtstuhl in eine Kirchenbank. Um zu beten. Paulius sah mich an. So blickt der Prophet vom Scheiterhaufen auf die, die von hysterischem Eifer gepackt Holz in das ihn verschlingende Feuer werfen. Weinen konnte ich schon nicht mehr. Ich erduldete nur die unbeschreibliche Schwere seines Blickes.

Als er alle Beichten abgenommen hatte, kam er nicht zu mir. Nach der Messe wartete ich auf dem Friedhof auf ihn. Er ging vorbei und begrub mich unter diesem unerträglich schweren Blick wie unter einem Berg von Erde. Er sagte kein Wort. Und rief später auch nicht an. Weder tagsüber noch am Abend noch in der Nacht noch am nächsten Morgen. Seltsam, aber die Menschheit hat einfach kein passendes Wort für das erdacht, was ich fühlte ...«

Vika biss sich auf die vom langen Sprechen heiß gewordenen Lippen und fing wieder an zu weinen.

Norma reichte ihr ein Glas Wasser und fragte: »Hatten Sie wirklich erwartet, dass er anrufen würde?«

»Ja. Er hätte wenigstens fragen können, was mit meinem Haar geschehen war.«

»Er sah ja, dass Sie sich kahl rasiert hatten. Hätte er vielleicht sein Bedauern aussprechen sollen? Hatten Sie die Hoffnung, dass er Ihnen eine Eifersuchtsszene machen würde wegen des Boxers? Oder vielleicht wollten Sie, dass er Sie verachtet und verdammt wie eine Sünderin?«

»Nein. Ich wollte nichts. Gar nichts. Nur noch für den Rest meines Lebens vor Einsamkeit winseln. In jenem Augenblick verlor ich Vater, Mutter, die schon einmal verlorene Schwester, Freundinnen, die Männer, die mich einst besuchten. Alles, was ich erfahren hatte – die Eindrücke, die ich so gierig erhaschte, die Freude, die Verzweiflung, die Entdeckungen und die Verluste, die Geilheit, die Wissenschaften, die Phantasien, die Unruhe, die Traurigkeit, die Furcht fielen von mir ab wie große glänzende Schuppen. Ich war nackt. So wie vor meiner Geburt. Schon nicht mehr ich, sondern nur etwas Herzzerreißendes und Ohnmächtiges. Ein Strich in der Dunkelheit. Eine gespannte Saite zwischen Himmel und Erde. Niemand … Ich bin niemand. Und will nichts, rein gar nichts.«

»Ich bin nichts. Und will gar nichts, rein gar nichts«, sagte Vika und schaute Norma herausfordernd an.

»Ich möchte wissen, warum Sie Paulius von jener Nacht erzählten, warum während der Beichte und warum in der Kirche?«

»Ich sagte es schon: Ich wollte meine Sünde beichten. Sie war zu schwer, zu dreckig, sie stank. Ich hatte nicht die Kraft, sie mit mir herumzutragen. Paulius war schon vorher mein Beichtvater. Und der meines Mannes.«

»Sie rechtfertigen sich sogar vor sich selbst auf diese Weise. Warum sind Sie zu Paulius in die Kirche gegangen an jenem schrecklichen Morgen? Er war doch schrecklich?«

»Ja. Schrecklich.«

»Und als Sie mit den beiden Jungen schliefen, haben Sie nicht da schon daran gedacht, Vergeltung für den Ekel und die Erniedrigung zu üben?«

»Wie?«

»Indem Sie gleich am nächsten Morgen zu Paulius zur Beichte gingen.«

»Nein. Unsinn. Ich komme nicht hierher und bezahle Sie, damit Sie mich anschreien«, murmelte Vika, obwohl Norma nicht lauter gesprochen hatte.

»Doch auch nicht, damit ich es akzeptiere, wenn Sie sich selbst belügen. Sie haben gesagt, Sie wollen Paulius vergessen. Das hat nichts zu tun mit falschem Trost und Selbstbetrug.«

»Also gut. Ich ging zur Beichte, denn ich wollte, dass alles so gotteslästerlich endete, wie es begonnen hatte.«

»Gotteslästerlich – wie es begonnen hatte?«

»Ja, gotteslästerlich ...«

»Es begann aber doch nicht in der Kirche?«

»Warum nicht in der Kirche?« Vika lachte spöttisch und warf Norma einen herausfordernden Blick zu. »Ich gestehe, ich analysiere auch gern. Ich habe schon von unserem ersten Zusammensein bei Paulius zu Hause erzählt. Also, den wirklichen Geschmack der Sünde fühlte ich nicht damals, als ich mit ihm nackt auf dem Zimmerboden lag und mein Körper mir vorkam wie ein mit Sonnenstrahlen übergossener Wald kurz nach dem Durchzug eines Sturms ...«

»Ihre Metaphern sind immer schön. Wann also?«

»Einige Stunden später. In der Kirche. Es war Freitag. Paulius hatte die Abendmesse zu halten. Ich begleitete ihn. Wir waren allein in der Sakristei. Den Messdienern hatte er aufgetragen, die Kerzen vor dem Altar auszuwechseln, obwohl sie noch ganz neu waren. Ich saß versunken in einem roten Plüschsessel und beobachtete, wie seine weißen Hände die schwarzen Knöpfe seiner Soutane schlossen. Er kam zu mir, beugte sich zu mir herunter und umarmte mich. Ich stand auf, denn ich wollte nicht, dass er mich in diesem mit Verboten behafteten Gewand liebkoste. Ich sagte es ihm. Er schenkte dem keine Beachtung. Er setzte sich und nahm mich auf die Knie; er knöpfte mein Kleid auf, küsste meine Brust. Die Gesichter der Heiligen auf den im Lauf der Zeit dunkel gewordenen Bildern blickten uns ausdruckslos an. Plötzlich bemerkte ich den rosa Abdruck meines Lippenstifts auf seiner schwarzen Soutane. Da war das Zeichen der Todsünde ...«

»Haben Sie es ihm gesagt?«

»Ich weiß es nicht mehr. Vielleicht habe ich es gesagt, vielleicht auch nicht ... Dann geschah noch etwas, wovon ich ihm wirklich nicht erzählen konnte. Die Messe begann. Und jeder meiner Gedanken dabei war eine Todsünde. Ich sah Paulius an und dachte, dass die gefühlvollen Hände, die gerade erst mich liebkost hatten, jetzt das Kreuz schlugen, mit dem Kreuz die Gemeindemitglieder segneten, das Gebetbuch nahmen, den Kelch, die Hostienschale, das Weihrauchfass, die Türen des Tabernakels und sogar ... das Allerheiligste Sakrament. Dass die Lippen, die gerade noch flüsterten, stöhnten und vor Lust verzerrt waren, jetzt predigten, die Worte des Evangeliums verkündeten und dass diese Lippen den Leib Christi küssten und sein Blut tranken, wie sie meinen Körper geküsst und aus seinen allergeheimsten Stellen getrunken hatten. Ich empfand Furcht und Begierde. Ich befürchtete, dass sich der Boden unter meinen Füßen auftun und die Hölle mich verschlingen würde wie eine Hexe. Doch die Begierde war stärker. Der Körper wollte nicht begreifen, dass er sich in einer Kirche befand, er hatte keine Augen für den Glanz des Altars und keine Ohren für das Orgelspiel. Er begehrte nur eins: den Körper des Menschen, der vor dem Altar stand. Ich konnte mich nicht einmal bei der Elevation konzentrieren. Früher, wenn ich in der bohrenden, nur vom Klingeln der Glöckchen widerhallenden Stille niederkniete, fühlte ich mich unvermittelt auf den Hügel Golgatha versetzt. Unter den Knien spürte ich die spitzen Steine. Unter den Nägeln meiner vor der Brust gefalteten Hände war Erde aus Jerusalem, in die ich mich gekrallt hatte, als ich den Schmerz nicht mehr aushielt. Die Finger waren blutig von den stachligen Gräsern, die ich aus Verzweiflung ausgerissen hatte. Mein Gesicht wurde von einem trockenen, heißen Wind versengt, zwischen den Zähnen knirschte Staub, der vor fast 2000 Jahren aufgewirbelt worden war, und in meinen Ohren dröhnte schmerzhaft der Lärm der Menge. Ich fürchtete mich davor, den Kopf zu erheben und den Blick des Gekreuzigten zu treffen, doch ich spürte seine Qual wie eine riesige Flamme. Ich weiß nicht, in wen ich mich verwandelte. Ich glaube, in Maria Magdalena. Vielleicht war ja ein solches Gefühl gotteslästerlich. Es dauerte nur einen Augenblick. Nach der Elevation verschwand die Vision. Ich kam in der Kirche wieder zu mir und verschmolz mit den neben mir Betenden.

An diesem Abend war alles anders. Ich kniete nieder und begriff, dass die Vision von Golgatha mir genommen worden war. Vor den Gedanken, die in meinem Kopf durcheinander wirbelten, hätte es sogar den Teilnehmern einer schwarzen Messe gegraut. Sie paarten sich und vermehrten sich, paarten sich und vermehrten sich, paarten sich und vermehrten sich ... Ich wollte den Priester im grünen Messgewand nicht ansehen, doch spürte ich mit meinem ganzen von Lüsternheit berauschten Wesen die Hitze seines Körpers. Und der Kirchenchor sang berückend wie nie zuvor: ›Jesus, komme zu mir, gewähre mir deine Liebe ...‹ Hinter jedem einzelnen Wort zog sich eine schmutzige Schleife meiner Gedanken her.

Ich stand auf. Ich dachte, dass man mich so wenigstens unter all den Knienden und Singenden bemerken würde. Bemerken und bestrafen. Ich hob den Kopf so, dass der vernichtende Finger Gottes mich direkt in die Stirn treffen musste. Doch nichts geschah. Paulius ging von einem Knienden zum nächsten und teilte das Abendmahl aus. Sein Chorhemd war von blendendem Weiß. Und ich vermochte nicht einmal mit allen zusammen anzustimmen: ›Deine unendliche Liebe allein tröstet meine Brust ...‹ Ich sah in die friedlichen Gesichter der auf das Abendmahl Wartenden. ›Sprich, sag auch nur ein Wort, zeige mir deine Liebe ...‹, strömten die Worte an mir vorbei. Die Gesichter derer, die das Abendmahl erhalten hatten, leuchteten auf wie in einem weißen Licht. Eins nach dem anderen, eins nach dem anderen. Ich entfernte mich von ihnen. Ich fühlte mich, als ob ich auf einer abgebrochenen Eisscholle immer weiter vom Ufer wegtrieb. Ich wurde von etwas erfüllt, das stärker war als die Furcht. Sogar stärker als die Begierde ... Die schönen, frommen, weiß leuchtenden Gesichter verschwammen schon in der Ferne. Ich würde nie mehr zu ihnen zurückkehren … Haben Sie etwas dagegen, wenn ich rauche?«

Vika zog, ohne eine Antwort abzuwarten, eine Zigarette aus der Handtasche und ging zum Fenster, wo sie den Hals verrenkte, um den Rauch durch das offene Lüftungsfensterchen zu blasen.

»Sie sprechen von einem Gefühl, stärker als Furcht und Begierde. Was meinen Sie damit?« Norma stellte sich dicht neben sie.

»Die Einsamkeit natürlich. Paulius riss mich von der ganzen Welt los. Und deshalb hatte er nicht das Recht, mich später zu verlassen. Unsere Beziehung war wie ein Vertrag, mit Blut unterschrieben. So einen darf man nicht aufkündigen. Doch er hat ihn aufgekündigt! Das werde ich ihm nicht verzeihen! Niemals, niemals …«

»Versuchen Sie es.«

»Nein … nein … ich kann nicht.« Sie schüttelte den Kopf, dass die Ohrringe klirrten. »Nein, ich verzeihe ihm nicht.«

»Nun kommen Sie, lassen Sie uns einen Versuch unternehmen.« Norma fasste Vika um die Schultern, vorsichtig, wie eine Patientin, die gerade erst zu gehen begann, führte sie zur Couch, setzte sie hin und flüsterte: »Versuchen Sie sich selbst zu helfen. Verzeihen Sie ihm und bestrafen Sie sich nicht selbst mit Hass. Stellen Sie sich vor, dass Paulius hier vor Ihnen stünde, und sagen Sie ihm: ›Es wäre besser für mich gewesen, wenn du …‹ Kommen Sie.«

»Es wäre besser für mich gewesen, wenn du …« Vika wehrte sich, doch es gelang ihr nicht, Normas Hände abzuschütteln, und sie stieß hervor: »Ich möchte noch eine Zigarette …«

»Nicht jetzt!« Norma packte ihre nervös fuchtelnden Hände. »Ach, sind die kalt! Fahren Sie mit dem Satz fort. Sagen Sie ihm ins Gesicht, womit er Sie am meisten verletzt oder enttäuscht hat, und dann vergeben Sie ihm. Ich weiß, was für ein ermattendes Gefühl der Hass ist.«

»Der Hass ist ein sehr starkes Gefühl. Irgendwie vergessen das alle. Ebenso stark wie die Liebe.«

»Fahren Sie bitte dort fort, wo Sie angefangen haben. Ihre Hände werden schon langsam wärmer.«

»Es wäre für mich besser gewesen, wenn du …«, flüsterte Vika und versuchte ihre Finger aus Normas Griff zu befreien. »Ich weiß nicht, was ich sagen soll. Ich weiß nicht, was besser für mich gewesen wäre. Es war schön. Es war mit ihm so schön wie nur möglich.«

»Weshalb wiederholen Sie dann dauernd, dass Sie ihm nicht verzeihen können? Ich sehe doch, dass der Hass in Ihnen geradezu kocht. Hören Sie zu, was eine andere Frau über das Verzeihen sagt. Rauchen Sie eine Zigarette, bis ich die Kassette finde.«

Norma trug ohne Spiegel mit zwei virtuosen Strichen Lippenstift auf und öffnete die Schublade. Die Kassette fand sie im Nu – Vika hatte sich noch nicht einmal die Zigarette angezündet.

»Sie können beim Zuhören rauchen.«

Vika setzte sich auf den Fenstersims. Norma beugte sich, den Kopf auf die Hände gestützt, über das Kassettengerät, als ob sie in dem schwarzen Plastikkasten das Gesicht der Sprecherin sehen könnte. Eine leise Frauenstimme ertönte mitten in einem Wort:

»… esser gewesen, wenn du …« Die Unbekannte holte tief Luft und schien jetzt einen Berg hinunterzurennen, sprach immer hastiger und atmete immer schneller, »mir auch nur einmal zugehört und dich bemüht hättest, mich zu verstehen… Wenn du mehr von dir selbst gesprochen und mich dir hättest zuhören lassen … Wenn du ganz einfach mit mir zusammen gewesen wärst und dich nicht wie ein Mensch verhalten hättest, der gleich verreist und schon zum Zug muss … Wenn du mir wenigstens manchmal etwas geschenkt hättest – auch nur einen Apfel oder ein Ahornblatt … Wenn du mir auch nur einmal den Morgen geschenkt hättest, die ganze Nacht bei mir geblieben und nicht kurz nach dem, was du seltsamerweise Liebe nanntest, aufgesprungen wärst, dich angezogen hättest, die ewige Zigarette zwischen den Zähnen, und davongerannt wärst … Du hast nicht einen meiner Wünsche erfüllt, nicht eine meiner Erwartungen gerechtfertigt, hast nicht eine meiner Bitten erhört … Vielleicht konntest du das ja gar nicht? Ich weiß jetzt, dass du das gar nicht musstest … Ich habe jetzt begriffen, dass du ein ganz anderer Mensch bist und dich nicht ändern musstest, nur damit ich glücklich wäre …« Die Unbekannte strauchelte jetzt durch heißen Sand und leckte sich den salzigen Schweiß ab, der ihr über das Gesicht auf die versengten Lippen rann: »Ich nehme die Forderungen zurück, die ich dauernd an dich stellte ... Ich beschuldige dich nicht ... Ich glaube, dass die Menschen einander verstehen ... dass sie sich nahe stehen können ...« Die Frau stolperte im Sand – die Wüste war grenzenlos, breitete sich in konzentrischen Kreisen aus, wuchs an, den Himmel verschlingend. »Nein, nein, du musst dich nicht ändern, um meine Hoffnungen, meine Liebe und meinen Glauben zu rechtfertigen ... Du musst dich auch nicht ändern, damit ich ein erfülltes Leben habe... Du musst dich wirklich nicht nur deshalb ändern, damit ich leben kann ...«, flüsterte sie, im Sand versinkend, der immer kälter wurde, je tiefer sie sank. »Ich sage dir adieu. Ich fühle keine Kränkung mehr, keine Enttäuschung, keinen Hass. Ich glaube dir. Und verzeihe dir.«

Stille trat ein. Auf dem Band rauschte irgendetwas leise – wahrscheinlich der Sand über dem Kopf der Frau, die vergeben hatte. Plötzlich ertönte Musik. »Exaudi me Domine, quoniam benigna est misericordia tua: secundum multitudinem miserationum tuarum rescipe in me ...« Ein gregorianischer Choral. Doch nicht etwa in derselben Wüste? Norma schaltete das Kassettengerät aus. »Ich hatte ganz vergessen, dass da noch etwas darauf ist ...«

»Wenn ich Ihre Vergebungs-Litanei wiederholt hätte, dann hätten Sie auch mich aufgenommen und es andere anhören lassen?« Vika stand mit der brennenden Zigarette in den Fingern da und sah sich um, wo sie sie auslöschen könnte.

»Nein. Das ist nur ein Beispiel. Der Mechanismus der Vergebung«, sagte Norma, riss ein Kalenderblatt heraus, drehte daraus eine Tüte wie einen winzigen Ketzerhut, steckte Vikas Zigarettenstummel hinein, drückte sie fest mit den Fingern zu und warf sie in den Papierkorb.

»Hm ... Ein Mechanismus ...« Vika lächelte schief. »Vielleicht könnte ich ja auch so sprechen, wenn ich während der Messe, von der ich Ihnen erzählte, nicht auf meiner Eisscholle in die absolute Einsamkeit geschwommen wäre. Ich habe ihm als Mann verziehen, der mich vereinfacht gesagt verführte und verließ und, um mich dem Mechanismus entsprechend auszudrücken«, sie kicherte kreischend, »meine Wünsche und Hoffnungen nicht rechtfertigte. Ich habe dem Menschen verziehen, der sich eben nicht ändern wollte, nur damit ich glücklich wäre. Ich kann das nicht in Worte fassen, was ich ihm nicht verzeihen werde ... Was in mir den Hass entfesselt wie einen Sturm ... Doch der zieht durch und ich bin wieder völlig ruhig. Völlig ruhig. Mein Hass ist keine Verderben bringende Bombe, die rhythmisch tickt und mir vom Morgen bis zum Abend, vom Abend bis zum Morgen keine Ruhe lässt. Ich erinnere mich übrigens noch daran, wie ich ihn zum ersten Mal erblickte. Er sah aus wie ein Kugelblitz. Er hinterließ einen fürchterlichen Eindruck ...«

»Wer?«

»Der Hass. Ich erzähle es Ihnen, wenn Sie den Kassettenrecorder nicht einschalten.«

»Doch, das ist nötig. Ich verspreche, dass es niemand hören wird. So ist nun mal der Mechanismus. Sie sind hierher gekommen, um Paulius zu vergessen.« Norma drückte auf den Knopf.

»Nicht schlecht: vom Hass zum gregorianischen Choral ... Schalten Sie es aus. Ich werde nicht von meinem Hass auf Paulius erzählen, sondern von meiner Schwester. Sie war eine Schönheit. Und alle nannten sie so: Belle de jour, Schönheit des Tages. Erst kürzlich begriff ich die Anspielung auf Buñuels Film. Meine Schwester glich tatsächlich Cathérine Deneuve. Sie färbte ihre langen Haare mit Peroxid. Alle Frauen in unserer Verwandtschaft hassten sie. Können Sie sich vorstellen, was es heißt, die jüngere Schwester der Schönheit des Tages zu sein? Ein Geschöpf, das alle wie ein Hündchen, eine Handtasche oder Handschuhe ansehen?«

»Haben Sie sie gehasst?«

»Nein! Ich liebte sie abgöttisch. Ich haschte nach dem geringsten Blick, Wort, einer Berührung von ihr. Ihre Aufmerksamkeit für mich schien mir ein wahres Geschenk Gottes zu sein. Ich war zehn Jahre alt, als das passierte, wovon ich erzählen will. Und sie war zwanzig. Sie starb ein halbes Jahr später. Die Ärzte stellten Lungenkrebs fest. Ich jedoch war der Meinung, dass sie ganz einfach am Hass erstickte. An dem Hass der Frauen auf das ganze männliche Geschlecht.

Also, es war an Allerseelen, an einem trüben, kalten und regnerischen Abend. Wir beide fuhren zum Friedhof. Zu Großvater.

Auf allen Straßen furchtbare Staus. Sie fuhr. Ich saß vorne, auf dem Rücksitz lag ein Strauß Chrysanthemen, von dessen Geruch mir im Mund bitter wurde. Meine Schwester rauchte ohne Unterlass. Sie hatte bereits Probleme mit ihren Lungen. Wenn sie keine Luft mehr bekam, umfasste sie ein kleines Döschen mit den Lippen, drückte dreimal darauf und sprühte sich irgendwelche Medizin in den Hals. Ihr Mund war stark geschminkt und auf dem Hals der grauen Spraydose blieb ein roter Abdruck zurück. ›Oralsex‹, sagte sie dann immer, und für mich war das soviel wie ›Abrakadabra‹, doch am nächsten Tag suchte ich trotzdem im Fremdwörterbuch nach der Bedeutung dieser Beschwörung ...«

»Ach, das haben Sie von Ihrer Schwester? Ich habe bemerkt, dass Sie diesen Begriff schon einige Male in unseren Gesprächen verwendet haben.« Norma zeichnete Ornamente auf ihr Blatt Papier.

»Das ist doch egal.« Vika winkte ungeduldig ab. »Als der Wagen zum x-ten Mal in einem Stau stand, schminkte sich meine Schwester die Lippen und lehnte den Kopf zurück. Eine Träne rollte aus einem Augenwinkel, glitt langsam über ihre Schläfe und verschwand in den funkelnden, fast weißen Haaren. Sie musste sich nicht einmal die Nase schneuzen. Diesen Trick kannte ich auch schon: Wenn man beim Weinen den Kopf ganz nach hinten neigt, tropft die Nase nicht ... Nur ihr Hals zuckte. Wie eine Schlange, die einen Elefanten verschlungen hat, und ich hatte plötzlich Saint-Exupérys Zeichnung im ›Kleinen Prinzen‹ vor Augen. Auf beiden Seiten der Straße standen riesige schwarze Fichten. Es wurde kalt. Meine Schwester trug immer sehr kurze Röcke und dünne Strümpfe. Ich sah, wie ihre Schenkel vor Kälte eine bläuliche Farbe bekamen. Sie hustete und zog ihre schwarzen Lackhandschuhe an. Als ob es ihr davon wärmer würde. Belle de jour. Der Friedhof war schon ganz nahe. Auf beiden Seiten der Straße wuchsen statt der Fichten Kreuze.«

»Aha, dann haben Sie auch die Vorliebe für kurze Röcke von ihr?«

»Ich spreche jetzt über den Hass!« Vika knirschte mit den Zähnen. »Endlich kamen wir beim Friedhof an. Auf dem Parkplatz drängten sich die Autos wie die Schweine am Futtertrog. Und hier fuhr uns ein roter Opel in die Seite. Ich sah das wie in einem verlangsamten Film: eine rundliche rote Form kam näher, immer näher und stieß gegen die Tür, hinter der ich saß. ›Blöder Schwanz!‹ zischte meine Schwester zwischen den Zähnen hervor und sprang aus dem Wagen. Ihr Schimpfwort erschreckte mich um einiges mehr als der klitzekleine Unfall. Auch ich stieg aus. Es stellte sich heraus, dass die Tür kaum einen Kratzer hatte. Der rote Opel war schon an die Seite gefahren. Ich wusste, dass das ein luxuriöser Wagen war, denn ich sammelte Taschenkalender mit Autos. Unser himmelblauer uralter Zapas war sowieso jenseits aller Reklamationen. Doch Belle de jour rannte zu dem Opel hinüber und trat mit ihren spitzen Schuhen mit den hohen Absätzen heftig gegen die Fahrertür. Rundum sammelten sich die Leute mit Chrysanthemensträußen, Vasen und Kerzen. Ich beugte mich in den Wagen und wollte auch unsere Blumen herausholen. Der Lärm hinter meinem Rücken wurde immer lauter. Ich drehte mich um. Aus dem Opel stiegen drei Frauen und zwei Männer aus, Roma. Der Fahrer war jung, hager, hatte schwarze Augen, Locken, ein Bärtchen und einen spitzen, hervorstehenden Adamsapfel, als ob er ein dreieckiges Holzklötzchen verschluckt hätte. Er trug eine schicke Lederjacke und schwarze, glänzende Stiefel. Der zweite Mann war alt, grauhaarig, trug einen Bart, eine Schaffellweste und einen breitrandigen grünen Hut. Auf einen Stock gestützt ging der Alte zu meiner Schwester und begann ihr etwas zu erklären. Sie stand angespannt da und klopfte rhythmisch mit den schwarzen Lackhandschuhen auf ihre bläulichen Schenkel. Die Frauen blieben in einiger Entfernung stehen und beobachteten die Szene. Zwei rauchten, die dritte knackte Sonnenblumenkerne. Der Alte zog einen roten Geldbeutel, groß wie ein Backstein, heraus. Er streckte meiner Schwester ein Bündel Banknoten hin. Belle de jour nahm das Geld und warf es mit einer majestätischen Bewegung zu Boden. Die violetten Papierchen lagen breit gestreut da, doch niemand wagte sie aufzuheben. Vielleicht, weil aller Hände voll von Chrysanthemen waren?

Die Gaffer umringten uns in einem immer engeren Kreis. Ich nahm unsere Blumen aus dem Wagen und drehte mich genau in dem Moment um, als Belle de jour zu dem jungen Mann hinging und begann, ihn mit krampfhaft in der Faust zusammengedrückten schwarzen Handschuhen zu ohrfeigen. Auf die linke Wange, auf die rechte! Auf die linke, auf die rechte ... Ich konnte nicht mehr zählen, wie viele Male. Vor Aufregung und Angst pflückte ich grüne, harte, bittere, schmutzige Chrysanthemenblätter ab, stopfte sie in den Mund, kaute sie. Alle rundherum hielten den Atem an, denn sie dachten dasselbe wie ich: Der Zigeuner zieht jetzt gleich ein Messer, seine Augen blitzen scharf wie Damaszenerstahl und er sticht zu. Ein purpurroter Fleck erscheint auf ihrem weißen Mantel ... ebenso rot und glänzend wie die Lippen in ihrem totenblassen Gesicht.

Nichts dergleichen passierte. Sie wandte sich um und kam ruhig zu mir, die zusammengedrängten Gaffer mit ihren Chrysanthemen teilten sich und machten ihr den Weg frei wie einer richtigen Herrscherin. Ich kaute die scheußlich bitteren Chrysanthemenblätter und heulte beinahe. Meine Schwester schloss den Wagen ab, hielt mir ihre weiche, warme Hand vor den Mund und sagte: ›Spuck es aus!‹ Erst da ergossen sich die Verwünschungen der drei Frauen über uns, obschon sie sich uns nicht näherten – als ob wir durch das Verderben bringende Verhalten meiner Schwester einen unüberschreitbaren Kreis um uns gezogen hätten. Die Flüche waren unbeschreiblich gewählt und wortreich, beinahe unverständlich, doch einzelne, für das Ohr und den Verstand eines durchschnittlichen Menschen erfassbare Phrasen ließen es einem kalt den Rücken herunterlaufen. Zusammen mit den Flüchen stießen sie den Rauch billiger Zigaretten aus, sprühten Speichel und die Schalen der Sonnenblumenkerne in die Luft, schleuderten mit Gesten ihrer Hände mit den langen Nägeln Klumpen von Unglück, Not, Verderben auf meine Schwester.

In all dem herrschte ein Geruch von Schrecken, schmutzigem Horror, als ob nach dem Wegrollen eines unsichtbaren Steins plötzlich Dämpfe direkt aus der Hölle ausgetreten wären. Sie verfluchten meine Schwester, dass ihr Schoß nie ein Kind austragen werde. Und der Fluch ging in Erfüllung, denn sie starb, noch ehe fünf Monate vergangen waren. Sie verfluchten meine Schwester, dass die Erde ihren Körper verschlingen möge, noch bevor die Gärten blühten. Und der Fluch ging in Erfüllung: Meine Schwester starb im April, als sich auf den Bäumen erst die ersten Knospen zeigten. Sie verfluchten sie, dass kein Mann sie je begehren und lieben solle. Doch dieser Fluch ging nicht in Erfüllung: Sogar als meine Schwester gestorben war, drängten sich an ihrem Sarg viele weinende Männer …

Belle de jour kniff mich, packte mich am Ellbogen und zog mich hinter sich her. Wir flogen geradezu zwischen den in der traurigen Dämmerung flackernden Grablichtern dahin. Ich blickte immer wieder zu meiner Schwester hinüber. Wenn ich die Augen schließe, sehe ich sie noch jetzt vor mir. Zwischen den Grabsteinen und den Kreuzen sah sie wie der Tod selbst aus, so wie ihn die Dekadenten darzustellen liebten: sehr schön, sehr bleich, sehr mager, sehr ironisch, mit sehr roten Lippen und dem Blick fiebriger dunkler Augen … Meine Nerven flatterten. Sie spürte das, legte den Arm um mich und flüsterte: »Na, warum bist du denn so erschrocken, du kleines Dummerchen. Ich habe nicht den Zigeuner vermöbelt, sondern mich am ganzen Geschlecht der Männer gerächt! Er hat das gespürt. Hast du gesehen, er stand wie vom Blitz getroffen da. Und schön wie der Teufel. Ich habe mich am ganzen Geschlecht der Männer gerächt! Auch wenn so eine Rache noch gar nichts ist. Wenn ich könnte, würde ich ihnen die Schwänze abhacken … Allen bis zum Letzten… Allen bis zum Letzten!« Was sie da mit ihren roten glänzenden Lippen flüsterte, erschien mir um einiges schrecklicher als die Verwünschungen der drei Frauen. Und unverständlicher …

Belle de jour hatte mich aus dem Menschenkreis befreit und ich hatte das Gefühl, als zerrte sie mich auf die andere Seite des verzauberten Kreises, hinter dem die Schrecken und das Unglück begannen. In meinen Adern schien kein Blut mehr zu fließen, sondern der Saft bitterer dunkelgrüner Blätter.

Wir kamen zu Großvaters Grab. Endlich entließ mich meine Schwester aus ihrer erstickenden Umarmung. Ich vermied es, sie anzusehen. Belle de jour kniete sich mit ihren bläulichen Knien auf den mit Raureif überzogenen Boden, brach die Köpfe der Chrysanthemen ab und legte daraus auf Großvaters Grab ein großes weißes Kreuz. Und in meinem Kopf tönte es wie hallende Schritte in einem riesigen Saal mit marmornem Schachbrettboden: ›… ich würde sie abhacken … abbeißen … Allen bis zum Letzten …‹ Ich wusste nicht, dass ich jene hoffnungslose und barbarische Litanei fünfzehn Jahre später selbst wiederholen würde. Ich habe nie herausbekommen, was meiner Schwester geschehen war…« Vika stand auf, ging zu dem Tisch, an dem Norma saß, schenkte sich aus der Karaffe abgestandenes, bräunliches Wasser ein und trank gierig aus dem Glas, auf dem schon Lippenstiftspuren von jemand anderem zu sehen waren.

»Wirklich interessant, was Sie da über Ihre Schwester erzählen. Ich denke, dass diese Geschichte uns helfen wird, einiges aufzuklären. Können Sie mir auch sagen, welcher Hass Sie selbst dazu bewog, die rituelle Kastrationsverwünschung zu wiederholen? Wenn Sie dazu noch nicht zu müde sind«, sagte Norma, die zwischen den kurzen, kräftigen Fingern einen roten Filzstift drehte.

»Nein, ich bin nicht zu müde …« Vika atmete tief durch und ließ sich mit weit gespreizten Beinen auf den Sessel plumpsen. »Nein, ich bin nicht zu müde. Sie werden jedoch enttäuscht sein. Das, was ich erzählen werde, wird den Mechanismus nicht schmieren …«, ein fauchendes Lachen, »den wir so eifrig kreieren.

Es war im Januar 1991. Der Fernsehturm war besetzt, vor dem Parlament standen die sowjetischen Panzer. Zehntausende Menschen hatten sich unbewaffnet dort versammelt, um die Unabhängigkeit nur mit ihren Körpern zu verteidigen … Ich weiß nicht, wie viele Stunden oder auch Tage nach der Nacht des dreizehnten es war. Damals gab es für das Leben keine normale Zeitmessung mehr. Die Zeit blieb irgendwo jenseits zurück. Wie auch die Tränen. Ich schien nie mehr weinen zu können. Alles, was auch nur den geringsten Trost oder die geringste Erleichterung hätte spenden können, schien auf der anderen Seite verschwunden. Ich saß vor dem Fernseher. Ich war blind, doch plötzlich erschienen auf dem Bildschirm die sowjetischen Soldaten. Ich sah sie. Riesige viereckige Gesichter. Riesige formlose Körper. Khaki. Fünfzackige Sterne. Trübe Augen. Scheußliche Münder und tiefe, heisere Stimmen. Der Hass warf mich zu Boden. Heulend schrie ich mit einer Stimme, die ich selbst nicht erkannte: ›Diesen Fehlgeburten muss man die Schwänze abhacken, abhacken, abhacken! Ich würde sie selbst mit meinen eigenen Zähne abbeißen! Ich würde mich übergeben und weiter abbeißen, mich übergeben und weiter abbeißen all diesen verfluchten Marschällen, Obersten, Generälen, Majoren ...‹ Ich kreischte und trommelte mit den Fäusten auf den Boden. Ich erschrak vor meinen eigenen Gedanken. Ich hatte Angst, verrückt zu werden. Ich brachte keine Träne hervor.

Die Träume begannen schon in derselben Nacht. Ich kroch auf allen vieren, offenbar über den Boden des Bahnhofswartesaals. Auf einer langen Reihe von Bänken saß eine Unmenge von Soldaten. Ihre Gesichter sah ich nicht – nur die gut geputzten Armeestiefel, in deren Schaft die khakifarbenen Hosen gestopft waren. Über meinem Kopf ratterte etwas fürchterlich – als ob ein unendlich langer Zug mit schweren, schwarzen Heizölzisternen auf verbogenen Gleisen dahinraste. Meine Hände steckten in roten, glänzenden Lackhandschuhen. Plötzlich begriff ich, dass sie voller Blut waren und rote Abdrücke auf dem Boden hinterließen. Mein Mund war voller Schleim. Ich bekam keine Luft und dachte, wo hat meine Schwester denn nur das Spray hingetan. Neben mir ging eine große schwammige Frau, die einen schmutzigen weißen Mantel und eine blutbefleckte Schürze trug. Ihre nackten, von einer Venen-Landkarte zerfurchten Beine steckten in abgetretenen Gummistiefeln. In einer Hand hielt sie die Lederleine, deren Ende um meinen Hals gebunden war, mit der anderen schob sie einen verrosteten Schubkarren, der randvoll mit blutigen, länglichen Fleischstücken angefüllt war ...

Ich wusste, dass das ein Traum war, doch meine Bemühungen, ihm zu entkommen, waren hoffnungslos. Ich zappelte, versuchte aufzustehen, die dicke Frau drückte mich wieder mit übermenschlicher Kraft zu Boden und zerrte mich hinter sich her. Indem ich mich so von einer Seite auf die andere warf, kippte ich den Schubkarren um. Die Fleischstücke, die ich selbst abgebissen hatte, rollten auf den Boden. Plötzlich schaltete sich eine Sirene ein, und von ihrem durchdringenden Heulen erwachte ich ...

Dieser perverse Traum wiederholte sich einige Nächte hintereinander. Ich meinte verrückt zu sein, doch ich fürchtete mich davor, jemandem auch nur andeutungsweise von diesen Alpträumen zu erzählen. Um nicht einzuschlafen, streunte ich nachts beim Parlament herum, spazierte um die Feuer, tauchte in die leisen Reden der dort Versammelten ein, in ihre Gebete und Lieder... Nur mir allein schienen solche abscheulichen Ideen zu kommen...« Vika rollte sich im Sessel zusammen und legte den Kopf auf die Knie.

»Keine Sorge, nicht nur Ihnen... Das war eine Abwehrreaktion. Ihr ganzes Wesen wehrte sich, damit Sie nicht verrückt wurden. Ich hatte einige Patienten, die ganz einfach durchdrehten in jenem Januar.«

»Aha... Schließlich versuchte ich es meiner Freundin gegenüber zu erwähnen. Ich sagte ihr, dass ich über die Okkupanten Dinge dachte, die ich nicht einmal aussprechen könnte. Und sie fragte ganz ruhig: ›Du meinst wohl Kastration?‹ Und zwang mich, ein Glas Wodka auszutrinken. Damit ich endlich weinen könnte. Einen ganzen Monat lang waren meine Augen wie zwei Wüsten gewesen. Heiß und trocken. Jetzt weinte ich etwa drei Stunden. Und der Alptraum verfolgte mich nicht länger. Doch ich will noch die Geschichte von Belle de jour zu Ende erzählen. Wenn wir noch Zeit dafür haben.«

»Haben wir. Heute erwarte ich keine Patienten mehr. Doch wenn Sie so zusammengekrümmt dasitzen, können Sie nicht erzählen. Seien Sie so gut und legen Sie sich auf die Couch.«

»Nein. Ich will nicht, dass Sie mein Gesicht sehen.«

»Ich werde mich abwenden. Versprochen. Also vorwärts.« Norma nahm Vika an der Hand und führte sie zur Couch, legte sie darauf und setzte sich selbst mit dem Rücken zu ihr auf das Fußende. »Bitte.«

»Belle de jour kniete lange an Großvaters Grab. Sie verteilte die Blumen und die Kerzen mit einem Gesichtsausdruck, als ob sie ein großes Tuch im Kreuzstich bestickte, als ob sie nie aus dem Haus einer adligen Familie des 18. Jahrhunderts herausgekommen wäre, in dem nie jemand das mit ›Sch‹ beginnende Wort vernommen hatte, das sie gerade erst so wutentbrannt mehrmals gesagt hatte.

Wir kehrten zum Wagen zurück. Meine Schwester sah ganz ruhig aus. Sie rauchte nicht mehr, schminkte sich nicht mehr die Lippen, hatte keine Atemnot mehr, sprühte sich nicht mehr in den Mund. Sie machte das Kassettengerät an und begann eine Melodie von Jim Morrison zu summen, die sie besonders mochte: ›*This is the end, beautiful friend, this is the end, my only friend, the end of our elaborate plans, the end of anything that stands, the end ... no safety or surprise, the end ... I'll never look into your eyes again ...*‹ Natürlich verstand ich damals die englischen Wörter nicht, doch sie prägten sich mir deutlich ein. Ich hatte Angst ... nicht vor meiner Schwester, ich konnte mir die Ursache meiner Furcht nicht erklären, und das ängstigte mich noch mehr.

Ich sollte bei ihr zu Hause übernachten. Das war ein seltenes Privileg, das mir nur einige wenige Male pro Jahr zuteil wurde, auf das ich ebenso wie auf meinen Geburtstag, Weihnachten oder Ostern wartete. Doch an jenem Abend von Allerseelen bekam ich es mit der Angst zu tun. Ich wagte meiner Schwester nicht zu sagen, dass ich zu Mama zurückwollte. Ich musste diesen Aufenthalt durchstehen, denn wenn ich darauf verzichtete, würde es keinen weiteren geben. So schien es mir damals. Tatsächlich war es das letzte Mal, denn einen Monat später wurde Belle de jour ins Krankenhaus gebracht und fünf Monate später starb sie. Die Fichten auf beiden Seiten der Straße verschmolzen zu einer schwarzen Wand. Es wurde ganz dunkel. Vor Aufregung lutschte ich am Daumen. Auf dem Boden lagen die schwarzen Lackhandschuhe. Mit der Spitze eines Schuhs stieß ich sie unter den Sitz, damit Belle de jour das Werkzeug ihres Hasses nie wieder finden würde.

Der Abend bei ihr war wunderschön. All meine Ängste verflogen. Belle de jour erfüllte jeden einzelnen meiner traditionellen Wünsche: Sie legte Tarot, weissagte aus Runen, entzifferte I-Ging-Hexagramme, hörte mir zu, wie ich ihr ein wundervolles Schicksal aus meinen einfältigen Orakeln vorhersagte, die in karierten Schulheften standen ... Sie lachte laut, wenn ich ihr die dümmsten Witze erzählte, und ich platzte fast vor Lachen, wenn ich ihren Geschichten zuhörte. Sie schüttelte mir Cocktails, machte Toast, ließ mich Rotwein versuchen, schminkte meine Augenlider, die Wimpern, die Lippen, verbot mir nicht, ihre wohlriechenden, verzauberten Kleider anzuprobieren, die hochhackigen Schuhe, und fernsehen durfte ich bis spät in die Nacht. Ich war ganz aufgedreht, deshalb konnte ich einfach nicht einschlafen. Oder vielleicht konnte ich nur deshalb nicht einschlafen, weil ich dann manchmal in Belle de jours Bett kriechen und so lange plaudern durfte, bis ich mitten im Wort einschlief.

Ich stand auf und schlich in ihr Zimmer. Das Licht brannte. Ich roch Zigarettenrauch. Sie liebte es, rauchend noch lange im Bett zu lesen. Ganz leise schlich ich durch die Tür. Belle de jour saß nackt auf ihrem Bett und drehte mir den Rücken zu. Ihre Beine waren weit gespreizt, angewinkelt; im Licht des Nachttischlämpchens glänzten die Knie wie zwei goldene Äpfel. Ihr Körper bewegte sich kaum sichtbar, doch rhythmisch. Ich glaubte, meine Schwester weine lautlos. Aber sie atmete ganz anders als jemand, der weint. Sie hatte das Gesicht nicht mit den Händen bedeckt, sondern hielt sie zwischen die Beine. Mit einem Mal blitzte etwas auf, huschte etwas über die Decke – es war ein Lichtreflex. Ich schlich noch näher. Belle de jour hielt in der einen Hand einen kleinen Spiegel, in der anderen eine lange gelbe Kerze. Ein Ende der Kerze befand sich in ihr…« Vika drehte sich plötzlich zur Wand, rollte sich zusammen und presste die Hände an den Kopf. »Ich erzähle nicht weiter. Damals begriff ich überhaupt nicht, was meine Schwester da tat. Ich dachte, das sei eine medizinische Prozedur. Ich wusste, dass zum Schicksal der Frauen allerlei Unannehmlichkeiten gehören – Mama erwähnte das manchmal. Ich sagte kein Wort, bewegte mich nicht einmal, vielleicht hatte ich auch den Atem angehalten, doch Belle de jour spürte, dass ich im Zimmer war, drehte sich um, und ihre Reaktion war furchtbar.

Sie sprang aus dem Bett und stieß die Rotweinflasche um, die ich erst jetzt bemerkte. Ein blutroter Fleck breitete sich auf dem gelben Teppich aus. Meine Schwester packte mich an den Haaren und zog zischend daran: ›Weißt du, dass ich dich jetzt erwürgen kann?! Weißt du, dass ich dich erwürgen kann… Du sollst schlafen, warum spionierst du dann hier herum? Weißt du, dass ich dich jetzt gleich erwürge, du kleines Ekel?‹ Sie zerrte mich an den Haaren. Ich schrie nicht, weinte nicht, versuchte nicht einmal mich zu befreien, ich starrte auf das zerknitterte Laken, den Spiegel, die krumme gelbe Kerze, den vollen Aschenbecher, das Laken, den Spiegel, die Kerze, den Aschenbecher ... Sie hielt mich an den Haaren fest und riss meinen Kopf von rechts nach links, von links nach rechts.

Belle de jour war ganz nackt. Ich roch den Geruch ihres Körpers, in dem sich das frische Aroma von ›Nina Ricci‹, süßer Schweiß und noch etwas Herbes, mir Unbekanntes vermischten. O Gott, ich erinnere mich noch jetzt an diesen Geruch«, wimmerte Vika. »Dann stellten sie neben ihrem Sarg solche gelben Kerzen auf. Ich konnte sie nicht ansehen. Auch jetzt noch zünde ich auf Belle de jours Grab keine Kerzen an. Nicht mal an Allerseelen ...

Plötzlich ließ meine Schwester meinen Kopf los und fiel vor mir auf die Knie. Sie begann mich stürmisch zu streicheln, zu küssen und flüsterte: ›Ach, verzeih mir, meine Kleine! Sei nicht böse auf mich, liebes Geschöpfchen ... Sei mir nicht böse, sei mir nicht böse, sei mir nicht böse, mein anhängliches Wesen! Ich fühlte mich so schlecht, so unendlich schlecht, ich wusste nicht mehr, was ich tat vor lauter Verzweiflung ... Vergib mir, vergib, vergib, wenn du kannst ... Wenn du kannst – verzeih mir ...‹ In jener Nacht schliefen wir in meinem Bett ...« Vika stand plötzlich auf, ging zum Spiegel und begann sich mit beiden Händen über das Gesicht zu streichen, als ob sie die klebrigen, Fäden ziehenden Spuren ihrer Erinnerungen abwischen wollte. »Ich habe noch nie jemandem davon erzählt. Nicht einmal Paulius.«

Stille trat ein. Draußen vor dem Fenster rauschte die Stadt.

»Und was für Geschichten haben Sie ihm erzählt?« fragte Norma schließlich, zog eine Praline aus der Handtasche und reichte sie Vika.

»Alles Mögliche. Ich erzählte ihm alle möglichen Geschichten, wenn er nicht dabei war. Ich schwatzte ganze Tage lang, während ich allein durch die Stadt wanderte oder in der Wohnung umherschlich. Die interessantesten Dinge erdachte ich wie eine Scheherazade nachts für ihn, wenn ich in meinem Bett lag und wusste, dass er auch allein im Bett lag, gar nicht weit weg – zwei Häuserblocks weiter, in derselben schwarzen, traurigen Stadt. Paulius vermochte nur beim Beichten zuzuhören, nur im Beichtstuhl, nur im Priestergewand. Wie viele andere Menschen konnte er nicht einfach so zuhören. Wenn ich ihn bat, mir zuzuhören, fühlte er sich immer verpflichtet, mich zu unterbrechen, dazwischenzureden, zu trösten, zu erklären, dass ich das nicht fühlen musste, was ich fühlte – Gewissensbisse, Trauer, Enttäuschung. Ich wollte nur eines – dass er mich anhören und nicht sprechen, predigen, handeln würde … Aber letztlich ist das nicht sehr wichtig. Sie hatten Recht, als Sie sagten, dass ich schon dadurch sündigte, dass ich beichten wollte. Ja. Ich geriet in den verderblichen Strudel des Niedergangs, damit ich in ein schwarzes Kopftuch gehüllt in die Kirche kommen, vor dem Beichtstuhl niederknien und durch das Holzgeflecht Paulius' gesenkten Kopf, seine sich nervös bewegende Hand sehen, seinen Atem fühlen und meine Sünden bekennen könnte. Nie bekam ich das, wonach ich am meisten verlangte. Ich verlangte nach Strafe. Ich wusste, dass nichts ungestraft bleibt.«

»Ich wusste, dass nichts ungestraft bleibt …«, sagte M. V., und ihr schien, dass von ihrem ganzen steif gewordenen Körper nur noch eine traurige, unangenehm heisere Stimme übrig war. »Ich wusste es seit jenem Augenblick, als ich Povilas Paukštietis auf der Landstraße inmitten von mit weißen Vögeln übersäten Wiesen zum ersten Mal traf. Ich dachte jedoch nie, dass die Strafe so ausfallen würde …«

»Natürlich nicht.« Namenlos brach in schallendes Lachen aus. »Du hofftest, dass die Strafe metaphysischer ausfiele. Jenseitig. Du stelltest dir vor, dass wir von einer unbekannten, für das Auge unsichtbaren Welt beherrscht werden, die sich jenseits der Realität erstreckt – mächtig, voller Wunder, beunruhigend. Du hofftest auf eine deiner würdige Strafe. Dass Gott selbst dich richten würde und nicht die Menschen, nicht wahr? Doch Gott kümmern wir keinen Deut. Aus seiner Höhe betrachtet erscheinen all unsere Sünden und Verbrechen so klein, menschlich, nur allzu menschlich. Du hast eine Hölle voll phantastischer Farben erwartet und jetzt erstickst du bloß in diesem Loch in deinen eigenen Exkrementen. Du hast infernalische, mit menschlichen Worten nicht zu beschreibende Qualen erwartet. Doch wird dich nur eine Kompanie Soldaten vergewaltigen, schön der Reihe nach. Und dich ins Feuer werfen. Das ist alles ... Der Tod ist kein Tor ins Jenseits, ins Paradies, in die Hölle oder ins Fegefeuer. Mit dem Tod ist wirklich alles zu Ende. Glaub mir. Ich bin seit langem allein hier und hatte Zeit genug, um das zu begreifen. Ich kann mir deine Enttäuschung vorstellen. Nur für einen kurzen Augenblick vielleicht, wenn man dich auf den Scheiterhaufen hebt, dich an den Pfahl bindet und das Feuer entzündet, wenn die ersten Flammen züngeln und die Menge vor Begeisterung johlt, weil sie den Gestank deines brennenden Körpers noch nicht riecht – dann vielleicht wirst du die Süße der verdienten, ersehnten Strafe fühlen ...«

»Nein, du hast Unrecht. Alles ist anders. Die Strafe begann schon im selben Augenblick, als er mich zum ersten Mal umarmte. Nein, sie begann noch früher: kaum hatte ich Povilas Paukštietis gesehen und mir gesagt, mich, mich allein sieht er so aufmerksam an.«

»Du sprichst mir zu nebulös, meine Liebe«, flüsterte Namenlos und drückte mit feuchten, knochigen Fingern M.V.s Hand.

»Gut. Ich werde mich bemühen, alles möglichst der Reihe nach zu erzählen«, sagte M. V. und versuchte vergeblich, ihre Hände aus der Umklammerung von Namenlos zu befreien. »Am selben Abend kam wie versprochen Upė in meine Zelle. Sie brachte einen Krug Wein und zwei Becher mit. Wir setzten uns auf den Boden vor den Kamin, tranken Wein und sahen ins Feuer. Upė erzählte, dass sie vor sieben Jahren ins Kloster gekommen war, als das Gerücht von Povilas' wunderbaren Kräften zu kursieren begonnen hatte. Sie litt an einer schrecklichen, unheilbaren Krankheit. Damals war Povilas Paukštietis noch ein gewöhnlicher Franziskanermönch, auch wenn er über eine besondere Heilkraft verfügte und sich an seinen Händen und Füßen schon ein paarmal vor Ostern Stigmata aufgetan hatten.

›Damals war sein Haar kohlschwarz. Und jetzt ist es, wie du gesehen hast, völlig ergraut‹, sagte Upė, und ich begriff, dass sie von unserer Begegnung wusste.

Doch sie sprach nicht weiter davon, sondern fuhr mit ihrer Erzählung fort. Vor sieben Jahren wohnte Povilas in jenem Flügel des Klosters, wo jetzt strenge Klausur herrscht. Seine Zelle steht bis heute leer. Jeden, der darin zu wohnen versuchte, habe eine unerträgliche Sehnsucht ergriffen, vermischt mit Traurigkeit und Anfällen von wahnsinniger Freude. Diese Gefühle seien so stark gewesen, dass der Unglückliche oder – wie man später sagte – der Besessene den Verstand verlor, sich umbrachte oder manchmal einfach spurlos verschwand.

Erst einige Jahre später konnte die Ursache dieses Verderben bringenden Phänomens geklärt werden. Es war ... Musik. Sie kam von wer weiß woher, als ob ein Unsichtbarer ins Engelshorn geblasen hätte, immer die gleiche Tonfolge: sol-la-ut-mi, sol-la-ut-mi, sol-la-ut-mi ... Upė warf den Kopf in den Nacken und summte mit seidener Stimme die Melodie: sol-la-ut-mi, sol-la-ut-mi ... Mich schauderte. Sie schenkte sich noch Wein ein und erzählte weiter.

Damals, vor sieben Jahren, flogen noch keine bunten Papageien um Povilas herum. Sie waren alle aus grauem Stein gehauen und hockten in der Kirche auf der unteren Galerie des Ostchores. Doch dann kam Ostern – es war deshalb ein besonderes Osterfest, weil Schnee auf die blühenden Gärten fiel ... Unter der Schneelast brachen die Äste der blühenden Bäume. Viele prophezeiten, dass solche Zeichen des Himmels nichts anderes als eine nahe Hungersnot bedeuteten, deshalb beteten die in der Kirche versammelten Gläubigen besonders inbrünstig. Und wie könnte man das angsterfüllte Zittern mit Worten beschreiben, das die Pilger befiel, als der vor dem Altar kniende Bruder Povilas plötzlich eine gute Handbreit über dem Boden schwebte? In der Kirche wurde es unsäglich still. Nur hie und da war ein gedämpftes Geräusch zu hören: Frauen, die das Bewusstsein verloren hatten, fielen zu Boden.

Niemand schien sich der lähmenden, frommen, entsetzlichen Stille entziehen zu können. Unerwartet hallte noch ein Geräusch durch den Raum – scharf, klirrend. Grüne, gelbe und blaue Splitter ergossen sich über den betenden Povilas. Upė glaubte, dass die farbigen Glasscheiben wegen der furchtbaren Spannung in der Kirche zerbrochen seien, wie wenn in einem riesigen Kopf das

Blut wegen der Menge oder Schwere der Gedanken in die Schläfen schießt. Die Steinpapageien rissen sich mit einem Ruck aus dem Relief los, wurden lebendig, bekamen Farbe, eine Stimme und hingen wie ein bunter Baldachin über Povilas' Kopf. Auch jetzt noch sind im Ostchor viele faustgroße Vertiefungen zu sehen.

Am Ostersonntag verließ Povilas das Kloster und ging in den Wald hinaus, denn er hatte beschlossen, als Einsiedler zu leben. Er bat nur um eines: ein schwarzes, langes Gewand mit weiten Ärmeln und einer großen Kapuze. Upė nähte es über Nacht und legte die schwarze Kutte am Morgen an vereinbarter Stelle auf einen Stein. Povilas, der von nun an den Beinamen Paukštietis, der Vogler, trug, zeigte sich nicht. Upė kam gegen Abend zur selben Stelle zurück, doch das Gewand war schon vom Stein genommen. Es war der Tag, an dem sie zwanzig Jahre alt wurde.

›Povilas hat mich völlig von meiner tödlichen Krankheit geheilt‹, erklärte Upė und schenkte sich den restlichen Wein ein. ›Ich weiß aber nur eins: Wo er nicht ist, da könnte ich nicht leben. Deshalb bin ich hier. Und werde hier bleiben. Ich fühle noch etwas anderes – er braucht mich.‹ Und in ihrem Gesicht leuchtete ein breites zahnloses Lächeln.

Mich ergriffen Enttäuschung und Verbitterung. Neid schnürte mir die Kehle zu. Und Upė sagte mit der Stimme eines großzügigen und reichen Menschen: ›Wenn du willst, können wir morgen früh zusammen zu ihm gehen. Vor Sonnenaufgang bringe ich ihm die Milch. Das tue ich schon seit fünf Jahren.‹

Am nächsten Morgen noch vor Tagesanbruch klopfte Upė leise an meine Tür. Damals war mir nicht klar, warum sie ihr Geheimnis mit mir teilte. Doch bald ahnte ich es: Sie erhoffte sich davon auch die Teilung der Strafe.

Der Morgen war kalt und feucht. Wir gingen schweigend nebeneinander her, nur das leise Schwappen der Milch war zu hören. Upė führte mich auf einem Weg, der mir einem Labyrinth zu gleichen schien. Allein hätte ich den Weg zurück ins Kloster nicht mehr gefunden. Ich versuchte einige Male, ein Gespräch zu beginnen, doch Upė schwieg beharrlich. Wir traten in den Wald. Von den Bäumen tropfte es, als ob gerade erst ein heftiger Regen niedergegangen wäre.

Völlig unerwartet kamen wir auf eine kleine Lichtung. Im grünlichen Dämmerlicht des Morgens schimmerten die Butterblumen gelb und groß, wie ich sie noch nie gesehen hatte. Dazwischen wogten Gras, Schmielen, raschelten Blätter im Wind. Am Rand der Lichtung befand sich eine große rotbraune Höhle, äußerst merkwürdig an diesem Ort – als ob man sie aus dem Himmel heruntergeworfen hätte. Und genau hier lebte der Einsiedler.

Upė zog einen aus Zweigen, Wurzeln und Blättern geflochtenen Vorhang zurück und betrat die Höhle. Ich folgte ihr beklommen. Wir kamen in einen engen, nach Weihrauch und Moder riechenden Raum. Es war fast vollkommen dunkel, nur ein vor einem Kruzifix aufgehängtes Öllämpchen flackerte schwach. Noch nie hatte ich etwas Ähnliches gesehen. Das Gesicht des Gekreuzigten war fürchterlich, die Augen hervortretend, der Mund von Todesqualen verzerrt. Als ich mich an das Dämmerlicht gewöhnt hatte, sah ich ein mit einem dicken Laken bedecktes Strohlager, einige Bücher auf einem Baumstrunk, der den Tisch ersetzte. Von Povilas Paukštietis keine Spur.

Upė stellte den Krug mit der Milch neben die Bücher auf den Baumstrunk, dann gingen wir wieder. Plötzlich begannen die Vögel laut zu zwitschern und die Lichtung wurde von rötlichem Licht überflutet. Die Sonne ging auf.

Wir kehrten schweigend zum Kloster zurück. In mir tobten Enttäuschung und blinde Schadenfreude. Ich war enttäuscht, denn ich hatte den Einsiedler nun nicht in seiner eigenen Behausung gesehen, ich frohlockte hingegen, dass er auch auf Upė nicht gewartet hatte. Vielleicht war das all die Morgen in den letzten fünf Jahren so gewesen, um die ich Upė so schrecklich beneidete. Nur eine Frage quälte mich noch: Wann und wie teilte sie dem Einsiedler die Namen der Neuankömmlinge mit?

Plötzlich knackte es im Gesträuch. Ich erstarrte vor Angst, dass sich irgendein wildes Waldtier auf uns stürzen würde, doch er war es – Povilas Paukštietis. Upė fiel sofort auf die Knie, ins feuchte Moos. Auch ich kniete nieder, beschämt, dass ich tags zuvor, als ich dem Einsiedler begegnete, nicht auf die Knie gefallen war. Das Moos hatte gelbe, sternförmige Blüten, Feuchtigkeit drang in den dicken Stoff meines Kleides. Paukštietis trat ganz nah an uns heran. Ich betrachtete seine nackten Füße.

›Guten Morgen, meine Lieben, wie habt ihr geschlafen?‹ fragte er in einem Ton, als ob wir seine Töchter wären.

Upė stand auf. Ich auch. Sie küsste dem Einsiedler die Hand. Ich wagte das nicht.

›Sag mir, wer ist neu im Kloster angekommen?‹ fragte er und streichelte dabei Upės Kopf – genauso wie mir gestern.

Hätte ich nicht daneben gestanden, so hätte er sie wahrscheinlich umarmt. Enttäuschung und Neid schnürten mir die Kehle zu. Upė schaute Paukštietis in die Augen und nannte die Namen der Neuankömmlinge. Ihre Augen bezeugten gar nicht dasselbe wie ihre Lippen. Ich sah es. Und mich überkam schreckliche Traurigkeit.

›Hast du je gesehen, wie der Haselstrauch blüht?‹ fragte mich Povilas Paukštietis, als Upė ihren Vortrag zu Ende gebracht hatte.

Ich war ganz durcheinander und wusste nicht, was ich ihm antworten sollte. Der Einsiedler nahm mich an der Hand und führte mich weg, wobei er mit dem Daumen die Innenfläche meiner Hand streichelte. Der Haselstrauch trug schwer an seinen goldfarbenen Kätzchen. Ich hatte immer geglaubt, das seien seine Blüten.

›Hier, meine Liebe, sieh dir diese Pracht an!‹ sagte Povilas Paukštietis, legte seine Hand sanft auf meinen Nacken und beugte meinen Kopf zu leuchtend grünen, gerade erst hervorgesprossenen Blättchen hinunter. Dazwischen leuchteten winzige rote Blüten von wunderbarer Schönheit.

›Oh‹, flüsterte ich, ›wie schön. Ich wusste nicht, dass die Blüten des Haselstrauchs so rot sind ...‹

Upė beobachtete mich und lächelte nachsichtig. Die Papageien hüpften um uns herum und rupften seltsame violette Knospen aus dem Moos.

›Nun, meine Lieben, für mich ist es jetzt Zeit!‹ sagte Povilas Paukštietis und legte uns die Hände auf den Kopf. Mir die rechte, Upė die linke Hand. Er küsste uns auf die Stirn. Upė kicherte. Ich war ganz verwirrt. Ich roch den Duft, den der Einsiedler verströmte – ich wusste, dass er mich an irgendetwas aus der Kindheit erinnerte, doch mir wollte nicht einfallen, woran. ›Bleibt gesund und denkt daran, jeder Morgen ist ein guter Morgen und jeder Tag voller Segnungen.‹

Upė packte mich am Ellbogen und zerrte mich weg wie ein störrisches Kind. Wieder wechselten wir kein Wort miteinander. Ich warf einen verstohlenen Blick auf ihr Profil mit dem vorstehenden Kinn und fühlte fast genießerisch den Hass auf sie in mir wachsen. Unerwartet schnell kamen wir wieder auf den Weg, auf dem schon viele Pilger unterwegs waren. Wir mischten uns unter die feierlich gestimmten Menschen. Plötzlich sah ich etwas im Staub der Straße aufglitzern. Ich bückte mich und hob es auf: ein Rasiermesser. Auf seinem silbernen Griff waren zarte Lilienornamente eingraviert. Ich klappte die Klinge auf und mir verschlug es den Atem – so scharf war sie geschliffen. Doch das Interessanteste war, dass ich zwischen den Lilien meine Initialen eingraviert fand – M. V. Da ich es vor Freude kaum aushielt, zeigte ich Upė meinen Fund. Sie jedoch sagte mit gesenkter Stimme: ›An deiner Stelle würde ich dieses Ding wegwerfen. Das ist ein schlechtes Zeichen. Es wird dir Unglück bringen.‹

Ich hörte jedoch nicht auf meine neue Freundin. An jenem Morgen schien mir kein Unglück mehr zustoßen zu können. Jedes Unglück würde an mir vorbeigehen. Denn ich liebte, liebte Povilas Paukštietis.

Nach einer Weile begriff ich mit einem Mal, dass die Menge nicht zur Hoffnungs-Lichtung ging, sondern ins Kloster zurück. Je weiter wir kamen, desto mehr erinnerten mich die sich kreuzenden nebelverhangenen Wege an ein Labyrinth.

Ich wanderte den ganzen Tag allein darin umher: Wald, Rodungen, Sümpfe, Wiesen, Wege, Pfade, Torfland, schwarzes, verbranntes Brachland, das niemandem gehörte. Umsonst hoffte ich auf das Landsträßchen zu geraten, das sich durch die feuchten Wiesen mit den vielen kleinen Teichen schlängelte, in denen sich der Himmel spiegelte und wo es von weißen Vögeln nur so wimmelte. Erst nach Sonnenuntergang kam ich ins Kloster zurück. Ich fühlte mich furchtbar müde, enttäuscht und traurig. Der Gedanke nagte an mir, dass Upė wusste, wo und wann sie Povilas Paukštietis antreffen konnte. Sicher waren sie den ganzen Tag zusammen gewesen. Die Unruhe zerrte und riss an mir und ich wusste, dass ich auch nach meiner Rückkehr ins Kloster keine Ruhe mehr würde finden können.

Nicht weit vom Kloster stand eine große verlassene Kapelle, die ich schon bei meiner Ankunft bemerkt hatte. Sie war bei einem Brand verwüstet worden, das Dach war fort, in den Fensteröffnungen grünten junge Birken. Ich hatte gehört, dass vor ein paar Jahren ein Blitz in die Kapelle eingeschlagen und darauf der Einsiedler aus irgendeinem Grund empfohlen hatte, sie nicht wieder aufzubauen. Das zerfallene Gebäude ragte nun einfach so aus dem sumpfigen Feld heraus – bedrückend wie ein Geisterschiff. Ich weiß nicht, warum mich der Wunsch ergriff, hineinzugehen. Ganz dicht bei der Kapelle weideten Schafe. Sie fraßen noch zarte Brennnesseln und gerade erst hervorgesprossene Himbeerblätter. Als sie mich sahen, liefen sie blökend davon. Die Glöckchen an ihrem Hals klingelten melodisch. Ich wunderte mich, dass sich die Tür der Kapelle leicht, ganz ohne Knarren öffnete. Drinnen wucherten Gras, Brennnesseln, Himbeersträuche, doch der Gang, der zum Altar führte, war von keinerlei Flora berührt. Die im Schachbrettmuster ausgelegten Bodenplatten aus schwarzem und weißem Marmor glänzten wie frisch gewischt. Vor dem Altar flackerte ein rotes Lämpchen wie das in der Behausung des Einsiedlers. Der Altar war aus Holz. Von dort blickte mich ein großes Auge der Offenbarung an, türmten sich Blitze schleudernde Wolken auf, die Engel bliesen die Posaunen und doppelköpfige Wesen schwangen Schwerter und Schilde. Die Farben waren vom Regen verwaschen. Auf dem grauen, rissigen Holz sprossen kleine gelbe Blumen und rankten wilde Reben. Ich bekreuzigte mich, kniete nieder und begann zu beten.

Hier war es um einiges freundlicher als in der großen Kirche, auf deren Pfeilern Geier mit Säuglingen in den Schnäbeln hockten. Plötzlich hörte, nein, spürte ich, dass sich mir jemand näherte. Mir wurde ganz heiß. Ich wusste, dass er es war – Povilas Paukštietis. Ich drehte mich um und versuchte ihn anzulächeln. Wieder wusste ich nicht, wie ich mich verhalten sollte. Vielleicht war es ja gar nicht erlaubt, die Kapelle zu betreten? Povilas Paukštietis kam wortlos zu mir und legte mir die Hand auf die Schulter. Seine Hand war schwer und heiß. Ich erschauerte. Ich drehte den Kopf und verhielt mich wie Upė – ich küsste die schön geformte Hand. Der Einsiedler strich mir mit dem Finger über die Lippen. Ich hörte hinter meinem Rücken, auf dem Marmorgang, die Schafshufe klappern und die Glöckchen klingeln. Plötzlich drückte Povilas Paukštietis' Daumen sanft meine Lippen auseinander, glitt langsam in meinen Mund und begann meine Zunge zu liebkosen. Mich durchströmte Süße und Angst. Doch die Angst überwog und deshalb erhob ich mich taumelnd. Der Einsiedler neigte meinen Kopf nach hinten. Der Himmel war ganz golden. Ich schloss die Augen. Er küsste mich heiß und begierig. Ich fühlte mich wie ein winziges Schwälbchen, das der Vater von Schnabel zu Schnabel füttert. Ich wünschte, dass dies nie enden möge. Doch ich riss mich von ihm los, bedeckte mein Gesicht mit den Händen und sagte ein Wort, dessen Frische ich im Mund spürte wie den Geschmack einer noch nie probierten Frucht: ›Das ist Sünde. Das ist doch Sünde!‹

Einen ebenso unbeschreiblichen Geschmack – von Süßigkeit, Bitterkeit, Blut, Wasser – musste wohl die unglückliche Eva in ihrem Mund gespürt haben, als sie von der verbotenen Frucht versucht hatte. Povilas Paukštietis legte eine Hand auf meine Hüfte, mit der anderen zog er mir mit einer sanften und dennoch gebieterischen Bewegung die Hände vom erschrockenen Gesicht. Unsere Finger verflochten sich. Ich hatte nicht die Kraft, ihm zu widerstehen. Noch niemand hatte mich so geküsst. Vom Kloster her drang Glockenläuten zu uns.

›Du musst zurück, meine Liebe‹, sagte er und ließ endlich meine Hände los.

Die Kapelle war wieder leer, oder vielleicht war ja das Geräusch der Schafshufe nur ein Hirngespinst gewesen. Als ich durch die Tür nach draußen trat, huschte eine weiße Katze hinein, lief miauend den Marmorweg entlang und verschwand neben dem Altar.

Ich ging hinaus. Nachtigallen sangen. Ich wusste nicht, sollte ich zurück in meine Zelle gehen, zum Gottesdienst oder weiter durch das abendliche Labyrinth irren. Der Himmel war noch immer dunkelgelb wie das Blattgold, aus dem die Kleider für die Jungfrau Maria auf den Heiligenbildern gemacht werden.

Ich wollte niemanden sehen, deshalb kehrte ich in meine Zelle zurück. Dort bemerkte ich, dass die Schwalbenfamilie ihr Nest verlassen hatte. Ich fand keine Ruhe, bald legte ich mich aufs Bett, bald stürzte ich zum Bestiarium, bald fiel ich vor dem Gekreuzigten auf die Knie, bald starrte ich in den Kamin. Ich wollte nur eines: daran denken, wie er mich liebkoste ... Schließlich trat ich zum Spiegel und starrte lange mein Ebenbild an, als ob ich nach dem eben Geschehenen irgendeine Veränderung an mir entdecken könnte. Ich wusste, dass ich schön war. Noch immer spürte ich die Küsse des Einsiedlers. Ich musste nur die Augen schließen und ich versank wieder darin. Ohne zu wissen, was ich tat, schmiegte ich mich an den Spiegel und küsste mein Ebenbild auf die Lippen. Das Glas beschlug. Ich fühlte wieder die heiß brennende Angst, die ich bereits in der Kapelle empfunden hatte. Ich bedeckte mein Gesicht mit den Händen. Upė trat ein.

›Den ganzen Tag habe ich dich nirgends gesehen‹, sagte sie und rollte sich auf dem Boden vor dem Kamin zusammen. ›Wo hast du gesteckt?‹

Upė hatte wieder ihren Weinkrug und die zwei Becher mitgebracht. Das Erste, woran ich bei ihrem Anblick dachte, war – hat sie der Einsiedler geküsst? Ist er in diesen zahnlosen Mund eingedrungen, haben sich ihre Zungen in einem ebenso feuchten, zärtlichen, wahnsinnigen Tanz gewunden wie unsere? Upė lächelte und erwartete, glaube ich, dass ich ihr alles erzählte.

›Hast du schon einmal gedacht, dass es Dinge gibt, die man besser nicht beichten sollte?‹ fragte sie, als ob nichts dabei wäre. ›Gott sieht sowieso alles. Und die Beichtväter sind manchmal wie die Boten, die aus Neugier fremde Briefe aufreißen und sie dann, erschrocken über ihre Tat, in den Straßenstaub werfen. Dann kann auch die geheimsten Dinge lesen wer will. Ich gehe nicht in die Kirche zur Beichte. Ich erzähle alles Povilas. Er ist näher bei Gott als alle Priester und Mönche dieses Klosters zusammengenommen.‹

Ich sagte nichts und setzte mich neben sie. Der Wein war sehr sauer. Erst als wir mehr getrunken hatten, fanden wir einen Weg, die unangenehme Stille zu beenden. Worüber wir sprachen, daran kann ich mich jetzt nicht mehr erinnern. Als Upė schon im Gehen war, nahm ich meinen Mut zusammen und fragte: ›Bringen wir ihm auch morgen die Milch?‹

›Nein, er hat darum gebeten, dass morgen Bruder Pijus komme. Das ist der Lieblingsschüler von Paukštietis.‹

Die ganze Nacht tat ich kein Auge zu, denn ich fürchtete, die Stunden vor der Morgendämmerung zu verschlafen. Ich hatte beschlossen, vor Sonnenaufgang in den Wald zu gehen, im Labyrinth die Lichtung mit den Butterblumen zu finden und im Falle eines Zusammentreffens mit dem Einsiedler so zu tun, als ob das ganz zufällig passiert sei.

Den Pfad, auf dem mich Upė in den Wald geführt hatte, fand ich natürlich nicht. Ich irrte zwischen den hohen Bäumen umher, zwängte mich durch dichtes Unterholz, wanderte durch neblige Rodungen, und immer schien mir die Höhle des Einsiedlers nur ein paar Schritte entfernt.

Ein Kuckuck rief. Ich versuchte zu zählen, wie viele Jahre mir noch blieben. Ich zählte und verlor den Faden, als ob der Vogel mir eine ganze Ewigkeit voraussagen wollte. Es tagte, und ich begriff, dass ich mich verirrt hatte. Der Wald schien Katz und Maus mit mir zu spielen. Die Sonne kletterte höher, und ich ging und ging zwischen verwunschenen hundertjährigen Fichten und Eichen, deren Stämme noch die Male der Heiligkeit bewahrt hatten. Die Vögel trillerten, zwitscherten, sangen, kreischten so laut, dass es in meinen Ohren sauste. Von der Fülle der Frühlingsdüfte wurde mir schwindlig. An manchen Stellen hing gelber, rötlicher oder violetter Nebel; dort bekam ich Angst, dass ich das Bewusstsein verlieren würde. Aus dem Wald kam ich erst gegen Mittag heraus. Ich fand mich auf jenen unermesslichen Wiesen mit den Teichen wieder, in denen sich der Himmel spiegelte, Störche nach Fröschen jagten und es von weißen spitzflügligen Vögeln wimmelte.

Der Tag erinnerte an einen bedrückenden Traum. Ich hatte das morgendliche Treffen mit Povilas Paukštietis auf der Lichtung der Hoffnung verpasst. Ich hatte jeden der vormittäglichen Gottesdienste versäumt. Mittags brachte ich keinen Bissen hinunter. Nirgendwo war ich Upė begegnet, und ich wurde den Gedanken nicht los, dass sie mit Povilas Paukštietis zusammen war. Am

Nachmittag stapfte ich wie von einem bösen Geist besessen wieder in den Wald hinaus. Diesmal entdeckte ich eine Menge kleiner Wiesen mit großen gelben Butterblumen, doch auf keiner befand sich die rotbraune Höhle des Einsiedlers. Einmal traf ich inmitten der gelben Blumen auf sieben schneeweiße sonnenbadende Katzen. Als sie mich sahen, sprangen sie auf, sträubten das Fell, ihre sonderbar blauen Augen sprühten Funken. Ich war unruhig, traurig, Schuldgefühle nagten an mir und die fürchterlichste Eifersucht. Als die Sonne unterging, mischte ich mich unter die auf der Hoffnungs-Lichtung singende Menge, doch ich war wie verwunschen. Mit den Augen suchte ich Upė. Vergeblich.

Ich konnte mich nur damit trösten, dass der mir zugedachte Blick von Povilas Paukštietis diesmal besonders lang und aufmerksam war und glühend brannte. Doch das war schon nicht mehr genug.

Upė erschien auch nicht zum Nachtessen. Ich fühlte mich, als sei ich in eine mit glühenden Kohlen gefüllte Grube gefallen. Ich ging nicht in die Kirche beten, sondern schlich zur zerfallenen Kapelle. An der Tür lauerten die weißen Katzen im Halbkreis. Ich fürchtete mich, an ihnen vorbeizugehen – dass sie nur nicht wieder anfingen, das Fell zu sträuben, zu fauchen und mit ihren Augen blaue Funken zu sprühen. Als ich endlich den Mut aufbrachte, schmiegten sie sich zärtlich an meine Beine, schnurrten und wollten gestreichelt werden. Ich spielte lange mit den anhänglichen Tierchen, während ich eigentlich auf Povilas Paukštietis' Ankunft wartete. Wie am Abend zuvor war der Himmel von goldener Farbe.

Schließlich betrat ich die Kapelle. Plötzlich fing mein Herz wie wahnsinnig zu klopfen an. Es brannten Kerzen, Upė stand auf dem Altar und riss die Reben herunter und die gelben Blümchen heraus. Es roch nach Farbe. Die Pupille des Auges der Offenbarung war geweitet und schwarz, die Iris smaragden und das Weiß glitzerte wie der erste Schnee. Das Auge blickte aus einem mit roten Feuerzungen bemalten Dreieck hervor. Ich ging näher heran. Upės Kleid war mit Farbe bespritzt. Sie sah mich forschend und spöttisch an, sagte jedoch nur: ›Willst du mir helfen?‹

Ich riss die Weinranken mit den violetten, vertrockneten letztjährigen Trauben herunter, soweit ich sie erreichen konnte. Auf den Altar zu steigen wagte ich nicht.

›Das Tabernakel ist leer. Es befindet sich kein Allerheiligstes darin. Das ist jetzt ein Tisch wie jeder andere. Du kannst ruhig darauf steigen‹, sagte Upė.

Ich wagte es aber trotzdem nicht.

»Du hast seltsame Grundsätze, was du dir erlaubst und was nicht . . .«, lachte Upė.

Am nächsten Morgen, als wir die Milch in die leere Behausung des Einsiedlers gebracht hatten, gingen wir wieder in die Kapelle. Povilas Paukštietis begegneten wir nicht. Ich war überzeugt, dass Upė weniger meiner Hilfe bedurfte als mich vielmehr nicht aus den Augen lassen wollte. In der Kapelle war es ganz still, und ich glaubte ständig Povilas Paukštietis' Schritte zu hören. Ich schreckte schon nicht mehr vor dem Besteigen des Altars zurück. Wir saßen sogar beim Mittagessen darauf, ließen die Beine baumeln, aßen weißen Käse, Schwarzbrot und tranken Wein dazu. Die Wolken, die wir malten, waren Sturmwolken: schwarz, dunkelblau, grau, grünlich, violett und, da, wo sie von goldenen Blitzen durchzuckt wurden, gelb, orange und rot. Gegen Abend machten wir uns an das Anmalen der sonderbaren vielköpfigen Wesen. Povilas Paukštietis bekam ich nicht zu Gesicht. Anderntags malten wir die Engel, aber der Einsiedler besuchte uns wieder nicht. So verging eine ganze Woche. Ich fühlte mich immer einsamer.

Povilas Paukštietis sah ich nur noch wie die anderen Pilger – morgens und abends auf der Lichtung der Hoffnung. Ich versuchte seinen Blick zu erhaschen wie ein Schmetterlings-Sammler ein seltenes Exemplar. Upė jedoch dachte sich dauernd neue Arbeiten aus und gab sich alle Mühe, auch diese Begegnungen zu verhindern. Wann traf sie sich denn selbst mit dem Einsiedler, wenn sie fast die ganze Zeit mit mir zusammen war?

Manchmal sah es so aus, als ob in der ganzen Pilgermenge nur wir beide Hände besäßen und deshalb alle Arbeiten verrichten müssten. Wir flochten aus Eichenblättern Girlanden, um die Kirche zu schmücken, polierten mit Sand Hunderte silberner Kerzenleuchter, Wein- und Weihwassergefäße, Hostienschalen, nähten Priesterüberwürfe, drehten und kochten Schnüre ab, mit denen sich die Mönche ihre Kutten gürteten, in kleinen Mörsern zerrieben wir Gräser und Wurzeln, wogen alles genauestens, mischten Weihrauch, zogen mit Zinnober die Initialen in den alten Messbüchern nach und mit Gold die Heiligenscheine über den Köpfen der Heiligen...

So verging ein Monat, und die Zeit meiner Heimkehr rückte heran. Ich wollte unbedingt Povilas Paukštietis noch einmal treffen, nicht in der Menge, sondern von Auge zu Auge. Wieder begannen meine hoffnungslosen Irrwege durch das Labyrinth von Wegen und Pfaden, Wäldern und Lichtungen, Brachland und Wiesen. Manchmal fühlte ich mich vor unstillbarem Durst, vor unbeschreiblicher Rastlosigkeit dem Wahnsinn nah. Ich begriff jetzt den Sinn der zahllosen Arbeiten, die Upė und ich verrichteten. Sie halfen uns, zu vergessen und so den Verstand nicht zu verlieren.

Am letzten Tag nahm ich meinen ganzen Mut zusammen und fragte Upė: ›Sag mir, wo kann ich ihn finden? Ich möchte mich verabschieden, denn morgen verlasse ich euch.‹

›Du könntest dich auch auf der Lichtung der Hoffnung verabschieden, in der Menge. Fast allen gelingt das‹, sagte Upė, ohne die Augen zu heben; sie war gerade dabei, die hölzerne Statue des Melchior anzumalen, und rundherum standen noch viele andere verblichene Krippenfiguren. ›Wenn du aber willst, kannst du morgen zu den heidnischen Steinen gehen. In dieser Jahreszeit hört er dort den Auerhähnen zu. Jetzt ist ihre Balzzeit. Der Gesang dieser großen Vögel ist schrecklich fremdartig, zum Schaudern ...‹

Upė hob den Kopf und zeigte ihr zahnloses Lächeln. Mich schüttelte wieder die Eifersucht. Sie wusste alles über Povilas Paukštietis!

Die ganze Nacht über regnete es. Doch der Morgen kam mit leuchtenden Regenbogen. Povilas Paukštietis sprach zu den auf der Hoffnungs-Lichtung Versammelten über die Freude:

›Herr, gib uns die Freude, die du uns durch deinen einzigen Sohn versprochen hast! Hat er doch gesprochen: ›Bittet und euch wird gegeben, damit es eurer Freude an nichts mangle.‹ Herr, über deine Freude sinnt mein Verstand nach, es spricht darüber meine Zunge, es liebt sie mein Herz und sie verkünden meine Lippen.

Nach ihr hungert meine Seele, nach ihr dürstet der Körper und nach ihr begehrt mein ganzes Wesen ...‹

Ohne das Ende abzuwarten eilte ich zu den alten heidnischen Steinen, denn nach Upės Worten würde Paukštietis von der Lichtung direkt dorthin kommen. Den Weg kannte ich, aber ich fürchtete trotzdem, dass ich mich verirren würde, dass das Labyrinth mir erneut einen Streich spielen und ich wieder nicht am erwarteten Ort landen würde. Doch schon von fern hörte ich die Balzrufe der Auerhähne. Sie erinnerten mich an den schauerlichen Klang der Rasseln, der vor Ostern statt des melodiösen Klingelns der Glöckchen durch die Kirchen hallt.

Die heidnischen Steine standen in sieben konzentrischen Kreisen auf einem mit hohen Espen bewachsenen Hügel. Es waren weiße, menschengroße Stelen mit unleserlichen, Runen genannten Schriftzeichen darauf, die jedes Jahr von einer unsichtbaren Hand mit roter und schwarzer Farbe nachgezogen wurden. Im Zentrum des innersten Kreises lag ein flacher Opferstein. Auf seiner tiefschwarzen, wie poliert glänzenden Oberfläche drehten sich in tief eingehauenen Kerben siebenundsiebzig Swastiken. Sie sahen aus, als wären sie eben erst mit frischem Blut begossen worden, das furchterregend grelle Rot vermochten weder Wind noch Regen noch die Zeit zum Verblassen zu bringen. Die Leute erzählten, dass dieser sonderbare Stein das Tor zur Hölle verberge und dass die Welt, wenn man ihn wegrollte, von den in der Apokalypse beschriebenen Schrecknissen heimgesucht würde. Andere versicherten, dass unter den Steinen byzantinische Mönche begraben lägen, die sich aus unerfindlichem Grund umgebracht hätten, dieselben, die die prächtige Orgel in der Kirche erbaut hatten. Wenn der Wind vom Kloster herwehe, wirbelten geheimnisvolle Böen zwischen den weißen Steinen umher und es scheine, als ob jemand auf einer Orgel spiele ... Wieder andere behaupteten, dass es die Gräber von aus dem Norden gekommenen rothaarigen Riesen seien. Sie starben in dieser Gegend aus Heimweh, und aus Heimweh sangen ihre Seelen bei Nordwind ein trauriges, melodiöses Lied. Aus welchem Grund auch immer – alle mieden die heidnischen Steine ...

Als ich die schwarzen Auerhähne sah, die inmitten der weißen

Steine schrien und tanzten, lief es mir kalt den Rücken hinunter. Ich wagte nicht näher zu treten, schlich im Kreis um den Hügel herum und erblickte plötzlich Povilas Paukštietis. Er stand oben auf der Anhöhe, hatte die Hände auf der Brust verschränkt und betrachtete die tanzenden Vögel. Die Papageien waren irgendwohin verschwunden – vielleicht hatten auch sie Angst vor diesem Ort. Es war kein Pfad zu sehen, also ging ich über das glitschige, betörend duftende Gras den Hügel hinauf. Zu meiner Überraschung sah ich, dass direkt neben mir wie eine grüne Wand der Wald aufragte. Auf Zehenspitzen schlich ich mich an den Einsiedler an, doch er hörte mich augenblicklich kommen, wandte sich um und lächelte.

›Ich verlasse euch heute ...‹, stammelte ich.

›Wirklich?‹ sagte er.

Und wir stürzten einander in die Arme! Früher war ich der Meinung, dass das nur in den Balladen der Minnesänger geschieht. Ich drückte mich so fest an Povilas, als ob ich in ihm versinken wollte.

›Weißt du, warum sich Menschen in der Umarmung so wohl fühlen?‹ flüsterte er, mit der Zunge mein Ohr liebkosend.

›Nein ...‹

›Sie fallen ihr ganzes Leben lang. Fallen und fallen. Und nur wenn sie einander umarmen, halten sie inne. Hören auf zu fallen.‹ Er küsste meinen Hals.

Dann ergriff der Einsiedler meine Hand und lief mit großen Schritten in Richtung Wald. Talak, talak, talak, riefen die Auerhähne. Irgendetwas Bedrohliches flüsterten die schwarzen und roten Runen. Immer schneller drehten sich die Swastiken auf dem schwarzen Opferstein. Der Wind wehte, und es ertönte ein von menschlicher Sehnsucht erfüllter Klang – wie ein Lied von Riesen, wie Orgelspiel ...

Immer wieder ins weiche Moos einsinkend, mit den Kleidern an Ästen hängen bleibend, flog ich hinter Povilas Paukštietis her. Einige Augenblicke später waren wir schon in der Höhle. Die Papageien hockten ganz oben unter der Decke und sahen im Dämmerlicht grau aus, wie aus Stein gehauen.

Povilas Paukštietis schnürte das Mieder meines Kleides auf und saugte und biss gierig an meinen Brustwarzen. Mit zitternden Händen presste ich seinen Kopf an mich. Es war, als wollte seine schweißüberströmte Stirn meinen Brustkorb durchstoßen, als wollten meine Finger in seinen Schädel eindringen; ich sah schon heißes, klebriges Blut über uns rinnen.

Dann fiel er vor mir auf die Knie, hob den schweren Samt meines Rocks und küsste mir die Füße, die Waden, die Schenkel. Und ich tauchte in die allergrößte Süße ein.

›Es ist doch an mir, ich muss vor Euch auf die Knie fallen‹, flüsterte ich, als ob ich gleich in Ohnmacht fiele. »Nicht Ihr vor mir…«

Ich kniete nieder und fühlte mich wie von heißem Nebel umgeben. Einen Augenblick lang knieten wir und schauten einander mit benommenen Augen an. Dann umarmte er mich und legte mich mühelos auf den Boden. Er legte sich mit dem ganzen Gewicht seines großen Körpers auf mich, was mir außerordentlich gefiel. Es war, als ob er mich in Brand steckte, ich begann zu beben, mich zu winden wie von einem Feuer erfasst. Dann wich er etwas zurück, umfasste kniend meine Beine und befahl mit heiserer Stimme: ›Zieh dich aus.‹

Ich zog mich aus, während er mich beobachtete. Und von oben herab starrten uns, den Kopf zur Seite geneigt, die halb-steinernen Papageien an. Es war, als verließe ich meinen Körper und beobachtete die am Boden in den Armen des Mannes rasende, von wilder Leidenschaft gepackte und mit einer mir nicht mehr bekannten Stimme kreischende Frau.

›Meine Liebe‹, sagte Povilas Paukštietis danach und schaute mir beim Ankleiden zu, ›versteh doch, ich will das eigentliche Wesen der Schönheit kennen lernen, und so sehr ich auch danach gesucht habe, ich habe nichts Schöneres gefunden als den Körper der Frau. Wie Albertus Magnus in seinem Werk ‚De divinis nominibus' im Kapitel ‚De pulchro et bono' schrieb: ‚So wie für die körperliche Schönheit erfordert wird, dass die Glieder im richtigen Verhältnis zueinander stehen und dass die Farbe auf ihnen leuchtet… ebenso ist für das Wesen der Schönheit ganz allgemein das richtige Verhältnis von Teilen oder Prinzipien oder anderen Dingen, auf denen die Klarheit der Form leuchtete, erforderlich.' Ach,

Liebste, du bist die Verkörperung der Schönheit selbst, beeil dich nicht, meine Augen wollen sich an dir ergötzen ...‹

Ich spürte, wie sich Povilas Paukštietis unausweichlich von mir entfernte, und deshalb beeilte ich mich mit dem Anziehen.

Als ich in meine Zelle zurückkehrte, wusste ich, dass ich nie mehr und nirgendwohin aus diesem Kloster weggehen würde. Die ganze Welt erbebte, schimmerte bunt auf und verschwand wie von den Wassern der Sintflut verschluckt. Es blieb nur ein einziges Schiff übrig. Darin die Kirche, das Kloster, die Wohnstatt der Pilger, die Kapelle, in die einst der Blitz eingeschlagen hatte, die Wiesen mit den Teichen, die Sümpfe, die Wege und Pfade, verschlungen wie ein Labyrinth, der schwarze Wald, die rotbraune Höhle ... Auf diesem Schiff fuhr auch ich.

Alles andere verschwand. Der Mann, zärtlich, ziemlich reizbar, mit Augen, in denen Verwunderung stand, den ich zu lieben glaubte und zu verlieren fürchtete, wegen dessen Liebe und Kind ich zu Povilas Paukštietis gekommen war ... Mein Zuhause, voller Licht und Schatten, Stille und zarten Klängen, Spiegeln und vielen schönen Dingen, die ich gerne berührte, denn das bestätigte mir mein Dasein. Zurück blieb die große Orangerie, wo in der warmen, feuchten, duftenden Luft die wunderlichsten Pflanzen sprossen, rankten, aufgingen, Knospen trieben, blühten und Früchte hervorbrachten. Die Blüten der einen ließen blaue Glöckchen klingen, die anderen leuchteten wie die hellsten Sterne der Milchstraße, manche blickten mit gelben Raubtier- oder himmelblauen Engelsaugen zwischen den Blättern hervor, andere winkten mit rosaroten Fingerchen, schmatzten mit kirschfarbenen Lippen, zeigten schneeweiße Zähne, streckten violette Zungen heraus, schlugen wie purpurne Herzen oder tropften rot wie Blut herab. Es rankten sich die Stiele und Stielchen; bald mit einem weichen Pelzchen überzogen, bald glitschig wie sich häutendene Schlangen, es verflochten sich die Stengel, übersät von Samenperlen oder mit bedrohlichen Stacheln, es erhoben sich die Stämme: zart wie die Saiten einer Harfe, gerade wie die Pfeifen einer Orgel, fest wie die Säulen einer Kathedrale. Eine unbeschreibliche Üppigkeit der Blätter: von gelb-grünen, fast durchsichtigen bis zu schwarzen, metallisch glänzenden. Manchmal fühlte ich mich dort wie im Garten Eden vor Evas Sündenfall, als er noch weder Gut noch Böse kannte, weder Sünde noch Strafe, nicht einmal den Tod …

Alles verschwand. Ich schabte den Schimmel von den Wänden meiner Zelle und warf den weißen schleimigen Pelz ins Feuer. Ich legte mich ins Bett, obwohl das Lager so feucht war, dass man es hätte auswringen können. Die Glocken ertönten, und der volle Klang hämmerte schmerzhaft in meinen Schläfen. Für einen Augenblick schien mir, dass alles, was mit mir geschah, nur ein Traum war, aus dem ich gleich erwachen würde.

Ich sah zu, wie sich allmählich die Dunkelheit verdichtete, und dachte: Wer schickt mir wohl diese Versuchung – Gott oder Satan?

Wer schickt mir wohl diese Versuchung – Gott oder Satan? So dachte ich Tag und Nacht. Wenn Gott wollte, dass ich den erkannte, der an der Spitze unserer Prozession ging und mir so schrecklich, so verführerisch unbekannt war, dann musste ich gehorchen. Oder war die bittere Sehnsucht, die mir Ruhe, Erholung, Schlaf raubte, nur die von Satan gesandte, vergiftete Begierde, die mich schon seit vielen Jahren von einem Mann zum anderen trieb? Wenn ich sie mir alle vorstellte, die ich besessen hatte und die ich nicht besessen hatte, dann sehe ich ihn, den Unergründlichen, im rotglühenden Zentrum. Satan, nur Satan, der mir mit spalthufigen, flinken Schritten folgte, flüsterte mir solch furchtbare Gedanken ein …

»Herr«, wiederholte ich immer wieder, während ich über die grauen Steine, den roten Staub, durch die weiße Hitze ging, »zeige mir deine Wege und lehre mich deine Pfade! Mein Herz ist erschrocken, Furcht und Zittern sind über mich gekommen und Dunkelheit hüllt mich ein …« Rastlosigkeit ließ mein ganzes Wesen flattern wie der heiße Wüstenwind mein Kleid. Tag und Nacht stellte ich den zufälligen Blicken des Meisters Fallen, knüpfte Netze für sein freundliches Lächeln, lauerte geduldig auf die gleichmütigen Berührungen Jesu und betete stumm: »Herr, wer verleiht mir Flügel wie der Taube, damit ich davonfliegen und Ruhe finden könnte? Dann bliebe ich weit fort in der Wüste, denn meine Seele ist traurig und macht mir Angst. Ach, führe meine Seele hinaus aus der Trauer, Herr! Du siehst, ich irre umher wie ein verlorenes Schaf ...«

Mittags, wenn wir am Straßenrand sitzend unser bescheidenes Mahl teilten, abends, wenn wir uns am Feuer niederlegten, wenn das traurige Klagen einer Schilfrohrflöte sich durch die schwarze feuchte Stille schlängelte, an den frischen Morgen, wenn Jesus sich mit Quellwasser wusch, dann plötzlich den nassen Kopf hob und sein zerstreuter Blick wie der Schatten eines vorbeifliegenden Vogels über mein Gesicht huschte, dann begehrte ich auf: »Herr, warum hast du mich erwählt?! Ich habe doch weder um diese fürchterliche Gnade gebeten noch darauf gewartet. Warum, warum berührte dein göttlicher Finger von all den Jesus begleitenden Frauen gerade mich? Warum hast du ihnen erlaubt, den Rabbi durch Demut, Dienste, Gebete zu verehren, und mir die Last heißer, bitterer, gramvoller Gelüste zugeteilt? Weshalb nicht Salome, die Frau des Zebedäus aus Kapernaum, nicht Johanna, die Frau des Chuza, dem früheren Aufseher im Hause Antipas, nicht die sorgenvolle Martha oder ihre fromme Schwester Maria, nicht Esther, nicht die reiche Ruth, nicht Anna aus Kana, der Er das Augenlicht wiedergab, nicht die bleiche, vom Totenbett auferstandene Frau von Abel, nicht Judith, nicht die gottesfürchtige Rahel, nicht die schöne, niemandem ihren Namen verratende Schlafwandlerin aus Caesarea, sondern – ich? Warum gerade ich?!« Wenn der Kreis meiner Gedanken die Runde vollendet hatte, fragte ich mich immer wieder, erstarrt vor Angst: »Maria aus Magdala, wenn nun nicht Gott, sondern der gelbäugige Satan dich erwählt hat, was dann?« Denn ständig schien mir Satan etwas von »Besitzen« ins Ohr zu flüstern.

»Du wirst Jesus nie besitzen«, sagte mir einmal Salome, »auch wenn du meinst, dass du ihm von uns allen am nächsten stehst. Du wirst ihn nie kennen. Ich fragte ihn auch einmal: ›Wer und wessen Sohn bist du?‹ Und er antwortete mir: ›Ich bin der, der aus demjenigen geboren ist, der ganz ist. Mir ist gegeben, was meines Vaters ist.‹ Ich jedoch verlangte nach einer klareren Antwort und begann wieder: ›Ich bin deine Schülerin ...‹ Er aber unterbrach mich mit einem seltsamen Blick: ›Deshalb sage ich, wenn Jener ganz sein wird, dann wird Jener voller Licht sein, wenn er hingegen getrennt sein wird, dann wird er voller Dunkelheit sein ...‹ Verstehst du, was das bedeuten soll? Und wenn nicht, wie könntest du dann Jesus besitzen, Maria?«

Es gab auch Frauen, die anders redeten. Eine kam aus der Menge zu mir und flüsterte inbrünstig: »Maria, Maria, schon seit einigen Tagen verfolge ich euch und sehe, wie viel Aufmerksamkeit dir der Meister schenkt. Dir allein. Du kannst ihn haben, warum zögerst du also ...«

Und Judas sagte immer wieder: »Maria, ich habe dich besessen. Und ich werde dich wieder besitzen. Gib dich damit zufrieden, denn Jesus wirst du nie besitzen.«

Ich litt Qualen, als ob meine Hände und Füße an wilde Pferde angebunden wären, die mich entzweirissen. Ihre Namen lauteten Besitzen und Nichtbesitzen. Ich versuchte mich zu beruhigen, indem ich mir sagte: Sieh dir nur, Maria, die Unglücklichen an,die Jesus folgen, ihn umringen, bedrängen und auf seine Hilfe hoffen. Die einen sind blind, und du kannst die ganze Schönheit dieser Welt sehen, und was das Wichtigste ist – Jesus. Die anderen sind taub, und du kannst Millionen von Tönen hören, und was am wichtigsten ist – Jesus. Die dritten sind stumm, und du kannst flüstern, sprechen, singen für ihn – Jesus. Die vierten haben keine Kontrolle über ihre Beine und du kannst hinter deinem Meister hergehen. Die fünften haben keine Hände mehr, und du kannst alles berühren, doch was am wichtigsten ist – Jesus. Sieh nur, wie die Körper der sechsten verunstaltet sind – voller Wunden, Geschwüre, Pocken –, und deine schöne Gestalt verschlingen alle mit gierigen Augen. Du musst Gott dafür danken, was er dir gegeben hat, den Herrn lobpreisen Tag und Nacht und nicht mit ausgetrockneten Lippen gierig die Worte wiederholen: besitzen, besitzen, ich will ihn besitzen ...«

Wie soll ich das Durcheinander der Gefühle beschreiben, das in mir entstand, wenn ich zu den finsteren Orten voller Hoffnungslosigkeit kam, wo die vom Satan Besessenen hausten? Ängste schüttelten mich wie Fieberschauer, die Furcht fesselte mir die Beine mit dicken Seilen, so dass ich kaum noch die kleinsten Schritte tun konnte, Panik steckte mir in der Kehle und wollte hochkommen, Tränen der Verzweiflung bissen in meinen Augen.

Das Gerücht von der Wunderkraft Jesu, den Leibhaftigen auszutreiben, flog schneller als ein Adler und war immer einige Tage vor unserer ständig anwachsenden Gruppe da. In Galiläa, in Samaria, in Judäa – überall warteten die Unglückseligen auf uns, in denen sich die Dämonen ihr Verderben bringendes Nest gebaut hatten.

Und ich?

Ich wusste, die Menschen erzählten, Jesus habe sieben Dämonen aus mir ausgetrieben, und ich fühlte wirklich in meiner Seele eine noch nie da gewesene Sauberkeit. Doch ich hörte den Meister sagen: »Die unreine Seele, die den Menschen eilends verlassen hat, treibt sich in den wasserlosen Gefilden herum, weiß nicht wohin, sucht nach Ruhe, findet aber keine. Und schließlich spricht sie zu sich selbst: ›Ich werde in das Haus zurückkehren, von wo ich vertrieben worden bin.‹ Wenn sie dort ankommt, findet sie es leer, gereinigt und geschmückt vor. Dann nimmt sie sich die restlichen sieben Geister, noch böser als sie selbst, und fährt wieder in den Menschen ein. Dem Unglücklichen ergeht es nun noch viel übler als zuvor. So wird es auch mit dieser verdorbenen Generation geschehen ...« Als er das sagte, berührte er mich mit einem sengenden Blick, und ich versuchte vergeblich, schuldbewusst zu lächeln.

Die vom Teufel oder von Dämonen Besessenen suchten meist auf alten Friedhöfen Zuflucht und tauchten ganz plötzlich vor uns auf, wie aus dem Boden gewachsen. Wir wurden ganz taub von ihrem Geschwätz, Stöhnen, Kreischen, Gebrüll, irrsinnigen Lachen, schaurigen Wehklagen, nicht mehr menschlichen Gesang, Stammeln, Quieken, Gurgeln, Zähneknirschen, Winseln. Uns wurde hundeelend von dem stechenden Geruch von Schweiß, Harn, Exkrementen, Erbrochenem, verrottendem Blut, Eiter, Schimmel, brackigem Wasser, Tiermist, Aas, schrecklichem Schmutz. Die Augen wollten die schamlos nackten, nicht einmal die Geschlechtsteile bedeckt haltenden, schlammfarbenen, von Parasiten übersäten Körper mit den offenen, nicht verheilenden, von Fliegen wimmelnden Wunden nicht mehr sehen. Die Unglücklichen warfen sich Jesus zu Füßen, krochen hinter ihm her, hinterließen eine stinkende schlüpfrige Spur wie riesige Kriechtiere. Die von grässlichen Krämpfen Geplagten wollten ihn mit einem Tanz ehren, schlugen zu einem Bogen gekrümmt ihre Köpfe auf sonnenerhitzte Steine, knirschten mit den Zähnen, bekamen grünen Schaum vor dem Mund, starrten den Meister mit blutunterlaufenen Augen an, die fast aus den Augenhöhlen herausrollten. Und alle verlangten nur eins: ihn zu berühren oder von ihm berührt zu werden. Ich sah, wie sich Jesu Gesichtsmuskeln verkrampften, feine Schweißperlen auf seine Stirn traten und die Augen einen besonderen, strengen Blick erhielten. Den einen reichte es, den Rabbi nur zu sehen, den anderen, an seinem Kleid zu zupfen. Die dritten beruhigten sich erst, wenn sie die heilende Wärme von Jesu Hand spürten. Die Stirn der am fürchterlichsten Besessenen benetzte der Meister mit seinem Speichel. Die Luft erfüllte sich mit Geschrei wie mit Schwefeldampf: »Was willst du von uns, Gottes Sohn? Warum bist du vor der Zeit gekommen, um uns zu quälen?« – »Sohn des Höchsten Gottes, ich beschwöre dich, ruf nicht diesen furchtbaren Schmerz in mir hervor!«

So drang aus den unheimlich weit geöffneten Mündern der Besessenen das krächzende Geschrei der ausgetriebenen Dämonen. Der Leibhaftige wusste, wer Jesus in Wirklichkeit war.

Ich duckte mich, damit nicht irgendwo in den Tiefen meines Wesens die Stimme des tödlich verwundeten Dämons losgurgelte, damit nur nicht von meinen Lippen zwischen knirschenden Zähnen hervor mit blutigem Schaum Satans Fluch gegen den, den ich liebe, hervordringe. Ich betete, dass ich nicht zum Bogen gekrümmt Jesus zu Füßen fallen möge nach seinem Befehl: »Verlasse, unreiner Geist, diesen Menschen!«

Denn besessen war ich auch. Brodelte und kochte doch zäher, beißender Neid in mir, wenn Jesus mit seiner heilenden Hand Frauenkörper berührte, auch wenn diese fürchterlich verunstaltet, stinkend, schamlos nackt waren ... Sie pflegten zu winseln, sich mit den Zähnen in den Kleidern des Meisters festzubeißen, zerkratzten mit langen, schmutzigen, blau angelaufenen Nägeln seine ermatteten Beine, und wenn er sie an den Schultern nahm und auf die Stirn küsste, begannen sie sich in unzüchtigen Verkrampfungen zu winden. Herr, du hast jeden meiner Gedanken gesehen, warum also töteten mich folgende Worte Jesu nicht: »Stummer und tauber Geist, ich befehle dir: Verlasse diesen Körper und kehre nie wieder zurück!«

Ich versuchte immer, mich möglichst nahe bei Jesus aufzuhalten, denn seine Jünger und sogar die treuesten Begleiterinnen bedeckten, wenn sie die Besessenen erblickten, ihr Gesicht und machten sich würgend aus dem Staub. Inmitten der schlüpfrigen, glitschigen, stinkenden Körper fühlte ich mich wie in eine Kloake gefallen. Manchmal war der Meister so müde und erschöpft, dass er sich an mich lehnte wie an einen Baum oder einen Pfahl, ohne auch nur im Geringsten meinen Körper zu spüren. Ich erkannte ihn kaum noch. Jesus war mit einem Mal zehn Jahre älter geworden. Auf das Gesicht senkte sich ein Netz grauer Falten, der leuchtende Blick wurde vom Staub der Erschöpfung gelöscht und mühsam und abgehackt sprach er dann leise: »Ach, welch ungläubiges Geschlecht! Wie lange muss ich noch unter euch sein? Wie lange euch noch erdulden?«

Ich konnte Jesus in nichts helfen, und das stürzte mich in unendliche Verwirrung. Was ich auch unternahm, immer schien es, dass ich das Falsche tat, Gewisssensbisse nagten ununterbrochen an mir. Befriedigung konnte ich nicht einmal mehr in den kleinen, alltäglichen Dingen finden, die mir früher stille Augenblicke der Freude spendeten. Was auch immer ich tat, es hatte einen beißenden Beigeschmack von Selbstvorwurf.

Alle, die uns sahen, glaubten, dass es kein größeres Glück gebe, als Jesus zu begleiten, von ihm auserwählt zu sein. Niemand ahnte, wie oft jeder von uns hätte aufschreien mögen: »Ich kann nicht mehr, kann nicht mehr, Herr, ich kann nicht mehr!« Ich starrte in die Gesichter meiner Gefährten und versuchte zu erkennen, was sich unter der Maske der demütigen Hingabe und des Staunens verbarg, die Jesu Nähe einem jeden aufsetzte. Darunter ... darunter brodelte unendlicher Neid! Die Männer beneideten die Männer und noch mehr die Frauen. Und am furchtbarsten beneideten die Frauen die Frauen ... Neid, Neid, Neid ... Wer könnte seine grellen und schmutzigen Farben mit Worten beschreiben, wer die Tiefe seiner hallenden Abgründe messen, die

Kälte seiner vereisten Gipfel, die Hitze seiner Wüste, seine mit dem Geruch von Blut und Dreck vermischte Ausdünstung? Ach, wer wird wohl einmal davon erzählen, wie räuberisch, wie schauerlich, wie brutal wir einander um Jesus beneideten? Wie wir alle, die wir ihn ohne Wenn und Aber liebten, bedingungslos an ihn glaubten, ihm gehorchten – wie wir uns selbst ein Netz aus schwärzester Eifersucht knüpften, in dem wir zappelten wie gefangene Fische, nach Luft rangen, um uns schlugen. Die uns sahen, meinten, wir seien wie Brüder und Schwestern ...

Ich, die ich jeden Tag von Simon Petrus' erniedrigenden Worten ausgepeitscht, mit den schmerzhaften Steinen von Marthas Vorwürfen beworfen, ständig von Rahels, Susannes und Ruths Blicken versengt wurde, pflegte zu beten: »Herr, wie lange noch werden die, die mich hassen, über mich erhoben sein? Die mich quälen würden frohlocken, wenn ich fiele, doch ich setze meine Hoffnung auf deine Barmherzigkeit. Sieh meine Feinde an: wie viele es geworden sind und wie sehr sie mich hassen. Herr, die, mit denen ich auf dieser Reise Brot, Wasser, Wein teilte, sammeln sich gegen mich, murren böse, ich kann sie nicht mehr erkennen. Sie reißen mich in Stücke und wollen nicht aufhören, spotten schrecklich über mich. Herr, wann wirst du auf mich blicken? Mögen meine Feinde, die Lügner, nicht mehr über mich lachen, mich nicht mehr grundlos schief ansehen. Ich kenne ihre Absichten. Herr, fälle eine Entscheidung in meinem Verfahren und achte dabei auf Gerechtigkeit. Sie sollen mich nicht mehr verhöhnen.«

Mit bitteren Tränen schluckte ich die größten Kränkungen hinunter. Aber einmal hielt ich es nicht mehr aus. Es war an einem bedeckten Nachmittag, als wir uns hinsetzten, um auszuruhen und etwas zu essen. Jesus saß etwas abseits, an den Stamm eines alten Feigenbaums gelehnt. Plötzlich ergriff mich eine seltsame Vorahnung: Ich sah uns alle und mich selbst mit den Augen eines anderen – von oben, wie aus dem Vogelflug. Es dauerte nur einen Augenblick, doch eine innere Unruhe ließ mich frösteln, als ob ich eine verbotene Grenze überschritten hätte. Ich erhob mich, lief zu Jesus, fiel auf die Knie und fragte: »Meister, wem gleichen deine Jünger?«

Jesus nahm einen Schluck Wasser, sah mich mit vergnügten

Augen an und sagte: »Sie gleichen kleinen Kindern, die sich auf einem Feld, das nicht ihnen gehört, eingerichtet haben. Wenn der Besitzer des Feldes kommt, sagen sie: ›Lasst uns unser Feld!‹«

Unerwartet trat Martha hinzu: »Ich bitte um Vergebung, Meister, doch ich habe Maria etwas zu sagen.«

»Der Meister hat sehr wichtige Worte zu mir gesprochen und du hast ihn unterbrochen«, sagte ich und fühlte, wie Marthas Hand mich wütend in die Schulter kniff.

Jesus schwieg.

»Es ist sehr wichtig, Maria.«

»Geh, hör dir an, was sie dir zu sagen hat«, sprach schließlich Jesus und lächelte in seiner besonderen Art.

Ich folgte Martha. Ich wurde ganz neugierig, als ich das Häufchen sah: fünf Frauen, außerdem Simon Petrus, der mich besonders hasste, und Judas aus Karioth. Als erste ergriff Martha das Wort: »Wie kannst du den Meister beim Essen und Ruhen stören! Sieh doch nur – niemand aus der ganzen Gemeinschaft wagte zu ihm zu gehen, nur du! Die Schlampe aus dem Dörfchen Magdala, das im Boden versinken sollte, weil es dich geboren hat! Weißt du denn nicht, wie müde Jesus am Ende des Tages ist? Hast du denn nicht gesehen, wie viele Unglückselige er heute geheilt hat? Und wie viel seiner Kraft er verbrauchte, als er Lazarus von den Toten erweckte? Der Meister braucht Ruhe und Erholung. Doch weit gefehlt! Sofort macht sich Maria aus Magdala mit ihrem dummen Geschwätz an ihn heran! Du kennst weder Scham noch Gewissen!«

Martha zischte die Worte heraus, zitternd vor Wut. Ich erschrak vor ihrem Gesicht – es war rot angelaufen, von einem galligen Lächeln verzerrt, kaum mehr erkennbar.

»Wer gibt dir das Recht, dich so zu benehmen, als ob du vor uns anderen auserwählt wärst?« quiekte eine dicke Frau, die Jesus mit ihrem Vermögen unterstützte.

»Woher nimmst du die Eitelkeit, dass du hingehst und mit Jesus wie mit deinesgleichen sprichst? Dass du mit ihm das Brot brichst, Wein trinkst und lachst, wie von Mann zu Mann?« sprudelte eine andere mit einem von Aussatz zerfressenen Gesicht hervor.

»Du führst ihn in Versuchung, Maria«, sagte Simon Petrus streng. »Wir alle sehen das. Wir hören, wie Satan dir einflüstert und du gehorsam dein Gesicht schminkst, dir klingelnden Schmuck umhängst, deinen schamlosen Körper mit Duftölen beträufelst, und diese Haare hast du noch nie zu einem Zopf geflochten.« Er wand sich eine Locke um die Hand und zog schmerzhaft daran. »Wir alle sehen das, riechen und hören es. Du willst Jesus in die Sünde stürzen. Nun sag, welches Geschenk würdest du dafür aus den blutverschmierten Händen deines Herrn Beelzebub erhalten? Sag es! Du schweigst? Warum schweigst du?«

»Erinnerst du dich, wie der Meister sprach, dass jeder, der lüstern schaut, im Herzen schon ehebricht? Ich sehe, mit welchen Augen du, Maria, Jesus anstarrst, denn ich kenne deinen leidenschaftlichen Blick gut.« So sprach Judas aus Karioth. »Wenn dich dein rechtes Auge, sagte Jesus, zur Sünde verleitet, dann reiß es aus und wirf es weg.« Mit einer Hand packte mich Judas am Kinn und neigte mein schamrotes Gesicht nach hinten. Ich hatte Angst vor ihm.

»Ich sehe« sagte er, »mit welchen zärtlichen Bewegungen du versuchst, Jesus zu berühren. Er hat aber selbst gesagt: ›Wenn deine rechte Hand dich zur Sünde verführt – dann haue sie ab und wirf sie weg! Eher sollst du verwundet ins Leben gehen als mit beiden Händen in die Hölle kommen, ins ewige Feuer.‹

»Ja, genau das hat uns der Rabbi gelehrt«, kreischte die vom Aussatz Zerfressene. »Und wenn dich dein Bein in die Sünde führt – dann hau es ab, denn es ist besser, als Krüppel ins Leben zu schreiten, als mit beiden Beinen in die Hölle geworfen zu werden, wo das Feuer nie erlischt!«

»Du bist es nicht wert, an der Seite von Jesus zu sein«, verkündete Petrus nicht zum ersten Mal. »Du bist eine Frau, und die sind nicht wert zu leben. Lass uns in Ruhe, Maria!«

Alle Frauen kreischten zustimmend, als ob sie nicht zum selben Geschlecht gehörten. Und ich ließ sie in Ruhe. Wie von Sinnen stürzte ich zu Jesus, der immer noch ruhig unter dem Baum saß und klagte: »Rabbi, Rabbi, sie lassen mich nicht mit dir zusammen sein!«

Durch meine Tränen hindurch erblickte ich gerade noch seine erstaunten Augen, sein nachsichtiges Lächeln und rannte kopflos weg. Ich rannte auf einem schmalen Felsenpfad den Berg hinauf und wiederholte dauernd: »Gott, komm mir zu Hilfe, Herr, beeil dich mir zu helfen! Sollen alle beschämt sein und zugrunde gehen, die Böses über mich reden, sollen alle mit Hohn und Schande bedeckt werden, die mir Unglück wünschen. Gib, Herr, ein Zeichen zu meinen Gunsten, damit die es sehen, die mich hassen, und beschämt werden …« So raste ich bis zum Gipfel empor, dort blieb ich stehen, schaute nach unten und sah meine Reisegenossen ihre Sachen zusammenpacken, die Feuer löschen und hinter Jesus her weiterziehen. Niemand vermisste mich. Auch Jesus nicht.

Ich fiel auf den steinigen Boden, geradewegs auf das Gesicht und jammerte wie die verängstigten Vögel, die um meinen Kopf flogen und mir einen Hieb mit dem Schnabel versetzen wollten. Hier oben gab es eine Menge Nester. Die gerade erst geschlüpften Jungen piepsten mitleiderregend. Als ich mich etwas beruhigt hatte, beobachtete ich den Sonnenuntergang. Ich fühlte mich wie ein in den Sand gezeichnetes Bild, das der Wind verwischt … Als ob ich gar nicht da wäre.

Ich beschloss, mich nicht von diesem abgelegenen Ort zu entfernen, bis ich sterben würde. Es wurde dunkel und kalt. Die Nacht senkte sich auf mich. Ich wollte den Himmel nicht sehen. Ich wusste, dass seine Sterne mich mit großartigen und wortlosen Stimmen bitten würden, zu sein, zu leben, auszuharren.

Ich schlief ein. Eine die Knochen durchdringende Kälte, lautes Vogelgezwitscher und das rote Licht des Sonnenaufgangs weckten mich. Ich betrachtete einen durch das trockene Gras kriechenden Käfer, zählte die Tage und Nächte, die bis zu meinem Tod noch blieben. Die Vögel wollten mir nicht mehr ins Gesicht hacken, sondern hockten sich auf mich und bekoteten mich, als ob ich ein morscher Baumstamm wäre. Die Sonne stieg höher und sog mit heißen Strahlen die Kälte aus mir, die sich über Nacht angesammelt hatte.

Plötzlich wurden die Vögel unruhig, zeterten laut, flatterten verängstigt mit den Flügeln, beschmutzten mir Hände und Gesicht. Ich hörte Steinchen davonrollen. Jemand näherte sich mir mit großen, schweren Schritten. Ich drehte nicht einmal den Kopf, ich wollte niemanden sehen.

»Maria, steh auf, und dann gehen wir.«

Es war Judas aus Karioth.

»Nein.«

»Gehen wir.«

»Nein, Petrus hat mir befohlen, mich von euch fernzuhalten.«

»Und Jesus befiehlt dir, zurückzukommen.«

Diese Worte fuhren mir durchs Herz. Ich setzte mich auf. Mein ganzer Körper tat weh. Ich fragte Judas und schaute ihm dabei in seine grünen Augen: »Lügst du auch nicht? Jesus ist es doch gleichgültig, ob ich unter seinen Jüngern bin oder nicht ...«

»Gehen wir.«

Judas half mir beim Aufstehen. Da ich ins Taumeln kam, stützte ich mich auf ihn. Wieder erinnerte ich mich an die Nächte, in denen Judas mich besuchte. Er war stark, groß und massig, doch graziös wie ein Löwe, hatte ein schönes und grobes, ein wenig versoffenes Gesicht, wilde, leuchtende Augen, lüsterne, immer ganz rote Lippen, einen Bart, zerzaustes Haar, war jähzornig, heiß, spöttisch ...

Auch jetzt stand in Judas' Augen eine solche Begierde, dass mich davor schauderte.

»Gut, gehen wir ...«, murmelte ich und trat von ihm weg.

Judas, dessen rostroter Mantel im Wind flatterte, ging voran und ich folgte ihm. Plötzlich drehte er sich um, versperrte mir den Weg und stieß mit heiserer Stimme hervor: »Maria, lass uns nicht mehr zu Jesus zurückkehren! Wir sind beide vom selben Blut und werden dort kein Glück finden. Geh mit mir, Maria! Wir werden zusammenleben und du wirst sehen, dass sich die Worte Jesu erfüllen. Erinnerst du dich, er sagte: Wenn zwei in Eintracht in einem Haus wohnen, dann werden sie zum Berg sagen: ›Rück weg!‹, und der Berg wird fortrücken ... Geh mit mir!«

»Nein ...«, flüsterte ich, ließ aber zu, dass er mich umarmte – er roch nach Lagerfeuer, und ich spürte sein Herz schlagen. »Nein!«

»Ich liebe dich, Maria«, sagte er ganz zärtlich. »Ich liebe dich ...«, rief er lauter. »Hörst du, Maria, ich liebe dich!« schrie er und schüttelte mich, und das Echo ließ seine tiefe Stimme widerhallen.

Diese Worte schienen mir aus unergründlicher Ferne zu kommen. Ich musste mich anstrengen, um sie zu hören, meinen ganzen Verstand zusammennehmen, um sie zu verstehen. Ich wollte weder hören noch verstehen, deshalb sagte ich, als sei nichts gewesen: »Gehen wir zu Jesus ...«

»Ich sage dir dasselbe, was schon Simon Petrus gesagt hat: Dort ist kein Platz für dich. Für deinen wunderbaren Körper, für dein leidenschaftliches Wesen ist dort kein Platz! Du wirst kein Glück finden. Nicht einmal Ruhe wirst du finden ... Ich sehe doch, wie du dich quälst, während du ihm wie ein Schatten folgst.«

»Gehen wir zu Jesus ...«

»Maria, du bist eine gescheite Frau, deshalb höre aufmerksam zu, was ich dir jetzt sage.« Judas wurde plötzlich finster, alles wurde schwarz, ich schaute sogar nach oben, ob sich nicht eine Wolke vor die Sonne geschoben habe. »Man trifft Anstalten, Jesus zu ermorden. Wie Johannes den Täufer, Judas von Galiläa oder Simon aus Hebron.«

»Wer?« fragte ich und gestand mir in meinem Herzen ein, dass ich diese Nachricht erwartet hatte und sie mich gar nicht erstaunte.

»Die Hohenpriester und die Pharisäer. Sie haben schon den Gerichtsrat einberufen. Den Höchsten, Kaiphas, beunruhigen die Wunder, die Jesus vollbringt. Besonders das gestrige Ereignis mit Lazarus. Noch nie ist es einem Menschen gelungen, einen seit einigen Tagen Toten zu erwecken.«

»Warum sollte das bei irgendjemandem Beunruhigung hervorrufen?« fragte ich, nur um etwas zu sagen, denn Judas schien auf eine Antwort zu warten.

»Kaiphas fürchtet die Römer. Wenn unser Volk sich zusammentut, kommen sie mit Waffen und Soldaten und töten. Und Jesus verbindet mit seinen Wundern die Menschen. Kaiphas sagt deshalb, dass besser ein Mensch für das Volk sterben soll, als dass das ganze Volk umkommt ...«

»Und woher weißt du das?«

»Ich habe die Leute reden hören. Hör mir zu, Maria. Er wird

nicht allein umkommen. Wir alle werden umkommen, die wir ihm nahe standen. Du auch, Maria.«

»Und?« Plötzlich fühlte ich mich, als wäre ich kein Mensch, sondern eine Öffnung, ein Spalt, eine offene Tür, durch die Judas' Worte hindurchfegten wie von einem Luftzug erfasste vertrocknete Blätter. »Gehen wir, gehen wir zu Jesus.«

»Seltsam, dass er dich eine weise Frau nennt...« Judas lächelte schief, drehte sich um und lief den Berg hinunter. Erst als wir unten ankamen, sagte Judas, ohne sich umzudrehen: »Sie sind gar nicht weit, bei den Verwandten von Lazarus. Kaum zwei Meilen von hier, im Hause von Simon dem Aussätzigen.«

Gegen Mittag erreichten wir den Ort. Sogar der Hof des Hauses von Simon dem Aussätzigen war brechend voll von Menschen. Alle schienen sie von einer feierlichen Stimmung erfüllt, denn bis zum Fest der Ungesäuerten Brote blieben kaum zwei Tage. Die Menschen kreischten wie Vögel, denen jemand schmackhaftes Futter hingestreut hat, und erzählten einer dem anderen, dass an einem Tisch mit Jesus der von den Toten erweckte Lazarus sitze. Judas drängte sich zum Haus durch, und ich blieb, das Gesicht mit einem Tuch verhüllt, im Hof stehen. Plötzlich entstand ein Aufruhr, dann verstummten alle für einen Augenblick, und schon ging die Erzählung von dem, was am Tisch geschehen war, von Mund zu Mund.

Es stellte sich heraus, dass eine Frau zu Jesus getreten war und ihm ein ganzes Gefäß Duftöl über den Kopf gegossen hatte. Alle, die das sahen, fingen vor Entrüstung zu murren an: »Was soll denn diese Verschwendung?!« – »Wäre es nicht besser gewesen, das Öl teuer zu verkaufen und das Geld an die Armen zu verteilen?« – »Das Öl ist dreihundert Dinar wert, für die wir so viele Arme hätten satt machen können...« Und ich begriff sofort, dass weder das für Begräbnisse bestimmte Öl noch die Armen noch die Dinare die Schimpfenden kümmerten! Nein. Von ihren Lippen sprach der Neid. Sie waren alle furchtbar neidisch auf die Frau, die das Öl ausgegossen hatte, denn über sie sagte Jesus: »Sie hat mir eine gute Tat erwiesen. Wahrlich, ich sage euch – in der ganzen Welt wird im Andenken an sie verkündet werden, was sie getan hat!« Auch ich hätte sie beneidet, wenn da nicht die anderen

Worte von Jesus gewesen wären, die von Mund zu Mund reisten und mich wie ein Blitz trafen: »Arme werdet ihr immer genug haben, doch mich nicht für immer. Als sie Öl auf meinen Körper goss, tat sie das für mein Begräbnis.«

Da drängte ich mich in wilder Hast zu Jesus durch. Es kümmerte mich nicht mehr, was Martha, Maria, Simon Petrus über mich denken oder mit welchen Worten sie mich begrüßen würden. Ich blieb in der Tür stehen, wo Jesu Blick mich traf. Die Worte vom Begräbnis hämmerten in meinen Schläfen, und ich warf mich ohne Rücksicht auf irgendjemanden dem Meister zu Füßen: »Verzeih mir, Rabbi. Die Eitelkeit trieb mich heute Nacht auf den Berg. Meine schreckliche Eitelkeit. Vergib mir, wenn du kannst.«

»Pfui, die aus Magdala ist wieder zurück!« schrie jemand kurz auf.

»Meister, für sie ist kein Platz unter uns. Sag du es selbst, denn auf mich hört sie nicht«, rief Simon Petrus. »Sie sagt sich nicht von ihren Sünden los, tut keine Buße und kann nicht einmal Demut zeigen, so wie es sich geziemt. Jesus, für sie ist kein Platz in deinem Königreich!«

Und Jesus sprach: »Das Königreich gleicht einem Hirten, der hundert Schafe hatte. Eines von ihnen, das größte, verirrte sich. Er ließ neunundneunzig zurück und suchte nach dem einen, bis er es gefunden hatte. Da er so viel Mühe darauf verwendet hatte, sprach er zu dem Schaf«, Jesus hielt inne, hob mich vom Boden auf und sagte laut: »Ich liebe dich mehr als die neunundneunzig!«

Absolute Ruhe kehrte ein. Und in der bebenden Stille nahm er mich an der Hand und führte mich weg. Wir gingen hinaus. Es war schon ganz dunkel. In was für sonderbaren Tropfen begann die Zeit zu fließen!

Die Leute vom Hof waren schon auseinander gegangen. Ich folgte Jesus und ließ seine warme, knochige Hand nicht los. Mein ganzes Wesen war wie abgestorben. Er öffnete die knarrende Tür eines Schuppens, führte mich hinein und sagte: »Riechst du die getrockneten Kräuter? Letzte Nacht, als du auf dem Berg auf den kalten Steinen gefroren hast, habe ich hier geschlafen. Jetzt leg dich hin und ruh dich aus, denn auf uns warten schwere Tage.

Hier wird dich niemand stören. Sieh nur, wie weich es auf diesem Stroh ist.«

»Und du, Rabbi?«

Wir standen einander gegenüber. Durch die Spalten im Dach fiel blaues Mondlicht herein, in dem unsere Gesichter, Hände und nackten Füße einen bläulichen Farbton bekamen.

»Und du?« flüsterte ich, als er mich an der Schulter ergriff und wie ein Kind vorsichtig auf das Stroh legte. »Und du?«

Er setzte sich jedoch auf eine hölzerne Bank an der Wand. Aus dem Haus waren die betrunkenen Stimmen der Feiernden zu hören.

»Weshalb sprachst du von einem Begräbnis?« fragte ich und sah ihm zu, wie er sich mit den Ellbogen auf die gespreizten Knie stützte und den gesenkten Kopf in die Hände legte. »Warum sagtest du, dass diese Frau dich für dein Begräbnis ölte? Für dein Begräbnis?!«

»Weil ich mich inmitten der Welt hinstellte und mich euch im Fleisch offenbarte.« Jesu Stimme wurde kalt, rein und fremd. »Ich fand euch alle betrunken vor und fand nicht einen einzigen Dürstenden, und meine Seele wurde traurig wegen der Menschenkinder, denn sie sind blind in ihrem Herzen und sehen nicht, dass sie leer auf die Welt gekommen. Sie streben danach, die Welt auch leer zu verlassen. Doch jetzt sind sie betrunken. Wenn sie ihres Weines entsagen, dann werden sie anfangen, Buße zu tun ...«

Jesus lehnte sich an die Wand und atmete tief durch. Auf den Knien kroch ich zu ihm und flüsterte, seine Hände haltend: »Ich bekomme Angst, wenn du mit dieser so anderen Stimme sprichst. Doch süß sind deine Worte für mich, süßer noch als Honig. Dein Wort ist eine Fackel und ein Licht auf meinen Wegen. Aber ach, Rabbi, Rabbi, ich vermag nicht alles zu verstehen ...«

»Manchmal weiß auch ich selbst nicht, was ich sagen werde bis zu der Minute, in der ich zu sprechen beginne.«

Ich küsste seine Hände und sagte: »Auch ich gehörte zu den Betrunkenen. Doch wer wird jetzt meinen Durst stillen? Wer? Ich weiß, dass ich blind bin, aber nur du allein kannst mich lehren, mit dem Herzen zu sehen ...«

Jesus legte mir seinen schweren Kopf auf die Schulter. Sein

Haar roch noch immer nach dem Einbalsamierungsöl. Und meines war vom ewigen Straßenstaub spröde, wie von der Trockenheit geplagtes Gras. Er berührte meine Lippen mit seinen Lippen und wandte sich sofort ab, damit der Kuss nur ja nicht andauerte. Ich spürte, wie meine fieberhaften Bewegungen langsam zu Liebkosungen wurden. Ich konnte mich nicht im Zaum halten.

»Es bleibt so wenig Zeit, Maria …«

»Jetzt sind wir allein, und vielleicht wird es nie mehr so sein.«

»Das, woran du denkst, Maria, wird deinen Durst nicht löschen und die Augen des Herzens nicht öffnen …«, seufzte er auf, umarmte mich fest und drückte mich an sich.

Zum ersten Mal spürte ich seinen Körper – angespannt, geschmeidig, mager, voller pulsierender Kraft. Ich lehnte den Kopf zurück. Ich kniete noch immer. Das bleiche Gesicht Jesu mit den fest geschlossenen Augen war über mir. Ich spürte sein Herz in kurzen Abständen schlagen.

»Ich kann dir nicht in die Augen sehen, Maria.«

»Warum nicht?« flüsterte ich, denn ich fühlte, wie er sich entfernte, obwohl er mich immer noch in den Armen hielt.

»Ich kann nicht … Wenn du wüsstest, was für Bilder ich jetzt sehe …«

»Was für welche?« flüsterte ich, mit den Fingerspitzen die Falten um die zitternden geschlossenen Lider und den von mir unverständlichen Qualen verzerrten Mund liebkosend. »Furchtbare, nicht wahr? Erzähl mir davon.«

»Nein, Maria, schon nicht mehr furchtbare.« Er lächelte herzzerreißend, öffnete aber nicht die Augen. »Ich kann dir nichts erzählen.«

»Und auch die Augen kannst du nicht öffnen?«

»Nein …«

Plötzlich kam mir Judas in den Sinn, wie er, wenn die wilde Leidenschaft vorüber war, mich zwang, die wie mit Blei verklebten Augen zu öffnen. Ich glaubte immer, dass ein fürchterlicher Verrat geschehen würde, wenn ich ihn ansähe. Doch Judas warf mit Gewalt einen Blick auf mein innerstes Wesen und seufzte danach: »Deine Augen sind so grün wie die meinen. Wir zwei sind vom selben Blut, Maria.«

Im Mondschein erschien das aus grauen und bläulichen Schatten gewobene Gesicht Jesu wie eine Totenmaske.

»Verzeih mir«, sagte er und schob mich sanft weg, »aber ich kann deinem Körper keine Ehre erweisen und in das Wesentliche eindringen ...«

Und mir stieg das Blut in den Kopf. Ich sank zu Boden. Jesus erhob sich. Ich umarmte seine Beine.

»Maria, lass mich los. Ich muss gehen.«

»Nein«, stammelte ich. »Nein nein nein ... Verlass mich nicht.«

»Ich verlasse dich nicht.«

Ich drehte mich auf den Rücken und breitete die Arme weit aus.

»Steh auf.«

Ich stand auf.

»Versprich, dass du nicht weinen wirst.«

Ich nickte.

»Leg dich hierher und bemüh dich einzuschlafen.«

Ich gehorchte. Jesus deckte mich mit einer braunen Wolldecke zu und küsste mich auf die Stirn. Ich ergriff seine Hand, drückte sie an meine Wange und flüsterte: »Weißt du, dass die Hohenpriester und die Pharisäer dich umbringen wollen?«

»Ja.« Er befreite vorsichtig seine Hand, hockte aber immer noch auf meinem Lager.

»Du solltest auf dein Leben Acht geben.«

»Wer sein Leben liebt, wird es verlieren, doch wer sein Leben in dieser Welt hasst, wird es für das ewige Leben bewahren ...« Er stand auf.

»Ich verstehe schon wieder nicht, was du sprichst«, murmelte ich.

»Ich spreche nicht aus mir selbst. Mein Vater, der mich gesandt hat, unterwies mich darin, was ich zu sagen habe und was zu verkünden. Doch all dies ist schon bald zu Ende ...«

»Ich will nichts davon hören«, schrie ich auf, von jäher Enttäuschung, Kränkung, Verzweiflung ergriffen, stopfte mir die Ohren zu und drehte mich zur Wand. Trotzdem hörte ich ihn weggehen. Die Erinnerung an ein anderes Gespräch mit Jesus stieg in mir hoch.

Das war vor vielleicht einem Monat gewesen. An einem späten, doch drückend heißen Abend. Ich hatte zuviel unverdünnten Wein getrunken. Am Ende jedes Tages trennte sich der Meister von uns und ging etwas abseits allein für sich beten. Niemand wagte es, den weißen Kreis der Einsamkeit zu überschreiten, in dem der Sohn mit seinem Himmlischen Vater sprach. Ich wagte es an jenem Abend. Ich holte Jesus ein, der zwischen den im Abendwind rauschenden Bäumen ging, packte ihn an der Hand und schrie ihn an:

»Sag mir etwas! Sag mir etwas wirklich Tröstendes. Ich kann nicht mehr! Ich habe schon tausend Mal gehört, dass die, die jetzt hungern, gesättigt werden und die, die jetzt weinen, lachen werden, dass das Himmelreich den Armen gehört. Du sprichst von dem Lohn, den wir im Himmel bekommen werden. Mir ist es ganz egal, was mich nach dem Tod erwartet! Himmel oder Hölle – ganz egal, hörst du? Ewige Freude oder ewige Verzweiflung – ganz egal! Ich liebe dich, hörst du? Ich will dich! Ich hungere und dürste nach dir! Warum sättigst du ganze Horden, nur mich allein nicht? Was schweigst du? Ich will die Welt und will sie jetzt! Stoß mich nicht weg! Quäle mich nicht! Hast du auch nur die leiseste Ahnung davon, welches Leid du mir verursachst?«

»Ja«, sagte er und streichelte meinen Kopf.

»Ich will nicht, dass du mich so berührst«, kreischte ich, am ganzen Körper bebend.

Er hatte immer noch seine Hand auf meine Stirn gelegt und sagte leise: »Vielleicht denken die Menschen, dass ich gekommen bin, um der Welt den Frieden zu bringen, und wissen nicht, dass ich Zerrüttung, Feuer und Krieg auf die Erde mitgebracht habe! Dir, Maria, habe ich Leid bereitet. Es wird noch wachsen und wachsen. Du wirst es aushalten müssen. Ich spreche ja nicht aus mir selbst. Der Vater, der mich sandte, wies mich an, was ich zu sagen, zu verkünden und wie ich mich zu verhalten habe. Weißt du denn wirklich nicht, dass ich im Vater bin und der Vater in mir ist? Maria, die Worte, die ich zu dir und euch allen spreche – ich spreche sie nicht aus mir selbst. Der Vater in mir vollbringt seine eigenen Werke. Ich weiß nicht, was ich noch sagen soll.«

»Ich glaube, Herr«, flüsterte ich und fiel auf die Knie. Augenblicklich wurde ich wieder nüchtern. Jene Nacht schenkte mir ruhigen Schlaf.

Diesmal aber konnte ich nicht einschlafen. Mit Schrecken dachte ich an den kommenden Tag. Wieder fühlte ich mich nicht als Mensch, sondern als Öffnung, Loch, Leere. Ganz in der Nähe jaulte ein Hund. Langgezogen, sehnsüchtig, schwermütig. Ich erhob mich und schlich zur Tür. Der Hund jaulte nicht mehr nur – es war wie ein Wehklagen, voller Schmerz. Jemand quälte das arme Tier. Unter dem in der Ecke angehäuften Gerümpel fand ich einen Pfahl, aus dem ein Nagel herausragte. Ich ging nach draußen. Das Heulen des gequälten Hundes war nicht auszuhalten.

Im hellen Mondschein schimmerte der Boden weiß. Das schmerzerfüllte Hundegeheul kam aus der hintersten Ecke des Hofes. »Gib mir Kraft und stärke mich, Herr!« bat ich innerlich. Ich erblickte die Silhouette eines Mannes. Es war Judas aus Karioth. Warum quälte er das unglückliche Tier? Ich erstarrte. Im Schatten konnte ich keinen Hund erkennen. Aber das schauerliche Jaulen ertönte abermals. Ich schlich näher heran. Judas drehte mir den Rücken zu. Er stand auf einem Bein, beide Hände und ein Knie an die Wand gestützt. Den Kopf ließ er hängen, atmete tief ein, hob den Kopf zum Mond und heulte wie ein gepeinigter Hund.

»Judas«, rief ich, »Judas! Hör auf! Hör auf!« schrie ich und bearbeitete seinen breiten Rücken mit den Fäusten. »Judas! Hör auf! Ich bitte dich …«

Er verstummte. Dann wandte er sich um. Mit einer bösen Grimasse schaute er mir ins Gesicht und fragte mit heiserer Stimme: »Was, ihr seid schon fertig?«

»Was meinst du?«

»Ich habe gesehen, wie der Meister sein liebstes Schäfchen in den Schuppen da führte!« Er lachte, doch das Lachen erinnerte eher an ein wütendes Krächzen. »Ha, auch du riechst schon nach Einbalsamierungsöl …«

»Wag es nicht, so zu reden! Spionierst du mir etwa nach?«

»Nicht dir, sondern ihm, Maria. Es ist wirklich wahr – in dir ist zu viel Eitelkeit. Ständig fühlst du dich wie eine Auserwählte. Warum sollte ich denn dir nachspionieren?«

»Judas, hör mir zu …«

»O nein. Du hörst jetzt mir zu!« Er packte mich an den Schultern, drehte mich um und drückte mich gegen die Wand: »Noch ist es nicht zu spät. Sie werden es nicht wagen, Jesus über die Festtage zu verhaften, damit kein Aufruhr unter den Leuten entsteht. Enscheide dich! Wir beide haben noch Zeit!« Und er stürzte sich auf mich, um mich zu küssen.

»Nein! Nein! Nein!« schrie ich und riss mich aus seiner Umarmung los.

»Schrei nicht, dummes Weib. Du wirst noch alle aufwecken. Geh mit mir, wenn dich das Leben Jesu wirklich kümmert.«

»Ich weiß nicht, was es für eine Verbindung zwischen mir, dir und dem Leben Jesu geben soll.«

»Dann denk bis morgen früh darüber nach. Er nennt dich doch die ›Frau, die alles weiß‹…«

»Nein, Judas! Ich gehe nirgendwohin mit dir. Alles kommt, wie es kommen muss, und es liegt nicht in unserer Macht, daran etwas zu ändern.«

Damit ging ich weg. Ich watete durch das Gras. Es tagte. Der Tau war schon gefallen. Meine Beine und der Saum meines Kleides wurden sofort nass. Plötzlich war ein Rascheln zu hören – etwas Kleines, Hartes, Schweres schlug gegen meine Beine, kreischte grässlich auf, ein schwarzes Etwas huschte über die Straße und verschwand. Mein Herz begann wie irrsinnig zu klopfen. Dieses kleine Geschehnis schien mir ein besonders schlechtes Zeichen zu sein. Die Welt war voller schlechter Zeichen.

»Die Welt war voller schlechter Zeichen …«, seufzte Vika auf und legte sich auf die Couch, streckte die in schwarzen Strümpfen steckenden schönen Beine aus und verschränkte die Hände auf der Brust wie eine Tote. »Die Welt ist immer noch voller schlechter Zeichen.«

»Warum glauben Sie das?« fragte Norma leise und wandte den durchdringenden Blick nicht von Vika.

»Ich glaube das nicht nur. Es ist wirklich so. Haben Sie schon einmal vom strafenden Engel gehört? Er wählt ganz blind einen Menschen aus und lässt unzählige Heimsuchungen auf ihn los, damit die anderen es sehen und in dauernder Furcht leben, dass ihnen das Gleiche passieren könnte. O Gott, warum kann ich Paulius nicht vergessen? Warum wollen Sie mir nicht helfen?«

»Geduld. Und jetzt sagen Sie mir – war da wirklich nicht mehr als die Beichten?«

»Ich verstehe Ihre Frage nicht.« Vikas Stimme erfüllte sich mit abweisender Müdigkeit und die geschlossenen Lider zuckten nervös.

»Ich kann nur schwer glauben, dass Sie sich nach der Trennung, von der Sie beim ersten Mal hier gesprochen haben, nie wieder gesehen haben. Haben Sie sich nicht in normaler Umgebung getroffen, versucht, sich bei einer Tasse Kaffee oder Tee zu unterhalten? Haben Sie nicht versucht, Freunde zu werden?« Norma setzte sich neben Vika.

»Wenn eine große Liebe vorbei ist, wird man nicht zu Freunden ...« Vika drehte den Kopf zur Wand.

»Ich weiß. Aber die Menschen wollen das meist nicht begreifen. Bis sie es versucht haben.« Norma legte die Hand auf Vikas verschlungene Finger, vorsichtig, zögernd – so verabschiedet man sich von den Verstorbenen.

»Ja, wir haben es versucht.«

»Wer fing damit an?«

»Er. Er rief mich an, denn ich war schon einige Monate nicht mehr zur Beichte gekommen. Er erkundigte sich, wie es mir gehe. Ich lud ihn ein vorbeizukommen. Er bezweifelte, dass das Sinn habe. ›Mach, was du willst‹, sagte ich. Da meinte er naiv: ›Vielleicht werden wir ja Freunde ...‹«

»Was dachten Sie beim Warten auf ihn?« Norma ließ Vikas zitternde Hände los und setzte sich auf den Stuhl.

»Ich wollte ihn einfach sehen. Ich hatte furchtbare Sehnsucht nach ihm. Ich hatte kein einziges Foto von ihm. Auch wenn es seltsam erscheinen mag – ich träumte nicht einmal von ihm.«

»Wirklich nicht?«

»In meinen Träumen erschien Paulius erst, als ich angefangen hatte, zu Ihnen zu kommen.«

»Sie haben noch sehr wenig von Ihren Träumen erzählt. Wie träumen Sie von Paulius?«

»Ganz einfach. Alltäglich. Als ob unsere Beziehung noch andauerte, nur nicht mehr in der Realität, sondern im Traum. In einer anderen Dimension, die sich in nichts von dieser hier unterscheidet. Einfache Handlungen. Wärme und Ruhe. Nichts Bedeutendes für die Psychoanalyse ...«

»Träumen Sie auch etwas, was Ihnen wichtig erscheint?«

»Ja, zum Beispiel letzte Nacht. Ich träumte, ich sei ein Mörder.«

»Ein Mörder?«

»Ja. Ein Mörder. Ich wurde zur Hinrichtung gebracht. Es ist nicht normal, dass ich mich als Mann träume, oder?«

»Doch. Das ist absolut nichts Schreckliches. Wenn Sie Jung gelesen haben, wissen Sie, dass in jedem Menschen zwei Prinzipien vorhanden sind – das weibliche und das männliche. Anima und Animus. Sie haben ganz einfach Ihren Animus geträumt.«

»Mein Animus war äußerst sonderbar.« Vika gab ein warmes, glucksendes Lachen von sich. »Ich sagte schon, ein Mörder. Kein Räuber, kein kleiner Dieb, sondern ein echter Mörder. Ich war ein Mörder und wurde in einem Karren mit zwei schwarzen Pferden zur Hinrichtung gefahren, mit schweren Ketten war ich an einen Pfahl gefesselt. Das war vor langer Zeit. Soviel ich aus der Architektur und der Kleidung der Menschen schließen konnte, im Mittelalter. Ich sorgte für ausgleichende Gerechtigkeit. War gewissermaßen ein Robin Hood: ein großer, massiger, langhaariger, bärtiger, auf der Brust behaarter, sehr muskulöser Mann von ungefähr dreißig Jahren. Ich konnte die obere Hälfte meines männlichen Körpers gut betrachten, denn ich trug nur eine ganz kurze Weste aus verschossenem Leder. Ich wurde durch enge mittelalterliche Straßen gekarrt, die voller Menschen waren. Pfeifend sah ich zum Himmel, zu den Regen ankündigenden Federwolken und den Schwalben hinauf, die direkt über meinem Kopf segelten.

Plötzlich bemerkte ich ein schwarzhaariges Mädchen, das wie eine große Stoffpuppe bis zur Taille aus dem Dachfensterchen eines roten Backsteinhauses lehnte und mir mit beiden Händen zuwinkte. Sie trug nur ein Hemd, war sehr zerzaust und sah aus wie eben aus dem Schlaf gerissen. Unsere Blicke trafen sich. Ich wurde durch und durch von der großen Gewissheit erfüllt, dass dieses Mädchen meine Einzige Liebe war. Die Antwort auf alle Fragen. Die wirkliche Glückseligkeit. Der Trost. Die Beruhigung. ›Zu spät … zu spät … zu spät …‹, stimmte in mir ein Chor von Klageweibern an. ›Wenn du ein anderes Leben geführt hättest … wenn dich nicht eine furchtbare Sündenlast bedrückte … wenn du jetzt nicht sterben müsstest … den schändlichen Tod eines Mörders sterben … wenn …‹, wehklagten Tausende trauriger Stimmen in meinem mächtigen Körper. ›Zu spät … zu spät … zu spät …‹

Mit einem Mal begriff ich, dass diese Klage nicht aus mir kam, sondern von dem Mädchen. Die Schwarzhaarige kletterte wie eine Katze aus dem engen dreieckigen Dachfensterchen und sprang herunter. Mit flatterndem Nachthemd flog sie wie ein weißer Drache über die Köpfe der verdatterten Städter und landete direkt vor mir. Sie war sehr klein – ihr schwarzer, zerzauster Scheitel reichte mir gerade bis zur Brust. Sie hob den Kopf und ich war völlig überrascht – so hässlich war ihr Gesicht: bleich, voll kleiner roter Flecken, hager, mit einer spitzen, langen Nase, schmalen Lippen und hervorstehenden, ungewöhnlich dunklen Augen. Sie erinnerte an einen federlosen oder gerade gerupften knochigen Vogel, obwohl sie vielleicht nur vor Kälte oder Angst eine Gänsehaut bekommen hatte. Doch sie war meine Einzige Liebe. Meine Augen füllten sich mit Tränen der Dankbarkeit – bekommt doch nicht jeder die Gelegenheit, dieses wundervolle Gefühl kurz vor dem Tod zu erfahren.

Das Mädchen stellte sich auf die Zehenspitzen und schmiegte sich an mich. Sie verströmte Küchengerüche. Ich bückte mich und umfasste ihre Lippen mit meinen. Sie küsste seltsam, hatte eine gewundene, lange Zunge wie ein Eidechsenschwanz, die sich an meinen Gaumen presste. Die Wächter rissen sie von mir los und schleuderten sie in den Straßenstaub. Wir waren schon aus der Stadt hinausgefahren. Das Mädchen stand auf und rannte hinter dem Wagen her, streckte hoffnungslos die Hände aus. Ich lächelte sie an. Meine Zähne waren groß, weiß, glänzend – das phantastische Lächeln eines echten Mörders! Der Kutscher trieb die Pferde an. Der Frühling hatte gerade begonnen. Die hohen Pappeln auf beiden Seiten der Straße trugen erst Knospen, nur ein Apfelbaum, der unter ihnen stand, war schon voller weißer Blüten. Das Mädchen sprang wie von einer mächtigen Feder emporgeschnellt in den Apfelbaum, brach zwei dicke Äste ab und sprang mit blühenden Händen wie mit weißen Flügeln von Wipfel zu Wipfel. Sie holte unseren Wagen augenblicklich ein, denn sie rannte nicht, sondern flog, wobei sie mit den nackten Füßen nicht einmal die Wipfel der allerhöchsten Pappeln berührte. Ich lachte laut, von einer unbeschreiblichen Glückseligkeit erfüllt, und mein Lachen rollte in hellen, glitzernden Wellen über die frisch gepflügten Felder. Das Mädchen landete auf einer Pappel und ließ die blühenden Flügel sinken.

Ich wurde vom Pfahl losgemacht. Mit den Ketten rasselnd sprang ich zu Boden. Man zeigte mir den Platz der Hinrichtung: In der Ferne, am Horizont, leuchtete rot ein kaum sichtbares Pünktchen. Ich musste zu Fuß dorthin gehen über grobscholligen, fruchtbaren, duftenden Boden. Das Mädchen flog über mir, ihre weißen Flügel verströmten einen feuchten Duft. Noch nie war ich so voller Ruhe, Liebe und Freude gewesen. Und würde es auch nie wieder sein, denn der Punkt meines Todes kam näher, wurde größer, jetzt war er schon so groß wie ein rotes Klötzchen. Lachend fiel ich auf den lockeren, warmen Boden, aus dem schon die ersten hellgrünen Triebe hervorsahen. Das Mädchen schwebte direkt über meinem Kopf und flatterte mit den Flügeln, von denen duftende Apfelblüten auf mich fielen. In tiefen Zügen atmete ich das fruchtbare Aroma der Erde ein, das Glücksgefühl war einfach nicht mehr auszuhalten, und davon … wachte ich auf.«

»Ein ausgezeichneter Traum!« Norma setzte sich wieder auf die Couch und tätschelte Vika die Wange. »Ich freue mich, dass unser beider Arbeit wirklich nicht umsonst ist. Ein vorzüglicher Traum! Trotzdem möchte ich, dass Sie mir von dem Treffen mit Paulius erzählen. Danach müssen Sie nie mehr über ihn sprechen.«

»Es gibt da aber nichts zu erzählen …« Vika seufzte. »Außer dass es vielleicht interessant gewesen wäre, unsere Zusammenkunft durch das Fenster des gegenüberstehenden Hauses zu beobachten. Oder mit einer versteckten Videokamera zu filmen und dann ohne Ton zu erraten, warum wir so wild im Zimmer hin- und herliefen. Ich wette, niemand würde erraten, was das für ein Ritual war. Nur einem Verrückten käme vielleicht in den Sinn, dass da ehemalige Geliebte versuchten, Freunde zu werden. Und es war unmöglich. Kaum hatte Paulius die Schwelle überschritten, begriff ich, dass jeder der Milliarden Erdenbewohner mein Freund sein konnte, nur nicht dieser Mann mit den schwarzen Kleidern und dem weißen Priesterkragen. Wenn er früher zu mir kam, trug er nie dieses spezielle Attribut seines Standes. So wie ein subtiler Mann trotz allem seinen Ehering abzieht, bevor er sich ins Bett der Geliebten legt... Ich spürte eine schreckliche Spannung, als ob mir jemand eine viel zu schwere Last aufgebürdet hätte, sagen wir, die Pflicht, einen Staat zu regieren.

›Hallo, du hast dich gar nicht verändert‹, begrüßte mich Paulius, als ob zwischen uns nie etwas gewesen wäre, als ob nicht meine Lippen ihm drastische Beichten in der nach Weihrauch duftenden Dämmerung der Kirche zugeflüstert hätten, als ob er nicht sähe, dass nach unserem Abschied in ebendieser Tür die Verzweiflung mir ein völlig neues Gesicht verliehen hatte.

Wir setzten uns an den Tisch. Paulius schaute mich wie immer mit den Augen eines Eroberers an, der versucht, den von nun an ihm gehörenden Kontinent zu erfassen. Ich saß da und wusste nicht, was ich sagen sollte, also wand ich nur meine lange, unechte Perlenkette wieder und wieder um meine Finger.

›Und ich habe mich in diesem Jahr sehr, sehr verändert...‹, brach er endlich das Schweigen.

Er sah nicht so aus, doch das wollte ich ihm nicht sagen. Ich wusste kein einziges Wort, keinen einzigen Satz, der Sinn ergeben hätte in der verbrannten Stille. Wir tranken Kaffee. Er schaute mich immer noch auf die gleiche Weise an, aber ich wusste: Wenn in der geblümten Tasse nur noch Kaffeesatz ist – dann wird er aufstehen und gehen. Ich musste unbedingt Zeit gewinnen. Damit er noch ein wenig mit mir zusammenblieb. Wenigstens für ein paar Augenblicke. Koste es was es wolle.

›Paulius‹, stammelte ich und streckte meine wie in einem Alptraum gelähmte Hand nach seiner aus, die er augenblicklich zurückzog, ›ich bin krank.‹

›Ist es etwas Ernstes?‹ In seiner Stimme war nicht die Spur von Interesse oder auch nur von Mitgefühl, wie es ein Priester haben sollte.

›Ja, es ist ernst: Paulius, ich werde bald sterben. Ich habe aber noch niemandem davon erzählt. Du bist der Erste.‹

›Und wer hat dir das mitgeteilt?‹ Seine Augen glänzten ironisch, doch ich wollte nicht glauben, dass er mich sofort durchschaut hatte.

›Die Ärzte. Sie sagen, dass meine einzige Chance ist, in die Berge zu fahren. Wenn nicht, bin ich in einigen Jahren tot. Irgendetwas mit dem Blut, den Lungen und dem Stoffwechsel ...‹

Paulius stand auf und sagte auf dem Weg zur Tür: ›Na, siehst du, du hast einen ausgezeichneten Ausweg – die Berge! Alles wird gut, du wirst schon sehen! Sei nur nicht niedergeschlagen, gerate nicht in Panik und gib dich nicht auf. Danke für den Kaffee.‹

›Paulius‹, stammelte ich und warf mich wie ein Hund neben seine Beine, ›ich habe fürchterliche Angst vor dem Tod. Heute war ich bei den Ärzten. Und heute haben sie mir das vom Sterben gesagt. Bleib doch wenigstens noch ein kurzes Weilchen bei mir ...‹ Ich schluchzte in dem Glauben, dass er sich neben mich hocken und mich trösten würde.

Doch Paulius ging vorsichtig um mich herum wie um einen ihm plötzlich den Weg versperrenden giftigen, stachligen Strauch und ließ sich in der am weitesten enfernten Ecke des Zimmers in einen Sessel plumpsen.

Ich zündete mir eine Zigarette an und setzte mich an den Tisch. ›Bleib wenigstens, bis ich diese Zigarette aufgeraucht habe.‹

›Na gut‹, brummte er wie ein vom Warten gequälter Mensch, dessen Flug nochmals um einige Stunden verschoben wurde. ›Ich bleibe noch ein wenig. Obwohl du, wenn du Probleme mit der Gesundheit hast, besser nicht rauchen solltest. Übrigens, du siehst gut aus. Ich würde darauf wetten, dass du übertreibst. Und die Ärzte übertreiben gern ...‹

›Nein, Paulius‹, stotterte ich hervor, stand auf, ging durchs

Zimmer und rollte mich mit dem Aschenbecher zu seinen Füßen zusammen, ›ich übertreibe nicht.‹

›Dann fahr in die Berge!‹

›Du weißt doch selbst – ich habe dafür nicht genug Geld. Ich habe nicht einmal genug für die Medikamente.‹

›Für die Medikamente kann ich dir was geben.‹

›Wie soll ich wegfahren und meinen Mann zurücklassen?‹

›Deinem Mann ist es ganz egal, ob du hier bist oder in den Bergen. Niemand weiß, in welcher Welt er lebt, aber in ihr sind weder ich noch du ...‹

›Begreifst du, ich würde für immer wegfahren‹, flüsterte ich, drückte die Zigarette aus und versuchte den Kopf an seinen Oberschenkel zu lehnen. ›Für den Rest meines Lebens ...‹

›Ausgezeichnet!‹ Er stand plötzlich auf, ging zum Fenster und stützte sich mit beiden Händen auf dem Fenstersims auf. ›Es ist nie zu spät, das Leben von neuem zu beginnen. Das wird nur gut für dich sein.‹

Ich rollte mich im Sessel zusammen, und für einen Augenblick spürte ich Paulius' Körperwärme.

›Na, siehst du, du bist schon fertig mit der Zigarette.‹ Er trommelte mit den Fingern an die Scheibe.

›Du kannst dir nicht vorstellen, wie furchtbar es ist, dauernd an den Tod denken zu müssen. Tag und Nacht. Besonders unerträglich ist es nachts ...‹

›Du hast doch gesagt, dass die Ärzte dir erst heute mitgeteilt haben, dass du sterben wirst.‹ Er ging um den Tisch herum, drehte den Stuhl mit der Lehne nach vorne und setzte sich rittlings darauf wie ein Cowboy.

›Nein. Das mit dem Tod teilten sie mir früher mit.‹ Ich verschränkte die Beine im Schneidersitz. ›Und heute sagten sie mir, dass es noch einen Ausweg gebe. Nicht nur die Berge ...‹, flüsterte ich und verbarg das Gesicht in den Händen, damit Paulius näher kommen musste, wenn er mich hören wollte. ›Es gibt noch einen anderen Ausweg, sagten sie ...‹

Er kam zu mir. Jetzt setzte er sich mir gegenüber auf den Boden. Mit den Händen umfasste er seine Knie und schaute nachdenklich ins Leere. Nicht auf mich.

›Nun, welcher Ausweg ist das denn?‹

Ich glitt zu Boden, neben Paulius. Ich wusste, dass ich ihn nicht berühren durfte.

›Ich brauche ein Kind‹, flüsterte ich kaum hörbar.

›Was sagst du?‹ fragte er, obwohl er es gehört haben musste, denn er ballte nervös die Fäuste.

›Ich brauche ein Kind!‹ sagte ich lauter.

›Ein Kind?‹ Er lachte, stand auf und setzte sich aufs Bett. ›Das ist auch ein vorzüglicher Ausweg. Noch besser als die Berge. Du wirst eine wunderbare Mutter sein – so zärtlich und fürsorglich.‹

›Ich brauche dein Kind‹, sagte ich.

Wir sahen einander in die Augen – mir schien, unendlich lange. Ich setzte mich neben ihn und bedeckte mein Gesicht mit den Händen.

›Paulius, ich will ein Kind von dir ...‹ Ich vermochte ihn schon nicht mehr zurückzuhalten, ich spielte nicht mehr, ich log nicht mehr, sondern sagte, was ich zuvor nie zu sagen gewagt hatte: ›Dein Kind.‹

Unvermittelt fühlte ich mich, als ob ich kein Mensch mehr wäre, sondern eine Öffnung, ein Spalt, eine offene Tür zwischen zwei Welten, durch die wie von einem Luftzug erfasste Blätter seine Worte flogen.

›Das ist unmöglich.‹

Er ging zweimal im Zimmer auf und ab. Dann setzte er sich vor mich auf den Tisch, wobei er das Tischtuch zerknitterte, und sagte noch einmal: ›Das ist unmöglich.‹

›Paulius, das hätte doch schon unzählige Male geschehen können! Ich wollte dich ganz einfach nicht betrügen. Es klammheimlich von dir stehlen, wie es an meiner Stelle jede andere Frau getan hätte. Ich dachte immer, dass das unser beider Angelegenheit ist, dass ich das nicht allein entscheiden kann, dass ich dich vorher fragen muss, denn ich liebe dich ...‹

Ich brach in Tränen aus, versuchte mir eine Zigarette anzuzünden, doch die Streichhölzer brachen eins nach dem anderen in meinen zitternden Händen ab und Paulius dachte nicht daran, mir zu helfen. Ich warf die leere Schachtel zu Boden. Sie schlitterte durchs Zimmer und prallte gegen Paulius' Schuh. Er hob die

Schachtel auf, setzte sich an den Tisch, zog einen Füller aus der Innentasche des Jacketts und begann etwas auf die Kartonoberfläche zu zeichnen.

›O Gott‹, wimmerte ich. ›Ich will ein Kind von dir! Ich habe es immer gewollt! Ich werde es immer wollen!‹ Mein ganzer Körper tat weh, als ob ich aus einer Folterkammer geworfen worden wäre.

›Das ist unmöglich.‹

›Warum?‹

›Weil es unmöglich ist. Das wäre mein Tod. Selbstmord. Selbstzerstörung. Ich kann das nicht erklären. Du wirst es nicht verstehen. Das wäre furchtbarer als alles, was ich mir vorzustellen vermag ...‹ Er ging zum Fenster und drückte die Stirn an die Scheibe.

Ich stand auf, stellte mich neben ihn und sagte: ›Du bist verrückt. Welchen Zusammenhang gibt es zwischen dem von dir gezeugten Leben und der Selbstzerstörung, dem Tod, dem Selbstmord? Du weißt selbst nicht, was du sagst!‹

Paulius wich zurück und warf sich der Länge nach aufs Bett. Er blickte mit weit geöffneten Augen zur Decke. Ich sah, wie sein Adamsapfel sich bewegte, und hörte ihn sagen: ›Du meinst, was ich sage, ist verrückt. Mir scheint es umgekehrt, dass nämlich du verrückt bist.‹

›Nein, ich fühle wie eine normale Frau ...‹

›Du weißt ganz genau, dass auch ich ein Kind will. Wahrscheinlich würdest du mir einen Sohn gebären. Du würdest ihm meinen Namen geben.‹ Paulius lächelte. ›Doch das ist unmöglich.‹

›Warum?‹

›Wie könnte ich ruhig leben, wenn ich wüsste, dass ich in dieser Stadt einen Sohn habe? Denk mal darüber nach, was ich fühlen würde, wenn ich an deinem Haus vorbeifahre oder -gehe? Oder euch auf der Straße treffe ...‹

›Ich würde euch doch nicht verbieten, einander zu sehen. Du könntest von mir aus auch jeden Tag zu uns kommen ...‹

Ich setzte mich neben Paulius' Kopf aufs Bett und schloss die Augen.

›Bitte quäl mich nicht‹, flüsterte ich und biss mir auf die Lippen.

›Du quälst mich auch. Und hast mich immer gequält ...‹

›Dann werden wir jetzt also sehen, wer wen erledigt.‹

Mir schien, dass er lachte, aber ich hatte die Augen immer noch geschlossen.

›Mir bleibt nicht mehr viel Zeit …‹

›Wer weiß, vielleicht mir auch nicht …‹

Ich öffnete die Augen. In seinen Augen standen Tränen. Ich streckte mich neben ihm aus. Wir lagen da, ohne einander zu berühren. Draußen vor dem Fenster schrie ein Vogel und kündigte Regen an.

›Ist es denn wirklich unmöglich?‹ fragte ich schließlich.

›Ja.‹

›Und wenn du in Ruhe darüber nachdenken würdest? Ein paar Tage, einen Monat, ein halbes Jahr? Du würdest dich an den Gedanken gewöhnen … Vielleicht würde dann alles in einem anderen Licht erscheinen?‹

›Nein. Ganz sicher nicht.‹ Er stand auf und trat wieder ans Fenster.

Ich setzte mich auf den Boden, den Rücken ans Bett gelehnt. Ich zog die Beine an, aber meine Füße in den hochhackigen Schuhen glitten langsam wieder über den Boden. Meine Beine schienen wie zwei schwarze Rinnsale durch das Zimmer fließen zu wollen.

›Was soll ich also tun?‹

›Ich weiß es nicht. Verzeih mir, aber diesmal kann ich dir beim besten Willen nicht helfen.‹

›Dann bleibt mir also nur noch der Tod?‹

›Du bist eine so reizende Frau. Versuch mit einem anderen Mann zu reden.‹

›Und das schlägst *du* mir vor?‹ Ich lachte hysterisch auf.

›Dann gibt es da noch die künstliche Befruchtung …‹

›Du redest schon wieder Unsinn‹, schrie ich, als ob er mir eine Ohrfeige gegeben hätte.

›Verzeih mir. Ich suche nach einem Ausweg.‹

›Ich will ein Kind von dir. Und von niemand anderem. Nur dich allein liebte ich. Liebe ich. Werde ich lieben. Niemals einen anderen …‹ Ich brach wieder in Tränen aus.

›Sei so gut und weine nicht.‹ Paulius atmete tief ein. ›Weißt du, heute war ein Grüppchen von Buddhisten in unserer Kirche. Von denen, die dir so gut gefallen – mit kahl geschorenen Köpfen und roten Kleidern ...‹

›Du willst vom Thema ablenken‹, sagte ich.

›Ja, ich will vom Thema ablenken ...‹ Paulius versuchte zu lächeln. Es gelang ihm nicht.

›Ich bitte dich um ein Kind von dir. Und du befiehlst mir, den Tod zu wählen.‹

›Manchmal bist du wirklich zu grausam‹, sagte er und begann laut mit den Fingern schnippend im Zimmer auf und ab zu gehen.

›Hör damit auf, um Gottes willen, hör auf damit! Dieses Geräusch wird mich noch umbringen.‹

›Fang nur nicht an zu schauspielern. Und dann auch noch Anna Karenina. Damit erreichst du gar nichts. Auch mein Vater schnippte mit den Fingern, wenn er nervös war. Das ist erblich.‹

Ich hob den Kopf. Für einen Augenblick schauten wir einander an und dachten das Gleiche.

Plötzlich glaubte ich in seinen Augen, dunkel wie der Abendhimmel, in denen gerade noch die Tränen gestanden hatten, einen Anflug von Spott zu sehen. Da sagte ich: ›Du hast mich umgebracht. Und auf deiner Stirn wird auf ewig das Mal Kains sein. Die anderen werden es nicht bemerken, doch du wirst es bei jedem Blick in den Spiegel sehen. Sogar im Schlaf wirst du es spüren.‹

Paulius lächelte. Ich hatte noch nie etwas Traurigeres als dieses Lächeln gesehen. Völlig am Boden zerstört stammelte ich hervor: ›Sei nicht böse. Ich liebe dich.‹

›Ich bin nicht böse.‹ Paulius kam zu mir und legte mir die Hand auf die Schulter. Ich drückte seine warmen Finger. Das war unsere einzige Berührung an diesem ganzen Abend.

›Ich gehe jetzt, ja?‹ sagte er und drückte kurz meine Hand. ›Verzeih mir. Ich verlasse dich nicht. Ich gehe nur.‹

Ich ließ seine Hand los. Ich erhob mich nicht, um ihn zur Tür zu begleiten. Ich hörte, wie er die Tür schloss. Es dunkelte. Ich saß im Dämmerlicht und wiederholte monoton: ›Nein ich will nicht mehr dass ich dich liebe ich will dich nicht mehr lieben ich will nicht mehr dich lieben nein nicht dich will ich lieben ich will dich nicht lieben nein ich will nicht lieben nicht dich nein nein nein ich will nicht lieben nicht dich nein ich will nichtnichtnicht nein ich will nichtnichtnichtnichtnicht nicht dich nein nein nein …‹

Ich bekam keine Luft mehr. Die in drei Reihen um meinen Hals gewundene Perlenkette würgte mich wie die Henkersschlinge. Der feine Faden verhedderte sich, ich konnte ihn einfach nicht entflechten. Ich zündete eine Kerze an, griff nach der Schere, beugte mich zum Spiegel. Irgendwann einmal war schon dasselbe passiert. Mein Gott, tausende Male war es schon genauso: ein Gesicht, ein Spiegel, eine Kerze, eine Schere, ein Gesicht, ein Spiegel, eine Kerze, eine Schere, ein Gesicht, ein Spiegel. Ich schnitt den Faden durch und die unechten Perlen prasselten auf den Boden. Fielen und fielen – wie Hagel aus einer großen Wolke.

Schließlich wurde es still. Der Stahl der Schere glänzte im Licht. Wenn ich ES nun einfach tun würde, von einem plötzlichen Impuls geleitet: ohne Vorbereitung, ohne Zweifel, ohne Selbstmitleid, ohne Wut auf die anderen, ohne Flüche auf die ganze Welt, ohne Furcht, Gewissensbisse, Abschiedsbriefe, ohne ein schönes, lange vorher ausgesuchtes Kleid, in dem man mich tot auffinden würde? Wenn ES nun unerwartet und zufällig geschehen würde, wie eine Flugzeugkatastrophe? Jeder Zufall ist eine Unvermeidlichkeit. Alles ist vorherbestimmt, alles hat seine Zeit, und die Zeit kommt unabwendbar. Vor dem Schicksal kann man nicht davonlaufen. Es ist Zeit zu sterben. Der Tod steht immer zwei Schritte neben uns. Selbstmord ist keine eigenmächtige Handlung. Der Tod liegt nicht in der Macht der Menschen. Im Gegenteil. Die Selbstmörder sind die, die der Tod sich mit deren eigenen Händen holt, ohne einen Finger zu bewegen …

Ich warf die Schere in die Schublade. Ich pustete die Kerze aus. Hatte ich Angst bekommen? Nein – die Zeit war einfach noch nicht reif.

Es fing zu regnen an. Durch das offene Fenster drang ein frischer Duft herein. Ich rollte mich im Sessel zusammen. Nicht einmal der Tod will mich mehr. Er lässt mich in der Dunkelheit sitzen und zuhören, wie die Regentropfen in den Blättern der Bäume rascheln. Weder Schmerz noch Verzweiflung mehr fühlen. Das Leben ohne Illusionen sehen. Ihm geradewegs ins verhüllte Gesicht sehen. Nein, nicht ins Gesicht – ins *Meparapon*. Als Kind kannte ich nichts Schaurigeres als das japanische Märchen vom Meparapon – ein Gesicht, das weder Augen noch Nase oder Mund hatte. Absolut keinen Ausdruck, nur eine Stimme wie Mondschein. Keine Hoffnung. Keine Illusionen. Keine Erleichterung. Niemals.

Als ich klein war, stellte ich mir selbst die sonderbarsten Fragen, auf die ich dann wie besessen eine Antwort suchte: Was war vor der Schöpfung der Welt? Was wäre, wenn es gar nichts gäbe? Wie sieht das Nichts aus? Und wie die Leere? Jetzt kannte ich die Antwort. Das Große Nichts hallte in meinem Kopf. Die Absolute Leere herrschte in meinem Herzen.

Ich versuchte mir vorzustellen, wer sich noch so hoffnungslos fühlen mochte wie ich. Ein unheilbar Kranker? Ein zum Tode Verurteilter in seiner Einzelzelle, wenn schon alle Gnadengesuche abgelehnt sind? Eine der Hexerei beschuldigte Frau, die sich in einem dunklen Kellerloch nicht mehr daran erinnern kann, was das Wort *Zärtlichkeit* bedeutet, und die in den leeren Tiefen ihres Bewusstseins nur den für sie aufgeschichteten brennenden Scheiterhaufen sieht? Maria Magdalena nach Jesu Kreuzigung?

Ich wollte nichts als schlafen, einfach schlafen, schlafen. Wie ein Gebet rezitierte ich das Hamletsche ›*... to die, to sleep ... perchance to dream ...*‹

Plötzlich öffnete sich die Tür und ins Zimmer trat Paulius. Das bläuliche Licht der Straßenlaterne fiel auf sein lächelndes Gesicht. Er tastete sich durch die Dunkelheit zu mir. Die Perlen sprangen unter seinen Füßen weg, hüpften davon wie kleine, mit Tausenden winziger Hufeisen beschlagene Käfer. Wortlos kniete er vor mir nieder. Ich beugte mich über ihn und schob die Finger in sein dichtes, sprödes Haar. Wir küssten uns wie von Sinnen. Wir rissen einander die Kleider vom Leib. Nackt fielen wir zu Boden. Die Perlen drückten mich am Rücken, die Straßenlaterne blendete mich. Mit einem Mal begann ich zu schreien und stieß Paulius mit aller Kraft von mir: ›Ich will nicht, dass du mich nur im Traum liebkost! Ich will es nicht!‹ Es war mir unmöglich, mich aus seiner Umarmung zu befreien, und ich kreischte ohnmächtig, spürte Tränen und Ekel im Hals: ›Quäl mich nicht! Lass mich erwachen! Ich will keine solchen Träume! Lass mich los! Lass mich aufwachen!‹

»Lass mich aufwachen! Lass mich los! Ich will keine solchen Träume!« schrie M. V. im Schlaf und schlug mit dem Kopf gegen die schlüpfrigen Kerkerwände.

»He, he, was hast du denn geträumt, meine Liebe? He, wach auf, wach auf!« rief Namenlos lachend und tätschelte M. V.s Gesicht.

»Nichts«, murmelte diese und stieß die streichelnde Hand abweisend zur Seite. »Nichts. Ich erinnere mich nicht.«

»Du hast so laut geschrien! Ich glaube nicht, dass du dich nicht erinnerst.«

»Mir träumte«, erwiderte M. V., die die aufdringliche und zärtliche Neugier von Namenlos nicht mehr aushalten konnte, »dass wir zwei uns liebten. Bald verwandeltest du dich in einen Mann, bald ich. Es war unsäglich ekelhaft.«

»Und woher weißt du, dass ich das war? Du hast doch noch nie mein Gesicht gesehen und auch nicht meinen Körper.«

»Ich sah auch im Traum dein Gesicht nicht. Aber ich erkannte deinen Körper, wir sind ja schon so lange hier aneinander geschmiegt. Obwohl es mir manchmal schien, als sei das Wesen, das mich da streichelte, Upė. Wenn du es wissen willst – auch wenn ich nicht schlafe, dünkt es mich oft, dass hier neben mir niemand anders als Upė liegt.«

»Also wirklich«, lachte Namenlos, fasste behende M. V.s Hand und schob deren Finger in ihren Mund. »Siehst du, ich habe wirklich noch alle Zähne!«

»Lass los, um Gottes willen, lass los ...«, stammelte M. V., am ganzen Körper vor Widerwillen bebend.

»Na, meine Liebe, sei nicht so nervös, auf dich warten noch viel angenehmere Dinge ...« Namenlos kicherte. »Hattest du etwa mit dieser Upė etwas Verbotenes? Hab dich nicht so, erzähl es mir und du wirst nachts nicht mehr von deinen Sünden träumen und tagsüber werden sie dich nicht so belasten ...«

»Wie kommst du darauf, dass ...« M. V. verstummte, da sie das richtige Wort nicht fand.

»Weil ich – eine Hexe –, dich durchschaue, auch wenn ich dich im Dunkeln nicht sehen kann. Doch du wehrst dich wie ein kleines Mädchen.«

»Gut. Ich werde es dir sagen. Ja, ich habe mit Upė die Grenze des Erlaubten überschritten. Unser Verhältnis zueinander wurde überhaupt mit jedem Tag schlechter. Ohne Unterlass spionierten wir einander aus. Verdächtigten einander. Beneideten einander. Auch wenn ein unbeteiligter Zuhörer hätte meinen können, dass es nichts Offeneres, Aufrichtigeres gebe als unsere Schwätzchen. Nur sprachen wir nie über Povilas Paukštietis. All die langen Winter- und Herbstabende verbrachten wir in ihrer oder meiner Zelle. Meine Stimmungen wechselten dauernd. Ich empfand für Upė bald anhängliche Dankbarkeit, bald Hass. Immer mehr versank ich in tiefer grauer Trauer. Ich fühlte, dass sie mich ganz und gar auflösen, keine Spur mehr von mir übrig lassen würde.«

»Du wolltest nicht über die Trauer sprechen, sondern über dich und Upė.«

»Ich glaube, dass all das nur wegen meiner unendlichen Traurigkeit geschah ... Weihnachten war schon vorbei und die Abende besonders schwermütig, kein Schimmer Hoffnung. Einmal haben ich und Upė ... Ach, ich weiß nicht! Vielleicht hatten wir zu viel Wein getrunken. Upė war kummervoll wie nie zuvor.

›Ach, wie schwer lastet es doch auf dem Herzen, wie schwer‹, flüsterte sie, nachdem wir lange geschwiegen hatten, und drückte meine Hände.

Ihr Gesicht war ganz nahe. Ich konnte die von Feuer und Wein erweiterten Poren in ihrer Haut sehen. Ich ahnte schon, was jetzt mit uns geschehen würde, doch die Neugier war stärker als alle Verbote der Welt.

›Darf ich dich küssen?‹ brach Upė das Schweigen.

›Ja‹, flüsterte ich mit einer so betrübten Stimme, dass ich es selbst komisch fand, und berührte ihre Lippen.

Upės Atem ging heiß und stockend. Wir erforschten uns gegenseitig zärtlich und vorsichtig und hatten dabei beide dasselbe Ziel: zu erfahren, was Povilas Paukštietis empfand, wenn er eine von uns liebkoste. Wir bemühten uns, vor der anderen in einem möglichst guten Licht zu erscheinen, und da wir dies beide begriffen, lachten wir im gleichen Augenblick los. Wir verhielten uns wie zwei Verschwörer und brodelten zugleich vor bitterer Enttäuschung, deshalb war unsere Zärtlichkeit umso sonderbarer. Upės wachsende Leidenschaft erschreckte mich, denn ich selbst spürte nicht ein Tröpfchen der Süße der verbotenen Frucht, nur Scham und Enttäuschung.

Upė legte mich auf den Boden, fiel auf mich und flüsterte mir ins Ohr: ›Sag mir, Liebste, was soll ich jetzt machen? Ich will so gern, dass es schön ist für dich …‹

›Ich weiß nicht. Lass mich los. Ich will diese Dinge nicht weiter versuchen. Ich werde von Gewissensbissen aufgefressen werden, ich werde keine Ruhe mehr finden, hab Mitleid mit mir …‹

›Was sagst du da, was sagst du da, meine Kleine, ich will doch nur, dass es schön ist für dich … Das ist doch keine Sünde. Du bist so traurig, und ich will, dass es dir gut geht …‹ Upė begann sich auszuziehen.

Unter gesenkten Wimpern hervor musterte ich ihren nackten Körper, doch selbst hatte ich nicht die Absicht, mich auszuziehen. Sie versuchte mir die Kleider vom Leib zu reißen.

Wie wir uns so am Boden wälzten, stießen wir einen Krug um. Der Wein floß in roten Rinnsalen in die Ecken des Zimmers. Ich zog mich aus. Es war kalt und unsagbar traurig. Dafür schien Upė ernstlich von Leidenschaft gepackt zu sein. Ich spürte in ihrem bebenden Körper all die Zustände, die Liebkosungen auch in mir hervorriefen, Liebkosungen eines Mannes. Ich wusste, welche Bewegungen oder Berührungen die Lust anfachten, und strengte mich von einer boshaften Neugier getrieben an, Upės Leidenschaft zum Glühen zu bringen. Doch plötzlich sah ich ihr Gesicht: rot, schweißüberströmt, verzerrt, überhaupt nicht mehr wiederzuerkennen und scheußlich hässlich. Ich war zutiefst verstört darüber, dass eine von Lust gepackte Frau so hässlich und abstoßend aussehen kann. Sah etwa auch ich so aus in solchen Momenten? Angespannte Muskeln, gefletschte Zähne, vor Schweiß glänzende Haut, tiefe Falten, starre Augen … Und dann noch dieser keuchende Atem. Dieses Stöhnen. Die kurzen Schreie … Ich sprang auf, von Upė weg, wie von heißem Wasser verbrüht.

›Oh, Liebste, Liebste, lass mich doch nicht so zurück …‹, winselte Upė wie von Sinnen und hängte sich an mich wie eine Ertrinkende.

Ich zog meine Kleider an und kniete mich neben sie, die nackt war und jammerte. Als ob ich eine fiebrige Kranke pflegte, tat ich alles, was sie von mir verlangte. Ich beobachtete, wie die fürchterliche Maske der Leidenschaft durchsichtig wurde, wie durch sie das echte Gesicht Upės hindurchschimmerte, wie alle Züge sozusagen an ihren Platz zurückkehrten, sich beruhigten, entspannten, von sanfter Ruhe erfüllt.

Upė zog sich an, ohne den Blick zu mir zu heben, nur einmal sah sie mich spöttisch an und sagte: ›Und er sagte, du könnest dich nicht fallen lassen, dich nicht vergessen und kopfüber in die Wirbel der Leidenschaft stürzen.‹

In dem Augenblick hätte ich sie umbringen können. Doch sie lachte nur, nahm den leeren Krug, die Becher und ging, die Tür laut hinter sich zuschlagend.

Und ich blieb zurück, als ob ich einen Giftbecher ausgetrunken hätte. Die Scham brachte mich fast um. Upė wusste genau, wie ich zu quälen war. Unser Hass aufeinander wuchs.

In den Wintermonaten waren nicht viele Pilger da. An den langen Abenden versammelten sich alle im Refektorium und erzählten einander bei Kerzenlicht ihre Geschichten von Verlust und Wiedererlangen der Hoffnung. Manchmal kamen auch Mönche dazu. Ich bemerkte, dass einer von ihnen, Bruder Pijus, wahrscheinlich von Upė dazu aufgefordert, die Augen nicht von mir wandte, mich richtiggehend ausspionierte.

Ich spreche viel zu viel über Dinge, die mir damals überhaupt nicht wichtig erschienen. Ich war voller Liebe und dachte nur über meinen Allerliebsten nach. Selten bekam ich ihn zu Gesicht. Im Winter erschien Povilas Paukštietis nur an Freitagen auf der Lichtung der Hoffnung. Ich wusste, dass meine Liebe überhaupt keine Zukunft hatte, und doch flocht ich meine Träume, einer schöner als der andere, wie das alle verliebten Frauen tun. Auch wenn es an Leid nicht fehlte und ich mich immer wieder fragte, warum ausgerechnet mir diese schwierige, seltsame, hoffnungslose Liebe bestimmt war: Meine Wunschträume waren so echt, meine Träume so greifbar, und das, was man im allgemeinen Realität nennt, erschien nur als grauer Schatten. Und ich wiederholte mir immer wieder den Satz eines Weisen, den ich in den alten Büchern gefunden hatte, als ich die Initialen mit Zinnober nachzog: ›Wir wissen nichts. Alles ist nur die Frucht unserer Vorstellungskraft.‹ Ich bemühte mich nicht, das Rätsel von Povilas Paukštietis zu lösen. Ich konnte ihn nicht im geringsten verstehen.

Ostern kam näher. An den Händen des Einsiedlers taten sich die Stigmata auf. Er hielt die blutenden Hände im Ärmel seiner Kutte versteckt. Es wurden immer mehr Pilger. Sie wurden von einem unbeschreiblichen Hochgefühl erfasst, wenn der Mann, den ich liebte, die Kirche betrat.

Möglichst weit weg stehend beobachtete ich Povilas Paukštietis beim Beten, und jeder meiner Gedanken war Todsünde. Ich dachte, wie können die Hände, die mich gestreichelt haben, jetzt von Stigmata gezeichnet und gottesfürchtig zum Gebet gefaltet sein. Wie können die Lippen, die so gierig die geheimsten Stellen meines Körpers küssten, die flüsterten, stöhnten und vor Lust verzerrt schrien, jetzt heilige Worte sprechen: ›Benedictus es, Domine, qui intueris abyssos et sedes super Cherubim …‹

In mir stiegen Furcht und Begierde auf. Ich sah mich ängstlich um. Upė, an den Pfeiler gelehnt, wandte die Augen nicht von mir ab. Bruder Pijus folgte wachsam jedem meiner Blicke, als ob diese Blicke eine Herde munterer Tierchen wären, die ihm zum Hüten anvertraut worden waren. Ich befürchtete, dass sich eines Tages der Boden unter meinen Füßen auftun und mich verschlingen würde – so wie es den Sündern bestimmt ist. Doch die Begierde war stärker. Der Körper wollte nicht begreifen, dass er sich in einer Kirche befand – er hatte keine Augen für das Glitzern des Altars, keine Ohren für das majestätische Orgelspiel. Er begehrte nur eins: den Mann, den ich jetzt ein paar Zoll über dem Mosaikboden schweben sah und der mit betörender Stimme wiederholte: ›Benedictus es, Domine, Deus patrum nostrorum, et laudabilis in saecula. Alleluia!‹

Noch stärker jedoch als meine Begierde und meine Furcht war meine Eitelkeit. Wenn alle in die Kirche Herbeigeströmten bei Povilas Paukštietis' ekstatischem Gebet von heiligem Beben geschüttelt wurden, dann wollte ich laut schreien: ›Wenn ihr wüsstet, wie heiß, wie leidenschaftlich mich dieser Mann liebkost, wie er mir zuflüstert: ‚Meine Liebste, meine Schöne, meine Einzige!'‹

Ich schwieg und genoss die Süße meines sündigen Geheimnisses. Wenn sich alle rufend, kreischend, wehklagend um Povilas Paukštietis scharten, um wenigstens ein Eckchen seines Kleides zu berühren, dann lächelte ich mitleidig, als ob ich Kinder beim Herumalbern beobachtete. Und schon wieder stieg die Versuchung in mir auf, herausfordernd und schamlos zu rufen: ›Ha, wüsstet ihr doch, wie viele Male dieser Mann, den ihr um jeden Preis berühren wollt, mir gehörte! Mir! Nur mir allein!‹

Schließlich hielt ich es nicht mehr aus. Es war am Morgen des Ostersonntags. Nach der Messe ging Povilas Paukštietis auf den Friedhof. Die Menschen drängten sich zum Einsiedler, und ihr Gesichtsausdruck war so, als ob sie nicht gesegnet werden, sondern den Heiligen in Stücke reißen wollten. Doch Povilas Paukštietis gab ihnen mit blutender Hand ein Zeichen, stehen zu bleiben, und sagte ihnen, er sei unsagbar müde. Ich hatte ihn noch nie so erschöpft, ergraut, betrübt gesehen. Die Menge ging auseinander und gab Povilas den Weg frei, und er schritt langsam, taumelnd, als ob er das allerschwerste, für die anderen unsichtbare Kreuz trüge. Plötzlich strauchelte er, doch mit gebieterisch ausgestreckter Hand hielt er alle zurück, die ihm helfen wollten. Ich sah den Schweiß auf seiner Stirn und das verzerrte Gesicht. Er machte ein paar Schritte, taumelte wieder, dann lief ich zu ihm und flüsterte: ›Meister, stützt Euch auf mich ...‹

Povilas Paukštietis lächelte mitleiderregend und stützte sich auf meine Schulter. ›Danke, meine Liebe‹, sagte er, als wir durch das Tor des Friedhofs gingen. ›Ich wünschte nur, dass du nicht so traurig wärst ...‹

Der Einsiedler stützte sich schon nicht mehr auf mich, aber ich ging weiter neben ihm. Ich war übervoll mit Liebe, Kummer, süßer Eitelkeit. Und die Eitelkeit war diesmal unter den Dreien die größte. Ich fühlte mich als Siegerin über meine Rivalin.

›Gehen wir ein bisschen zur Seite‹, sagte diese immer noch lächelnd, ›ich muss dir etwas Wichtiges sagen ...‹

Ich folgte Upė, getrieben von dummer und ekstatischer Freude. Wir blieben unter einem Baum stehen, der riesige rotgrüne Knospen trug.

›Wie konntest du es wagen, zu ihm zu gehen?‹ fauchte sie, die

Hände in die knochigen Seiten gestemmt. ›Wie konntest du es wagen!‹

Ich erschrak. Nicht vor der Frage und auch nicht vor Upės veränderter Stimme, sondern vor ihrem Gesicht, kaum mehr menschlich, so sehr war es vom Hass entstellt.

›Ich habe gesehen, dass er Hilfe braucht‹, stammelte ich und spürte Upės Hass wie starkes Gift in meinen Körper eindringen, ich bekam kaum mehr Luft, mir wurde schwindlig, mein Blick trübte sich, ein Stechen unter dem Herz, die Beine sackten unter mir weg.

›Wie kannst du glauben, dass er deine Hilfe braucht? Wie kannst du es wagen!‹

›Jesus halfen, als er mit dem Kreuz stürzte, auch gewöhnliche Menschen.‹

›Wer hat dir das Recht gegeben, so zu tun, als seist du eine Auserwählte unter uns?‹ sagte Upė da mit ihrer normalen Stimme, und ihr Gesicht hatte wieder den bekannten Ausdruck von sanftem Hohn.

›Du führst ihn in Versuchung‹, stieß Bruder Pijus hervor, der unvermittelt wie ein Schatten hinter Upės Rücken auftauchte. ›Wir alle sehen das. Du willst Paukštietis in die Sünde stürzen!‹

›Das habe ich schon!‹ wollte ich, von der Eitelkeit an der Zunge gezogen, herausschreien, doch ich schwieg.

›Ja, du führst ihn in Versuchung und kannst deinen Körper nicht beherrschen, deshalb ist kein Platz für dich unter uns‹, sagte Upė und sah mir dabei in die Augen.

›Und du? Führst du ihn etwa nicht in Versuchung, hast du etwa deinen wahnsinnigen Körper im Griff?‹ wollte ich ihr berstend vor Hass entgegenschreien und ihr das bleiche Gesicht zerkratzen, doch ich stand da und schwieg und ballte nur die Fäuste.

›Du kannst nicht mehr hier bleiben, hast du verstanden?‹ Upės zahnloses Lächeln sah aus wie eine riesige Wunde.

›Ja, du kannst nicht mehr hier bleiben, hast du verstanden?‹ wiederholte Bruder Pijus wie ein Echo.

Ich wandte mich um und wie von Sinnen flog ich über den Hof. An seinem Rand, unter einem Baum, an eine Mauer gelehnt, stand Povilas Paukštietis. Ich stürzte zu ihm und schrie von neun Seelenqualen zerfleischt: ›Sie erlauben mir nicht mehr, mit dir zusammen zu sein!‹

Durch meine Tränen konnte ich gerade noch seine verwunderten Augen sehen, das nachsichtige Lächeln, und rannte davon. Lange irrte ich im grünen frühlingshaften Labyrinth umher. Gegen Abend begann es zu regnen, doch ich beschloss, nicht mehr ins Kloster zurückzukehren. Ich wusste nicht weiter. Ich konnte nicht mehr in meine Stadt, in mein Haus, zu den Menschen, mit denen ich früher zusammenlebte, zurück. Ich fühlte mich wie jemand, der alles verloren hat.

Es war schon dunkel, als ich die alte Kapelle betrat. Dort hörte ich Hundegebell. Als meine Augen sich an das Dämmerlicht gewöhnt hatten, sah ich Schafe und einen Wolfshund beim Altar liegen. Das ewige Licht flackerte immer noch. Der Hund kam knurrend näher. Ich bekam am ganzen Körper eine Gänsehaut, und mir fiel ein, wie mein Vater mir einmal erklärte, dass die Hunde eine eigenartige und wichtige Sache riechen können: ob der Mensch das Tier in sich fürchtet oder es besiegt hat. Die Hunde riechen die Angsthasen immer, doch die Starken greifen sie nicht an. Ich ging zitternd auf Zehenspitzen weiter und flüsterte freundlich, um seinen Geruchssinn irrezuführen: ›Komm, na komm schon, braves Hündchen …‹

Plötzlich verstummte der Hund. Schwanzwedelnd kam er zu mir und stupste mit seiner feuchten Nase gegen meine Hand. Damals wollte ich nicht stark sein, doch ich war es und fühlte mich nur noch einsamer. Immer noch Regen. Ich legte mich zwischen die Schafe. Der Hund rollte sich neben mir zusammen. Die lebendigen Geschöpfe verströmten wehmütige und behagliche Wärme. Ich hatte größtes Mitleid mit mir selbst. Ich brach in Tränen aus. Ich weinte und weinte.

Schließlich versiegten meine Tränen, der Mond ging auf, gespenstisches silbernes Licht fiel durch das kaputte Dach und der Hund fing an zu jaulen. Traurig, langgezogen, sehnsüchtig. Als ich klein war, stellte ich mir selbst die sonderbarsten Fragen, auf die ich dann eifrig eine Antwort suchte: Was war vor der Schöpfung der Welt? Was wäre, wenn es gar nichts gäbe? Wie sieht das Nichts aus? Und wie die Leere? Jetzt kannte ich die Antwort. Das Große Nichts hallte in meinem Kopf. Die Absolute Leere herrschte in meinem Herzen.

Ich versuchte einzuschlafen, indem ich mir vorstellte, wie Povilas Paukštietis in die Kapelle kam, sich neben mich setzte, mich streichelte, mir zärtlich Worte des Trostes ins Ohr flüsterte und ich mit offenem Mund in der Dunkelheit darauf wartete, dass sich endlich unsere sehnsüchtigen Lippen trafen. Doch in meinem Kopf tönte das Nichts, in meinem Herzen herrschte Leere, und statt süßer Träume sah ich nur einen rabenschwarzen Vorhang.

Der Schlaf wollte nicht kommen. Die Schafe waren unruhig, blökten und bimmelten mit den Glöckchen. Der Wolfshund bellte manchmal wie wahnsinnig, als ob er einen Geist gewittert hätte, der sich in der Kapelle herumtrieb. Ich starrte auf das neben dem Altar flackernde Lämpchen. Es wurde schrecklich langsam Tag.

Ich stand auf und verließ, von den plötzlich in Aufruhr geratenen Schafen geschubst, die Kapelle. Die Luft roch nach Frühling. Durch die blaue Morgendämmerung schlich ich mich heimlich wie ein Dieb ins Kloster. Weder auf dem Weg noch im Hof noch in den hallenden Korridoren traf ich eine lebendige Seele. Ich schlich mich in meine Zelle. Schob den Riegel vor. Fiel ins Bett. Ich hatte Schüttelfrost, und als ob er sich über mich lustig machen oder die ganze Absurdität meines Daseins betonen wollte, knurrte mein hungriger Magen. Es wurde hell. Auf dem Tisch standen ein Becher Milch und eine Scheibe Brot mit Honig. Wer hatte sie gebracht? Upė? War das ein Zeichen der Versöhnung? Gierig trank ich die Milch aus und verschlang das Brot. Ich hasste mich selbst. Meine Qual war stumpf und die Verzweiflung schal. Ich legte mich hin und schlief ein.

Ich schlief den ganzen Tag durch. Als ich erwachte, war es schon dunkel, und im Kamin brannte ein Feuer. Jemand saß auf dem Bettrand und streichelte meinen Kopf. Ich erkannte die Hand, küsste sie stürmisch und erfasste mit den Lippen eine noch nicht geschlossene Wunde.

›Ich möchte, dass du und Upė euch wieder vertragt‹, flüsterte

Povilas Paukštietis, der sich ganz nah über mein Gesicht gebeugt hatte.

›Sie hat mir verboten, länger hier zu bleiben!‹ sagte ich und schluckte die Tränen und die Enttäuschung hinunter, die mir in der Kehle saßen.

›Sie hat sich zu sehr aufgeregt. Glaub mir, meine Teure, Upė liebt dich sehr. Du weißt, wie unglücklich sie ist. Du musst lernen zu vergeben.‹

Ich bekam Lust, ihm geradeheraus schallend ins Gesicht zu lachen. Ich wartete darauf, dass er mich küsste. Vergeblich.

›Meine Liebe, du verstehst manche meiner Handlungen nicht richtig‹, sagte er nach einer Pause.

›Ich liebe Euch«, flüsterte ich, denn ich vermochte ihn schon nicht mehr zu duzen. Ein kalter Hauch bohrte sich mir ins Herz und langsam, wie ein Messer in der Wunde, drehte und wendete er sich. ›Ich liebe Euch.‹

›Ich weiß‹, sagte er, stand auf und ging zum Fenster. ›Ich weiß, meine Liebe. Aber es kann nicht immer alles so sein, wie man es gern hätte. Es ist so wie es ist, deshalb kann es nicht anders sein. Man muss darum bitten, dass der Allerhöchste uns Ruhe schenke und uns lehren möge, uns mit dem abzufinden, was wir nicht ändern können.‹

›Ich liebe Euch. Ich bitte um nichts, ich verlange nichts, ich erwarte nichts, erhoffe nichts, liebe Euch nur.« Ich rutschte vom Bett herunter, kroch auf den Knien über den Boden und umschlang seine Beine.

›Meine Teure, man braucht Weisheit, um das Abänderliche vom Unabänderlichen zu unterscheiden. Es braucht Entschlossenheit, um das zu ändern, was man ändern kann.‹ Er befreite sich vorsichtig und sanft aus meinen Händen und ging zur Tür.

Mit einem Mal fühlte ich mich, als ob ich kein Mensch wäre, sondern eine Öffnung, ein Spalt, eine offene Tür zwischen zwei Welten, durch die seine Worte flogen wie von einem Luftzug erfasste vertrocknete Blätter.

›Ich will dir weder Schmerz noch Verzweiflung bereiten. Ich will nicht, dass du traurig bist. Ich brauche dich sehr ...‹

›Was soll ich nun also tun?‹

›Meine Teure, ich kann dir nichts mehr raten. Du bist auf dem Teil des Weges, wo du allein entscheiden musst. Du – und niemand anders …‹

Ich konnte kein Wort mehr sagen, Povilas Paukštietis war schon draußen. Hinter ihm flogen wie eine zwitschernde Wolke die Papageien hinaus. Ich hatte gar nicht bemerkt, dass sie auf dem Fenstergitter hockten.

Ich kniete noch immer auf dem Boden. Ich fühlte, dass ich mich wie in reißendes Wasser gefallene Perlen nie mehr würde zusammenfügen, aufreihen können. Ich hatte nicht mehr die Kraft, selbst etwas zu entscheiden. Deshalb erhob ich mich, ging zum Tisch und schlug das Bestiarium auf. Ich hatte darin keinen Rat mehr gesucht seit dem Abend, als ich hier angekommen war, um mir die Hoffnung zurückzuholen … Ich blätterte eine Seite nach der anderen um. Doch all die Worte erschienen mir sinnlos. Vor Verzweiflung raufte ich mir die Haare, als ob ich mir sie alle ausreißen wollte, und dann begannen diese ekligen Tierchen von meinem Kopf zu tropfen. Die Läuse. Ich dachte nichts und fühlte nichts. Ich verlor ganz einfach den Verstand. Ich rasierte mir den Kopf kahl. Mit demselben Rasiermesser, vor dem mich Upė gewarnt hatte. In der Nacht regnete es. Ich konnte den Morgen kaum erwarten. Ich ging zur Beichte. Und siehe – ich bin hier. In der Hölle.«

»Vielleicht ist das ja wirklich die Hölle?« lachte Namenlos und drehte sich von einer Seite auf die andere. »Ich denke oft darüber nach. Weißt du, was die heilige Theresa von Avila über die Hölle schrieb?«

»Nein …«, flüsterte M. V. und drehte sich auf dieselbe Seite wie Namenlos. »Woher sollte ich das wissen …«

»Sie beschrieb eine besondere Vision. Sie erzählte in allen Einzelheiten, wie sie in eine lange, schmale Röhre hinunterglitt wie in ein dunkles, enges Ofenrohr … Auf dem Boden waren Schleim, Dreck, Kot, Schlamm, die einen furchtbaren Gestank verbreiteten und von den ekligsten Kriechtieren wimmelten. Als sie aufhörte zu fallen, sei sie vor einer Wand gelandet. Und in der Wand sei eine schmale Öffnung gewesen, einem Schrank ähnlich. Eine unbekannte Kraft habe die Heilige zusammengeklappt und in die

Öffnung gestopft … Dasselbe ist auch uns beiden passiert, nicht wahr?« Namenlos brach in kreischendes Lachen aus.

»Ja, so ähnlich …«

»Das ist noch nicht alles. Hör zu. Theresa habe in jener engen Öffnung gesteckt und ihre Seele sei von einem schrecklichen Feuer verbrannt worden. Die körperlichen Schmerzen seien, im Vergleich zur seelischen Qual, absolut lächerlich gewesen. Die Seele wurde zusammengepresst und von Verzweiflung zerrissen und von einer so hoffnungslosen Traurigkeit erfüllt, dass die Heilige nicht mehr gewusst habe, wie sie das in Worte fassen sollte. Das kennen wir, nicht wahr?« Namenlos lachte immer heiserer und heiserer, und das krächzende Lachen vermischte sich mit Hustenanfällen. »Sie sagte, dass man ihre Erfahrungen weder in Worte kleiden noch mit dem Verstand erfassen könne, doch wir verstehen das, nicht wahr?«

»Ja …«

»Die Seele der Theresa sei sozusagen in Stücke gerissen worden. Sie habe niemanden gesehen, der sie gefoltert hätte, doch ihr schien es, als ob sie gebrannt hätte und in Stücke zerfallen wäre. Sie konnte weder sitzen noch ausgestreckt daliegen, denn dort in jener Hölle sei kein Platz gewesen. Das kennen wir, nicht wahr?«

»Ja …«

»Die Wände hätten sie geradezu erstickt … Es habe dort auch kein Licht gegeben, alles sei in schwärzeste Dunkelheit gehüllt gewesen. Doch das furchtbarste, das hört Theresa nicht auf zu wiederholen und zu wiederholen, sei das innere Feuer der Hoffnungslosigkeit gewesen. Das kennen wir, nicht wahr?«

»Ja! Ja! Das ist die Hölle, Hölle, Hölle!« M. V. bekam plötzlich einen Schreikrampf und schlug mit dem Kopf und den Fäusten auf die Wand ein.

»Hölle! Hölle!« rief Namenlos, kreischte, lachte, bekam den Schluckauf und verschluckte sich, als ob sie von M. V. angesteckt worden wäre.

»Hölle! Hölle … Hölle …«, sagte M. V. fast erstickend. »Ich kann nicht mehr … kann nicht mehr … kann nicht mehr …«

»Ich kann nicht mehr … kann nicht mehr… kann nicht mehr…«, murmelte ich und sah zu, wie die Welt langsam aus der Dunkelheit auftauchte, wie wenn die blaugrauen Wasser der Flut sich zurückziehen. Es tagte.

Ich kann nicht mehr, ich kann nicht mehr, ich kann nicht mehr. Ich fragte mich selbst: Was ist denn schon geschehen? Was, Maria Magdalena? Jesus hat dich zurückgewiesen? Dich, die du von allen Männern begehrt wirst? Vielleicht hat sich ja dein wunderbarer Körper ganz plötzlich verändert? Das Gesicht ist von Sonne und Wind gegerbt, die Haare leuchten nicht mehr wie glühendes Kupfer, die Haut, die du nicht mehr jeden Morgen mit Duftölen einreibst, hat ihre seidene Weichheit verloren: die Hände sind rau geworden, die Nägel glänzen nicht mehr wie Perlmutt, die Füße sind blutig gelaufen …

Er verletzt meine weibliche Eitelkeit, er hat mich erniedrigt, verraten, verstoßen … Doch nicht hier lag die Ursache für meine Verzweiflung! Die Gedanken, mit denen ich den sich unter mir auftuenden Abgrund zu verdecken suchte wie eine Fallgrube mit Tannenzweigen, erschienen mir selbst lächerlich.

Ein schöner Morgen brach an, doch in allem pulsierte Bedrohung. Jedes Blättchen, jedes Sandkörnchen, jedes Ding oder Lebewesen schien plötzlich scharfe Kanten zu haben, die in der Ostersonne aufblitzten und mir mit klingenscharfen Strahlen in Augen, Haut und Herz schnitten.

Ich fürchtete mich davor, Jesus zu begegnen, denn nach dieser Nacht wusste ich nicht mehr, wie ich ihm in die Augen sehen sollte. Was sollte ich ihm sagen? Als ich aus dem Schuppen kam, in dem ich die verwunschene Nacht verbracht hatte, sah ich auf dem Hof ein großes Durcheinander.

»Es wird keine Stunde vergehen und wir ziehen in Jerusalem ein, sei nicht so betrübt an diesem schönen Morgen, Maria«, rief mir Thomas im Vorbeigehen zu und tätschelte mir den Hintern.

Ich hatte Jerusalem noch nie gesehen und noch vor so kurzer Zeit hätte ich mir nicht träumen lassen, die heilige Stadt je zu Gesicht zu bekommen. Mein Leben hatte sich auf wunderbare Weise verändert. Nur in wunderbarer Weise, Maria Magdalena? Aufgeregt flüsterte ich: »Ruhmvolle Dinge werden über dich erzählt, o Stadt Gottes! Deine Grundmauern stehen auf den heiligen Hügeln, der Herr liebt das Tor Zions mehr als alle Gefilde Jakobs ...«

Jesus trat hinzu, berührte wie jeden Morgen leicht meine Schulter und fragte: »Hast du dich ausgeruht, Maria?«

»Ja ...«, antwortete ich, obwohl ich diesen Augenblick erstarren lassen wollte und mich darin, wie ein Käferchen in einem Stück Bernstein, das ich einmal gesehen hatte, aus einem ganz fernen Land hergebracht.

Doch Jesus eilte schon davon und befahl seinen Jüngern: »Geht in den Hof nebenan. Dort werdet ihr eine Eselin angebunden vorfinden, auf der noch kein Mensch geritten ist, und ein Eseljunges. Bindet sie los und führt sie mir her.«

»Aber Meister, der Besitzer wird wütend sein ...«, widersprach Markus.

»So sag, dass der Herr sie braucht.« Jesus machte eine Handbewegung, als ob diese Antwort selbstverständlich wäre.

»Meister«, rief Matthäus freudig und seine Augen glänzten auf, »so erfüllen sich die Worte des Propheten: Da kommt dein König, Tochter Zions. Er ist friedfertig. Er reitet auf einer Eselin, begleitet von einem Eselchen, dem Jungen eines Packtieres ...«

»Matthäus, du wirst später reden. Und jetzt tu das, worum ich dich gebeten habe.«

Ich hatte nicht einmal die Zeit, mir die Haare zu kämmen, da brachten sie schon die Tiere.

»Meister«, erzählte Markus aufgeregt, »alles war wie du sagtest. Die Eselin fanden wir am Tor angebunden vor. Als wir sie losbanden, kam ihr Besitzer herausgelaufen und schrie: ›Was tut ihr da?‹ Und wir antworteten: ›Der Herr braucht dein Tier‹, und der Mann nickte nur.«

Der Kopf der Eselin war mit roten Wollquasten geschmückt und am Hals des Eselchens bimmelte eine schwere Kupferschelle. Matthäus legte seinen violetten Umhang auf die Eselin, Markus seinen grünen, Thomas seinen blauen, dann setzte sich Jesus darauf.

Wir waren alle gerührt, als wir uns auf den Weg machten. Und bald tauchten vor unseren Augen die majestätischen Mauern Jerusalems auf. Schaudernd flüsterte ich: »Ich gehe in dein Haus, Herr! Meine Füße werden in deinen Vorhallen stehen, o Jerusalem. Möge Ruhe in deiner Festung sein und Überfluss in deinen Türmen.«

Doch Ruhe war der Stadt nicht beschieden.

Noch nirgendwo sonst wurde Jesus von einer solchen Menschenmenge begrüßt wie in Jerusalem. Die Leute breiteten ihre Mäntel vor ihm auf die Straße und riefen mit Palmzweigen wedelnd:

»Hosianna! Ehre sei dem, der in Gottes Namen kommt!«

»Hosianna in den Höhen!«

»Ehre sei dem König, der in Gottes Namen kommt!«

»Hosianna dem Sohn Davids!«

»Ruhm sei dem kommenden Königreich unseres Vaters David!«

»Hosianna dem König von Jerusalem!«

Damals glaubte ich wirklich, dass Gott den Menschen nach seinem Ebenbild geschaffen hatte, denn noch nie hatte ich eine solche Menge wunderschöner Gesichter gesehen. Alle – sogar die Aussätzigen, die Blinden mit den eiternden Augenhöhlen, die Klagelieder singenden Armen, die plötzlich von einem Krampfanfall zu Boden Geworfenen – sie schienen wie mit Gold und Blütenstaub bestreut, denn sie leuchteten hell in gelbem duftendem Licht. Und das Leben in dieser Stadt glich einem Freudenfest – wieviel Freude war in jenem Wirrwarr, zu dem sich wie zu einem Königskranz das Ganze flocht: der Gesang zur Begrüßung Jesu, die lobpreisenden Rufe, das Lachen und Weinen der Kinder, das Trällern der Flöten, das Bellen der Hunde, die klangvollen Stimmen der Frauen, das heisere Murmeln der Männer, das Zwitschern der aufgescheuchten Vögel ... Langsam schmolzen meine düsteren Vorahnungen und meine Betrübnis dahin. Ich begann zu lächeln, so wie ein Mensch lächelt, der in die helle Sonne gesehen hat. Wie um eine Bestätigung für meine Freude zu finden, sah ich zu Jesus hinüber und erstarrte, als ich in seinen Augen Tränen erblickte. Er hob die Hand und bedeutete uns stehen zu bleiben, und in die Stille, die sich plötzlich vor den großen Stürmen über die Erde legt, sprach er:

»Jerusalem, Jerusalem, Tochter Zions, deren Grundmauern auf den heiligen Hügeln stehen! Würdest du doch heute nur begreifen, wer dir den Frieden bringt. Doch es bleibt deinen Augen verborgen. Du wirst Tage erleben, da deine Feinde dich belagern und keinen Stein auf dem anderen lassen werden, denn du hast die Zeit nicht erkannt!«

Die Stille zerplatzte – es hagelte Schreie der Verwunderung, der Empörung und der Angst. Mir war schwindlig, die Erde schien sich plötzlich unter unseren Füßen aufzutun und alle in einen brodelnden Abgrund zu stürzen.

Jesus stieg von der Eselin. Gegenüber stand ein riesiger Tempel – so eine Pracht hätte ich mir nicht einmal im Traum vorstellen können. Der Meister stieg die Stufen hinauf, drehte sich zur Menge und rief ihnen zu: »Es wird die Zeit kommen, da von diesem Tempel, geschmückt mit den schönsten Ornamenten, kein Stein auf dem andern bleibt! Alles wird zerstört werden.«

»Meister«, fragte Lukas, der zu Jesu Rechten stand, »wann wird das geschehen? Und was wird das Zeichen sein, wenn es beginnt?«

Und wieder legte sich Stille auf uns, wie ein riesiger Vogel, der seine verhängnisvollen Kreise über unseren Köpfen drehte. Sie zog ihre Flügel ein und alle schwiegen betreten, sogar die Geldwechsler, Händler, Verkäufer der nicht mehr gurrenden Tauben auf der Treppe des Tempels.

»Seht, dass ihr nicht irregeführt werdet, denn viele werden kommen, die sich mit meinem Namen bedecken, und sagen, ich sei es.« In der Stimme Jesu tauchte ein bisher nie gehörtes Zittern auf, ähnlich dem einer Saite, die gleich reißen wird. »Folgt ihnen nicht! Wenn ihr von Kriegen und Aufruhr hört, fürchtet euch nicht! Ein Volk wird sich gegen das andere erheben, und ein Königreich gegen das andere! Ein Bruder wird seinen Bruder den Mördern ausliefern und ein Vater sein Kind. Kinder werden die Hand erheben gegen ihre Erzeuger und sie ermorden. O Mühsal der Schwangeren und Stillenden in jenen Tagen! Die Sonne wird sich verfinstern, der Mond kein Licht mehr spenden, die Sterne vom Himmel fallen und die Festen des Himmels erschüttert werden! Seid wachsam, denn ihr wisst nicht, wann die Zeit kommt!«

Noch nie hatte der Meister solch schauerliche Dinge verkündet. Ohne uns eine Verschnaufpause zu gewähren, nahm er jemandem die Knute weg, lief die Treppe hoch und schlug erbarmungslos auf die Kaufenden, die Verkaufenden und die Geldwechsler ein. Ich war hinter ihm, als er wie der Wirbelwind ins Innere des Tempels fuhr. Hier herrschte ein wahres Markttreiben: es gellten die Stimmen der Händler, die ihre Ware anpriesen, es lärmten die Käufer, es klingelte das Wechselgeld, es gurrten und flatterten die in große Käfige gesperrten Tauben.

Jesus rief, nach rechts und links Hiebe austeilend: »Mein Haus ist ein Haus des Gebets! Und ihr habt es in einen Unterschlupf für Diebe verwandelt!«

Er stürzte den Tisch um, auf dem die Taubenverkäufer ihre Käfige aufgestellt hatten, und rief aus: »Nehmt eure Vögel mit und macht aus dem Haus meines Vaters kein Warenhaus!«

Einige Käfige öffneten sich und die Tauben flogen, laut mit den Flügeln schlagend, erschrocken gurrend, Federn, Daunen und grünlichen Kot verstreuend, wie weiße Wolken hinauf zur Kuppel.

Jesus stürzte noch mehr Tische um, und unter unbeschreiblichem Geschrei der Geldwechsler rollten Münzen klirrend auf den Marmorboden. Geschirr zerbrach, Ton- und Alabasterscherben flogen umher, Wein spritzte, bunte Stoffballen rollten sich ab und zerrissen, aus umgestürzten Körben fielen gelbe, goldene, rote, grüne, violette Früchte und wurden von unzähligen Füßen zerstampft, herumfliegende Ringe, Ohrringe, Armbänder klirrten, Hühner gackerten, Gänse schnatterten, Pfauen schrien, Stiere brüllten, Pferde wieherten, Menschen kreischten, schrien, fluchten, wehklagten.

Ich lief Jesus hinterher, von einer plötzlichen, unerklärlichen Zerstörungswut gepackt. Ich wollte stoßen, umstürzen, werfen, zerschlagen, zertreten, zerreißen! Ich geriet in Trance, als ich weiße Milchrinnsale auf dem schwarzen Marmorboden sah, die in rote, noch dampfende Blutlachen flossen, sich vermischten mit Räucherwerk- und Gewürzstaub, Dreck, Federn, Daunen, Goldmünzen, Edelsteinen, zerstäubten Samen ... Ich wünschte, dass das immer weiterginge, mich für alle Zeiten hineinziehen würde, nie endete!

Doch da versperrten Priester Jesus den Weg und fragten: »Welches Zeichen kannst du uns geben, dass du das Recht hast, so zu handeln?«

Und der Meister antwortete unbeschreiblich ruhig, schlug bei jedem Wort mit der Knute an sein Bein: »Zerstört diesen Tempel, und ich werde ihn in drei Tagen wieder aufrichten.«

»Sechsundvierzig Jahre lang wurde an diesem Tempel gebaut und du willst ihn in drei Tagen wieder aufbauen?!« Der Hohepriester erstickte fast vor Zorn.

»Wir sprechen nicht von demselben.« Jesus zuckte mit den Achseln, kam zu mir und sagte: »Wie siehst du aus, Maria!«

Meine linke Hand war zerkratzt und blutete, die Haare waren voller Federn und getrockneter duftender Kräuter, das Kleid zerrissen, mit Dreck, Wein, dem Saft von Früchten und Mist bespritzt. Ich atmete schwer, als wäre ich schnell gelaufen.

»Gehen wir«, sagte Jesus, warf die Knute weg und packte mich am blutigen Handgelenk.

Ich drehte mich um und bekam weiche Knie: so wütend waren die Gesichter der Schriftgelehrten, der Priester und der Volksältesten, so voller Verwünschungen die Augen, die Gesten des Hasses. Und Kinder liefen uns entgegen und riefen: »Hosianna, hosianna, hosianna dem Sohn Davids!«

Ein Schriftgelehrter stellte sich vor Jesus hin und zischte wütend: »Hörst du, was sie sagen?«

»Ich höre es«, sagte Jesus, ohne meine Hand loszulassen. »Habt ihr etwa nie gelesen: ›Von den Lippen der Kinder und Säuglinge sammelst du dir Lob?‹«

Der Meister beschleunigte seinen Schritt, und draußen auf der Treppe lärmte schon ein großer Haufen Blinder, Lahmer oder von anderem Unglück Geschlagener. Jesus heilte sie. Ich war so aufgeregt, dass ich erst beim Verlassen der Stadt bemerkte, dass auch meine kleine Wunde sich ohne jede Spur geschlossen hatte.

Wieder spürte ich, wie schon am Morgen, dass sich eine ungute und gefährliche Spannung in der Luft zusammenbraute. Wir waren müde, erschöpft und hungrig. Am Wegrand erblickten wir einen großen Feigenbaum, doch als wir näher kamen, fanden wir keine Früchte, nur Blätter. Der Meister sagte: »Mögest du bis in alle Ewigkeit keine Frucht mehr tragen!«

Der Feigenbaum vertrocknete augenblicklich. Ich konnte dieses Verhalten Jesu nicht verstehen. Ich wurde von einem bitteren Mitleid für den Baum gepackt, mir schien fast, ich hätte gesehen, wie ihn ein Zucken durchlief, als er vom Meister verflucht wurde. Dann schlich sich Judas zu mir: »Uns allen wird es so ergehen«, flüsterte er mir ins Ohr. »Er hat sogar einen Baum geopfert, um seine Kraft zu beweisen, dann wird er sich nicht eines Einzigen von uns erbarmen.«

Ich schwieg.

»Hast du gesehen, wie Jesus heute die Priester in Wut gebracht hat? Nun sag schon, wozu war denn das nötig?«

Ich schwieg.

»Willst du denn wirklich, dass er geschlachtet wird wie ein Osterlamm?«

Ich schwieg.

»Wirst du seinen Tod mit ansehen können, wo du doch jedes Mal die Augen abwendest, wenn sich das Messer der Gurgel eines Opferlammes nähert? Wie wirst du sein Leiden mit ansehen können in dem Wissen, dass auch du mitschuldig an seinem schrecklichen Tod bist?«

Unerwartet blieb Jesus stehen, forderte uns mit einer Handbewegung auf, näher zu kommen, und als wir uns um ihn geschart hatten, sprach er: »Morgen ist das Fest der Ungesäuerten Brote. Es ist Zeit für uns, das Oster-Abendmahl einzunehmen.«

»Meister, und wo möchtest du es essen?« sagte Martha besorgt. »Wo sollen wir den Ostertisch decken?«

»Johannes und Petrus, ihr kümmert euch darum«, sagte Jesus. »Morgen früh geht ihr in die Stadt. Ihr werdet einen Mann treffen, der einen Wasserkrug trägt. Folgt ihm bis zu dem Haus, in das er hineingeht. Dann sagt dem Hausherrn: ›Der Meister bat zu fragen, in welchem Raum er mit den Jüngern das Abendmahl einnehmen könnte?‹ Und der Hausherr wird euch ein großes Zimmer zeigen.«

Als er das gesagt hatte, trennte sich Jesus von uns und ging auf den Ölberg beten, den er in den paar Tagen liebgewonnen hatte.

Obwohl ich mich furchtbar müde fühlte, konnte ich nicht einschlafen. Kaum hatte ich die Augen geschlossen, sah ich die aufgeregte Jerusalemer Menge vor mir, Jesus, der im Tempel die Peitsche schwang, die Sachen der Händler, die Tiere, das Geld, wie in einen zerstörerischen Wirbelsturm geraten, und … den vertrockneten Feigenbaum. Ich versuchte es mit einer besonderen Methode, die mir meistens half, Schlaf zu finden: Ich stellte mir mich und Jesus vor. Wir waren allein und unterhielten uns stundenlang ungestört. Ich dachte mir jedes einzelne Wort von mir und von ihm aus. Ich sah Jesu Gesicht, wie er mir zuhörte und dabei zustimmend die Wimpern senkte, wie er erstaunt beide oder nur eine – die linke – Augenbraue anhob, wie er lächelnd mit Zeigefinger und Daumen an seinem rotbraunen Bart zog, wie er sich beim Sprechen aufregte, und dann die schmalen Nasenflügel zitterten, wie er beim Lachen den Kopf zurückwarf, wie er mich schweigend mit klaren, forschenden Augen ansah. Wenn ich dann am Morgen Jesus traf, schien es immer, dass wir uns nicht nur in meiner Vorstellung unterhalten hätten.

Doch am Morgen des Passah-Festes traf ich Jesus nicht. Es regnete. Der Tag war ausgefüllt mit unruhigem Warten.

Zum Abendmahl lud Jesus seine zwölf Lieblingsjünger ein – Simon Petrus, seinen Bruder Andreas, die Söhne des Zebedäus Jakobus und Johannes, Philippus, Bartholomäus, Matthäus, Thomas, Jakobus, Sohn des Alphäus, Thaddäus, Simon Kananäus, Judas Iskarioth, mich und noch einige Frauen.

Das Haus, in das wir geführt wurden, erschien mir nicht gemütlich. Die Männer setzten sich an einen langen, weiß gedeckten Tisch und wir etwas entfernt an die Tür, damit wir sie bedienen könnten. Als er sich gesetzt hatte, musterte Jesus uns alle und sprach: »Ich wünsche mir sehr, mit euch dieses Abendmahl einzunehmen, bevor mein Leiden beginnt. Ich sage euch, von nun an werde ich es nicht mehr mit euch essen, bis dass es sich im Reich Gottes erfüllt.«

»Meister, was bedeuten diese Worte?« schrie Petrus auf.

»Willst du uns etwa verlassen?« Bartholomäus kaute vor Aufregung an den Nägeln.

»Haben wir es dir vielleicht irgendwann nicht recht gemacht?« sorgte sich Thomas.

»Rabbi, von welchem Leid sprichst du?« flüsterte ich. »Kommt denn wirklich unser Ende näher?«

»Habt ihr denn den Anfang gefunden, dass ihr das Ende sucht?« sprach Jesus und stand plötzlich auf. »Wo ein Anfang ist, da ist auch ein Ende. Gesegnet ist, wer am Anfang stehen wird, denn er wird das Ende erkennen und den Tod nicht versuchen.«

»Jesus, wird eines Tages Ruhe einkehren und die neue Welt kommen?« fragte Thomas.

»Die Ruhe, auf die ihr gewartet habt, ist gekommen, doch ihr erkennt sie nicht.« Jesus zuckte mit den Achseln, als sage er etwas ganz Einfaches, doch für die anderen aus irgendeinem Grund Unverständliches, wandte sich zu mir und befahl: »Maria, hol ein Becken, einen Krug Wasser und ein Tuch.«

Als ich seine Bitte ausgeführt hatte, legte Jesus die Oberkleider ab und umwickelte sich die Hüften mit dem Tuch. Er kauerte sich nieder, füllte Wasser in das Becken und sprach: »Komm her, Maria, und versuche nicht, dich mir zu widersetzen.«

Jesus löste die Riemen meiner Sandalen.

»Meister, willst du mir wirklich die Füße waschen?« stieß ich hervor und wusste nicht mehr, was ich tun sollte – widersprechen oder gehorchen.

»Ich erinnere mich, wie du mir am Anfang unseres Weges die Füße mit deinen Tränen wuschst und mit deinen Haaren trocknetest. Jetzt ist es an mir.«

Ich beugte den Kopf über ihn, sah seine angespannten Rückenmuskeln, und die Gedanken, die Satan mir sandte, waren einer unziemlicher als der andere.

»Petrus, jetzt bist du an der Reihe«, sagte Jesus, band mir die Sandalen zu und musterte mich von unten bis oben mit einem langen, aufmerksamen Blick, den ich nicht zu deuten vermochte.

»Niemals sollst du mir die Füße waschen«, rief Petrus, und seine Stirn lief feuerrot an.

»Du verstehst jetzt nicht, was ich tue, doch später wirst du es verstehen.«

»Nein, nein, Jesus, mein Herz wird vor Scham zerspringen, wenn ich dich das tun lasse!«

»Petrus, wenn ich dich nicht wasche, dann wirst du keinen Teil haben von mir.«

»Wenn das so ist«, stieß Simon Petrus mit zitternder Stimme hervor, »dann nicht nur die Füße, sondern auch die Hände und den Kopf!«

Er fiel vor Jesus auf die Knie, doch der Meister sprach geheimnisvoll lächelnd: »Wer gebadet hat, der muss sich nicht waschen, höchstens die Füße, denn er ist völlig rein. Und ihr seid rein, doch leider nicht alle.« Er musterte uns, immer noch mit dem geheimnisvollen Lächeln, und wiederholte: »Ihr seid nicht alle rein. Doch sagt mir lieber ein jeder, wem ich gleiche?«

»Meister«, flüsterte Petrus und fuhr sich mit der Zunge über die vor Rührung ausgetrockneten Lippen, »du gleichst einem gerechten Engel ...«

»Du gleichst einem weisen Philosophen«, ließ Matthäus verlauten, als er an der Reihe war mit der Fußwaschung.

Und der schweigsame Thomas brachte nur hervor: »Meister, meine Lippen werden nicht zulassen, dass ich sage, wem du gleichst ...«

»Ich bin nicht dein Meister«, sprach Jesus, während er Thomas die Füße wusch, »denn du hast getrunken von der sprudelnden Quelle, die in mir ist und deren Tiefe nur ich kenne.«

Er trocknete Thomas die Füße, nahm ihn beiseite und flüsterte ihm irgendetwas ins Ohr. Als ich fragte, was denn die Worte Jesu gewesen seien, antwortete Thomas: »Wenn ich auch nur eines sage, dann werdet ihr Steine nehmen und sie auf mich werfen und ein Feuer wird aus den Steinen hervorkommen und euch verbrennen.«

Immer seltsamer und unverständlicher, immer schauerlicher wurde der Osterabend.

Als Jesus allen Jüngern die Füße gewaschen hatte, zog er seine Kleider wieder an, kehrte an den Tisch zurück und fragte: »Begreift ihr, was ich euch getan habe?«

»Nein, Meister ...«

»Nicht ganz, Herr ...«

»Ihr nennt mich ›Meister‹ und ›Herr‹. Wenn ich euch also die Füße gewaschen habe, dann müsst auch ihr einander die Füße waschen. Ich habe euch ein Beispiel gegeben, damit auch ihr tun mögt, wie ich euch getan habe. Wahrlich, ich sage euch: der Diener ist nicht größer als sein Herr. Wenn ihr das versteht, dann werdet ihr für ein solches Verhalten gesegnet werden. Doch sage ich das nicht über euch alle.«

Wir blickten einander an und im Blick eines jeden war eine boshafte Beschuldigung allen anderen gegenüber.

»Ich weiß, wen ich erwählt habe, doch die Worte der Schrift müssen sich erfüllen: ›Der, der mein Brot isst, tritt mich mit Füßen.‹«

Mir schien, als ob ich in seinen Augen Spott über unsere Verwirrung erblickte. Ich sah, wie Johannes, der ruhig sein Brot kaute, nach diesen Worten Jesu das angebissene Stück zwischen den Falten seiner Gewänder verbarg und mit einem Mund voll aufgeweichtem Brot erstarrte.

»Wahrlich, ich sage euch: Einer von euch wird mich verraten!« Noch nie war Jesu Stimme so bewegt.

Es wurde völlig still, man hörte nur die Fliegen an der Decke summen. Ich stand mit dem vollen Wasserbecken da und fühlte, dass es mir gleich aus den zitternden Händen fallen würde. Ich stellte das Becken auf den Tisch und flüsterte Jesus ins Ohr: »Wer ist dein Verräter, Herr?«

»Der, dem ich ich diesen Bissen gebe, wenn ich ihn in die Soße getaucht habe.«

Ohne zu blinzeln schaute ich auf die Hand des Meisters, die sich langsam, langsam, langsam der Schüssel näherte, das Brot langsam in der nach Kräutern duftenden Soße wendete und es dann … Judas Iskarioth hinstreckte. Mir brach der Schweiß aus, und Judas' fürchterlicher Blick durchfuhr mich wie ein Blitz.

»Was du tust, das tue möglichst bald«, sagte Jesus zu ihm und blinzelte ihm zu wie ein Verschwörer. »Geh einkaufen, was wir für die Festtage brauchen.«

Und Judas schluckte das Brot hinunter, stand sofort auf und ging wie ein Spielzeug an einer Schnur gezogen hinaus.

Niemandem kam es in den Sinn, Judas zurückzuhalten. Die Jünger fragten immer noch:

»Ist denn wirklich ein Verräter unter uns?«

»Wer ist es? Er wäre besser gar nicht geboren …«

»Liegt die Hand des Verräters etwa auf diesem Tisch?«

»Es kann nicht sein, dass er mit uns das Abendmahl isst.«

»Herr«, unterbrach plötzlich Petrus alle anderen, »ich bin entschlossen, zusammen mit dir ins Gefängnis und in den Tod zu gehen! Ich bin entschlossen, für dich alles zu erdulden ...«

»Simon, Simon«, flüstert Jesus kaum hörbar, »das hat Satan begehrt, euch alle wie Weizen zu sieben. Doch ich bete, dass dein Glaube nicht wanken möge. Ich sage dir: noch heute Nacht, noch bevor der Hahn kräht, wirst du mich dreimal verleugnet haben!«

Aber Petrus blieb beharrlich bei seiner Behauptung: »Auch wenn ich mit dir sterben müsste, würde ich dich nicht verleugnen!«

»Und ich?« fragte ich zaghaft, doch Jesus war in sich selbst versunken und gab mir keine Antwort.

Draußen war es schon ganz dunkel. Für eine Weile war es unangenehm still. Schließlich sprach Jesus: »Meine lieben Kinder, ich werde nicht mehr lange unter euch sein. Ihr werdet mich suchen, doch dorthin, wohin ich gehe, könnt ihr nicht gehen ...«

Er nahm das Brot, sprach ein Dankgebet, brach es und verteilte es unter uns allen, wobei er sagte: »Das ist mein Leib, der für euch hingegeben wird. Nehmt und esst. Tut dies zu meinem Gedenken.«

Genauso nahm er einen Kelch Wein, sprach eine Segnung, trank selbst einen Schluck, gab ihn uns und sagte: »Trinkt alle daraus, denn dieser Wein – das ist mein Blut, das Blut des Neuen Bundes, das für euch vergossen wird. Ich werde nun nicht mehr von dem Saft der Rebe trinken bis zu dem Tag, an dem ich ihn wieder mit euch trinken werde im Reich meines Vaters.«

Als ich das Brot aß, schaute ich auf die im Dämmerlicht weiß leuchtenden Hände Jesu und dachte daran, wie sie mich vor nicht einmal zwei Tagen gestreichelt hatten; ich sah seine Lippen an und erinnerte mich, wie sie mich in jener Nacht vor Ostern küssten. Ich trank den Wein – das Blut Jesu, und wie damals, als es nach Stroh und getrocknetem Gras roch, spürte ich sein Herz schnell neben dem meinen schlagen.

Plötzlich überkam mich eine furchtbare Verzweiflung, und ich schrie auf, ohne richtig zu wissen, was ich tat: »Jesus, ich liebe dich!« Mein ganzes Wesen fühlte, dass es kein nächstes Mal mehr geben würde, da ich ihm das sagen könnte, deshalb wiederholte ich noch einmal, als ob ich die Verfolger in meinem Nacken spürte, nur diesmal ganz ganz leise: »Ich liebe dich …«

Ich machte mich in Erwartung einer Lawine von Hohn und Vorwürfen ganz klein, denn sie alle waren mir nicht wohlgesonnen. Doch es blieb völlig still, nur ein von jemandem hingestelltes Glas klirrte melodiös.

Und Jesus stand auf und sprach: »Ich gebe euch ein neues Gebot: dass ihr einander lieben möget, wie ich euch liebte. Daran, dass ihr einander liebt, werden alle erkennen, dass ihr meine Jünger seid. Nur die Liebe macht euch frei.«

Als er das gesagt hatte, ging Jesus nach draußen. Wir folgten ihm. Die Dunkelheit mischte sich mit dem festlichen Treiben wie Blut und Milch gestern im Tempel. Seltsame Gedanken waren das.

»Wohin gehst du jetzt, Herr?« fragte Simon Petrus.

»Wo ich jetzt hingehe, dahin kannst du mich nicht begleiten, doch später wirst du mich begleiten«, sprach Jesus, und ich entdeckte in seiner Stimme den Tonfall, den ich am meisten fürchtete: Er entfernte sich unermesslich weit von uns. »Wo ich hingehe, kennt ihr den Weg.«

»Herr«, sagte Thomas flehend, »wir wissen doch nicht, wo du hingehst, wie sollen wir also den Weg kennen?«

»Ich bin der Weg«, sagte Jesus leise, »die Wahrheit und das Leben. Niemand kommt zum Vater, es sei denn durch mich.«

Der Meister beschleunigte seinen Schritt. Wir konnten ihm kaum folgen. Als er über einen Stein stolperte und fast zu Boden gefallen wäre, stieß Philippus hervor: »Herr, zeige uns den Vater, und es genügt uns!«

Ich schaute zum Himmel – er war schwarz und sternenlos. Mich schauderte, als Jesus sprach: »Wie lange bin ich nun schon unter euch, und du, Philippus, kennst mich immer noch nicht.«

»Ich kenne dich auch nicht, Herr!« wollte ich aufschreien, dass meine Stimme in tausend Echos von den verworrenen und fremden dunklen Straßenlabyrinthen Jerusalems zurückgeworfen würde. Doch ich schwieg, und in meinem Herzen war Leere. Ich holte Jesus ein. Er sagte mit leiser Stimme, ohne mich auch nur anzusehen: »Siehe, es kommt die Stunde, und sie ist schon gekommen, wenn ihr euch zerstreuen und mich allein lassen werdet ... Doch ich bin nicht allein, denn mit mir ist ...« Ein plötzlich aufkommender Wind trug sein letztes Wort fort.

Wir schwiegen alle, jeder von seinen eigenen Gedanken bedrückt. So kamen wir zum Ölberg. Jesus befahl: »Jetzt betet alle, damit ihr nicht in Versuchung kommt. Und du, Petrus, und ihr, Söhne des Zebedäus, begleitet mich. Meine Seele ist todtraurig. Ich will, dass ihr bei mir seid.«

Ich fiel auf die Knie und sah ihnen nach, wie sie auf den Berg stiegen: als Erster der kleiner gewordene, gebeugte Jesus, ihm nach Petrus, Jakobus und Johannes. Der Kummer zerriss mich fast, denn der Meister hatte nie so allein, so unglücklich, von allen verlassen ausgesehen.

Und Judas Iskarioth war noch immer nicht zurück. Wie konnten wir die Worte über den Verrat vergessen, die uns alle während des Abendmahls so entsetzt hatten? Ich sah mich um, doch alle waren eingeschlafen. Ich wollte sie nicht wecken, denn sie hätten mich nicht angehört ...

Ich lief den Berg hinauf, und obwohl ich mich beeilte, lähmte mich eine unbegreifliche Kraft wie in einem Alptraum. Ich musste Jesus sagen, dass auch ich an dem fürchterlichen Verrat beteiligt war. Dass Judas Recht hatte, denn wir waren beide vom gleichen Blut! Ich hätte mich überwinden und Iskarioth gehorchen müssen. Mit ihm gehen. Ihm dienen. Bei ihm liegen und ihm grünäugige Kinder gebären. Dann hätte er Jesus nicht verraten. Doch ich war von Gier und Eitelkeit erfüllt. Ich brachte es nicht fertig, mich für den zu opfern, den ich liebte. Deshalb war für mich keine Vergebung möglich! Ich musste Jesus gestehen, dass ich es war, die ihn in Wirklichkeit verraten hatte.

Ich lief zwischen den schwarzen Bäumen umher und suchte den betenden Jesus. Fast wäre ich über einen großen Stein gestürzt und erstarrte, als er mit menschlicher Stimme etwas murmelte. Es stellte sich jedoch heraus, dass es Simon Petrus war. Er schlief. Auch die beiden Söhne des Zebedäus schliefen.

»Simon, Johannes, Jakobus!« rief ich. »Warum schlaft ihr denn, wenn der Meister euch gebeten hat zu wachen? Furchtbare Gefahr droht ihm, und ihr ...«

Doch sie sahen mich nur mit verschlafenen Augen an, und so ging ich weiter.

In einer kleinen Mulde sah ich Jesus knien. Um ihn war ein Leuchten wie vom hellen Vollmond oder Sonnenlicht, obwohl am mit dichten grauen Wolken überzogenen Himmel nicht ein einziger Stern schimmerte. Als ich genauer hinsah, begriff ich, dass der Meister aus sich selbst leuchtete. Ich wagte nicht mehr, mich ihm zu nähern. Ich lehnte mich an einen Baum und kratzte vor Aufregung mit den Fingernägeln die Baumrinde ab, während ich dem Gebet Jesu lauschte:

»Abba, Vater, rette mich, denn die Wasser der Verzweiflung schöpfen meine Seele. Ich bin in einen tiefen Morast der Zweifel gefallen, und meine Füße finden keinen Grund. In den Tiefen des Unglaubens bin ich gelandet, es schlagen über mir die kalten Wellen zusammen. Vater, ich bin müde geworden vom lauten Schreien, meine Kehle ist heiser geworden! Herr, gib mir auch nur ein kleines Zeichen, dass du da bist und mich nicht verlassen hast. O Vater, antworte mir, deine Güte ist unendlich! Sieh auf mich! Verbirg dein Gesicht nicht, denn ich bin dein Diener. Ich bin dein Sohn, ich verzweifle! Antworte mir! Du kannst alles! Nimm fort, nimm fort von mir diesen Kelch der Qualen!«

Jesus fiel vornüber in den grauen Staub und sah, zusammengerollt wie ein Kind im Mutterleib, selbst wie ein grauer Stein aus. Ich hörte ihn schluchzen, ich sah ihn die Hände ringen. Auch das Leuchten erlosch, als ob grauer Nebel sich davor geschoben hätte.

Ich versuchte zu Jesus zu gehen, doch ich traf auf eine unsichtbare, unüberwindliche Wand. Einsamkeit ließ mich erstarren. Ich wusste, sie würde nie vorübergehen. In jenem Augenblick verlor ich Vater, Mutter, Schwestern, Brüder, Freundinnen, die Männer, die mich einst besuchten. Alle Erfahrungen, die ich gerade erst gemacht hatte – die Eindrücke, die ich so gierig erhaschte, die Verzweiflungen, die Freuden, die Entdeckungen und die Verluste, die Geilheit, die Wissenschaft, die Unruhe, die Furcht fielen von mir ab wie große glänzende Schuppen. Ich war nackt. Genauso wie vor meiner Geburt. Schon nicht mehr ich, sondern nur etwas Mitleiderregendes und Ohnmächtiges. Ein Strich in der Dunkelheit. Eine gespannte Saite zwischen Himmel und Erde …

Jesus fiel auf die Knie und betete, die Hände vor der Brust verschränkt, den staubigen Kopf zum Himmel emporgehoben, weiter: »Vater, möge dieser Kelch an mir vorübergehen! Ach, am Tage der Verzweiflung, Herr, suche ich dich, strecke meine Hand zu dir aus! Ach, niemand wird meine Seele trösten! Warum also verlässt du mich in dieser Nacht?« Jesu Gesicht leuchtete wieder und ich sah, wie zähflüssige blutige Schweißtropfen darüber rannen. Er betete immer inbrünstiger.

»Vater, lehre mich, damit ich mich an deinen Weg halte. Sieh mich an und erbarme dich meiner. Gib deinem Sohn Stärke. Mein Vater, wenn es möglich ist, möge dieser Kelch an mir vorübergehen! Es soll jedoch nicht so geschehen, wie ich es will, sondern wie du es wünschst!« Jesus leuchtete immer heller und heller und die Bäume und Steine warfen lange Schatten. »Vater, wenn du willst, nimm diesen Kelch von mir, doch geschehe nicht mein, sondern dein Wille. Ich will deine Gebote befolgen, nur verlasse mich nie! Meine Seele ist in den Staub gefallen, Vater, erquicke mich, wie du es versprochen hast. Ich werde auf dem von dir geheißenen Weg eilen, denn du hast mein Herz herausgerissen. Ich bin vom Weg abgekommen, deshalb musste ich leiden, doch jetzt höre ich auf dein Wort. Erquicke mich! Bist du doch barmherzig! Was aus deinem Mund ertönt, das will ich ausführen. Ich werde den Kelch austrinken! Dein Wille geschehe!«

Jesus stürzte wieder in den Staub. Später würde Simon Petrus erzählen, er habe den Engel Gottes gesehen. Er kann ihn nicht gesehen haben, denn er schlief. Und es gab da auch keinen Engel, nur die unermessliche Einsamkeit Jesu.

Plötzlich waren Rufe zu hören. Jesus stand auf, schüttelte den Staub ab und ging zu den Jüngern, die einen Steinwurf weit weg schliefen. Ich war immer noch hinter dem Baum verborgen. Jesus weckte Petrus und sagte: »Schläfst du denn? Vermochtest du nicht einmal eine Stunde zu wachen? Es reicht. Die Stunde ist gekommen. Der Menschensohn wird in die Hände der Sünder übergeben. Steht auf. Gehen wir. Mein Verräter ist schon ganz nah.«

Alle drei erhoben sich und standen wie angewurzelt da, die Augen voller Schlaf. Ich schaffte es nicht mehr bis zu ihnen. Aus der Dunkelheit erschien Judas. Hinter ihm eine Schar Krieger, bewaffnet mit Stöcken und Schwertern. Einige hielten Fackeln. Alles zuckte und bebte in diesem Licht. Die Erde schien unter den Füßen zu schwanken. Judas trat zu Jesus.

»Mein Freund, weshalb bist du denn gekommen?« sagte Jesus und hustete, als ob er sich an den bitteren Worten verschluckt hätte.

»Sei gegrüßt, Rabbi«, flüsterte Judas und küsste mit roten, wie von Blut verschmierten Lippen Jesus auf die totenbleiche Wange.

»Judas«, sprach Jesus und lächelte traurig, »mit deinem Kuss verrätst du mich.«

Da zog Petrus einen Dolch, sprang zu einem Krieger und schnitt ihm ein Ohr ab. Doch Jesus sagte: »Stecke deinen Dolch zurück, denn alle, die zur Waffe greifen, werden auch durch eine Waffe sterben. Die Ereignisse nehmen diesen Lauf, damit sich die Schrift erfüllt.«

Es war sehr schwül. Ein Sturm nahte. Ein Blitz zuckte über den Himmel und Donner rollte. Als sie Jesus die Hände hinter dem Rücken zusammenbanden, fielen die ersten Tropfen. Groß und schwer, wie mit dem Leid aller Menschen der Welt angefüllt.

»Bin ich etwa ein Räuber, dass ihr mit Stöcken und Schwertern gegen mich ausgezogen seid?« sagte Jesus, als sie ihn unter Fausthieben und Tritten wegzerrten. »Als ich jeden Tag mit euch im Tempel war, habt ihr die Hand nicht gegen mich erhoben. Jetzt ist eure Stunde gekommen. Das Wüten der dunklen Mächte!«

Wie von diesen Worten angestachelt rannten die Häscher los, um auch uns zu verhaften. Ich sah, wie Petrus und Johannes und Jakobus sich eilends aus dem Staub machten. Ich stand da und wartete: sollen sie mich verhaften, umbringen, vernichten. Jesus, der dies sah, schrie auf: »Maria, lauf fort ...«

Ein bärtiger Wächter hielt dem Meister mit einer Hand so groß wie eine Kelle den Mund zu. Jemand packte mich am Umhang, ich schlüpfte aus ihm heraus und verschwand nur in Unterkleidern in der Dunkelheit. Ich entkam ihnen.

Es regnete noch immer. Ich leckte mir die großen warmen Tropfen wie Tränen vom Gesicht und wunderte mich, warum sie nicht salzig waren. Mir selbst kamen keine Tränen mehr.

Am Fuß des Hügels waren alle in großer Unruhe. Sie löschten die Feuer, packten ihre Sachen zusammen und schickten sich an, in die Stadt zu gehen. Ach Jerusalem, Jerusalem ... Ich lieh mir einen Umhang von Anna und mischte mich unter die Jesus am nächsten Stehenden. Ich sah, nur seinen gesenkten Kopf, den krummen Rücken und die deutlich durch das nasse Gewand hervorstechenden Schulterblätter.

Vor Sonnenaufgang kamen wir nach Jerusalem. Die Menge, die den verhafteten Jesus begleitete, wurde größer und größer. Es hörte auf zu regnen. Es war schauerlich ruhig, nur die Schritte waren zu hören. Immer mehr Schritte. Mehr und mehr und mehr Schritte. Ein Kind fing zu weinen an. Ich sah, wie sich Jesu Rücken bewegte. Doch dann verstellten mir die Wächter ganz die Sicht auf ihn.

Wir sammelten uns im Hof des Höchsten Priesters. Dort machten wir Feuer und setzten uns rundherum. Wir warteten. Der Hahn krähte. Es tagte. Simon Petrus kam zu mir. Er setzte sich und legte seinen Kopf auf meine Knie. Er begann zu weinen. Ich streichelte seine zerzausten, spröden, staubigen Haare und summte ihm leise etwas vor.

Ganz weit weg grollte der Donner. Ich schmiegte mich an Petrus, der Jesus bereits dreimal verraten hatte, und flüsterte: »Herr, wer hilft uns, all das zu ertragen? Herr, wer wird mir helfen ...«

»O Gott, wer wird mir helfen? fragte ich immer wieder, bis ich schließlich eine goldene Regel begriff ...« Vika lächelte geheimnisvoll.

»Welche?« fragte Norma und notierte irgendetwas auf ein Blatt Papier.

»Die Regel, dass man nie jemanden um etwas bitten sollte. Keinen Menschen und noch viel weniger Gott. Weder um Almosen noch um eine Gefälligkeit noch um ein Ding noch um Trost, Mitleid, Verständnis oder sonst ein Gefühl. Am wenigsten um Liebe! Und noch etwas. Man soll nie auf eine Belohnung hoffen. Weder für gute Taten noch für erfahrenen Seelenschmerz noch für Sünden. Auf eine Belohnung wartet man vergeblich. Und seit meiner frühen Kindheit war mein ganzes Leben ein Warten auf Belohnung. Ich war erfüllt von dem naiven Glauben, dass es in der Welt eine metaphysische Gerechtigkeit geben müsse. Als Paulius erschien, konnte ich nicht länger warten. Er war der von Gott Gesandte und musste mich für alles entlohnen: für den Vater, den ich nur hatte, bis ich vier wurde, für die despotische Mutter, für die verstorbene Schwester, für die Krankheit meines Mannes – für seine wie ein von hoch oben auf den Steinboden gefallener Spiegel zersplitterte Persönlichkeit, für seine paranoiden Anfälle, die sich in mein Dasein einsogen wie Blutegel …

Richtig, als ersten Entlohner hatte Gott mir Go geschickt – meinen Mann. Er war Maler. Go ist ein Spitzname, denn er sah genauso aus wie Gauguin, so wie wir ihn uns aufgrund von Fotos und Selbstporträts vorstellen. Er war groß, massig, doch graziös wie ein Löwe, hatte ein schönes, grobes, schon ziemlich versoffenes Gesicht, wilde und leuchtende Augen, gierige, immer ganz rote Lippen, einen Bart, zerzaustes Haar, war jähzornig und voller Ironie.

Ich lernte Go mit fünfundzwanzig kennen, er war genau zwanzig Jahre älter als ich. Damals arbeitete ich für eine Wochenzeitschrift, stellte die Literatur- und Kunstseite zusammen. Fast all meine Interviews mit Schauspielern, Regisseuren, Malern, Fotografen, Komponisten, Tänzern, Sängern, Schriftstellern, Dichtern endeten damit, dass ich mich in sie verliebte. Ja, das ist das einzig treffende Wort, auch wenn dieses plötzliche, blind machende Gefühl nach einigen Stunden vorüber war. Manchmal dauerte es eine Woche, einen Monat oder auch ein halbes Jahr. Es wurde ausgelebt in intellektuellen, nach Zigarettenrauch riechenden Gesprächen, langen betrunkenen Küssen in dunklen Hauseingängen oder sogar mit einem Geschlechtsakt (ein poetischer Terminus ist hier nicht nötig), der auf die Schnelle irgendwo am Waldrand, im Auto oder bei Bekannten ausgeführt wurde. Denn bei mir zu

Hause wartete immer meine Mutter, und in den Wohnungen der Schauspieler, Regisseure, Maler, Fotografen, Dichter und so weiter wimmelte es von Ehefrauen, Schwiegereltern, Großmüttern und Kindern.

Ich ging durchs Leben wie ein kleines Mädchen, das Blinde Kuh spielt: Meine Augen waren fest mit einem gepunkteten Tuch verbunden und jeden, der mir unterwegs begegnete, drückte ich an die Brust und versuchte zu erraten – ist das vielleicht meine Einzige Liebe? Leider war es weder dieser Schauspieler noch jener Regisseur, auch nicht dieser Schriftsteller oder jener Komponist …

Über Go hatte ich schon viel gehört. Alles, was ihn berühmt machte, war unbändig, unmäßig: sein Talent, sein Temperament, seine Liebesabenteuer, seine Trinkerei … Außerdem erzählten die Leute, dass er Jude sei und auch noch beschnitten, und das weckte die Neugier der Frauen in besonderem Maß. Also, einmal bekam ich den Auftrag, über eine seiner Ausstellungen zu schreiben und wenn möglich ein Interview zu machen. Ich mag keine Vernissagen. Das mich dauernd verfolgende Gefühl der Entfremdung wurde dort besonders stark, es dröhnte geradezu in mir. Unter einer Unmenge bekannter Gesichter fühlte ich mich wie zufällig aus einer anderen Dimension und Zeit hierher versetzt.

Diesmal waren es also die Bilder von Go. Eine Ausstellung seines ganzen künstlerischen Schaffens. Etwa hundert Gemälde, die vor wahnsinniger Energie pulsierten. Schwarze Gekreuzigte schrien, die von Essig verätzten Lippen verzerrt, vor orangefarbenen Himmeln; bläuliche Feen tanzten sanfte Menuette um rote Phalli herum, die kerzengerade aus dem groben violetten Boden wuchsen; himmelblaue Engel mit ekstatisch verzerrten Gesichtern drückten brennende Sträuße gelber Lilien an geschlechtslose Brüste; der grünäugige Luzifer, der alle Gesichtszüge von Go besaß, legte unschuldige Jungfrauen auf blutverschmierte Laken, und die weiße, von Kerzen flimmernde Prozession der Höllenbräute erstreckte sich bis zum mit Mondsilber bekleckerten Horizont; in brauner Abenddämmerung kämpften muskulöse Kentauren mit goldenen Löwen und gefleckten Tigern; geschmeidige, schweißglänzende, in verschiedensten Posen sich liebende Körper flogen in Abgründe, die in allen Farben des Diesseits und des Jenseits glitzerten ...

Go stand missmutig in einem dicht gedrängten Häufchen Frauen und nahm mit Märtyrermiene Blumen entgegen: snobistische gelbe Rosen und prätentiöse Sträußchen, in die Wicken, Federn und Mohnkapseln gesteckt waren. Ich war traurig, und Hoffnungslosigkeit durchdrang mich wie salzige, feuchte Meeresluft. Doch ich riss mich zusammen und marschierte geradewegs zum Maestro, das Diktiergerät wie einen Revolver auf seinen offenen Mund gerichtet.

›Keine Interviews! Besonders nicht für Frauen! Ihre Fragen sind in der Regel dumm‹, sagte er mit einer Stimme, tief wie ein Abgrund. Er würdigte mich nicht einmal eines Blickes.

›Meine nicht. Ich verspreche es.‹

Endlich sah er mich an. Von oben bis unten. Unsere Augen trafen sich. Das war's! Das Spiel war zu Ende. Ich konnte die Blinde-Kuh-Binde wegwerfen. Ich hatte ihn gefunden. Ich hatte ihn erkannt.

›Ah. Vielleicht meinst du sogar etwas von Kunst zu verstehen? Von meiner Malerei?‹

›Ja ...‹ Worte waren nicht mehr wichtig.

›Also gut. Die ganze Bande verschwindet jetzt in mein Atelier. Gleich hier, neben der Dominikaner-Kirche. Gehen wir auch und sehen, was deine Fragen taugen ...‹, und Go legte mir seine Hand, schwer wie die des Steinernen Gastes, auf die Schulter.

Es war November. Dunkel und kalt. Go ließ mich auch auf der Straße nicht los, obwohl er sich nicht wie auf eine Frau, sondern wie auf einen Stock stützte.

In dem engen Atelier drängten sich etwa dreißig Leute. Auf dem farbbekleckerten Tisch, der eher an eine gigantische Palette erinnerte, stand eine Legion von Flaschen in Reih und Glied, als ob jemand mit dem Zauberstab gewunken hätte: Kognak, Wodka, Sekt, Weiß- und Rotwein, Bier, Selbstgebrannter. Es gab Berge von in Öl gebackenem Brot, Käse, Speck, Äpfeln, Nüssen, Mandarinen. Plötzlich schwirrte warmer, Funken sprühender Jazz in der Luft.

Go schenkte mir nicht die geringste Aufmerksamkeit, trank nur, rülpste, redete grollend, fluchte abscheulich, lachte ohrenbetäubend, verschluckte sich, setzte sich mir unbekannte extravagante Frauen auf die Knie, kitzelte, kniff, küsste sie und scheuchte sie schließlich weg, von einer unverständlichen Wut gepackt.

Was für ein Teufel hat mich in diese Wüste getrieben, dachte ich und wurde leise und traurig und immer betrunkener. Ich rauchte, sah mir die unzähligen Sachen an, die an den Wänden von Gos Atelier hingen: Palmzweige, gelbe getrocknete Rosen, verstaubte Wachsblumen, armlose Götterfigürchen aus Holz, Heilige mit abgehackten Nasen, Engel mit gestutzten Flügeln, Beinchen von Plastikpuppen, Muscheln, zwei reichhaltige Sammlungen tropischer Schmetterlinge, weiße Babyschühchen, schwarze Lederhandschuhe, Straßenschilder, von den verschiedensten Orten zusammengetragene Warn- und Verbotsschilder: ›Rauchen verboten‹, ›Mitgebrachte Getränke trinken streng verboten‹, ›Mit Mänteln keine Bedienung‹, ›Mit Kindern unter fünf Jahren kein Einlass‹, ›Mit Hunden kein Einlass‹, ›Eis essen verboten‹, ›Den Orang-Utan füttern streng verboten‹, ›Berühren verboten‹, ›Eier ins Salz tunken verboten‹, ›Fotografieren verboten‹, ›Auf dem Gras liegen verboten‹, ›Blumen pflücken verboten‹, ›Nach 23 Uhr spazieren gehen streng verboten‹, ›Nach dem dritten Gong keine Bedienung mehr‹, ›Geschirr selbst wegtragen‹, ›Tür schließen‹, ›Keine Auskunft‹, ›Keine Fahrkarten‹, ›Wir haben geschlossen‹, ›Lebensgefahr‹, ›Keine Kränze‹, ›Keine Särge‹, ›Leichenhemden nähen wir aus dem Stoff der Kunden‹, ›Bitte Ruhe‹, ›Ruhe!‹, ein ausgestopfter Auerhahn, Stacheldraht, Handschellen, Telefonhörer, wie Trophäen auf einem roten Faden aufgereihte Kondome, venezianische Masken, eine Ikone, Paletten, eine SA-Offiziersmütze, alte Fotos in ovalen Rahmen, aus einer Zeitschrift herausgerissene erotische persische Miniaturen, eine Uhr ohne Zeiger, Löffel, Gabeln, Messer, Taschenspiegel, eine blonde Frauenperrücke, ein Orden aus der Zarenzeit, ein Fächer aus Pfauenfedern, Pfeifen, Krawatten, BHs, Steinchen mit Löchern, ein Gipsauge, -ohr, -nase, ein Komsomolzen-Statuten-Büchlein, eine Spritze, ein gelber Plüschbär …

›Der Tanz beginnt!‹ Go lehnte sich unerwartet zu mir herüber. ›Jetzt kannst du mir deine dummen Fragen stellen.‹

›Ich komme gleich, ich hole nur das Diktiergerät ...‹

›Liebchen, ich habe schon allerhand Perversionen gesehen, doch dass ein Mann und eine Frau bei eingeschaltetem Diktiergerät tanzten ...‹ Go zerrte mich in die Mitte des Zimmers, wo schon einige betrunkene Paare schwankten. ›Weißt du, hier ist es viel zu eng und heiß, gehen wir ins Treppenhaus, dort ist es angenehmer ...‹

Er zerrte mich einen langen Korridor entlang, der mit großen Bildern, nicht fertiggestellten Gemälden, Rahmen und Blendrahmen vollgestopft war.

Der Treppenabsatz war nur einige Meter breit. Durch das Bogenfenster konnte man die Wand der Dominikaner-Kirche sehen. Der Mond schien.

›Siehst du, wie romantisch es hier ist‹, flüsterte er mir ins Ohr.

›Ja, aber die Musik kann man nicht hören.‹

›Die Musik brauchen wir jetzt genauso dringend wie das Diktiergerät ...‹ Go drückte mich an sich und fing an mich zu küssen. ›Hör mal zu, mein Kind, damit wir nicht umsonst Zeit vergeuden, erkläre ich dir, welche Küsse mir gefallen.‹ Er presste mir seine heißen verschwitzten Hände an die Schläfen und drehte meinen Kopf so, dass mir der Mond direkt ins Gesicht schien. ›Leg die Lippen so aufeinander, als ob du pfeifen wolltest. Ja, so, dass ein kleiner Spalt bleibt.‹ Er befeuchtete seinen Finger mit Speichel und berührte meine Lippen. ›Ausgezeichnet. Und jetzt tu so, als ob du durch diesen kleinen Spalt mich ganz aufsaugen wolltest. Verstehst du, nicht nur meine Lippen und meine Zunge, mich als Ganzes, meine ganzen hundert Kilo.‹

Ich bemühte mich redlich, ihm zu gefallen.

›Du hast wirklich Talent!‹ Er ergriff mich sanft an den Schultern und ließ mich auf die Treppe niederknien. ›Und jetzt versuch es noch einmal ...‹

Gehorsam nahm ich sein Glied in den Mund. Irgendwo weit weit weg tönte die Musik und hallten betrunkene Stimmen. Ich fiel wie in heiße dunkelblaue Wolken.

Go hob mich auf und umarmte mich unbeschreiblich sanft –

wie ein Vater, König oder Gott der Zärtlichkeit. ›Du bist meine LBL. Meine LBL, weißt du, was das heißt?‹

›Nein …‹

›Letzte Bittere Liebe. Meine Letzte Bittere Liebe. Ich habe dich erkannt, kaum hatte ich dich erblickt.‹

›Ich habe dich auch sofort erkannt‹, flüsterte ich und presste mich an ihn wie in Todesangst.

Plötzlich spürte ich, wie Go zusammenfuhr, als ob ihm jemand von hinten einen Schlag versetzt hätte. Er stieß mich weg. ›Hörst du es?‹

›Was?‹

›Die Stimme!‹

›Welche Stimme?‹

›Die Stimme, die eben laut und klar gesagt hat: Der Gesandte ist schon unterwegs!‹

›Nein, ich habe nichts gehört. Du hast dir das wohl eingebildet …‹

›Nein, nein, ich habe sie ganz klar gehört, so klar wie ich jetzt dich höre. Sie sagte ganz deutlich: Der Gesandte ist schon unterwegs …‹

Mich schauderte. Ich streichelte seine Wange.

›Geh ins Zimmer zurück, LBL, ich gehe den, der gesprochen hat, suchen.‹

Er schob mich zur Tür und ging pfeifend die Treppe hinunter. Ich wagte ihm nicht zu folgen. In die betrunken johlende Menge zurück wollte ich aber auch nicht. Ich hockte mich im Korridor zwischen Blendrahmen und Bilder, rührte mich nicht vom Fleck, wie eine Maus unter dem Besen, und sog den Geruch der Ölfarben tief ein. Doch plötzlich jaulte irgendwo ein Hund. Langgezogen, sehnsüchtig, schwermütig.

Ich schlich zur Tür. Der Hund jaulte weiter, sein durchdringendes Heulen war wie ein Wehklagen, voller Schmerz. Wahrscheinlich quälte irgendein Perverser das arme Tier im Hof der Dominikaner-Kirche. Ich konnte es nicht aushalten. Unter den Blendrahmen fand ich ein Brett mit einem herausragenden Nagel. Ich ging in den Hof hinunter.

Erst vor kurzem hatte es geschneit. Frische Fußspuren führten zum Rand des Hofes, von wo das schmerzerfüllte Hundegeheul kam. Plötzlich überfiel mich ein Gedanke – und wenn es Go war, der den Hund quälte? Was würde mit meiner Liebe geschehen, wenn ich jetzt Go und den vor Schmerz sich windenden Hund auf dem ersten Schnee erblickte? Ich warf das Brett weg und ging weiter in Richtung des Geheuls. Als sich meine Augen an die Dunkelheit gewöhnt hatten, sah ich die Silhouette eines Mannes. Zweifellos war das Go. Für einen Augenblick wurde es still. Ich erstarrte. In der Dunkelheit konnte ich keinen Hund erkennen. Doch er heulte abermals schauerlich auf. Ich schlich näher. Go drehte mir den Rücken zu. Er stand auf einem Bein, beide Händen und ein Knie an die Wand gestützt. Den Kopf ließ er hängen, atmete tief ein und heulte dann, den Kopf zum Mond erhoben, auf wie ein gepeinigter Hund.

›Go‹, schrie ich, ›Go, hör auf!‹ Ich trommelte mit den Fäusten auf seinen breiten Rücken. ›Go, hör auf, ich bitte dich, ich flehe dich an, hör auf! Go ...‹

Er verstummte. Langsam drehte er sich zu mir um. ›Ich bin irgendwie traurig, LBL, und du?‹

›Ich – nein‹, stammelte ich und schmiegte mich an ihn. ›Ich liebe dich. Ich will mit dir zusammen sein. Ich will dich, Go ...‹

›Wirklich? Aber ich bin alt und du bist jung.‹

›Red keinen Unsinn, Go! Du und alt? Und ich bin wirklich nicht mehr zwölf. Lolita können wir nicht mehr spielen.‹

›Was machen die Leute, wenn sie schrecklich traurig sind? Sag es mir, LBL.‹

›Wahrscheinlich versuchen sie sich zu amüsieren?‹

›Wie denn, LBL?‹

›Ich weiß nicht. Vielleicht laden sie Zigeuner ein, damit sie tanzen und singen... Ich zum Beispiel träume schon lange von den Zigeunern.‹

›Wirklich? Dann lass mich deinen Traum wahr machen!‹ Er packte mich an der Hand und zog mich hinter sich her. ›Wir fahren ins Roma-Dorf.‹

Einige Minuten später saßen wir schon im Taxi, und Go warf dem verdatterten Fahrer nur die fünf herrischen Worte zu: ›Zu den Roma und zurück!‹

›Die Siedlung ist beim Flughafen, der Ort heißt Kirtimai‹, fühlte ich mich verpflichtet zu erklären.

›Nun mach schon, mein Lieber! Du bekommst es anständig bezahlt.‹

Go setzte sich neben den Fahrer und ich auf den Rücksitz. Den ganzen langen Weg drehte er sich nicht einmal zu mir um. Auch wenn ich ihn anzusprechen versuchte – er schwieg.

Endlich blieb der Wagen stehen. Rundherum breiteten sich verschneite Felder aus. Unweit der Straße standen etwa zehn verlotterte Hütten. Nur in einigen brannte Licht. Hunde kläfften. Ich schaute zum Himmel – er war kalt und sternenklar. Plötzlich fauchte etwas auf und eine rote Masse spritzte wie ein riesiges blutiges Gehirn auf das dunkelblaue Gewölbe. Ich stieß einen Schrei aus und umklammerte Gos Arm. Aber es war nur von roten Signallämpchen beleuchteter Rauch, der aus dem nicht weit von hier emporragenden Fabrikschlot trat. Ohrenbetäubend dröhnte ein Flugzeug beim Landen. Aus dem Fenster eines Häuschens winkte uns eine schwarze langarmige Silhouette zu. Unverzüglich verschwand sie, schlug die Tür zu und eine kleine Gestalt lief uns entgegen. Es war ein Junge von ungefähr dreizehn Jahren, bekleidet mit einem abgetragenen, viel zu weiten Trainingsanzug. Er sprach russisch und barst die ganze Zeit fast vor Lachen, als ob ich und Go weltberühmte Clowns wären.

›Na, warum seid ihr hier, hier gibt's nichts zu holen!‹ rief er und zerrte Go am Ärmel.

›Wir wollen dich ansehen, Romane! Wo sind denn all die anderen?‹

›Niemand da! Sie sind Karten spielen gegangen. Dort, weit drüben, hinter dem Flughafen!‹ Dem Kleinen wurde kalt, er schlug sich mit den Händen auf die Schultern und hüpfte mit den Beinen. ›Sie spielen um Geld! Ach, um so viel Geld! Und mich nehmen sie nicht mit . . .‹

›He, Romane, halt uns nicht zum Narren! Meine Dame möchte sehen, wie die Zigeuner sich amüsieren. Kapiert? Hol jemanden her. Mein Geld, deine Unterhaltung! Wenn sich meine Dame und ich amüsieren, wirst du gut verdienen! Kapiert, Romane?‹

›Och, war das eine Rede!‹ Der Junge hüpfte vor Lachen. ›Und was soll ich mit deinem Geld machen?‹

›Damit gehst du Karten spielen. Drüben, hinter dem Flughafen.‹ Go steckte ihm einige Geldscheine in die Tasche.

›Niemals! Weißt du, meine Dame‹, er zupfte mich an der Hand, ›letzte Woche haben sie dort meinen Onkel erstochen! Mit einem Küchenmesser – schwups, und aus war's mit ihm!‹

›Was sind die Zigeuner doch heruntergekommen! Erstechen einander mit Küchenmessern! Komm schon, Romane, tu, worum ich dich gebeten habe!‹ Und Go packte den Kleinen an den Ohren und drehte ihn heftig im Kreis herum.

›Autsch, was soll das, Alter, bist du völlig durchgedreht?‹ Das Jungchen schrie wie am Spieß. ›Pass bloß auf, gleich kommt mein Onkel und ersticht dich dafür, dass du dich an Kindern vergreifst!‹

›Deinen Onkel hat man doch selbst schon erstochen. Mit einem Küchenmesser.‹

›Ich habe noch einen anderen Onkel. Kapiert?‹

›Schluss mit dem Palaver! Meine Dame will sich ansehen, wie die Roma leben, und du lädst uns nicht nach Hause ein? Seit wann seid ihr so wenig gastfreundlich, Romane?‹

›Ach nein, ach nein, das geht nicht‹, quietschte der Junge lachend und bearbeitete Gos Bauch mit den Fäustchen. ›Das dürft ihr nicht! Wenn sie davon Wind kriegen, dass ich euch reingelassen habe, dann werden sie mir wirklich den Kragen umdrehen!‹

›Das ist nun mal dein Schicksal, Romane. Früher oder später passiert es eben ...‹

Go ging zur Hütte. Ich folgte ihm.

›Halt an, Alter, oder ich lasse die Hunde los. Sie werden euch beide in Stücke reißen. Sie sind so dressiert, dass sie direkt an die Kehle springen. Sie beißen sie durch, lecken das ganze Blut auf und reißen dann den Körper in Stücke! Und du kannst dich bei niemandem mehr beschweren, weder du noch deine Dame! Kapiert?‹

Er rannte zur Hütte, rasselte mit Ketten, rief etwas, und drei Wolfshunde rasten fürchterlich kläffend auf uns zu. Ich starb fast vor Angst und klammerte mich kreischend an Go.

›Hab keine Angst‹, flüsterte er und drückte mich fest an sich.

›Mich rühren die Hunde nicht an. Und dir werden sie auch nichts tun.‹

Die Hunde bellten wie tollwütig, knurrten, winselten, doch sie hielten einige Schritte Abstand zu uns.

Go öffnete die Tür und schob mich in einen stockfinsteren, schwülen Vorraum. Tastend fanden wir die Tür und betraten ein Zimmer, das so rot war, wie es eigentlich nur in Märchen vorkommt. An allen Wänden hingen rote Orientteppiche. Der Boden war kirschfarben gestrichen und mit synthetischen Läufern belegt. In der Mitte des Zimmers stand ein Tisch mit einem roten Plüschtischtuch darauf. Darauf leuchtete rot eine Glasvase mit roten Plastikrosen und -nelken. In einer Ecke, auf einem Haufen roter Kissen und roter Daunendecken lag der Länge nach wie die Prinzessin auf der Erbse eine Frau mit zerzausten Haaren. Sie musterte uns neugierig, zog sich eine rote Decke über den Kopf und scheuchte zwei fette hässliche Kater fort. Auf dem rotgeblümten Sofa saß eine alte grauhaarige Frau und sah pfeiferauchend fern. Sie drehte nicht einmal den Kopf zu uns, als ob die Wettervorhersage für sie das Wichtigste auf der Welt wäre.

Go setzte mich mit einer sanften gebieterischen Bewegung neben die Alte. Der Junge ging ans Fenster, riss ein schwarzes Tuch von einem Käfig, in dem fünf bunte Papageien zu kreischen begannen. Bei jedem Schritt klirrten die etwa tausend Kristallgläser, die in der Vitrine an der Wand aufgereiht waren.

›Na, Romane, wo sind die versprochenen Vergnügungen!‹ rief Go, sich mit den Händen auf die Schenkel klatschend.

›Dich reitet wohl der Teufel, Go! Du findest einfach keine Ruhe‹, sagte die Alte, ohne ihn anzusehen.

›Er reitet mich, da kann man nichts machen. Man sollte ihm etwas in die Kehle tropfen, Oma Lialia.‹ Go ließ sich ebenfalls auf das Sofa fallen, umarmte die Alte und herzte sie wie eine junge Schönheit.

›Seit gestern sind die Tropfen teurer geworden.‹ Die Alte legte ein dickes Bein über Gos Knie.

›Dann ist es halt teurer geworden. Bring es her. Und dein Mädchen soll uns etwas vorsingen.‹

Go zog ein Bündel Geldscheine hervor und warf es auf den Tisch. Die Alte stand auf, zählte geschäftsmäßig das Geld und sagte: ›Für die Tropfen reicht's, und es bleibt auch noch was für mein Bier.‹

Der Junge fiel zu Boden und wand sich vor Lachen, seine Arme und Beine zuckten. Das Mädchen beobachtete alles unter der roten Decke hervor. Die Papageien kreischten. Es klirrte das Kristall. Die Alte ging ins Nebenzimmer und kehrte mit zwei Flaschen zurück: Wodka und Bier. Schnaufend holte sie vier Gläser mit dickem Rand hervor.

›He, Lialia‹, rief sie, ›komm raus! Du wirst den Gästen etwas vortanzen und vorsingen! Und du, Bürschchen, bring die Gitarre her!‹ Der Junge zeigte zwei schmutzige Mittelfinger und sah Go mit weit offenem Mund beim Wodkaeinschenken zu.

Das Mädchen wälzte sich aus dem Bett. Es trug nur einen roten, ärmellosen zerrissenen Morgenmantel. Es war ganz mager, und die Beine waren so schmutzig, dass sie in dunkelgrauen Strümpfen zu stecken schienen. Sie streckte sich wie eine Katze, ging zum Tisch, nahm ein Glas und trank langsam den ganzen Wodka aus.

›Lauf, zieh dir einen Rock an. Und du, Frosch, bring die Gitarre her, sonst wirst du einen Monat lang nicht auf deinem Hintern sitzen können!‹

Der Junge trank, immer noch kichernd, sein Glas in einem Zug aus. Beide schlurften ins Nebenzimmer und kamen sofort wieder zurück. Das Mädchen trug einen zu weiten und langen geblümten Rock. Der Junge klampfte auf einer mit einer roten Seidenschleife geschmückten Gitarre. Die Alte zwängte sich zwischen mich und Go. Mit den Zähnen öffnete sie die Bierflasche und spuckte den Deckel in eine Ecke des Zimmers. Beide Kater jagten ihm nach wie einer Metallmaus. Go schenkte Wodka nach. Er warf einen höhnischen Blick auf mein immer noch volles Glas, leerte seins wieder in einem Zug und gab mit einem Händeklatschen das Zeichen zum Anfangen.

Das Mädchen schüttelte den Kopf, strahlte mit den Augen, stützte die dünnen Arme in die schmalen Hüften und sang mit heller Stimme, zu jedem Wort die Schultern verdrehend:

›Ach du mein Schicksal! Ach, Romale!
Ach, ich kann dir niemals entrinnen!
Ach, ich kann dir nicht entrinnen, Romale ...‹

Go und die Alte klatschten im Takt, der Junge misshandelte mit den Füßen stampfend die Gitarre, und ich fühlte mich wie eine Gräfin aus dem romantischsten aller russischen Filme.

›*Aj ty sudba*, ach du mein Schicksal‹, sang die kleine Zigeunerin und rollte dazu melodramatisch die Augen.

›Wohin hast du mich geführt?
Ach, ich bin zu schwach, um zu trauern,
Und vor Schande zu Boden zu sehen!
Vor Schande, vor Scham!‹

Go tanzte in die Mitte des Zimmers, fiel vor dem Mädchen auf die Knie und brummte:

›Ach, du mein Schicksal! Warum schonst du mich nicht?
Ach, man darf nicht, Romale, zum Scherze leben,
Und sein Schicksal vergessen!
Ach, Romale, wie die Jahre vergehen!‹

Go fasste sich plötzlich an den Kopf und kam auf Knien zu mir gerutscht: ›Es ist Zeit zu fahren, LBL. Ich habe einen Termin. Na, sind das Vergnügungen?‹ Er nahm mir das Glas aus der Hand, trank es aus und stand auf. ›Gehen wir! Ich kann keine Minute länger bleiben! Danke, Romane, bis zum nächsten Mal.‹

Er schlug die Tür laut hinter sich zu und lief so schnell er konnte zum Wagen. Lautes Hundegebell ertönte, und ich vermochte ihm kaum zu folgen. Ganz in der Nähe pfiff traurig ein Zug. Rhythmisches Rattern näherte sich und entfernte sich wieder.

›Jetzt fahr uns so schnell wie möglich zur Kathedrale‹, wies Go den Fahrer an.

Wieder kauerte ich allein auf dem Rücksitz. Es war gegen drei Uhr morgens. Ein Schuldgefühl ließ mich zusammenzucken. Ich musste unbedingt meine Mutter anrufen. Ich fühlte mich, als ob sie riesig und schwer auf meinem Rücken säße und mit nicht enden wollenden, unerschöpflichen Vorwürfen direkt in die Mitte meines schmerzenden Hinterkopfes hackte.

Wir stiegen bei der Kathedrale aus. Der Platz war ganz leer

und weiß. Die Uhr des Glockenturms schlug drei. Go umarmte mich und fragte: ›Na, LBL, was wollen wir beide jetzt unternehmen?‹

›Ich weiß nicht ... Du wolltest dich mit jemandem treffen. Und ich muss nach Hause. Ich habe eine sehr strenge Mutter.‹

›Ich habe ihn schon getroffen. Möchtest du mich nicht zu dir einladen?‹

›Go, verstehst du ... Ich habe eine sehr strenge Mutter.‹

›Du hast doch ein eigenes Zimmer, nicht wahr, Kleine?‹

›Ja, aber ... verstehst du, ich kann dich nachts nicht mitbringen. Die Schuldgefühle würden mich ganz einfach auffressen.‹ Ich seufzte und wollte ihn so küssen, wie er es mich gelehrt hatte.

Aber Go stieß mich zurück. ›Komm schon. Wir zwei haben doch sonst keinen Platz, wo wir hin könnten. Soll ich denn allein durch die Stadt ziehen und wie ein geiler Kentaur heulen? Ich brauche keine andere Frau außer dir, LBL ... Doch wie es scheint, werde ich es nicht leicht mit dir haben.‹

Er hob eine weggeworfene Kippe vom Boden auf und zündete sie sich an. Ich rückte näher zu ihm und umarmte ihn wieder: ›Go, wir können doch in dein Atelier gehen. Oder zu dir nach Hause.‹

›Das Atelier ist voller Leute, und zu Hause habe ich auch jemanden, der es mir nicht erlaubt, Frauen mitzubringen, besonders solche wie dich.‹

›Wen?‹ rief ich. ›Go, ich will dich. Rauch nicht diese scheußliche Kippe. Go, ich will dich küssen.‹ Ich hoffte, er würde mich wie in einem brutalen Sexfilm gleich hier nehmen, in der Mitte des Kathedralenplatzes oder etwas weiter weg, in einem kleinen Park, auf dem Schnee, auf dem schmutzigen Boden, auf einer Parkbank, stehend oder sonstwie. ›Go, verlass mich jetzt nicht! Ich will dich ...‹

›Winsle nicht! Ich hasse winselnde Frauen. Da drüben ist das Taxi, ich bringe dich nach Hause zu Mama.‹

›Bitte, lass uns nicht in dieses Taxi einsteigen, Go! Bleib bei mir, soll das Taxi doch wegfahren. Go, ich bin nicht schuld, dass alles sich so entwickelt, aber ich kann dich wirklich nicht nach Hause mitnehmen ...‹

›Ich bin schuld, LBL, ich will dein Leben nicht zerstören, ich sehe schon, wie es auseinander fällt.‹

›Nein, Go! Was sagst du denn da …‹

›Gehen wir. Das Taxi ist noch da. Zu Mama. Morgen früh komme ich wieder. Genau um zehn. Du hast dann deine Sachen gepackt. Und Mama gesagt, dass du von nun an bei mir wohnst. Bist du einverstanden, LBL? Ich zwinge dich nicht. Doch wenn du zurückschreckst, werden wir uns nie mehr sehen.‹

Ich fing zu weinen an. Ich zitterte vor Kälte. Wir standen eng umschlungen da. Mitten auf dem Kathedralenplatz. Go tätschelte mir väterlich den Rücken. ›Irgendwann einmal ist die Zeit gekommen, die Nabelschnur zu durchtrennen. Gehen wir, der Wagen wartet.‹

Wir stiegen ein und sprachen kein Wort mehr miteinander. Er küsste mich nicht ein einziges Mal. Vor meinem Hause stieg Go aus und sagte: ›Was auch immer geschehen mag, LBL, morgen komme ich. Genau um zehn. Träum süß.‹

Ich schleppte mich nach Hause und fiel aufs Bett. Von Schlaf konnte keine Rede sein. Ich weinte mich ein wenig aus und begann meine Sachen zusammenzupacken. Go hatte Recht, ich musste endlich die Nabelschnur durchtrennen.

›Ich muss endlich die Nabelschnur durchtrennen‹, sagte ich am nächsten Morgen meiner Mutter.

Sie saß in der Küche, blätterte in der Zeitung, rauchte und klopfte die Asche auf einen mit Eigelb beschmierten Teller ab. Ich schaute auf den Kopf meiner Mutter, der mit den vielen schmalen Lockenwicklern im Haar und den von schweren goldenen Ohrringen in die Länge gezogenen Ohrläppchen ein wenig dem einer Buddhastatue glich, sagen wir in Nepal oder Birma. Sie rückte den Kragen ihres himmelblauen Frotteemorgenmantels zurecht, drückte ihre Zigarette aus und sah mich mit einem durchdringenden Blick an. Es war fünf vor zehn, gleich musste Go kommen.

›Ich verstehe nicht, was du damit sagen willst. Heute Morgen siehst du schlecht aus, Vikutė.‹

Meine Mutter spricht mich immer mit meinem Kosenamen an. Sie zündete sich die nächste Zigarette an und starrte mir weiter in die Augen, wobei sie an einem nackten Fuß einen verblichenen Hausschuh hin- und herwippen ließ.

›Mama, verstehst du, ich habe mich verliebt. Ich gehe weg zu ihm. Jetzt gleich. Ich glaube, ich bin alt genug und muss dich nicht um Erlaubnis bitten. Er ist ein berühmter Maler, Mama. Am Samstag kannst du meinen Artikel über ihn lesen. Ich fahre in drei Minuten. Sei mir nicht böse. Und sag nichts.‹

›Geh‹, sagte sie mit einer seltsam zitternden Stimme. ›Du hättest mir das wenigstens am Abend vorher mitteilen können. Dein grenzenloser Egoismus versetzt mich immer wieder in Erstaunen. Egoismus und Demagogie – zwei Dinge, die du von deinem nichtsnutzigen Vater geerbt hast.‹

›Mama, ich bitte dich!‹ schrie ich, als sie mir den Rücken kehrte und mürrisch die Zeitungsseiten umblätterte.

Es klingelte. Go! Ich stürzte zur Tür, um aufzumachen. Sein Gesicht war aufgedunsen, angeschwollen, die Augen blutunterlaufen, die rechte Hand heftig zerkratzt und die Jacke dreckverschmiert. Er roch wie ein Penner.

›Guten Morgen, LBL. Siehst du, ich bin ganz pünktlich! Was hast du also beschlossen?‹ Er blickte mich mit einem unschuldigen Lächeln an.

›Ich fahre mit dir, Go.‹

›Prima.‹ Er schob mich zur Seite und durchschritt den Korridor.

Meine Mutter stand an die Wand gelehnt und rauchte.

›Oh, Madame, hätten Sie vielleicht eine Zigarette für mich?‹

Meine Mutter zog schweigend ein Päckchen Zigaretten und ein Feuerzeug aus der Manteltasche und schleuderte sie zu Boden – wie einen Knochen für den Hund. Go lächelte schief, bückte sich, hob beides auf und küsste den Saum ihres Morgenrocks. Dann fragte er mich, als wäre nichts geschehen: ›Nun, meine Liebe, wo sind deine Sachen?‹

Ich zeigte sie ihm. An der Tür standen ein Koffer, eine vollgestopfte Handtasche und eine Schreibmaschine.

›Ziemlich viel, mein Kind.‹

Go steckte die Zigaretten und das Feuerzeug meiner Mutter in seine Jackentasche. Ächzend hob er den Koffer, die Handtasche warf er sich über die Schulter. Er blieb mit den Sachen in der Tür stecken, verlor das Gleichgewicht und fluchte grässlich. Er steckte den Kopf kurz vom Treppenhaus herein und rief: ›Auf Wiedersehen, Madame! Wir sehen uns dann auf der Hochzeit Ihrer Tochter. Ich werde ihr ein wirklich guter Mann sein!‹

Woraufhin er keuchend die Treppe hinunterstieg.

›Sei nicht böse, Mama‹, stammelte ich von Tränen, Scham und Schuld gewürgt. ›Ich ruf dich heute Abend an . . .‹

›Geh . . .‹, sagte sie nur.

Ich nahm die Schreibmaschine und ging. Go wartete. ›Ich möchte dich so gern küssen, LBL, aber ich kann die Zigarette nicht aus dem Mund nehmen. Ich habe schon seit etwa einem Jahrhundert nicht mehr geraucht.‹

Ich hielt Ausschau nach einem Taxi, doch vergeblich.

›Wozu schleppst du die Schreibmaschine mit?‹

›Ich will Artikel schreiben . . .‹

›Mein Gott, sie will Artikel schreiben!‹ Go wieherte vor Lachen. ›Sag mal, wie sollen wir deinen Hausrat bis zu mir schleppen? Ich wohne beim Tor der Morgenröte. Ach, wie hasse ich doch die Neubauviertel, hast du wirklich fünfundzwanzig Jahre hier gewohnt?‹

›Ja.‹

Meine Mutter stand hinter dem Vorhang und schaute herunter.

›Go, meine Mutter schaut zum Fenster raus.‹

›Soll sie nur. Ist doch eine schöne Aussicht, nicht wahr?‹ Er lachte, dass es im ganzen Hof widerhallte. ›Weshalb hast du mir gestern die Hand so zerbissen?‹

Er hielt mir seine blutigen Knöchel vor das Gesicht. Ich küsste sie. Ich wollte, dass meine Mutter es sähe. ›Ich beiße nicht, Go. Du hast sie selbst irgendwo zerkratzt.‹

›Bei mir fangen auch noch phlegmatischere Naturen als du zu beißen an.‹

›Go . . .‹, stammelte ich und bekam vor Tränen keine Luft.

Da kam eine schwarze, mit zwei Schimmeln bespannte Kutsche in den Hof gefahren.

›Ich fahre dich wie ein Prinz seine Prinzessin nach Hause, LBL.‹

Go lud meine Sachen in die Kutsche. Ich winkte meiner Mutter zu, die sich schon nicht mehr hinter dem Vorhang verbarg. Die Nachbarn drückten die Gesichter an die Fensterscheiben und sahen zu, wie Go mich auf die Arme hob und zur Kutsche trug. Mir schien, dass es keine glücklichere Frau auf der Welt geben könne.

›Endlich werde ich dich küssen‹, flüsterte Go, als die Kutsche aus dem Hof rollte.

›Wo hast du diese Kutsche her?‹

›Sie ist mein Eigentum. Ich gehöre einer alten und geheimen Königsfamilie an. Jetzt wirst du Königin, LBL. Königin LBL Go.‹

Die ganze Fahrt bis zum Tor der Morgenröte war ein einziger langer Kuss.

Wir betraten einen kleinen Innenhof. Von den Dächern tropfte es vom Tauwetter, und der Hof war von seltsamen Tönen erfüllt. Als ich die schmale Treppe hochstieg, versuchte ich zu erraten, wie wohl Gos und jetzt auch mein Zuhause aussehen würde.

Go brauchte lange, um die Tür aufzuschließen. Ich betrat ein dunkles Vorzimmer und begann aus irgendeinem Grund zu zittern. Go machte Licht. Gleich vor uns stand ein riesiger Spiegel mit geschnitztem Holzrahmen.

›Wir sehen nicht schlecht aus nebeneinander, nicht wahr, LBL?‹ fragte er und reichte mir die Hand, wie um ein Menuett zu tanzen. ›Komm, ich werde dir meine Höhle zeigen. Dort herrscht immer Dämmerlicht. Alle Fenster gehen auf einen dunklen Hof, tief wie ein Brunnen.‹

Im Heiliggeistkloster läuteten die Glocken.

›Du kannst dich wie im Kloster fühlen, LBL.‹

Go hatte zwei geräumige Zimmer mit hohen Decken. Im Dämmerlicht erinnerten die von Lack und Gold glitzernden antiken Möbel, die großen verglasten Bücherschränke, das knarrende Parkett, der Staubgeruch eher an die Wohnung eines betagten Gelehrten als an die eines Bohemiens.

›Das habe ich alles von meiner Großmutter geerbt‹, sagte Go und legte eine Schallplatte von Bach auf dem alten Grammophon auf.

›Warum gibt es hier keine Bilder von dir?‹

›Was sollte ich hier damit? Ich bin auch selbst selten in dieser

Wohnung. Gehen wir in die Küche. Ich glaube, es ist Zeit für eine kleine Mahlzeit.‹

Der Küchenboden war mit schwarzen und weißen Fliesen ausgelegt wie auf dem Bild von Vermeer.

›Mach es dir bequem. Ich werde ein Bad nehmen, ich fühle mich wie aus einem Abfallberg herausgezogen.‹

›Ich kann mich um das Essen kümmern.‹

›Nein, Königin, heute bin ich hier der Hausmann …‹, sagte Go und schenkte mir ein Glas Rotwein ein. ›Ich komme gleich zu dir zurück.‹

Ich saß in einem Sessel mit geschnitzter Lehne und trank taumelnd vor Glück den Wein. Die Glocken läuteten, Bachs Präludium ergoss sich über mich, im Bad floss das Wasser, Gos Bass sang ›Herzen der Mädchen …‹, vor dem Fenster prasselten die Tropfen eines plötzlichen Regenschauers. An der Küchenwand hingen etwa hundert Reproduktionen der Mona Lisa: von verschiedener Größe, verschiedener Farbe, scheinbar sogar verschieden dreinblickend und lächelnd.

Go kam bald zurück. Er sah jünger, frisch und munter aus. Er trug ein weites weißes Hemd und schwarze Samthosen. Wir stießen mit den Kristallgläsern an. Es war wie im Märchen.

›Verzeih mir, LBL, ich habe nur Lachs, Käse und Oliven. Die Zeit der morgendlichen Rühreier ist für uns noch nicht gekommen, nicht wahr?‹

›Ach, Go, ich mag Oliven, Rotwein und Lachs so sehr! Wo hast du das alles her?‹

›Ich sagte doch, dass ich ein König bin. Hat dich die Kutsche noch nicht überzeugt? Und du bist eine Königin. Ich erfülle all deine Wünsche: Zigeuner, Wein, Lachs, Oliven! Was wünschst du dir noch?‹

›Dich, Go.‹ Ich setzte mich auf seine Knie. Wir prosteten einander noch mal zu.

›Weißt du was, Viktorija? Ich male irgendwann mal ein Selbstporträt von mir mit dir auf den Knien.‹

Go sah mich an, wandte den Blick aber plötzlich jemandem hinter meinem Rücken zu. Ich sah, wie sich der Ausdruck seiner Augen veränderte. ›Was hältst du von ihr?‹

Aus einem unerklärlichen Grund zuckte ich zusammen. ›Von wem, Go?‹

›Von Mona Lisa, La Gioconda ...‹ Gos Augen blitzten sonderbar auf.

›Es ist ganz furchtbar, so verschieden sind die Reproduktionen. Man müsste einmal das Original zu Gesicht bekommen.‹

›Weißt du denn, wo es ist?‹

›Im Louvre.‹

›Und wer hat dir gesagt, dass das Bild dort das Original ist?‹

›Go, das wissen doch alle!‹

›Und was wissen noch alle?‹

›Nun, dass sie möglicherweise schwanger war, als sie Leonardo Modell saß. Oder an Syphilis litt und Medizin einnahm, von der die Zähne schwarz wurden, der Zahnschmelz zerstört wurde, und dass sie deshalb so seltsam lächelt. Vielleicht ist es eine Art Selbstporträt von da Vinci, ein Spiegelbild von ihm, eine eigenartige Anima des Genius. Dali oder ein anderer aus seiner surrealistischen Gesellschaft malte die Mona Lisa mit Schnurrbart ...‹

›Dein armer Kopf ist voller Müll«, sagte Go und streichelte mich wie eine Katze. »Hast du schon einmal gehört, dass Mona Lisa Satan sei?‹

Mich schauderte. Go sprang auf. Der Wein in meinem Glas schwappte über.

›Leonardo hatte einen Pakt mit dem Teufel. Der schwarze Mond in seinem Horoskop verrät alles!‹ Go sprang auf und riss eine Reproduktion von der Wand. ›Sieh dir doch bloß einmal dieses Gesicht, diese Augen, diese Hände an. Satan, der lebendige Satan, der nicht einmal versucht, sich irgendwie zu maskieren. Sieh dir diese Figur an und die Landschaft dahinter. Leonardo war ein Meister der Proportionen und der Perspektive. Aber diese Frau ist eine Riesin, ungefähr zehn Meter groß. Sie sitzt irgendwo hoch oben oder hängt einfach in der Luft. Die Berge, die Wege und die Gewässer sind wie aus der Vogelperspektive gemalt. Und was bedeutet der geheimnisvolle Schein am Horizont? Könntest du vielleicht sagen, welche Tageszeit das ist?‹ Go warf die Reproduktion angeekelt wie ein schlüpfriges Kriechtier zu Boden.

›Go, ich habe Angst!‹ flüsterte ich von Schauern geschüttelt.

Go beugte sich zu mir und küsste mir die Stirn. ›Verzeih, LBL, aber ich muss gehen. Hier bist du für dich allein. Gewöhn dich an dein neues Zuhause. Ich werde bald zurück sein.‹

Er hatte es plötzlich eilig, als ob er einen Zug verpassen würde.

In einer Ecke der Küche stand ein Schaukelstuhl. Ich setzte mich darauf. Ich schaukelte und trank Wein, aß Lachs, Käse, Oliven. Ich bemühte mich, die Dutzende von Mona Lisas an den Wänden nicht anzusehen. Aber die, die Go zu Boden geworfen hatte, zog meinen Blick wie ein Magnet auf sich. Ich hob sie auf, und je länger ich das rätselhafte Gesicht betrachtete, desto unwohler wurde mir. Es schien, als wollte sich Satan aus der Ansichtskarte herauswinden wie ein Dschinn aus der Flasche und sich in seiner ganzen Riesengröße vor mich hinstellen, mit dem Kopf bis an die Decke reichend.

Ich fühlte mich wie in einem Alptraum. Ich zwang mich aufzustehen, nahm die Weinflasche und rannte wie im Kreuzfeuer eines Heckenschützen ins Bad. Ich schloss die Tür ab, setzte mich auf den Boden und atmete erleichtert auf. Schon als Kind versteckte ich mich vor allen Ängsten im Bad. Hier war es warm. Aus dem Hahn tropfte rhythmisch das Wasser. Ich machte Licht und sah mich um. Ich musterte Gos Toilettenartikel. Alles war pedantisch geordnet. Ich konnte nicht glauben, dass ein Mann allein solche Ordnung halten kann. Hier musste gelegentlich eine Frau vorbeischauen. Viele Frauen! Ich nippte am Wein. Ich spürte selbst nicht, wie ich einschlief. Als ich nach etwa fünf Stunden erwachte, war Go immer noch nicht zurück.

Ich schlich mich in den Korridor. In der orthodoxen Kirche läuteten wieder die Glocken. In den Zimmern war es dunkel. Ich machte alle Lampen an, die ich fand. Ich schlenderte zwischen fremden Sachen umher und bemühte mich, nicht an Mona Lisa zu denken. Ich blätterte in prächtigen Bildbänden: Giotto, Fra Angelico, Botticelli, Zurbarán, El Greco, Vermeer, de la Tour, van Eyck, Bosch, Brueghel, Blake, Rodin, van Gogh, Gauguin, Delvaux, hörte Bach, Vivaldi, gregorianische Choräle, Pergolesi, Mozart, Messiaen, las Eliot, Trakl, Baudelaire, Rilke, Rimbaud, hörte Ella Fitzgerald, Mahalia Jackson, Janis Joplin,

Jim Morrison ... Meine wichtigste Nacht in Gos Zuhause verging ohne ihn.

Genau um eins zog ich das Nachthemd aus dem Koffer. Ich legte mich in das große Bett, zwischen die weißen Laken, die nach Sauberkeit und Frische rochen. Um halb zwei begann ich zu weinen. Um zwei fiel mir ein, dass ich Mama noch nicht angerufen hatte. Go hatte kein Telefon, doch das Gewissen plagte mich bis um drei. Schließlich kam die Angst angekrochen. Ich zog mir die Decke über den Kopf, damit ich die neben dem Bett stehende lächelnde Mona Lisa nicht sähe. Go kam um halb vier. Er klapperte lange in der Küche herum, wie um absichtlich meinen Schmerz und meine Wut anzufachen. Als er endlich ins Zimmer trat, verhielt er sich so, als ob er nur eine halbe Stunde weg gewesen wäre. Er streckte die Hand aus und näherte sich mir. Ich stand mit weit gespreizten Beinen auf dem Bett und schrie.

›Wag es ja nicht, mich heute Nacht anzufassen! Ich will nicht, ich will nicht! Wer gibt dir das Recht, mich so auf die Folter zu spannen?! Ich will dich nicht, hörst du, ich will nicht!‹ kreischte ich und sprang vom Bett in eine Ecke des Zimmers.

›Dein Nachthemd ist so schön durchsichtig, doch am besten wäre es gar nicht da‹, sagte er und kam schuldbewusst lächelnd zu mir.

›Wag es nicht, mich anzurühren! Ich will nicht ...‹, stammelte ich, schon betört von Gos animalischem Geruch.

›Ich werde dich nicht anrühren!‹ sagte er und presste sich mit dem ganzen Körper an mich. ›Komm, ich zeig dir was.‹

Finster ging ich hinter ihm her in die Küche. Auf dem Tisch in einer Glasvase leuchtete ein Zweig grünlicher Orchideen.

›Die ist für dich, LBL. Gefällt sie dir?‹ Go lächelte triumphierend, als ob er die wunderbare Blume selbst erschaffen hätte.

›Ach Go, was für eine Pracht!‹ flüsterte ich und umarmte ihn. ›Aber Orchideen sind sündhaft teuer ...‹

›Meine Liebe, wann werde ich dir endlich diese plebejischen Seufzer austreiben? Ich dachte, wenn dir Zigeuner gefallen, dann wirst du auch Orchideen zu würdigen wissen.‹

›Go, ich liebe dich, ich war so traurig allein‹, schluchzte ich und ging barfuß hinter ihm her, zurück ins Schlafzimmer.

›Lass mich dir dieses Nachthemd ausziehen.‹

Wir legten uns hin. Am ganzen Körper bebend wandte ich mich Go zu, doch er sagte: ›Wir wollen nur ruhig daliegen, LBL. Lass mich ausruhen. Ich will eine halbe Stunde schlafen. Im Moment habe ich nichts, womit ich dich erfreuen könnte.‹

Er drehte sich von mir weg und rollte sich zusammen. Ich konnte mich nur noch traurig an seinen Körper schmiegen: die Knie an seine Knie, die Schenkel an seine Schenkel, den Bauch an sein Gesäß, die Brüste an seinen Rücken und den Kopf zwischen seine Schulterblätter.

›Go, du stinkst nach dem billigen Parfüm einer Frau ...‹

Er schwieg.

›Go ...‹

›Sei nicht eifersüchtig, LBL, sei nicht eifersüchtig. Ich sagte schon, du bist meine Letzte Bittere Liebe. Du bist Königin. Was willst du denn noch ...‹ Und er begann rhythmisch zu atmen.

Ich konnte nicht einschlafen. Ich dachte an Mama. Ich wollte Go aufwecken und wenigstens einen Teil meiner Schuld auf seine Schultern laden. Doch Go fragte mit einer Stimme, als wäre er gar nicht eingeschlafen: ›LBL, scheint es dir nicht auch, dass dort in der Ecke beim Fenster jemand steht, uns ansieht und lächelt?‹

›Go, sprich nicht so, sonst bekomme ich noch Angst.‹

›Jemand sehr großes, der bis zur Decke reicht, die Arme auf der Brust verschränkt, ein langes dunkles Kleid, sozusagen eine riesige Frau, aber nein ...‹

Ich bekam eine Gänsehaut. Ich packte Gos Hand und kniff sie heftig: ›Go, da ist keine Gioconda, warum machst du mir Angst?‹

›Ach, LBL, man soll sich nicht selbst betrügen. Da ist er, ist er ganz sicher. Da steht der Satan, sieht uns an und lächelt.‹

›Sprich nie mehr so, Go, ich flehe dich an! Ich habe mich den ganzen Tag gefürchtet. Ich wusste nicht wohin vor Angst.‹

›Dann hast auch du gespürt, dass er in dieser Wohnung ist?‹

›Rette mich, tu etwas, Go, sonst verliere ich vor Angst den Verstand!‹ Ich versuchte seinen schweren Körper zu mir herumzudrehen.

Und wir begannen uns zu lieben, so als ob uns wirklich Satan zusehen würde, als ob wir verurteilt wären, als ob das unsere letzte Nacht vor der Hinrichtung wäre und wir schon bei Tagesanbruch zur Hölle fahren müssten. Wir starben und erstanden von den Toten, starben und erstanden, um wieder zu sterben.

Am Morgen weckten uns die Glocken des Heiliggeistklosters. Zum Frühstück hatten wir einige Stückchen angetrockneten Käse und drei Oliven, die wir brüderlich teilten. Die Orchidee schien ein sanftes grünes Licht zu verbreiten.

›LBL, hast du bemerkt, wir haben sie besiegt!‹

›Wen, Go?‹

›Die Mona Lisa.‹ Er blinzelte verschwörerisch.

›Wir haben noch jemanden besiegt, Go ...‹

›Ich sterbe vor Neugier! Wen?‹

›Meine Mama!‹

›Die Mama?‹ Er umarmte mich und flüsterte: ›Nun erzähl schon, erzähl ...‹

›Go, du hast selbst gesagt, dass die Zeit reif sei, die Nabelschnur zu durchtrennen. Da hast du's, sie ist endlich durchtrennt! Es war immer so: Jedes Mal, wenn meine Mutter mir Vorwürfe machte, Befehle erteilte, mich zu etwas zwang, mir etwas verbot, mich anschrie, wenn es einfach nicht mehr zum Aushalten war, dann spürte ich den Impuls, mir die Pulsadern aufzuschneiden. Verstehst du? Nicht allgemein mich umzubringen, sondern genau diese Bewegung auszuführen ... Durchtrennen, durchbeißen, abschneiden ... Ich denke jetzt, mein Unbewusstes sandte diese Signale nicht in Bezug auf die Adern, sondern auf die Nabelschnur, doch das Bewusstsein transformierte alles ...‹

›Mein Gott!‹ rief Go aus und stand auf. ›Ich scheine mir ein Genie der Psychoanalyse ins Haus geholt zu haben. Möchtest du Sekt darauf trinken?‹

›Ja, gerne. Aber ich habe noch nicht alles erzählt.‹

›Noch nicht alles? Anfangs hast du gar nicht so gesprächig gewirkt‹, meinte Go und starrte mit einem meditativen Blick in den offenen Kühlschrank. ›Es gibt doch nichts Schlimmeres als die endlosen Theorien von Psychoanalyse-Fans. Ich muss dich enttäuschen, wir haben keinen Sekt.‹

›Macht nichts. Dann trinken wir ein andermal. Hör zu, was mir heute Nacht passiert ist. Bis du heimkamst, hatte ich furchtbare Gewissensbisse …‹

›Wegen deiner Mutter?‹

›Nun ja. Und als wir beide uns hinlegten, wurde das Schuldgefühl fast zum körperlichen Schmerz …‹

›Auch wegen deiner Mutter?‹

›Ja. Doch als wir anfingen uns zu lieben, wollte ich so laut schreien, dass meine Stimme durch die ganze Stadt fliegen und meine Mutter aus dem Schlaf reißen würde … Ich wollte rufen: ›Sieh her, Mama, diese Leidenschaft, unser beider Liebe – sie wird dir nie gehören, wird sich deiner Kontrolle, deinen Bitten, deinen Befehlen nicht unterwerfen! Sieh her, wie wir uns lieben, und knirsch vor Eifersucht mit den Zähnen, stampf mit den Füßen, spuck und winsle! Denn dich hat niemand je so geliebt!‹

›Woher weißt du das?‹ unterbrach Go und nahm nun doch eine Flasche Sekt aus dem Kühlschrank.

›Ich wollte rufen: Ma, schau her, das, was deine puritanische Seele entsetzt, ruft bei mir die süßeste Ekstase hervor … Schau doch, zwei Körper voller Glückseligkeit, sie existieren nicht in deinem Willen, nicht einmal in Gottes Willen, sie existieren nur im Willen der Liebe …‹

›Deine Mutter schien mir gar keine so schreckliche Puritanerin zu sein. Warum hast du eine so schlechte Meinung über ihre sexuelle Erfahrung? Übrigens haben wir zwei gar nichts besonders Schockierendes getan …‹ Go stellte den Sekt und zwei Gläser auf den Tisch.

›Sie hat ein schwaches Herz. Und sie erinnert mich gern an Folgendes: ‚Ich werde sterben. Wie wirst du dich fühlen, wenn ich tot bin?' Das war ein entwaffnendes Argument. Ein Fest für die Gewissensbisse und die Schuldgefühle. Doch heute Nacht wollte ich aufschreien: ‚Mama, auch ich werde sterben. Wir sind absolut gleichberechtigt! Ich werde auch nicht ewig leben! Dieses Leben ist mein einziges, warum also hängst du darüber wie eine schwarze Wolke des Unheils! Lass mich frei atmen! Sieh mich an, mich, von Leidenschaft erfüllt, jetzt, da dieser Mann alle von dir angelegten Fesseln, Ketten, Bande von mir reißt, wie ich endlich in die völlige, absolute Freiheit eintauche!'‹

Go ließ den Korken knallen.

Mitte Dezember heirateten wir wirklich. Go hatte keine Unmenge (so schien es mir) anderer Frauen mehr. Meine hysterischsten Eifersuchtsszenen beantwortete er mit dem einen Satz: ›Du bist doch meine Königin, LBL.‹

Das Neue Jahr begrüßte ich ohne Go in der sonderbaren, doch inzwischen vertrauten Umgebung: Giotto, Fra Angelico, Botticelli, Zurbarán, El Greco, Vermeer, de la Tour, van Eyck, Bosch, Brueghel, Blake, Rodin, van Gogh, Gauguin, Delvaux... Bach, Mozart, Messiaen, Pergolesi... Eliot, Trakl, Baudelaire, Rilke, Rimbaud... Ella Fitzgerald, Mahalia Jackson, Janis Joplin, Jim Morrison...

Im Heiliggeistkloster läuteten die Glocken. Es regnete.

Im April landete Go zum ersten Mal im Irrenhaus. Der Erste-Hilfe-Wagen wurde von den Nachbarn des Ateliers gerufen. Den ganzen Tag hörten sie, wie Go Sachen herumwarf, zerbrach, zerhackte, zerschlug, hin und wieder schauerlich aufschrie. Als Rauch aus dem Küchenfenster trat, drückten die Nachbarn die Tür ein und stürzten hinein. Go stand halbnackt inmitten des verwüsteten Zimmers. Der Boden war übersät von Flaschenscherben. Die Wände ganz bunt von fetten, glänzenden Ölfarbeflecken. Vor dem Fenster war ein großer Scheiterhaufen aus zerbrochenen Rahmen, zerschnittenen Bildern, zerrissenen Leinwänden aufgeschichtet. Das Feuer leckte schon gierig schmatzend über Boden und Wände. Zum Glück war es Go nicht in den Sinn gekommen, Lösungsmittel ins Feuer zu gießen. Als er die Leute sah, drückte er scharfe Scherben in seine Hände und murmelte etwas völlig Unverständliches. Man sagt, sie hätten ihn in einer Zwangsjacke abgeführt.

Als ich das Atelier betrat, wusste ich nicht, wo ich anfangen sollte. Die Decke und die Wände beim Fenster waren ganz schwarz. Auf dem von Scherben übersäten Boden standen zwei rote Feuerlöscher. Ich war so beschäftigt, dass ich erst nach einer halben Stunde ein zur Wand gedrehtes Bild bemerkte, das einzige, das Go unzerstört zurückgelassen hatte. Es war ein riesiges Gemälde: ein mal drei Meter groß. Der obere Blendrahmen erreichte die Decke und kratzte am Putz, als ich das Bild umzudrehen versuchte. Im Zimmer herrschte braunes Dämmerlicht. Ich machte alle Lichter an. Ich lehnte Gos letztes Werk an die hintere Wand des Zimmers und stellte mich ans Fenster. Es war die Gioconda. Der Schatten der kosmischen Riesin fiel über die metaphysische Sehnsucht verströmende Landschaft. Den Kopf nach hinten geneigt, spürte ich, wie ich weiche Knie bekam, betrachtete das lächelnde Gesicht Mona Lisas. Ihre Augen waren gelb.

Er blieb bis Mitte Juni in der psychiatrischen Klinik von Naujoji Vilnia. Mir schien, dass jede dort verbrachte Woche ihm ein wenig seines eigenen Wesens nahm. Ich stellte mir Go als Wald vor, in dem an jedem Irrenhaus-Tag und in jeder Irrenhaus-Nacht ein Baum gefällt wurde.

Doch die Ärzte hielten mir Vorträge über ein Wahnsystem, das typisch für das paranoide Syndrom sei. Sie sagten, ich hätte die Dissimulation nicht rechtzeitig bemerkt – die verborgenen Wahnvorstellungen meines Mannes, denn wenn ich aufmerksam genug gewesen wäre, hätte ich mich schon am ersten Abend unserer Bekanntschaft an die Psychiater wenden müssen, als Go auf der Treppe eine Stimme sagen hörte: ›Der Gesandte ist schon unterwegs!‹

Eine Woche später erklärte mir ein Arzt mit einem farblosen, absolut nichtssagenden Gesicht, dass sie die Diagnose berichtigt hätten: Es handle sich um ein paranoid-halluzinatorisches Syndrom.

›Ist das schlimmer oder besser?‹ erkundigte ich mich und schluckte die Tränen hinunter.

›Meine Verehrte‹, der Arzt räusperte sich, ›auch als Spezialist kann ich Ihnen keine eindeutige Antwort geben. Darüber wurde eine Menge Bücher geschrieben . . .‹

›Ist das Schizophrenie?‹ fragte ich, denn ich war davon überzeugt, diese Krankheit sei die schlimmste von allen, an denen ein Mensch erkranken kann.

›Du lieber Gott!‹ brummte der Gesichtslose, während er sich mit einem Taschentuch die Brille putzte, und sah mich an, als hätte ich gefragt, ob denn nicht der Storch die Kinder bringe.

Einen ganzen Monat lang ließ man mich Go nicht besuchen. Als ich ihn Ende Mai im Garten des Krankenhauses endlich wiedersah, zwischen blühenden Apfelbäumen, krächzenden Raben und Hunderten von Butterblumen, da konnte ich an meinem Mann überhaupt keine furchtbaren Symptome erkennen. Er war nur viel dicker geworden, er passte kaum in den abgetragenen Krankenhauspyjama und den verwaschenen olivgrünen Morgenrock. Er bewegte sich ganz langsam. Er sprach wie eben erst geweckt.

Den ganzen Sommer verbrachten wir dank eines guten Freundes von Go am Meer, weit weg von den Menschen. Das kleine romantische Fischerhäuschen stand in den Dünen. Bei Sturmflut schlugen die Wellen gegen seine Holztreppe.

Gos jähe Krankheit erschien wie ein Alptraum, den wir beide träumten, aus dem wir aber auch beide gleichzeitig aufwachten. Wirkliche, sorglose Ruhe durften wir nicht mehr erfahren. Schlimme Vorahnungen hingen wie ein Damoklesschwert über unserem Bett und über Gos Liebkosungen, die ihre Hitze verloren hatten. Die Krankheit schlich uns hinterher, immer und überall – wie ein stiller, zielstrebiger, nicht umzustimmender Wahnsinniger.

Ich fühlte mich, als ob auf den Kopf meines Mannes eine Prämie von mehreren Millionen ausgesetzt wäre; wie wenn dauernd der blutige Schatten der Vendetta auf ihn fiele und wir jeden Morgen von der Mafia tote Fische in schwarzen, mit rotem Samt gepolsterten Kästchen erhielten; als ob Go eine Art Salman Rushdie wäre, über den die Eiferer die Fatwa verhängt hatten. Unter der dauernden Anspannung litt nicht ich allein. Go wusste auch, dass der Wahnsinn jeden Augenblick ausbrechen konnte: im Traum, in der stillen Abenddämmerung, beim morgendlichen Spaziergang, wenn er, der die Einsamkeit liebte, ganz dicht am Wasser entlangging und ich wie ein von ihm abgetrennter Schatten über die Dünen huschte, wenn er helle Aquarelle malte oder mit dem großen, altertümlichen Messer Brot schnitt …

Das zweite Mal, wir waren wieder zurück in der Stadt, begann alles mit einem Brotmesser. Nein, nicht Menschen zerschnitt Go, sondern … Katzen. Gelbäugige Abgesandte Satans. Einmal, als ich von der Arbeit nach Hause kam, fand ich dreizehn kleine Körper mit aufgeschlitzten Bäuchen auf dem Vermeerschen Küchenboden. Vor lauter Blut waren die schwarzen und weißen Bodenfliesen nicht mehr zu sehen. Es roch nach Baldrian. Go saß im Schaukelstuhl, rauchte und lachte triumphierend: ›Du wirst sehen, LBL, ich werde ihn besiegen! Ich werde die Welt von Satan befreien! Und dann wirst du nicht mehr nur meine Königin sein, sondern die Königin der Welt ...‹

In diesem Moment bildeten sich in mir Schutzvorrichtungen. Fiel ein gewaltiges Gitter herab. Ich schrie nicht, weinte nicht, zitterte nicht. Einige Tage später schaukelte ich mich im selben Schaukelstuhl. Der glänzende Schachbrettboden erinnerte in nichts mehr an die dreizehn aufgeschlitzten Katzen. An der frisch gestrichenen Wand hatten zweihundert Giocondas nicht die geringste Spur hinterlassen.

Die Ärzte empfahlen uns, die Wohnung zu wechseln, damit weder das Glockenläuten noch irgendwelche anderen Erinnerungen Gos Bewusstsein reizten, das jetzt so empfindlich war wie ein Baby mit verbrühter Haut. Die Anweisung führte ich mit Hilfe von Gos Freunden aus. Doch in unserer neuen Wohnung mit Fenstern auf die Uferpromenade an der Neris war Go ein seltener Gast. Sein Platz war *dort* – in den nach Harn und Desinfektionsmittel stinkenden Krankenzimmern, in den langen dunklen Korridoren, in denen die Türen keine Klinken hatten, in den mit Stahlnetzen verhängten Treppenhäusern und in dem alten, durch hohe Mauern von der Außenwelt abgeschnittenen Garten.

Eines Morgens, als Go in der Mitte der ungemähten Wiese stand und dort mit einem alten Gaul des Irrenhauses sprach, kam ein Priester zu ihm. Vater Paulius. Sie fanden sofort eine gemeinsame Sprache: darüber, wie Baranauskas versuchte, das Innere der Hölle auszumessen; was die Behauptung des heiligen Augustinus bedeute, dass Gottes Wille keinen Anfang habe und Gottes Ewigkeit keine Zeit kenne; was Gott vor der Schöpfung der Welt machte; wodurch sich die Häretikersekte der Adamiten auszeichnete, der Hieronymus Bosch angehörte; ob die im Weltall verstreuten Teilchen unserer Sünden wirklich unzählbar sind, warum Gregor von Narek so verzweifelt war ...

Schließlich kam auch die Stunde, als der graugesichtige Psychiater mich sanft am Ellbogen ergriff und in einem Ton, in dem man sonst den Tod eines nahestehenden Menschen mitteilt, erklärte, dass es gescheit wäre, nein, dass es überhaupt das Gescheiteste wäre, wenn ich mich von Go scheiden ließe. Ich sei jung, schön, charmant, habe alles noch vor mir, es habe keinen Sinn, sich für einen unheilbar psychisch Kranken aufzuopfern. Seine Krankheit würde leider nur schlimmer. Und eine Frau wie ich ...

›Nein!‹ unterbrach ich den Arzt. ›Auf keinen Fall. Ich werde Go nicht verlassen. Ich werde durchhalten.‹

Während ich dies sagte, schaute ich durch das Fenstergitter auf den monoton herabrauschenden Septemberregen. Ich hatte nicht einmal bemerkt, wie der Sommer verging, in dem ich und Go schon nicht mehr ans Meer fuhren ...

Wir waren zu dritt im Sprechzimmer. Ich, der gesichtslose Psychiater und der Priester Paulius. Ich wandte mich um. Der Priester bohrte mir seinen scharfen Blick in die Stirn, als wollte er eine Lobotomie durchführen. Er kam näher und sagte leise: ›Wenn Sie mich lassen, dann helfe ich Ihnen beim Durchhalten ...‹

›Ich helfe Ihnen beim Durchhalten ...‹

Wusste er, was er da sagte? Jetzt ist das schon nicht mehr wichtig.

Vater Paulius überzeugte mich und, wichtiger noch, die Ärzte, dass sich Go zu Hause wohler fühlen werde. Am schwierigsten war Go zu überreden, denn das Irrenhaus erschien ihm so, wie ein Ballon voller Sauerstoff jemandem erscheinen musste, der die ganze Zeit von Erstickungsanfällen geplagt wurde.

Erst zu Hause merkte ich, wie furchtbar sich Go verändert hatte. Im Krankenhaus hatte ich ihn wie durch einen Nebel gesehen.

Go konnte seinen schwammigen, aufgedunsenen, schwer zu kontrollierenden, ihm selbst fremd gewordenen Körper kaum mehr in seinen alten Schaukelstuhl zwängen. Das Buch, das er geradezu wie einen rituellen Gegenstand in die Hand nahm, glitt ihm gleich wieder aus den zitternden Händen, und er schlief mit offenem zahnlosem Mund sofort ein. Der graue Psychiater versicherte mir, dass sich mein Mann alle Schneidezähne ausgeschlagen habe, als er einmal bewusstlos die Treppe hinunterfiel. Ich hatte meine eigene Meinung dazu, obwohl ich die Psychiatriepfleger gesehen hatte: sie hatten keine Ähnlickeit mit KZ-Aufsehern. Gos schmales Gauguin-Bärtchen hatte sich in eine das ganze gequälte Gesicht bedeckende graue Flora verwandelt, wie sie meist auf den Bildern der Primitivisten die Irren tragen.

Meinem Mann den Bart zu rasieren wurde denn auch zur ersten Aufgabe für Vater Paulius. Es war streng verboten, Go irgendein scharfes Ding in seine zitternden Hände zu geben. Und ich hatte Angst, ihn zu rasieren, damit, falls Go absichtlich oder unabsichtlich irgendeine ruckartige Bewegung machte, nicht das geschehe, woran ich, ich gebe es zu, immer öfter wie an eine Erlösung für uns beide dachte.

Vater Paulius besuchte uns zweimal die Woche: montags und donnerstags. Zuerst rasierte er Go. Dann gingen wir alle drei spazieren. Meistens fuhr uns der Priester in seinem Wagen an irgendeinen Platz außerhalb der Stadt. Schließlich kehrten wir nach Hause zurück, um zu Mittag zu essen. Ich schwirrte um die Töpfe herum oder hockte am Tisch wie eine stumme Sklavin. Und Go unterhielt sich mit dem Priester. An Gesprächsthemen fehlte es ihnen nie: Wenn die Zeit ein Gedanke ist, sollen wir sie dann für leer oder für einen Gedanken über das Dasein halten? Werden unsere Körper als Materie wieder auferstehen? Wenn die Seele nicht von ihrer engen Beziehung zum Körper gestört würde, könnte sie sich dann mit der geistigen Substanz verbinden oder wäre eine totale Verbindung unmöglich, solange noch nicht alle körperlichen Einflüsse unterdrückt sind? Ist es wirklich so, dass, wenn es etwas gibt, was sich in der Zeit bewegt, unbedingt auch etwas jenseits der Zeit existieren muss? Nimmt von allen angsterregenden Dingen der Tod eine besondere Stellung ein?

Gos Blick irrte ständig umher, hielt nicht einmal für kurze Zeit inne, als wenn sich vor seinen Augen dauernd ein enormes Kaleidoskop drehte. Vater Paulius stützte den Kopf auf und starrte melancholisch aus dem Fenster. Mir warf er nur ab und zu einen Blick zu. Manchmal war sein Blick so durchdringend, dass ich zurückzuckte. Die Augenhöhlen des Priesters waren tief, voller blauer Schatten, er hielt die schweren Lider, unter denen dunkle, kalte Augen unenträtselbar, furchteinflößend hervorblickten, meist halb geschlossen.

Vater Paulius sprach mir oft von der Erfüllung durch rückhaltlose Aufopferung und zitierte Axel Munthe. Ich sah mich als barmherzige Schwester in einem Film über den Ersten Weltkrieg: mit schwarzem Nonnenhabit und einer weißen Kopfbedeckung wie ein Segelschiff. All mein schöpferischer Ehrgeiz verblich endgültig.

Einst hatte ich gehofft, dass ich nach meinen Interviews mit den Berühmtheiten früher oder später selbst zur Berühmtheit würde. Ich träumte davon, Novellen, Erzählungen zu schreiben und mich vielleicht sogar an einen Roman zu wagen. Der Roman sollte von Maria Magdalena handeln oder vielleicht von einer Hexe, die wegen ihrer Liebesabenteuer mit einem Priester nach fürchterlichen Folterungen schließlich auf dem Scheiterhaufen verbrannt wird ... Jetzt tippte ich zwölf Stunden pro Tag die prätentiösen Romane von Gos Freunden ab. Ich musste ja irgendeinem Broterwerb nachgehen, umso mehr, als wir sehr viel Brot brauchten, denn die Invalidenrente meines Mannes reichte in keiner Weise aus, um seinen pantagruelischen Appetit zu stillen. Mit mir sprach Go nur über Essen, Verdauung, Stuhlgang, Medikamente und Schlaf. Doch wenn der Priester kam, dann wurde er plötzlich lebendig, dann war es, als ob durch den unförmigen Körper des Kranken die Silhouette des früheren, des wahren Go hindurchschimmerte.

Etwa einen Monat lang spürte ich die Süße der Aufopferung. Ich konnte wie die heilige Thérèse von Lisieux sagen, die größte Ekstase – das ist das Opfer! Mein Leben war voller Rhythmus und Harmonie.

Ich stand um sieben auf und eilte zum Markt. Wenn Go aufwachte, erwartete ihn schon das vorzüglichste Frühstück. Sogar während ich das Mittagessen kochte, ratterte ich mit der Schreibmaschine. Die verworrenen Texte vermischten sich mit Gos monotonem Murmeln und den Namen der Medikamente, die ich sechs Mal pro Tag wiederholte, wenn ich in einem schwarzen Schüsselchen die weißen, gelben, rötlichen, grünlichen und himmelblauen Tabletten zurechtlegte. Nachdem ich abends die Wäsche gemacht und den Wecker gestellt hatte, legte ich mich so gegen eins schlafen, doch um drei musste ich wieder aus dem Bett, denn jede Nacht suchte Go furchtbar pünktlich immer derselbe Alptraum heim.

Er sprang aus dem Bett, von kaltem Schweiß überströmt, irrte in der ganzen Wohnung umher, verfolgt von irgendjemandem, der nur für ihn sichtbar war. Auch mich packte die Angst. Immer häufiger bekam ich Lust, in jenen Stunden der Alpträume Vater Paulius zu Hilfe zu rufen. Und mit jedem Mal sah ich klarer, warum ich ihn mitten in der Nacht bei mir zu Hause sehen wollte.

Jene Wolfsstunden waren fürchterlich, denn wenn ich Go hingelegt und beruhigt hatte, mühsam seinen Alptraum besiegt hatte, musste ich auch noch mit meinen Gedanken fertig werden. Es ergriff mich das Gefühl der Sinnlosigkeit meines ganzen Lebens. Ich hatte mich immer nach der starken beschützenden Hand eines Mannes gesehnt, träumte von einer Vaterfigur. Jetzt hatte ich eher ein Baby, das sich ohne meine Hilfe nicht einmal waschen konnte. Nachts schien es oft, dass sich da jemand ganz einfach einen bösen Scherz erlaubt hatte. Erst der Morgen drückte mit zarter Hand meiner Verzweiflung die Augen zu. Wieder begann das disziplinierte, asketische, rhythmische Nonnen-Astronautinnen-Leben. Doch mitten darin pulsierte schon ein gewaltiger Sprengsatz: das Warten auf den Lohn. Mich zu entlohnen war die Pflicht von Vater Paulius. Aber er beeilte sich nicht. Deshalb wuchsen meine Verbitterung, mein Misstrauen, meine Unruhe. Auch gut, dachte ich, denn je mehr ich gequält werde, desto größer wird mein Lohn sein. Im Frühling verschlimmerte sich Gos Zustand und er musste wieder ins Krankenhaus. Von fanatischem Trotz besessen trug ich Gründe für meinen künftigen Lohn zusammen. Meinen Mann besuchte ich jeden Tag und rief damit die größte Verwunderung bei den Pflegern, Schwestern und Ärzten hervor. Die Reise zur psychiatrischen Klinik und zurück dauerte einige Stunden. Ich fuhr in überfüllten Bussen, in denen verdrießliche Mitreisende sich mit Bäuchen und Hintern an mich drängten und meine selbstgebackenen Brötchen mit Kohl zerdrückten – Gos Lieblingsessen.

Voller Hass auf die ganze Welt, doch sanftmütig lächelnd (ich wartete ja auf meinen Lohn) sah ich zu, wie mein Mann jeden Krümel gierig verschlang. Irgendwo im Park auf einer von Krähen bekoteten Bank oder im engen, nach Abort riechenden ›Gästezimmer‹, zwischen anderen monoton kauenden Irren und ihnen aufmunternd zublinzelnden Verwandten. Zu Hause kam ich völlig erschöpft an, und die betörenden Frühlingsdüfte, die hereindrangen, wenn ich das Fenster öffnete, machten mich vollends fertig.

Wie ein ausgewrungener Lappen warf ich mich in den Schaukelstuhl. Träge rauchte ich. Und wartete. Ja – auf den Lohn. Auf den Anruf von Vater Paulius. Doch das ausgefeilte Folterinstrument schwieg. Dann griff ich zu El Greco. Stundenlang studierte ich ein Porträt – den Bruder Hortensio Félix Paravicino y Arteaga. Go erzählte einmal eine Legende, dass dieser schöne Mönch ein heißer Verfechter der Inquisition war, mit Vergnügen an den Folterungen teilnahm und am allerliebsten Ketzern das Todesurteil verkündete. Ich stellte mir mich selbst vor – als Hexe, die vor Bruder Hortensio stand. Ich sah, wie sein rechtes Lid sich kaum merklich hob, ein Flügel der aristokratischen Nase erbebte, ein Muskel im knochigen Gesicht zuckte, als er mich mit melancholischen Augen ansah und halblaut sagte: ›Verbrennen‹, und das Urteil mit einem nachlässigen Wink seiner schönen Hand begleitete. Von masochistischer Wonne eingelullt, ließ ich diesen Film hundertmal vor meinem inneren Auge ablaufen. Nach und nach verwandelte sich der spanische Mönch in Vater Paulius. In der Tat hatten ihre Blicke, Hände, Haltung einiges gemeinsam.

Ich lebte in vollkommener Einsamkeit. Die Zeit verging leer und vergeblich. Doch die Auflösung nahte. Ich spürte das ganz deutlich und bemühte mich, meine gereizte, tränenvolle Ungeduld zu rechtfertigen.

Eines späten Abends, als ich vor Hortensio kniete und auf mein Urteil wartete, durchfuhr mich ein heißer Schauer, denn es klingelte an der Tür. Mir zersprang fast das Herz, während ich öffnen ging, auch wenn ich mir versicherte, dass es auf keinen Fall Vater Paulius sein könne. Er war es auch nicht, sondern Gos Freundin Gerda.

Ich sagte ihr, mein Mann sei im Krankenhaus, doch sie schlüpfte trotzdem herein, blinzelte schelmisch und zeigte auf den aus ihrer Handtasche ragenden Flaschenhals. Ich schlug ihr vor, in die Küche zu gehen, aber sie sagte, sie sehne sich nach

›Gemütlichkeit‹, und deshalb setzten wir uns auf das Sofa in meinem Zimmer. Den Wein tranken wir aus usbekischen Fialen, denn alle Gläser waren schon längst zerschlagen. Ich fühlte mich unsäglich müde, unglücklich, verwildert und wusste nicht, worüber ich mit Gerda reden sollte. Sie war etwa zehn Jahre älter als ich, blond, hübsch, trocken, arrogant und mir unsympathisch.

›Hast du gehört, dass ich die Geliebte deines Mannes war?‹ sagte sie und trank ihre Fiale aus. ›Und soll ich dir was sagen? Go ist unvergleichlich. Sein männliches Werkzeug ebenfalls. Ich durfte nur noch ein Mal ähnlichen Sex erleben: in Amsterdam mit einem Pakistani. Sei dir gewiss, Kleine, kein anderer wird dich je wieder so befriedigen wie Go. Deine Suche danach ist umsonst ...‹

›Ich suche nichts‹, sagte ich gleichgültig, mich kümmerte es nicht, was sie hier schwatzte. Ich wartete nur auf meinen verdienten Lohn.

Aber Gerda schwatzte weiter. Sie erzählte von einer stürmischen Liebesnacht mit Go irgendwo in einem Boot oder auf einem Steg, jedenfalls am Wasser. Am Morgen hatte Gerda überhaupt keine Kraft mehr, Go legte sie ins Bett und kehrte kurz darauf mit einer anderen nackten Frau zurück. Sie liebten sich zu dritt. Gerda spürte, wie die Leidenschaft durch ihren Körper wogte, und als die neunte Welle heranrauschte, öffnete sie plötzlich die Augen und sah, dass die Frau sie streichelte und Go daneben stand und sie aufmerksam beobachtete. Gerda stieß die Frau grob weg, zog sich hastig an und fuhr weg (ihr Wagen stand im Hof), doch noch ehe eine halbe Stunde vorbei war, bereute sie es, die lesbische Liebe nicht zu Ende versucht zu haben. Wahrscheinlich würde ihr das Schicksal keine solche Gelegenheit mehr bieten ...

›Wahrscheinlich nicht‹, sagte ich und wurde langsam betrunkener. ›Ich wäre nicht erschrocken.‹

›Ich weiß. Go sagte, du seist neugierig und mutig.‹

›Was hat Go noch über mich gesagt?‹

›Dass du sehr gehorsam bist‹, sie streichelte mir zärtlich die Wange, ›und beißt.‹

Gerda stellte unsere Fialen auf den Boden und nahm meine

Hände. Ich wusste, was jetzt kommen würde. Doch mir war alles egal. Ich fühlte mich zu müde, traurig und wartete auf meinen Lohn. Das Abenteuer mit Gerda würde nur noch ein weiteres Steinchen im Körbchen meiner Leiden, Enttäuschungen, Verzweiflungen, mit anderen Worten: Verdienste sein.

›Darf ich dich küssen?‹

›Ja‹, stammelte ich mit einer so kummervollen Stimme, dass ich es selbst komisch fand.

Gerdas Atem ging heiß und stockend. ›Ach, Liebste, wie du mich erregst, wie du mich erregst ... Aus den Küssen erkennt man sofort deinen Lehrer. Komm, entspann dich ...‹

Gerda schob mich sanft aufs Bett und legte sich neben mich. Mich überkam richtiggehender Weltschmerz. Mit aller Kraft versuchte ich mich in die Rolle einzufühlen, die ich mir aus irgendeinem Grund auferlegt hatte. Es gelang mir schlecht. Dafür wurde Gerda sofort ganz erregt, keuchte, wand sich, zuckte, stöhnte, flüsterte ab und zu leidenschaftlich: ›Ach, wie schön das ist, wie schön! Dein Körper ist noch so mädchenhaft ... Liebste, entspann dich, sag mir, was ich machen soll, wo ich dich berühren soll, damit du Lust empfindest ...‹

Ich spürte in ihrem bebenden Körper all die Zustände, die Liebkosungen auch in mir hervorriefen, Liebkosungen eines Mannes. Ich wusste, welche Bewegungen oder Berührungen in mir die Lust entfachten, und strengte mich von einer unerklärlichen Neugier getrieben an, dass ihre Leidenschaft lohend brannte. Doch plötzlich sah ich Gerdas Gesicht: eine rote, schweißüberströmte, unheimliche, unkenntliche und scheußlich hässliche Fratze. Ich war ganz verstört, dass eine von Leidenschaft gepackte Frau so abstoßend sein kann. Dass auch ich selbst wohl so gewesen war. Angespannte Muskeln, vor Schweiß glänzende Haut, Falten, starre Augen, verzerrter Mund ... Und dann noch dieser keuchende Atem, dieses Stöhnen! Ich sprang von Gerda weg wie von heißem Wasser verbrüht.

›Oh, Liebste, bleib, bleib noch ein paar Sekunden bei mir, ich bitte dich!‹

Gehorsam ging ich wieder zu ihr. Als ob ich eine Kranke mit Fieberphantasien betreute, tat ich alles, was sie wollte. Ich beobachtete, wie die grässliche Maske der Begierde durchsichtig wurde, wie durch sie wie durch eine feuchte Folie Gerdas wirkliches Gesicht hindurchschimmerte, wie langsam alle Züge sozusagen an ihren Platz zurückkehrten, sich beruhigten, entspannten, von sanfter Ruhe erfüllt.

Ich stand am Fenster und rauchte. Gerda lag noch immer lächelnd auf dem Bett. ›Go sagte schon, dass du nach dem Akt immer davonläufst. Du bist also wirklich eine dieser Frauen …‹

Angespannt dachte ich nach, als ob sie eine Frage gestellt hätte, von der mein weiteres Schicksal abhing: Laufe ich denn wirklich davon? Wohin? Warum? Wirklich? ›Eine dieser Frauen …‹

Als Gerda gegangen war, fühlte ich mich unsäglich schlecht. In jener Nacht begann ich zu ahnen, dass die Stunde des Schicksals endlich geschlagen hatte. Ich fand mich selbst fürchterlich ekelhaft, und die ungeschriebenen Gesetze der Moral diktierten mir, dass mir nur noch blieb, mich aufzuhängen, denn durchtrennte Pulsadern oder Schlaftabletten sind Todesarten für die Reinen. Doch das Warten auf den Lohn war stärker als die Sehnsucht nach dem Tod.

Die ganze Nacht hing über mir ein verzerrtes Frauengesicht. Ich wälzte mich in den zerwühlten Laken hin und her und stellte mir vor, wie dieses Gesicht alle meine bisherigen Männer anekelte …

›Diese Männer haben dich nie so leidenschaftslos betrachtet wie du Gerda … Sie sind nicht objektiv in einem solchen Moment, nicht wahr?‹ Vater Paulius lachte.

Wir saßen in seinem Wagen. Durch die offenen Türen strömten der Duft von Traubenkirschen und Vogelgezwitscher herein. Ich rauchte.

Ja, ich hielt es nicht aus. Ich ging zur Beichte. Jetzt mag das wie ein berechneter, geplanter Schritt erscheinen, doch damals wollte ich nur eines – die mich bedrückende Sünde beichten und mich reinigen. In die Kirche eilte ich früh am Morgen. Als Vater Paulius mich angehört hatte, flüsterte er: ›Warte im Friedhof auf mich. Ich möchte mit dir sprechen.‹

Es war ein verrückter Frühling, denn in jenem Jahr blühte alles zugleich: die Apfelbäume und die Birnbäume und die Traubenkirschen und der Flieder und die Kastanien und die Butterblumen. Ich saß unter einem duftenden Baum und versuchte mir die verhängnisvolle Wahrheit klarzumachen: Ich liebte einen Priester. Als Vater Paulius endlich kam, hatte ich mich selbst so eingeschüchtert, dass ich kaum mehr ein Wort hervorbrachte.

›Möchtest du eine Spritztour mit mir machen? Du scheinst mir ein wenig Ablenkung gebrauchen zu können!‹

›Und wohin fahren wir?‹ zwitscherte ich mit der Stimme einer Halbwüchsigen, die sich auf ein Abenteuer einlässt.

›Du wirst schon sehen ...‹, sagte Vater Paulius und hielt das Lenkrad fest mit den schönen Händen von Hortensio Paravicino y Arteaga.

Als wir die Stadt hinter uns gelassen hatten, öffnete er beide Vorderfenster und raste mit wahnwitziger Geschwindigkeit weiter. Ich schloss die Augen. Der Wind schlug mir ins Gesicht. Ich öffnete die Augen erst, als wir anhielten.

›Diesen Ort habe ich außerordentlich gern‹ sagte er, als er die Tür geöffnet hatte, stieg jedoch nicht aus.

Durch die Bäume hindurch schimmerte grau eine kleine Holzkirche. Es war absolut still. Es roch nach Flieder. Ich wollte weinen vor... Dankbarkeit. Das war mein Lohn. Doch ich beeilte mich, etwas zu sagen.

Vater Paulius hörte mir mit zur Seite geneigtem Kopf zu und wandte seinen durchdringenden, leicht spöttischen Blick nicht von mir. Ich erzählte ihm fast dasselbe wie in der Beichte, aber ich wollte seine Augen sehen. Die Worte, die er diesmal sagte, als ich geendet hatte, waren die wirkliche Absolution. Ich lachte erleichtert: ›Ja, Sie haben wahrscheinlich Recht. In einem solchen Moment sind die Männer nicht objektiv!‹

Wir stiegen aus dem Wagen. Paulius schritt voran, die Hände in die Taschen gesteckt. Ich folgte ihm und betrachtete seinen breiten Rücken, den Nacken und den Hinterkopf. Wir gingen am Ufer eines überwachsenen, kaum sichtbaren, doch laut gurgelnden Bächleins entlang.

›Warum sind Sie Priester geworden?‹ fragte ich plötzlich.

›Ich weiß gar nicht, wie ich darauf antworten soll‹, erwiderte er, ohne sich umzudrehen. ›Das ist dasselbe, wie wenn du fragtest, warum ich geboren bin. Warum bist du geboren, hm?‹ Er warf einen Blick über die Schultern und lächelte.

Ich zuckte die Achseln, wurde verlegen, pflückte einen Sauerampfer und begann darauf herumzukauen.

›Irgendjemand wollte deine Geburt. Jemand wollte sie vielleicht nicht. Es sollte so sein, deshalb ist es so geschehen. Meine Eltern zeichneten sich nicht durch eine besondere Religiosität aus. Sie waren immer sehr beschäftigt und hatten wenig Zeit für mich. Als Kind träumte ich nicht einmal davon, irgendwann einmal Priester zu werden. Ich wollte Astronom werden. Später Opernsänger. Schließlich Philosoph. Ich wurde zum Mathematikstudium zugelassen. Im dritten Jahr saß ich nach einer Prüfung mit Freunden in einem Biergarten. Neben uns blühte eine Akazie. Die weißen Blütendolden und die zarten Blätter erzitterten ab und zu, obwohl sich nicht das leiseste Lüftchen regte. Manchmal landete ein Vogel, riss kurz mit dem Schnabel an einer duftenden Knospe und flog wieder weg. Die biegsamen Zweige schaukelten noch lange. Dann wurde der Strauch ruhig. Er sah aus wie mit Seidenfaden bestickt. Doch plötzlich, als ob er nahende Gefahr spürte, erzitterte er wieder. Wieder kam ein Vogel geflogen. Er kniff eine weiße Blüte ab. Das faule Beobachten zog mich in eine berauschende Tiefe, wie in ein Labyrinth, das sich spiralförmig dreht. Als ich endlich, von den Freunden geneckt, wieder zu mir kam, wusste ich: Ich werde Priester. *Es* war schon geschehen. Ich musste nur noch über den Steg ans andere Ufer gehen. Das war alles. Ich war in keiner Weise enttäuscht, ich hatte keine unglückliche oder tragische Liebe erlebt. Ich rannte vor nichts davon und suchte nichts. Wahrscheinlich hast du dir die Erkenntnis meiner Berufung anders vorgestellt?‹ Paulius wandte sich zu mir um. Die Hände hatte er immer noch in den Taschen. ›Es kam auch für mich selbst unerwartet. Und erst für meine Eltern, Schwestern, Freunde und besonders Freundinnen …‹

Er schaute mich aus halb geschlossenen Augen an. Er sah überhaupt nicht wie ein Priester aus. Er berührte mich nicht, kam nicht einen Schritt näher, doch ich lag schon unter ihm auf dem feuchten Boden, zwischen zarten, üppig wuchernden Pflanzen. Es war gar nicht mehr wichtig, wann das wirklich geschah –

morgen oder in einem Monat. Im Auto, auf einer Wiese oder im Bett. Bei mir oder bei ihm. *Es* war schon geschehen. Ich musste nur noch über den Steg ans andere Ufer gehen, das ich schon deutlich sah.

›Aber *es* war schon geschehen ...‹, sagte er und wandte sich ab, damit ich nicht in seinen Augen lesen könnte, was er mit ›*es*‹ meinte.

Er stand von mir abgewandt auf dem Pfad. Ich dachte – vielleicht sollte ich zu ihm gehen und ihn umarmen? Ich wagte es nicht, sagte nur einen völligen Unsinn: ›Komisch, wenn *es* in Gedanken passiert, nicht wahr? Größere und kleinere *es*. Man muss wirklich nur noch auf dem Steg zum anderen Ufer gehen, wo *es* schon geschehen ist. Mir ist gerade der Verlust meiner Unschuld in den Sinn gekommen. Es war in der zehnten Klasse, ich fuhr mit einer Freundin nach Tallinn, und obwohl wir nicht miteinander darüber gesprochen hatten, wussten wir genau, wozu wir dorthin fuhren. So oder so, *es* konnte nicht in Vilnius passieren, denn ich hatte eine schrecklich strenge Mutter. Ich wäre vor Scham und Schuldgefühlen gestorben, wenn *es* in Vilnius geschehen wäre. Wenn ich ihr einige Stunden danach hätte in die Augen sehen müssen ...‹

Paulius ging voran, ohne sich umzudrehen. Der Boden war sehr feucht, und in meinen Schuhen gluckste das Wasser.

›Bei mir ist *es* übrigens in Königsberg geschehen. Wie bei dir war eine fremde Stadt absolute Bedingung. Ein schmutziges, von Küchenschaben wimmelndes Hotel, feuchte zerfetzte Laken, zwei magere heruntergekommene Mädels und wir zwei Unschulds-Verlierer ...‹

›Ja, ich wollte sogar einmal einen Artikel schreiben über die Menschen, die, um ihre Unschuld zu verlieren, in eine andere Stadt oder ein anderes Land fahren. *Es* passiert ihnen auf einer Reise, einer Wanderung, im Hotel, im Zug und hat immer den Beigeschmack von Zufall, für den sie nicht verantwortlich sind ... Seltsam, nicht wahr?‹

Das Gespräch war weder unmittelbar noch natürlich. Wir spürten beide die Spannung, und statt sie zu vertreiben, machten wir alles nur noch komplizierter.

Schließlich sagte er: ›Meinst du nicht, dass es Zeit ist zurückzugehen?‹

Wir standen einander gegenüber auf dem schmalen Pfad.

›Ich will nicht vorne gehen‹, sagte ich.

Paulius zuckte die Schultern und ging als erster davon. Mein ganzes Wesen war in Aufruhr. Es schien etwas unbeschreiblich Wichtiges geschehen zu sein. Im Wagen sprachen wir kein Wort. Die blühenden Wegränder flogen an mir vorbei und ich fragte mich, wie ich diese ungetrübte Glückseligkeit bewahren könnte. Doch kaum waren wir in die Stadt hineingefahren, wurde ich traurig. Paulius fragte: ›Wohin soll ich dich bringen? Nach Hause?‹

›Nein. Lassen Sie mich bei der Kathedrale raus. Ich möchte spazieren gehen.‹

Ich hatte ganz einfach nicht genug Platz in mir selbst. Langes, zielloses Herumschlendern in der Altstadt von Vilnius hatte immer eine beruhigende Wirkung auf mich. Beim Abschied fiel mein Blick plötzlich auf Paulius' Priesterkragen, und ich wagte ihm nicht mehr in die Augen zu sehen.

Wie die Seele eines Selbstmörders, die keine Ruhe findet, wanderte ich durch die Labyrinthe der frühlingshaften Stadt, bis es dunkel wurde. Ich fühlte mich furchtbar allein, und obwohl ich schon seit einem halben Jahr Menschen mied, freute ich mich, einen alten Freund mit Spitznamen Harlekin zu treffen. Das Gefühl von Entfremdung und Verlorensein ging auch nach ein paar Gläsern nicht vorüber, die ich selbst bezahlte, denn Harlekin war völlig pleite. Ich hörte nicht zu, was er redete, ich dachte nur an Paulius. Wann und wo *es* geschehen wird, das schon geschehen ist. Ich fühlte mich wie eine Geisel, mit der die Geiselnehmer tun können, was sie wollen. Harlekin begleitete mich nach Hause. Einmal hatte ich mich von ihm in ein kleines Abenteuer verwickeln lassen, deshalb machte er sich auch jetzt Hoffnungen und wollte mit hinaufgehen.

›Nein‹, sagte ich streng wie eine alte Lehrerin. ›Abends will ich allein sein.‹

›Und – nachts?‹ fragte er hinter mir auf der Treppe und lachte frech.

›Nachts umso mehr!‹

›Ach was, mein Herz, so siehst du gar nicht aus …‹

›Geh schon!‹ schrie ich und wollte die Tür zuschlagen, doch er steckte den Fuß in den Spalt. ›Sei kein Idiot, du wirst bei mir nichts erreichen.‹

›Wirklich?‹ Er machte eine freche Fratze und zog den Fuß zurück. ›Da hab ich was anderes über dich gehört …‹

Mich packte die Wut. Ich schlug die Tür laut zu und ging direkt ins Bad, stellte mich unter die Dusche und sehnte mich nur danach, mich möglichst schnell ins Bett zu legen und einen inneren Film nach dem anderen ablaufen zu lassen – wo, wann, wie wird *es* geschehen, das schon geschehen ist … Das Wasser erfrischte mich. Ich ging in die Küche, um Tee zu trinken und eine Zigarette zu rauchen. Aber plötzlich nahm ich Rauchgeruch wahr. Durch einen Spalt in der Außentür drangen Flammen. Ich riss die Tür auf, und auf den Betonboden fiel ein brennender Feuerball. Ich zertrat ihn mit den Hausschuhen. Harlekin saß auf der Treppe und kicherte hysterisch. Er hatte ein schmutziges Taschentuch und eine zerknüllte Zigarettenschachtel in einen Türspalt gesteckt und angezündet.

›Lass mich rein, Hexe!‹

›Nein.‹

›Dann wirst du im Rauch ersticken, lebendig verbrennen, wie es sich für eine Hexe gehört!‹

›Nein.‹

›Hexe!‹

›Nein‹ schrie ich und schlug die Tür zu, in die jetzt ein schmales schwarzes Zeichen eingebrannt war, das die Behausung einer Hexe anzeigt.

Ich fühlte mich schrecklich müde. Ich setzte mich aufs Fensterbrett und sah Harlekin aus dem Haus gehen, gegen einen Mülleimer treten und davonschwanken. Aus irgendeinem Grund fiel mir eine Reportage ein, die ich vor einigen Tagen im Fernsehen gesehen hatte, wie ein Mann an einer Bushaltestelle einer Frau Schwefelsäure ins Gesicht goss. Ich brach in Tränen aus. Vor dem Fenster sang eine Nachtigall und machte damit meine scharfkantige Einsamkeit noch mörderischer. Ich rief Paulius an, aber niemand nahm ab. Ich ließ einen Eimer Wasser ein und stellte ihn an die Tür. Den synthetischen Teppich, der augenblicklich in Flammen aufgehen würde, rollte ich zusammen und schleifte ihn in die Küche. Die Einsamkeit tat weh wie ein schmerzender Zahn. Ich legte mich in Kleidern hin, sogar in Schuhen, damit ich bei Feuer... Was würde ich bei Feuer tun? Meine Angst wuchs immer mehr. Nein, nicht Feuer fürchtete ich.

Die Vorahnung von Untergang ließ mich nicht einschlafen. Ich fragte mich, ob der Schmerz eine Farbe, einen Geschmack, Grenzen, ein Ende hatte, ob er unerschöpflich wie das Meer war, unzählbar wie die Sterne am Himmel, oder ob man ihn überschreiten konnte wie einen in den Sand gezeichnten Kreis? Noch einmal rief ich bei Paulius an, aber niemand nahm ab, obwohl es schon dunkle Nacht war. Es schien etwas unvorstellbar Schreckliches geschehen zu müssen, nicht nur mir, nicht nur Paulius, sondern allen und überall. Ich schlief ein.

Und im Traum rief ich dauernd Vater Paulius an, viele, viele Male. Im Traum hing ein Spiegel über dem Telefon. Ich sah mein Ebenbild an, während ich den langen, traurigen, monotonen Signalen zuhörte. Mit der Hand schob ich mir die Haare aus der Stirn und bemerkte, dass aus meinen Schläfen Blut hervortrat. Ich erschrak und wählte wieder verzweifelt Paulius' Nummer. Das Blut tropfte mir schon aus Nase und Ohren. Es war sehr zähflüssig, glänzend, klebrig. Ich konnte die blutigen, verklebten Finger kaum mehr bewegen, doch ich wählte immer wieder Paulius' Nummer. Das Blut spritzte hervor, unangenehm gurgelnd. Der ganze Korridor füllte sich mit rotem glitschigem Brei. Ich war froh, dass ich wenigstens den Teppich in die Küche gebracht hatte. Das Blut gerann ungewöhnlich schnell. Ich glitt barfuß auf dem Boden aus wie auf Lehmboden nach einem Regenguss. Die Kräfte verließen mich völlig, aber ich wählte mit letzter Anstrengung Paulius' Nummer. Als er endlich abnahm, brachte ich kein einziges Wort mehr heraus. Ich war völlig geschrumpft, zusammengezogen, kleiner noch als der Telefonhörer – wie ein blasser, zerplatzter Ballon. Aus mir floss alles Blut, alle Kraft, alles Leben heraus. Bis zum letzten Tropfen, bis zum letzten Atemzug. Ich hörte Paulius' Stimme, doch es war schon zu spät. Zu spät. Zu spät ...‹

»ZU SPÄT! ZU SPÄT ...«, brüllte plötzlich eine heisere Männerstimme, und von oben fiel Licht ein.

M. V. zuckte zusammen und schrie, als ob sie eine Lawine in schrecklicher Geschwindigkeit auf sich zurasen sähe. Namenlos brach in Husten und Lachen aus. Oben über den Köpfen der Frauen war in einem blendend weißen Viereck etwas Schwarzes zu sehen, ähnlich einem riesigen umgekehrten V. Als sich die Augen der Gefangenen ans Tageslicht gewöhnt hatten, sahen sie, dass es breit gespreizte Beine in eng anliegenden Hosen waren. Der Mann, der die Falltür geöffnet hatte, schrie noch immer heiser krächzend: »Zu spät! Zu spät zum Schreien! Zu spät zum Weinen! Zu spät zum Klagen und zum Bereuen!«

Mit seiner Stimme schwirrten auch andere Geräusche herein: das ferne Krähen eines Hahns, die Schritte genagelter Stiefel, Hundegekläff, ein undeutbares Knarren, schallendes Gelächter, Getöse und Zischen. Frische Luft wehte herein.

»He du! Verdammte Hexe! Kriech herauf! Dich will der Inquisitor verhören!«

»Wir sind beide Hexen!« gurgelte Namenlos freudig, sie konnte die Worte kaum mehr durch das engmaschige Sieb ihres erstickenden Lachens drücken: »Welche braucht der Inquisitor denn?«

»Die, die das Schwarzbuch geschrieben hat, ist schon verhört und kennt ihr Urteil. Der Inquisitor erwartet die andere. Die, die mit dem Leibhaftigen eine Ehe einging!«

»Oh, dann warten sie auf dich!« wieherte Namenlos und hieb M. V. mit der Faust in die Seite. »Das wird lustig für dich! Du wirst sehen, was du noch nie zuvor gesehen hast, und du wirst hören, was du nie zuvor gehört hast!« Ihre Fäuste waren hart und schwer wie Hämmer. »Na, was wirst du ihnen erzählen, mit welchem Teufel du diese Ehe eingegangen bist? Neben Satan gibt es noch 72 Dämonenfürsten und 7405920 untergeordnete Dämonen! Sei vorsichtig beim Lügen, begeh keinen Fehler, denn dann werden sie das Verhör und alle Foltern von vorn beginnen. Wisse, dass die Teufel und auch Satan selbst geschlechtslos sind. Wie auch die Engel. Ha ha ha ha ha! Aber der Leibhaftige kann sich bei Bedarf in einen Mann oder eine Frau verwandeln. Ein männlich aussehender Teufel heißt Incubus und ein weiblicher Succubus. Sogar wenn sie sich in einen Mann verwandeln, können die Teufel keinen Samen herstellen. Deshalb werden sie zu Frauen – Succubi – und haben Verkehr mit Männern, damit sie Samen bekommen. Dann verwandeln sie sich zurück in Incubi und nehmen sich solche wie dich...« Namenlos röchelte, als ob grobe Kieselsteine in ihre Lungen gelangt wären, und hustete fürchterlich.

»Mach schon, mach schon, verfluchte Hexe!« trieb sie der Krächzende an und klopfte dabei mit irgendeinem schweren Eisending auf den Steinboden.

M. V. versuchte aufzustehen. Sie glaubte, sich nicht rühren zu können, doch zu ihrer Verwunderung stellte sich ihr Körper als ungewöhnlich leicht, weich und geschmeidig heraus – wie eine Kerze, die lange in der Sonne gestanden hat. Als sie nach oben gekrochen war, sprang der Mann von ihr weg und schrie sie an: »Pfui, was für ein Gestank, was für ein Hexengestank! Es riecht wie aus der Hölle! Pfui! Ins Bad, schnell ins Bad mit dieser verstunkenen Ausgeburt des Gehörnten!«

Ein schallendes Lachen rollte vorbei. M. V. wandte sich um: An der Wand standen ungefähr zehn Wachsoldaten. Ihre Gesichter konnte M. V. nicht erkennen, denn vor ihren Augen flirrten große schwarze Kreise mit regenbogenfarbenen Rändern und eine Unmenge goldener Sternchen.

»Na, was stehst du da herum? Marsch ins Bad, Hexe!« Der Krächzende stieß ihr eine schwere Eisenstange in den Rücken.

M. V. ging mit kleinen Schritten vorwärts. Plötzlich war ein seltsames Krachen zu hören, das die Gewölbe der langen Korridore neunfach widerhallen ließen. Sie bekam am ganzen Körper eine Gänsehaut, als etwas an ihre Waden stieß und lachte. M. V. kreischte auf. Alle diese Geräusche nahm das Echo auf, wickelte sie ein und trug sie davon. Die Frau warf einen Blick über die Schulter und sah einen Verstümmelten ohne Beine, der auf hölzernen Rädchen saß. Er stieß sich mit in schmutzige Lumpen gewickelten Händen an den Wänden ab, drehte scheußlich ratternd einen Halbkreis um M. V. und quietschte mit einer halb menschlichen, halb koboldhaften Stimme: »So sieht also das Hexlein aus, das mit Satan selbst gebumst hat!«

Der Mund des Verstümmelten war völlig zahnlos, und M. V. erinnerte sich plötzlich wieder an Upė. Wie sie so durch die unendlichen, verwinkelten, sich kreuzenden Korridore ging, bald ins Licht geräumiger Säle tretend, bald in die von wenigen Fackeln erhellte Dunkelheit der Kellergewölbe eintauchend, dachte sie, dass das Gefängnis erschreckend genau das Labyrinth von Wegen und Pfaden, Wald, Lichtungen, Sümpfen, Rodungen spiegelte, in dem sie herumirrte, als sie Povilas Paukštietis suchte.

»Na, Stinkerin, ab ins Bad!« schrie der Krächzende und stieß M. V. wie ein Tier mit seiner Eisenstange durch eine niedrige Tür.

Die Frau legte die zerfetzten Kleider ab, die sich mit Schweiß, Schmutz und Blut vollgesogen hatten. Es regnete Läuse. Ihr Körper erschien ihr ganz fremd. Doch die trockene, heiße, saubere Luft wirkte wie ein Streicheln. Langsam kehrte Leben in die gequälten Hände und Füße zurück, in die verwelkte Haut, den schmerzenden Leib. M. V. merkte gar nicht, dass sie vor sich hin summte. In der Rückwand des Raums war ein kleines Fensterchen. Sie reckte sich, drückte sich an die verrosteten Gitterstäbe, stieß einen Schrei aus und begann zu weinen.

Auf der anderen Seite breitete sich ein verwilderter Garten aus. Es hatte gerade erst geregnet. Das Gras war mit Tau benetzt, doch nicht mehr von frühlingshafter Reinheit oder sommerlicher Fülle, sondern trocken und grob. Zwischen den Wicken, den verblühten Hundskamillen-Stauden, den wuchernden grauen Kletten und dem feuerroten Flussampfer spannten sich Spinnennetze. Es wurde Herbst. Kleine weiße, grünliche und gelbe Äpfel waren auf die mit traurigem Septemberblau bedeckte Erde gefallen und leuchteten jetzt hell wie Sterne. Der Garten war voller Vögel. Die Spatzen, Meisen, Bachstelzen, Eichelhäher, Elstern, schwerfälligen Krähen flatterten in Gruppen oder allein von Baum zu Baum, verstreuten bunte Federn, flöteten, zwitscherten, krächzten in den verschiedensten Tonlagen und pickten an den saftigen süßsauren Früchten herum. M. V. erinnerte sich an den Geschmack wilder Äpfel und es zog ihr den Mund zusammen. Nur einen Augenblick noch, so schien es, und sie würde das große Rätsel dieser Welt lösen.

Sie übergoss sich mit heißem Wasser. Noch einmal und noch einmal. Dann mit kaltem. Noch einmal und noch einmal. Es war, als ob ihr der Star von den Augen abfiele. Die Welt war jetzt so, wie die Genesis es lehrte: »Und Gott sah alles an, was er erschaffen hatte, und siehe, es war sehr gut ...« Sehr gut. Die wenigen im Bad aufgestellten Dinge – der Kübel mit kaltem Wasser, der schwarz und grün angelaufene Kupferkessel, der Schöpflöffel mit hübsch gedrechseltem Griff, der Tonkrug, das Bänkchen, der Birken-Badequast wurden plötzlich unbeschreiblich schön. M. V. fielen die Worte eines Weisen ein, die Povilas Paukštietis gern wiederholte: »Gut wird Gott genannt, weil er allem ein Dasein verleiht, und das Dasein ist gut und der Herr vergrößert, verbessert und behütet es. Doch schön wird Gott deshalb genannt, weil er in allen Dingen – zusammen und einzeln genommen – die Eintracht ihres Wesens mit sich selbst schafft.«

Damals wollte sie nicht in das Wesen des Gesagten eindringen und schon gar nichts vom lieben Gott hören, denn ihr Gott war ein Bestrafer, der streng Handvoll für Handvoll abmaß, für jede kleine Freude großes Trauer-Lösegeld nahm, jedoch für schwarze Verzweiflung nur mit kurzen Lichtblicken der Freude belohnte ... M. V. fühlte sich auf einmal frei wie nie. In ihr waren keine Wünsche, Erwartungen, Hoffnungen, Sehnsüchte, Träume, Unruhe, Anspannung, Ängste und Schuldgefühle mehr. Ihre Gedanken waren durchsichtig und leicht wie zwischen Buchseiten getrocknete Pflänzchen. Da war kein Gestern mehr und auch kein Morgen, nur das allumfassende Heute. Die Zeit war stehen geblieben.

Plötzlich wurde die Tür aufgerissen.

»Ich habe dir ein sauberes Kleid gebracht, Hexe!«

M. V. zuckte zusammen und drehte sich um. Ein junger, langbeiniger Wachsoldat warf ein Hemd aus dickem Leinen auf die Bank. Er schielte stark. Sie konnte einfach nicht ergründen, wohin er schaute.

»Oho, wenn du dich gewaschen hast, dann siehst du aus wie in Milch gebadet, kein Wunder, dass sogar Beelzebub sich von dir verführen ließ, Hexe«, sagte er und näherte sich M. V. Er lispelte leicht. Sein eines Auge sah zur Decke, das andere auf den Unterleib der Frau.

Die Frau wich vor dem Mann zurück. Die Zeit fing wieder an zu fließen. Sie wusste, was in einigen Augenblicken geschehen würde. Sie ekelte sich vor sich selbst, da sie fühlte, dass sie keinen Widerstand leisten würde, auch wenn sie die Kraft dazu hätte. Das seit einigen Tagen nicht rasierte Gesicht des Wachsoldaten war bläulich. Sie wich noch weiter zurück, bis ihr Rücken auf die heiße raue Wand traf. Sie versuchte vergeblich, seinen Blick aufzufangen, da seine Augen im Zickzack herumwanderten. Der Wachsoldat war jetzt ganz nahe. M. V. spürte die Kälte seiner Gürtelschnalle auf ihrem Bauch, auf den Schenkeln den rauen Hosenstoff und roch den Geruch der Leidenschaft. Er packte sie, drückte sie mit roher Gewalt an sich, küsste sie brutal. Er kniete stöhnend nieder. Die Frau stand an die Wand gelehnt auf einem Bein, das andere hatte der Wachsoldat über seine Schulter gelegt. Sie betrachtete traurig und aufmerksam die Handlungen des Mannes, als ob er ein ihr unbekanntes, doch offensichtlich vergebliches Ritual vollzöge. Der Wachsoldat drang schnaubend und winselnd mit seiner langen wendigen Zunge in sie ein. M. V. drehte so gut es ging den Kopf zur Seite und betrachtete die auf dem Hof umherschwirrenden Vögel. Ihr Mund verzog sich schmerzlich.

Der Wachsoldat stand auf. Die Frau sah sein Gesicht, das vor Begierde völlig verändert, gerötet, schweißnass war, die glänzend roten Lippen, die zuckende Zunge, die verdrehten Augen und fühlte sich so, als ob sie nur ein Spiegel wäre. Nur kaltes, alles reflektierendes Glas.

»War es gut, war es gut mit dem Teufel, war es gut, war es gut? Nun sag es mir schon, Hexe, sag es mir!« keuchte der Mann und riss sich die Kleider herunter.

M. V. schaute gleichgültig sein riesiges Organ an wie ein unbegreifliches, unbekanntes, unnötiges Werkzeug. Sie schloss die Augen und zwischen ihren feuchten Wimpern flimmerten Regenbogen-Kreise. Die Frau umfasste die Schultern des Mannes mit den Händen, mit den Beinen die Hüften, drückte die Zähne in den jungen, salzigen Hals, schrie auf und fühlte sich plötzlich, als hätte sie jemanden verraten. Unwiderruflich.

»War es gut, war es gut, war es gut mit dem Satan?« schrie der Wachsoldat. »War es gut, war es gut, war es gut?«

»Nein«, sagte M. V. traurig, als er sie endlich auf den heißen Boden stellte. »Es war nicht gut …« Sie sah zu, wie eine Blauracke auf einem Ast landete und dann einer nach dem anderen fünf weiße Äpfel zu Boden plumpsten und drei vergilbte Blätter zu Boden schwebten.

Es war unerträglich heiß. Wenn sie einatmete, versengte es ihr die Kehle und die Lungen. M. V. zog das Hemd an und dachte, was für eine Glückseligkeit sie noch vor kaum einer halben Stunde erlebt hätte, wenn sie sich frisch gebadet hätte anziehen können, sauber, nicht vom schielenden Wachsoldaten befleckt. Doch jetzt legte sich das Ketzerkleid voller Schwere und Rauheit auf sie. Sie war sehr traurig, sehr traurig. Die Vögel flogen aus dem Garten fort. Es wurde dunkel.

Der Wachsoldat lag auf dem Boden und bekam kaum mehr Luft. Seine Augen sahen aus wie zwei beschlagene Glaskugeln, in denen je ein wahnsinniges blaues Insekt umherkriecht. M. V. bekam Lust, ihm in sein aufgedunsenes, verschwitztes, rotes Gesicht zu treten, doch sie stieß nur einen tiefen Seufzer aus, ging zum Fensterchen und starrte in den Garten. Es war windstill, nur die Blätter eines Baumes zitterten aus irgendeinem Grund und sie fühlte noch einmal, dass sie einen unverzeihlichen Verrat begangen hatte. Jetzt wusste sie auch, an wem. Es begann zu regnen.

In den Baderaum kam noch ein Wachsoldat gestürzt und rief aus: »Jesses, hat die Hexe etwa auch diesen Jungen noch erledigt? Er atmet ja kaum. Gott sei Dank, er ist noch am Leben, der Arme. Kommt her und helft mir, ihn aus dieser Hölle herauszuziehen!«

Der Junge stützte sich an der Wand ab, stand auf und wankte hinaus. M. V. würdigte er keines Blickes.

Die Tür ging zu, M. V. hörte den von außen vorgeschobenen Riegel einrasten. Es war entsetzlich feucht und heiß. Der Schweiß rann ihr nur so über das Gesicht und biss ihr in die Augen, die sengende Luft einzuatmen wurde unmöglich. M. V. fürchtete zu ersticken. Sie wusste, dass der Scheiterhaufen auf sie wartete, noch größere Hitze, noch furchtbareres Ersticken, aber sie wollte gerade jetzt nicht sterben. Sie wurde von einem plötzlichen Horror erfasst, wie es ihn nur in Alpträumen gibt.

»Lasst mich raus! Lasst mich raus, lasst mich raus, ich ersticke!« schrie sie und schlug mit den Fäusten gegen die eisenbeschlagene Tür. »Lasst mich raus, lasst mich raus ...«, flehte sie auf die Knie gesunken und leckte sich die blutigen Knöchel.

»Du wirst nicht ersticken, Hexe! Du wirst nicht ersticken!« war die Stimme des Krächzenden zu hören. »Auf dem Scheiterhaufen ist es noch heißer, und erst in der Hölle!«

M. V. riss sich das Hemd vom Leib. Nach Luft ringend schöpfte sie mit den Händen Wasser aus dem Holzkübel, doch es war warm wie Blut und erschien in der Dämmerung ihren schreckerfüllten Augen genauso rot. Mit aufgerissenem Mund schnappte sie nach Luft, fühlte sich aber so, als ob sie Feuer schluckte. In ihren Ohren dröhnte es fürchterlich. Sie schrie und hörte ihre eigene Stimme nicht mehr und wusste nur noch eines: Sie konnte es nicht länger aushalten. Da senkte sich der schwarze Vorhang herab. M. V. verlor das Bewusstsein und stürzte zu Boden.

Ein stechender Schmerz in der rechten Seite ließ sie zu sich kommen. Es war dunkel und kalt. Sie riss die geschwollenen, immer noch fiebrigen Augen auf und versuchte sich zu vergegenwärtigen, wo sie war. Sie lag auf einem silbrig glänzenden Fliesenboden. Plötzlich fuhr Kälte quer durch sie hindurch, und im Rücken fühlte sie wieder stechenden Schmerz. Jemand übergoss sie mit eiskaltem Wasser und trat sie mit einem spitzen, schweren Schuh. Durch das Fenster strömte weißes, zähflüssiges Mondlicht herein und schimmerte silbrig auf dem über den Boden vergossenen Wasser.

»Aufstehen, aufstehen, Hexe! Genug gefaulenzt!«

Der schwarze Kopf des Schreienden befand sich in einem roten Lichtkreis. M. V. erhob sich taumelnd. Der, der sie gerade erst getreten hatte, hielt sich eine große Talgkerze vor das Gesicht. Es war furchtbar hässlich, vom Aussatz zerfressen, flachgedrückt wie ein zu Boden gefallenes Stück Teig. Durch das aufgeknöpfte Hemd war die zottig behaarte Brust zu sehen.

»Es gefällt dir also, Hexe, ausgezogen zu sein«, kicherte er und begeiferte sie. »Wir gaben dir ein Hemd, aber nein – du warfst es in die Ecke! Was?! Wirst du mir nun also zeigen, von welcher Seite Satan deine Schamlosigkeit betrachtet?«

M. V. versuchte das Hemd zu erreichen, doch der Mann streckte seine muskulöse geäderte Hand aus und legte sie wie eine mit Daunen ausgestopfte Stoffpuppe auf den nassen Boden. M. V. blickte in sein näher kommendes Gesicht und fühlte sich wie unter eine Steinpresse gelegt. Dieser Mensch musste sie zerstören, damit sie nicht noch einen Morgen mit taunassem Gras, aufgespannten Spinnennetzen und süßsaure Äpfel pickenden Vögeln erlebte ... Die Frau bedeckte das Gesicht mit den Händen und gab sich der Gewalt des Mannes hin. Und der rief:

»Ach, noch nie hatte ich einen so wunderbaren, so verdorbenen Körper wie dich. Nicht umsonst erwählte Satan dich! Du willst doch noch ein bisschen Spaß vor dem Tod, stimmt's, Hexe? Ach, dich muss man doch von morgens bis abends bumsen, in alle Löchlein, von allen Seiten! Der Leibhaftige hat es doch auch getan, nicht wahr, Hexe? Na? Zeig mir, zeig mir, welche Spielchen hat er dich gelehrt? Was tat er mit dir? Hm? Sei doch nicht so störrisch! Nun zeig mir schon, was er getan hat! Nun komm schon her, setz dich auf mein Gesicht!«

Die Frau erfüllte gehorsam alle Wünsche des Mannes. Für sie war es Selbstzerstörung und Selbstmord, er aber meinte, es sei unbändige Lust. M. V. öffnete nicht ein einziges Mal die Augen, doch auch durch die geschlossenen Lider spürte sie das kühle Weiß des Mondes.

Der Wachsoldat drückte mit den Fingern M. V.s Augenlider auf und spritzte ihr sein Sperma ins Gesicht. Sie musste würgen. Der Mann lachte laut. M. V. schien es, dass ihre Augen sich gleich über das ganze Gesicht ausweiten würden, wie zwei große blutige Wunden. Plötzlich flossen Tränen. Sie weinte still, schluchzte nicht einmal. Weder mit Worten noch mit Lauten hätte sie das hinausschreien können, was sie fühlte. Das war keine Verzweiflung. Auch nicht die Scham der Erniedrigten. Kein Schmerz. Und nicht einmal Hoffnungslosigkeit. Der Mann sah ihre Tränen nicht, und als er einen Seufzer hörte, murmelte er mit ekelhaft süßer Stimme: »Ach, wie nimmersatt du doch bist, wie nimmersatt, Hexe! Du seufzt nur und zitterst am ganzen Körper. Sieh nur – es wird schon hell! Wir haben die ganze Nacht kein Auge zugetan, was? Siehst du, so ist es vor dem Tod, siehst du, Hexlein!«

M. V. lachte schallend und fuhr gleichzeitig zusammen, denn das war nicht mehr ihr Lachen, sondern das von Namenlos. Ha ha ha, der Wachsoldat plapperte vom Tod! Ha, sie, M. V., war schon tausend Mal gestorben, auferstanden und nicht mehr weiter zu vernichten. Nicht einmal diese Nacht hatte es geschafft, sie in die Knie zu zwingen. Es tagte. Jemand klopfte an die Tür. M. V. stand auf, sah durch das Fensterchen in den Garten und fühlte zum dritten Mal, dass sie einen nicht wieder gutzumachenden Verrat begangen hatte. Sie verlangte nach Strafe. Endlich Strafe! Die krächzende Stimme vor der Tür versprach ihr das: »Macht auf, zum Kuckuck! Macht auf! Der Inquisitor wartet auf die Hexe! Macht auf!«

Der Breitgesichtige rückte sich schnaubend die Kleider zurecht. Im Morgenlicht war sein Gesicht noch ekelerregender. M. V. fragte sich aus irgendeinem Grund, wie er als Kind ausgesehen haben mochte und wie jetzt all seine normalen Tage vorübergingen, die Morgen, Nachmittage, Abende und – die Nächte voll bedrückender Begierde? Da sie eine unendliche Schwäche in den Beinen spürte oder vielleicht, weil sie ihre Nacktheit bedecken wollte, legte sie sich wieder mit dem Gesicht nach unten auf den Boden. Sie presste ihre Stirn mit aller Kraft auf die kalten Steine, mit dem brennenden Wunsch, sich so den Schädel zu zerquetschen.

»Na, Hexe, es war wirklich eine prima Nacht!« sagte das scheußliche Gesicht und trat ihr sanft mit dem beschlagenen Schuh in den Oberschenkel. »Jetzt zieh dich aber an, zieh dich an, was sollen denn die Leute denken …«

Er schob den Riegel zur Seite, und sofort stürzten fünf Wachsoldaten herein. M. V. stand langsam auf. Sie zog sich an. Es kam ihr vor, als sei ihr Körper ein schreckliches, krankes, ihr von einer bösen Fee mit List oder Gewalt untergeschobenes Kind, um das sie sich auch gegen ihren Willen und voller Hass kümmern musste.

Die Wachen waren verschlafen und gähnten ununterbrochen. M. V.s Magen knurrte – diese Klage des hungrigen Körpers war bis zur Absurdität lächerlich, und sie begann wie Namenlos zu kichern. Die Wachen stießen sie in einen dunklen Korridor. Ihr kam wieder jenes verhängnisvolle Labyrinth des Schicksals in den Sinn, es schien, als ob sie gleich das ferne Glockenläuten, das Rauschen der Bäume und die Stimmen der Vögel hören würde.

Schließlich wurde sie in einen geräumigen, schwach beleuchteten Raum mit niedrigen gewölbten Decken geführt. Im Kamin brannte ein Feuer. Feuerrot war auch das Gewand des am Feuer sitzenden Mannes. In M. V.s Blickfeld schwammen wieder schwarze Flecken und regenbogenfarbene Kreise, deshalb sah sie nur eine Hälfte des Gesichts des Inquisitors. Er war sehr jung, erinnerte an eine Porzellanpuppe und hatte nicht die geringste Ähnlichkeit mit dem strafenden Engel in ihrer Vorstellung. M. V. sah die Hälfte der von keiner Falte gezeichneten Stirn an, die markante Augenbraue, das von einem bläulichen Lid überwölbte große, melancholische Auge, die mädchenhafte Wange, den aristokratischen Nasenflügel, das spitze Ende des schwarzen Bartes, den vollen, wie eine reife Frucht glänzenden Mund mit einem grünlichen Schatten von Verbitterung im Winkel. M. V. schien es, als würde dieser Inquisitor immer nur mit einer Hälfte der Lippen lächeln. Seine Hand war nervös, doch unbeschreiblich graziös, wohlgeformt, fast nicht menschlich – wie eine Juweliersarbeit. M. V. schauderte, denn zusammen mit der Feuchtigkeit drang eine seltsame, bittere Enttäuschung in sie ein.

»Lasst uns allein«, befahl der Inquisitor den Wachen mit warmer, heiserer Stimme, und M. V. kam der Gedanke, dass so ein Mensch sprechen müsse, der sich gerade erst unwillig vom Liebeslager erhoben hat.

Die Wachen gingen.

»Setz dich«, sagte der Inquisitor, gähnte und machte eine nachlässige Handbewegung; M. V. fühlte sich, als ob sie in seinem Schlafzimmer gelandet wäre.

Sie konnte nichts gegen ihre Gedanken unternehmen, die wie Fliegen, die etwas Süßes gerochen hatten, um die Silhouette des Inquisitors herumsummten. Die Frau seufzte auf und sah sich blinzelnd um, denn das Regenbogen-Flimmern wurde immer dichter. Im funkensprühenden Nebel flogen schwere Möbel und fürchterliche Folterinstrumente herum, die sie einst mit angehaltenem Atem auf Bildern auf dem Markt gesehen hatte. Der Inquisitor seufzte ebenfalls, beugte sich vor und schürte das Feuer. Draußen vor dem vergitterten Fenster prasselte der Regen. Mit einem Gefühl, als ob sie in einen Abgrund springen würde, näherte sich M. V. dem am nächsten stehenden Stuhl und hockte sich zaghaft auf den äußersten Rand. Sie hielt sich das rechte Auge mit der Hand zu, schaute den Inquisitor an, doch das Flimmern ging nicht vorüber.

»Mach es dir bequem«, sagte er und schaute dabei nicht zu ihr, sondern ins Feuer. »Sei nicht so verkrampft, entspann dich. Mach es dir bequem, lehn dich zurück.« Der Inquisitor stotterte ein wenig, doch seine Stimme war unbeschreiblich sanft, vertrauenerweckend, beruhigend, zärtlich schmeichelnd.

M. V. gehorchte. Kaum hatte ihr Rücken die Lehne berührt, war ein furchtbares Rasseln zu vernehmen, und Metallklammern schlossen sich fest um Hals, Brust und Hüften der Frau. Sie hob den Kopf und sah direkt über sich ein Werkzeug, das dazu diente, den Sündern heißes Blei in den Mund zu gießen. Nein, der strafende Engel, der Folter-Engel hatte dieses feuchte schwarze Gewölbe noch nicht verlassen. M. V. schrie vor Schmerz und Befriedigung auf.

Der Inquisitor stand auf und kam lautlos zu M. V. Er war klein, zart, zerbrechlich, zierlich, wie ein Kind.

»Ach, du bist umsonst so erschrocken«, sagte er, ganz dicht über die Frau gebeugt. »Es hat doch nicht weh getan, nicht wahr?« Er roch nach Milch, Lavendel und spätherbstlichen Abenden. »Ich wollte wahrhaftig nicht, dass das passiert ...« Die Stimme des Inquisitors klang so, wie wenn er in der Hitze der Leidenschaft die Frau vom Bett gestoßen hätte und jetzt vorsichtig fragte, ob sie sich wehgetan habe.

Der Inquisitor bückte sich, drückte einen an der Unterseite des Stuhls angebrachten Hebel und alle drei Klammern lockerten sich rasselnd. Das Regenbogenflimmern in M. V.s Augen hörte auf, doch alles erinnerte immer mehr an einen Traum. Sogar die in den Steinboden eingelassenen schmalen Rinnen für das Blut der Gefolterten.

»Also, dann wollen wir uns mal unterhalten.« Der Inquisitor gähnte und ging zum Kamin zurück.

Stille senkte sich herab.

Sie wuchs.

Sie schien nie mehr enden zu wollen.

Vor M. V.s Augen begannen wieder verschiedenfarbige Kreise zu schwimmen. Ihr lüsterner Blick drang durch das Regenbogen-Flimmern zur roten Silhouette des Inquisitors vor. Sie fühlte eine jähe Enttäuschung, deren Absurdität ihr selbst bewusst war. Es berührte sie schmerzlich, dass dieser anmutige porzellanene Mann sie nicht ein einziges Mal wie eine Frau ansah. M. V. wusste, dass die Zeit im Kerker furchtbar an ihrer Schönheit gezehrt hatte, sie fühlte sich hässlich wie noch nie. Trotzdem wünschte sie sich nichts sehnlicher, als dass der Inquisitor sie auch nur einmal wenigstens mit Neugier ansähe. Doch wenn sein Blick auf ihr ruhte, dann wie der eines Menschen, der in einem Augenblick tiefen Nachdenkens ins Leere starrt. Der Inquisitor stand auf, nahm irgendwelche Papiere vom Rand des Kamins und kauerte sich vor den Kamin. Im Schein des Feuers schien sein Blick wie aus Wachs, das gleich schmelzen und in großen schwarzen Tropfen auf den Boden plätschern würde.

»Also«, gähnte er und begann zu lesen, stockte, blieb quälend bei den längeren Wörtern stecken, schnippte nervös mit den Fingern der linken Hand: »*Summis desiderantes effectibus:* Innozenz, Bischof, Diener der Diener Gottes, mit ganzer Seele begehrend, dass der katholische Glaube erstarken und sich weiter verbreiten möge als zuvor und dass jede ketzerische Schande aus den Gläubigen beseitigt werde ...« Der Inquisitor verschluckte sich geradezu an den Worten und schnappte einige Augenblicke lang ohnmächtig nach Luft. Er versuchte vergeblich, irgendeinen Ton herauszubringen, atmete krampfhaft ein, blätterte einmal, zweimal, dreimal um, setzte sich auf den Stuhl und las weiter: »Die Bulle Papst Gregors verkündet: Nachdem wir wahre Kunde erhalten und die Angelegenheit mit der Fülle unserer apostolischen Macht erörtert haben, befehlen wir und geben die Anweisung, dass jener Mensch verurteilt werde, der vom Glauben abgefallen ist, einen Pakt mit dem Teufel abgeschlossen, durch Zauberei oder Magie einen oder mehrere Menschen getötet hat.

Mit diesem Schriftstück befehle ich, dass ein solcher Mensch sogleich vor Gericht gebracht und nach der Schwere seines Vergehens verurteilt werde ...«

Die Worte und Laute kamen einander in die Quere wie die Räder im Werk einer schlecht gefertigten Uhr. Schließlich verstummte er ganz. Er stand auf, warf die Blätter auf den Stuhl und kam, mit den Fingern der linken Hand schnippend, zu M. V.

»Na«, sagte er nur, es blieb unklar, ob fragend, auffordernd oder bestätigend. »Na«, wiederholte er.

M. V. bemühte sich umsonst, den melancholischen Blick des Inquisitors aufzufangen. Er starrte auf ihre Stirn, als ob er dort das plötzlich aufgegangene dritte Auge sähe: »Na?«

»Ich weiß nicht, was ich Euch sagen sollte«, flüsterte M. V. und spürte Scham in sich hochsteigen – so wie als Kind, wenn sie etwas angestellt hatte: gelogen, eine Vase zerbrochen oder das weiße Röckchen verschmutzt. »Ich weiß es wirklich nicht ...«

»Das kann nicht sein«, sagte der Inquisitor, ging zum Fenster und vetiefte sich in den Regen.

»Ich bin nicht vom Glauben abgefallen, ich habe keinen Pakt mit dem Teufel geschlossen, ich habe nicht einen einzigen Menschen getötet«, stieß M. V. hervor und hoffte, den schwarzen Flügelschlag des strafenden Engels zu hören. Vergeblich. Nichts war so, wie sie es erhofft hatte. »Ich weiß nicht, was ich Euch sagen könnte ...«

»Wirklich?« Der Inquisitor zog das Wort sanft in die Länge und schnippte mit den Fingern wie mit Kastagnetten. »Hast du wirklich niemanden getötet? An jenem Tag, als man dich aus dem Kloster wegbrachte, erhängte sich der vom Teufel besessene Einsiedler, den man Povilas Paukštietis nannte. Eine Frau namens Upė ebenfalls. Ihre Körper hingen an ein und demselben Ast desselben Baumes. Sie hingen da und tun es vielleicht immer noch. Jeder, der sie abnehmen wollte, wurde von wahnsinnigen Vögeln angegriffen. Papageien. Sie hackten mit den Schnäbeln auf alle ein und wollten mit ihren Krallen allen die Augen auskratzen, die sich den Selbstmördern auch nur zu nähern versuchten. Mehr als ein Wohltäter, der die vom Teufel Besessenen zumindest begraben wollte, kam bis aufs Blut zerkratzt zurück. Grüne, blaue, gelbe Vögel bevölkerten den Baum, und von ihrem Kot wurde er ganz weiß, als ob er blühte, und die beschmutzten Körper der Erhängten sahen aus wie aus Kalkstein gehauen. Vom Mist der bösen Vögel wurden beide geradezu mumifiziert. Nur anstelle der Augen konnte man schwarze, von den Vögeln ausgekratzte Höhlen sehen ...« All dies sagte der Inquisitor, ohne sich auch nur ein einziges Mal zu verheddern, und seine Wangen leuchteten im hellen Rot der Schwindsüchtigen auf.

M. V. durchfuhr ein Schmerz, so stechend, dass sie nach Luft rang. Nein, nicht der Tod ihres Geliebten durchstach ihr das Herz. Ach, hat der Schmerz Farbe, Geschmack, Geruch, Grenzen, ein Ende oder ist er unerschöpflich, wie die Wasser des Meeres, unzählbar wie die Sterne am Himmel, oder konnte man ihn vielleicht überschreiten wie einen in den Sand gezeichneten Kreis? Es geschah, was von allem das Furchtbarste war, was nicht einmal in ihren finstersten Gedanken noch in den bedrückendsten Träumen geschehen war: Povilas Paukštietis hatte sie verraten. Ließ sie ganz allein zurück und ging fort, mit niemand anderem als Upė!

M. V. spürte etwas in sich reißen. Nein, sie selbst war wie eine überreife oder verfaulte Frucht vom großen Lebensbaum abgefallen und raste jetzt kopfvoran in den schallenden Raum des Nicht-Seins. Plötzlich begriff sie, was sie die ganze Höllen-Zeit über am Leben erhalten hatte, die unendliche, schwarze, unermessliche, stinkende, mit Todesstille erfüllte, mit dem irren Gelächter von Namenlos losprasselnde, angsterfüllte Höllen-Zeit. Es war die Hoffnung!

M. V. hatte gehofft, dass sie Povilas Paukštietis noch einmal sehen würde: vielleicht während der Verhöre beim Inquisitor, vielleicht in der Folterkammer, vielleicht in den hallenden Korridor-Labyrinthen ... Und ganz sicher dann, wenn sie zusammen in einem Karren, an einen Schandpfahl angebunden, zum Schafott gefahren würden. Er und sie, beide in den gleichen aus einem Sack genähten Kleidern, mit spitzen Ketzerhüten auf dem Kopf, erschöpft und durch die Qual gereinigt, würden verborgen vor den Augen der Henker und der johlenden Menge einander mit den Fingerspitzen streicheln. Und nichts wäre süßer als die Liebkosung vor dem Tod. Die Leute würden mit Schaum vor dem Mund Verwünschungen und Flüche herausspucken, die Ketzer mit Steinen bewerfen, doch große Eifersucht fühlen, die wachsen und zur unermesslichen Sehnsucht nach wahrer Liebe geworden jeden verfolgen würde, der einen Blick auf den Scheiterhaufen geworfen hatte, wie eine unheilbare Krankheit oder ein Schatten. Wenn sie die Augen nicht mehr von dem brennenden Paar abwenden könnten, dann würden sie nicht an die Macht Satans, nicht an die der Hexerei, sondern an die der Liebe glauben. Plötzlich würde brausend etwas vom Himmel herunterfallen wie Steinhagel ... Vögel.

Die Papageien von Povilas Paukštietis würden ins Feuer eintauchen, von den Flammen erfasst über die zu Tode erschrockene Menge fliegen, wie brennende Steine am abendlichen Himmel. Die erschrockenen Wachen und die Mönche, die eben noch fromm Choräle gesungen hatten, würden um den Scheiterhaufen herumrennen und die brennenden Vögel ihnen die Stirn zerhacken oder die Augen auskratzen. M. V. würde mit einer großartigen Sängerstimme aufschreien, und alle in der Menge würden flüstern: »So eine mutige Frau also hat der Wundertäter und Heilige geliebt! So eine mutige Frau!« Diese Frau – das war sie! Und sie würde in Süße sterben ...

Der Inquisitor sah M. V. immer noch an wie fließendes Wasser – mit einem melancholischen, starren Blick. Die Leere hallte. Der strafende Engel zog seine verhängnisvollen Runden über irgendjemandes Kopf.

»Ich weiß, wer mich zur Sünde verführte«, sagte M. V. plötzlich und musterte das Maskengesicht des Inquisitors herausfordernd.

»Na«, stieß er hervor, die anderen Worte, falls da überhaupt welche waren, in einem Gähnen erstickend. »Na ...«

In den Augen des Inquisitors war keine Neugier, keine Aufmerksamkeit, keine Verachtung für die arme Hexe zu erkennen, nur warme einfühlsame Traurigkeit.

»Die Eitelkeit«, sprach M. V. mit einer Stimme, als verkünde sie die nur ihr allein bekannte Formel für den Stein der Weisen. »Die Eitelkeit. Die Eitelkeit.«

»Zweifellos«, sagte er völlig gleichgültig. »Ich wusste das schon immer. Die Eitelkeit.«

Der Inquisitor sah M. V. endlich in die Augen. Er lachte sehr sanft, wie ein Mensch, der sich an der Schönheit einer Blume oder der Zutraulichkeit eines Tieres freut.

»Ich hoffe, dass wir auch die Bedeutung einiger anderer Wörter gleich verstehen«, sagte er Silbe für Silbe und setzte die schwierigen Buchstaben besonders langsam und vorsichtig. »Ich hoffe, du wirst es zu würdigen wissen, was ich meine mit dem Wort ...« Der Inquisitor holte tief Luft und erstarrte mit schmerzlich geöffnetem Mund: » ....« Sein Gesicht wurde tiefrot, die Halsadern schwollen an, und schließlich summte es wie ein schwarzer Wespenschwarm aus seiner Kehle hervor: »Grrrrrrrrrrrrrrrausamkeit. Grausamkeit.«

Der Schatten des strafenden Engels legte sich über alles.

Ein Wachsoldat kam herein.

»Fertig. Bring diese Frau hinaus!« sagte der Inquisitor, kauerte sich vor den Kamin und hielt die Hände über das Feuer.

Die Welt bestand nur noch aus dem blauen Schatten des strafenden Engels. M. V. sah nichts mehr und folgte blind den Schritten des Wachsoldaten. Der Scheiterhaufen war schon errichtet, und sogar hier konnte man das begierige Schmatzen der Menge hören. Die Frau atmete tief ein und kostete das Wort ganz aus: »Grrrrrrrrrausamkeit.«

Dann blitzte Licht auf.

»Du bist frei. Geh, wohin du willst, in jede Himmelsrichtung!« sagte der Wachsoldat, tätschelte sie auf den Hintern und schlurfte davon.

Vor M. V. erstreckte sich ein unendlicher grauer Weg. Über ihrem Kopf breitete sich ein unendlicher grauer Himmel aus. Völlige Offenheit. Vollkommene Leere. Es dunkelte. Es regnete. Irgendwo in der Ferne kläfften Hunde. Und das Wort, dessen wahren Sinn sie bis jetzt noch nicht gekannt hatte, stürzte sich aus den Höhen mit scharfem, schwarzem Stachel auf sie: GRAUSAMKEIT.

Grausamkeit ... Ein Wort, dessen wahre Bedeutung ich bis heute noch nicht richtig gekannt hatte, stürzte sich aus den Höhen mit scharfem, schwarzem Stachel auf mich ...

Als ich klein war, stellte ich mir selbst die sonderbarsten Fragen, auf die ich dann fieberhaft eine Antwort suchte: Was war vor der Schöpfung der Welt? Was wäre, wenn es gar nichts gäbe? Wie sieht das Nichts aus? Und wie die Leere? Jetzt kannte ich die Antwort. Das Große Nichts tönte in meinem Kopf. Die Absolute Leere herrschte in meinem Herzen. Sogar zu Gott betete ich nicht mehr. Es hatte keinen Sinn mehr, bei ihm Trost zu suchen. Ich hatte nichts mehr von ihm zu erbitten. Höchstens – dass ich es aushalten würde. Doch ich hatte schon begriffen: Aus Verzweiflung stirbt man nicht.

Im Hof von Hannas und Kaiphas schien es nie mehr hell werden zu wollen, obwohl die Hähne schon dreimal gekräht hatten. Bei Tagesanbruch sollten sich die Ältesten des Volkes, die Hohenpriester und die Schriftgelehrten zum Tribunal zusammenfinden. Sie würden Jesus verurteilen.

Plötzlich sah ich unter den Wachen an der Tür des Palastes einen, den ich kannte. Er war jung und schön, mit kurz geschnittenem und wie die Schwingen einer Krähe glänzendem Haar und einem seit etwa einer Woche nicht rasierten Bart. Sein Gesicht, die großen traurigen Augen und die vollen spöttischen Lippen weckten Vertrauen in mir. Ich schlich mich zu ihm. Er erkannte mich nicht sofort. Schließlich sagte er mit halblauter Stimme, sich unruhig nach allen Seiten umsehend: »Verschwinde von hier. Wir haben den Befehl, alle zu verhaften, die mit Jesus zusammen waren. Ich weiß, dass du die Lieblingsschülerin des Nazareners bist. Verschwinde von hier, wenn du dem Tod entgehen willst.«

»Nein, ich will Jesus sehen.«

Er sah mich mit Augen voller Traurigkeit an. Die Traurigkeit schien gleich überlaufen und über das bläuliche unrasierte Gesicht fließen zu wollen. »Das ist unmöglich, Maria.« Er lächelte. Bitter und wütend.

»Es gibt nichts Unmögliches.«

Er zuckte die Achseln und wandte sich ab. Es wurde ganz still.

Nur meine Ohrringe klirrten kaum hörbar. Zitterte ich denn? Schließlich sah mich der Wachsoldat aus dem Augenwinkel an und sagte, ohne den Kopf zu drehen: »Nimm die Ohrringe ab. Leg die Armreifen ab. Mein Anführer mag solche Dinge.«

Ohne mich anzusehen, streckte er mir die Hand hin. Seine Lebenslinie war sehr lang. Ich legte meine silbernen Ohrgehänge, die kupfernen Armreifen, die Kette und die Ringe, in denen teure Steine waren, in diese glückliche Hand.

»Folge mir«, sagte er.

Ich ging hinter ihm her, von einem Hof in den anderen. Im dritten saßen etwa zehn Soldaten am Lagerfeuer und sangen ein mir unbekanntes Lied.

Der schöne Wachsoldat ging zum Anführer, ließ meinen Schmuck auf seinen Schoß fallen und flüsterte ihm etwas ins Ohr. Die Soldaten hörten auf zu singen. Sie blickten zu mir hinüber. Der Anführer winkte mich mit einer Handbewegung zu sich. Ich trat näher. Der, der mich herbegleitet hatte, sagte: »Ich muss auf meinen Posten zurück.«

Ich versuchte seinen Blick aufzufangen, doch er sah mich nicht an. Wie auf ein Kommando drehte er sich um und ging weg.

Plötzlich ertönte ein lautes Rattern, das die düsteren Wände des Innenhofes neunmal als Echo zurückwarfen. Ich konnte mir nicht vorstellen, was einen solchen Lärm verursachen mochte. Doch ich ahnte, dass dieses Geräusch größtes Unheil ankündigte, das schon nicht mehr zu vermeiden war. Etwas schlug gegen meine Waden, lachte schrecklich, ich schrie auf – das Echo war fürchterlich –, wandte mich um und erblickte einen Verstümmelten ohne Beine, der auf hölzernen Rädchen saß. Er stieß sich mit in schmutzige Lumpen gewickelten Händen an den Wänden ab, drehte scheußlich ratternd einen Halbkreis um mich und quietschte mit einer halb menschlichen, halb koboldhaften Stimme: »So also sieht die Schlampe aus, der Gottes Sohn alle Sünden vergab! Gar kein übles Weibsbild!«

Der Anführer der Wächter warf meinen Schmuck von einer Hand in die andere. Dann schloss er die Augen und sagte: »Du bist von selbst gekommen, Maria Magdalena? Ausgezeichnet. Wir haben den Befehl, jeden zu fassen, der zum Haufen dieses verrückten Nazareners gehörte. Doch wie ich sehe, werdet ihr alle angeschwirrt kommen wie Fliegen zu einer Süßigkeit. Ein zweites Mal wirst du den Steinen nicht entkommen. Was sagst du dazu?«

»Jesus werden sie nicht steinigen, sondern ans Kreuz nageln«, brummte einer der am Feuer Sitzenden mürrisch.

»Macht mit mir, was ihr wollt, aber lasst mich zu Jesus. Wenigstens für ein paar Augenblicke.«

Ich hatte fast das Gefühl, als spräche ich nicht mehr in menschlicher Sprache – mit so leeren Augen sahen mich die Wachen an, so unbewegt erschienen ihre Gesichter, als hätten sie nicht ein einziges meiner Worte verstanden.

»Du bietest uns nicht die richtigen Schätze an, Maria!« stieß endlich der Anführer zwischen den Zähnen hervor und warf meinen Schmuck zornig weg.

Laut klirrend rollten meine Ringe und Armbänder über die Steinplatten, und der Beinlose jagte ihnen nach wie eine Katze, die zu viel Baldrian gefressen hat, einer imaginären Maus. Die anderen begannen zu lachen und zu grölen: »Ja, ja, Maria, wenn du deinen Landstreicher aus Galiläa sehen willst, musst du gut bezahlen.«

»Sei freigebig, Maria! Dein König der Dummen hat doch jede Form von Geiz verdammt, nicht wahr?«

»Teile all deinen Reichtum mit uns, Magdalena!«

»Ich habe nichts mehr. Ich habe euch alles gegeben, was ich hatte«, sagte ich und versank in grüne Hoffnungslosigkeit.

»Nun komm schon, komm schon! Ganz Jerusalem weiß, dass du was viel Besseres hast als diesen Schmuck!«

»Und das trägst du immer mit dir herum, wenn du dem übergeschnappten Propheten folgst!«

»Ich verstehe nicht, was ihr wollt ...«

»Ha ha ha! Sie versteht nicht, was wir wollen! Und dabei schaut sie so unschuldig drein! Müssen wir es dir vielleicht mit dem Finger zeigen? Wir wollen das, was zwischen deinen Beinen ist! Teile diesen süßen Reichtum mit uns und du wirst deinen König der Idioten sehen.«

»Ja, spreiz nur die Beine«, gackerte der Verstümmelte und

packte mich am Rockzipfel, »dann fahre ich unter deine Röcke wie in ein Zelt!«

»Zögere nicht, Maria«, ließ der, der über die Kreuzigung gesprochen hatte, mürrisch verlauten. »Es bleibt nicht mehr viel Zeit. Die Füße, die du geküsst und mit deinen Tränen gewaschen hast, die Hände, die dich streichelten, werden heute oder morgen von Nägeln durchbohrt werden. Der Körper, den du so voll Begierde ansahst, wird sich am Kreuz winden.«

»Also gut«, sagte ich, denn in meinem Kopf tönte noch immer das Große Nichts und in meinem Herzen herrschte Leere. »Gut. Sei es so, wie ihr wollt. Doch zuerst lasst mich Jesus sehen. Ich will sauber und von euch unbefleckt zu ihm gehen ...«

Derjenige, der ihr Anführer war, stand auf und kam zu mir. Er sah mich an wie ein Raubtier, das ein ohnmächtiges Opfer riecht. »Schön«, zischte er, legte mir die Hand auf die linke Brust und drückte schmerzhaft zu. »Sehr schön. Wir sind uns einig. Jetzt geh du zu Jesus, danach werden wir uns alle unter den Augen des Königs der Narren mit dir vergnügen. Damit es ihm nicht langweilig wird, bis die Höchste Synode zusammengetreten ist.«

Er lachte laut, besprühte mich mit Speichel und Knoblauchgeruch. Wie gelähmt starrte ich auf den schwarzen Dreck unter seinen Nägeln.

Ich ging hinter dem Anführer her. Er öffnete eine Tür und stieß mich hinein. In der stockdunklen Finsternis trieb er mich mit Stößen und Tritten weiter wie ein Tier. Wir bogen in einen von Fackeln beleuchteten Korridor ein. An der Wand flatterten unsere Schatten wie schwarze Lumpen. Hinter der nächsten Biegung standen acht bewaffnete Soldaten. Einer von ihnen trug ein Kleid von Jesus. Der, der mich herbegleitet hatte, bückte sich und machte eine Bodenluke auf. »Steig runter«, befahl er.

Der Raum, in den ich gelangte, war sehr eng. Durch ein handgroßes Fensterchen unter der Decke drang rötliches Licht. Jesus hatte sich zur Wand gedreht, die Stirn presste er an den kalten schwitzenden Stein. Er war entkleidet worden und hatte nur einen Fetzen weißen Stoffs um die Hüfte.

»Ich bin es«, flüsterte ich, doch er wandte sich nicht um.

Ich ging näher. Zwischen den Schulterblättern Jesu bluteten zwei diagonale Peitschenhiebe. Ich fühlte Schmerz, als ob ich selbst geschlagen worden wäre, und brach in Tränen aus. Ich wollte aufhören damit, aber ich konnte nicht, als ob in mir ein zu Tode erschrockenes Kind wehklagte.

»Weine nicht, Maria ...«

Ich fiel auf die Knie und umarmte seine Beine. Er rührte sich nicht.

»Was hast du ihnen versprochen, dass sie dich hier hereinließen?« fragte er und berührte nur ganz sacht mit den Fingerspitzen mein Haar.

»Mich, Rabbi ...«

Er seufzte mitleidvoll und zog die Hand zurück. »Du bist vergeblich gekommen. Lass mich allein.«

Ich ließ seine Beine los. Ich setzte mich auf den Boden und lehnte mich an die Wand. Meine Tränen versiegten ebenso plötzlich, wie sie ausgebrochen waren. Jesus hockte sich neben mich. Seine Knie waren blutig.

»Was soll ich tun?« stammelte ich. »Was soll ich tun, wenn du nicht mehr da bist?«

»Du wirst mich überall finden. Sage das den anderen. Ich bin das Licht, das über euch allen ist, und werde es sein. Ich bin alles. Alles kommt aus mir und kehrt in mich zurück. Spaltet ein Scheit – ich bin dort. Hebt einen Stein auf – auch da werdet ihr mich finden. Es ist so und wird so sein, wie ich es sage. Und jetzt geh, Maria, lass mich allein.«

Ich gehorchte. Ich stieg nach oben. Der Anführer der Wächter packte mich am Arm, kniff mich und zerrte mich hinter sich her zurück. Durch dieselben Korridore. Draußen war es schon hell.

Als sie mich erblickten, stürzten sich die Wächter wie wilde Tiere auf mich. Wie durch ein Wunder entkam ich ihren Pfoten. Als ob ich mich plötzlich in eine dünne, geschmeidige und schlüpfrige Schlange verwandelt hätte. Ich rannte von einem Hof zum anderen, von dort in einen dritten, der voller Menschen war. Ich wurde verfolgt. Mich selbst nicht mehr spürend rannte ich durch die Straßen Jerusalems. Ich flog geradezu. Ich hörte, wie die Stimmen der Verfolger schwächer wurden, abebbten, schließlich ganz verschwanden. Erst als ich die Stadt verlassen hatte, kehrte ich in meinen Körper zurück. Ich rang nach Luft. Mein Herz schlug wie verrückt. Alle Muskeln und Gelenke taten mir weh. Von einer furchtbaren Ermattung in die Knie gezwungen, fiel ich ins trockene, raue Gras. Als ich mich etwas gefasst hatte, begriff ich, dass ich nur dank eines Wunders meinen Verfolgern entkommen war. Wieder hatte mich Jesus gerettet.

Ich stand auf und ging nach Jerusalem, das wie eine eiternde Wunde pulsierte und sich für Jesu Tod bereitmachte. In meinem Kopf hallte nur ein Gedanke: hat der Schmerz eine Farbe, einen Geruch, Grenzen, ein Ende, oder ist er unerschöpflich wie die Wasser des Meeres, unzählbar wie die Sterne am Himmel, oder vielleicht konnte man ihn ja überschreiten wie einen in den Sand gezeichneten Kreis? (Auch jetzt noch steht mir vor Augen, was Jesus mit dem Finger in den Sand zeichnete, als ich ihn das erste Mal erblickte …)

Ich mischte mich wieder unter die dicht gedrängte Menge. Alle warteten auf das Urteil über Jesus. In den Gesichtern dieser Menschen konnte ich nicht das geringste Zeichen von Mitgefühl erkennen, obwohl gerade sie das größte Mitgefühl von Seiten Jesu erfahren durften. Die Menge war ermattet, die Menschen verwahrlost, wie Schafe ohne einen Hirten… Es war schrecklich schwül.

Als erstes verbreiteten sich die Gerüchte: welche Fragen sie Jesus stellten, wie sie sich über ihn lustig machten, ihn erniedrigten, schlugen, folterten; wie er antwortete und wie er schwieg, was sie ihm antaten und welches das endgültige Urteil war … Dann kam der von Wachen umringte Jesus heraus, in einer Stunde um ein ganzes Jahrzehnt gealtert.

Die Todesahnung, die zuerst nur als kaum sichtbarer Punkt in der Höhe pulsiert, wie ein schwarzer Stern des Unheils am Himmelsgewölbe gehangen hatte, stürzte langsam herunter, schwebend wie ein Aasgeier, schwoll immer mehr an, schwoll an, schwoll an, bis sie uns schließlich, als wir zum zweiten Mal zum Palast von Pilatus kamen, zerquetschte.

Ich stand starr in der erregten Menge wie ein Turm der Stille. Ich hörte nichts mehr. Ich sah nur weit aufgerissene, verzerrte, spuckende, fluchende, Strafen und Tod fordernde Münder. Hin und wieder drangen die Wort-Pfeile mit den roten vergifteten Spitzen durch den grauen Filz der Taubheit, mit dem mein Kopf viele Male umwickelt war, in mein blutendes Gehirn ein: *Ans Kreuz mit ihm! Ans Kreuz! Ans Kreuz!!!* Ich konnte nicht mehr begreifen, was das bedeutete – *Ans Kreuz* –, obwohl ich meinen ganzen mir noch verbliebenen Verstand und Willen anstrengte. Ich vermochte den Kopf nicht mehr zu bewegen, die kleinste Bewegung tat fürchterlich weh, denn die scharf geschliffenen zweischneidigen Schreie hatten sich mir tief in die Schläfen gedrückt: *Fort mit ihm! Fort! Kreuzigt ihn! Ans Kreuz mit ihm!!! Lasst uns Barabbas …* Wer ist Barabbas? Was ist ein Kreuz? Was ist der Tod?

Herr, flehte ich, ohne mehr zu wissen, ob ich mich mit geziemenden Worten an den Höchsten wandte, nimm mir jetzt nicht den Verstand, jetzt, da ich alles mit klarem Bewusstsein sehen muss.

Plötzlich schrumpfte ich. Ich war nicht größer als eine Fliege. Ich kroch über Pontius Pilatus' Gesicht. Vor Grauen fast erstickend, krabbelte ich über das glattrasierte Kinn. Über mir hing wie ein Fels seine fleischige Unterlippe. Die Worte donnerten vorbei, besprühten mich mit Speichel, Wein und dem Geruch von Oliven: *Da ist ein Mensch. Ich finde in ihm keine Schuld!* Herr, mein Gott, erkläre mir Unglückseligen, was bedeutet »Mensch« und was bedeutet »Schuld«? Und nimm mir nicht den Verstand! Pilatus hob die Hand und wollte mich aus dem Gesicht wischen. Ich landete auf seinem sorgfältig gepflegten Fingernagel. Ich krabbelte über seine Handfläche, kroch die tief eingeritzten Linien seines verwunschenen Schicksals entlang, kletterte auf das Handgelenk, krabbelte zwischen schwarzen, groben, dicht wachsenden Härchen weiter, machte Rast auf dem mit Duftölen eingeriebenen Ellbogen, doch plötzlich kam von irgendwoher eine rote, zähflüssige, klebrige, heiße Lawine angebraust und trug mich fort. Ich hörte gerade noch: *Ich bin unschuldig am Blut dieses Gerechten!* Herr, mein Gott, erkläre mir, was bedeuten diese Worte »Ich bin unschuldig«? Und nimm mir nicht den Verstand.

Wieder stand ich inmitten von Menschen, die brüllten: *Kreuzigt ihn! Kreuzigt ihn!!* Da dachte ich für mich, dass die Hölle nicht mit Steinen gepflastert sei, sondern mit solchen schreienden Mündern, aus denen giftige Zungen ragen, Speichel des Hasses, Wut und Schwefel spritzen ... Und kaum hatte ich das gedacht, wurde ich wieder taub. Nie zuvor hatte ich so viele entsetzliche Gesichter gesehen wie an diesem Morgen in Jerusalem.

Ich wurde blind, als ob jemand meine Augen mit rotem stinkendem Dreck verklebt hätte. Nur ab und zu erblickte ich durch den trüben, summenden Nebel wie durch eine Wolke von Wanderheuschrecken Jesus. Wie er ausgezogen wurde. Ausgepeitscht. Ein zwei drei vier fünf sechs sieben acht neun zehn elf zwölf dreizehn vierzehn fünfzehn sechzehn siebzehn achtzehn neunzehn zwanzig einundzwanzig zweiundzwanzig dreiundzwanzig vierundzwanzig fünfundzwanzig sechsundzwanzig siebenundzwanzig achtundzwanzig neunundzwanzig dreißig einunddreißig zweiunddreißig dreiunddreißig vierunddreißig fünfunddreißig sechsunddreißig siebenunddreißig achtunddreißig neununddreißig Hiebe.

Mir war, als ob ich Blut weinte, denn alles versank in roten Nebeln. Aber meine Augen waren trocken. Ich rieb sie mit den Fäusten und drückte sie so fest ich konnte mit den Fingern. Ich wollte meine Augäpfel zerquetschen wie zwei Eidechseneier, die in aus dem roten, glühend heißen Wüstensand gegrabene Vertiefungen gelegt waren.

Ich fühlte keinen Schmerz mehr, obwohl ich mich kniff und biss, obwohl ich sah, wie der rote Mantel des Spotts auf den blutenden Rücken Jesu geworfen, wie ihm eine Krone aus Dornen aufgesetzt und ein Rohrstock in die Hand gegeben wurde. Wie sie ihn anspuckten und schrien: »Sei gegrüßt, König der Juden!« Mit solchen spuckenden Mündern ist die Hölle gepflastert, doch, Herr, nimm mir jetzt nicht den Verstand!

Ich verlor die Besinnung. Ich hatte die Augen geschlossen und wünschte sehnlichst, Jesus so vor mir zu sehen, wie er früher war, noch vor einigen Tagen. Doch ich konnte sein Bild in meiner getrübten Vorstellung nicht mehr zusammensetzen. Aus der

Dunkelheit tauchten wie von einem roten Blitz erhellt nur noch einzelne Züge auf: das vom Wind gepeitschte Haar, die Augenbrauen, das Lächeln, die Augen, der Hals mit dem hervorstehenden Adamsapfel, die segnende Hand …

Jemand legte mir den Arm um die Schultern und drückte mich an sich. Es war eine alte, grauhaarige Frau. Ich erkannte sie, es war die Mutter Jesu, sie hieß auch Maria. Ich sah in ihr trockenes, knochiges, von Falten zerfurchtes Gesicht und dachte, dass auch Jesus im Alter ähnlich ausgesehen hätte. Ich schmiegte mich an sie, spürte aber ihre Nähe nicht. Zum ersten Mal in so vielen Jahren erinnerte ich mich an meine Mutter. Ich sehnte mich danach, dass sie mich jetzt umarmte, wiegte, streichelte und beruhigte, ich aber würde nur lautlos klagen, die vertrockneten Lippen nicht öffnen, die zerbissene Zunge nicht bewegen. Mutter, Mutter, Mutter, liebe Mutter … plötzlich verschwand alles … es blieb nur das Kreuz die blutige Stirn die blutüberströmte Krone der König? die Soldaten Schwerter Galgen Hufe Hitze Leidensweg Klagen Lachen Knien Blut Aufstehen Lärm Wahnsinn Hitze Schwalben Knien Taumel Blut Aufstehen Grölen Bitterkeit die Rache? die Schuld? Flüche Irrsinn Knien Blut Aufstehen Flüche

der Weg der Hügel
              die Schädel
                        die Knochen
                                  das Röcheln
                                            und

das Kreuz.

…… dieschreiediefolterderschwammdaskreuzdiehitzediebitterkeitdieschreievollerschmerzdieschreie …

»Mein Gott, mein Gott, warum hast du mich verlassen!«

Ich fiel auf die Knie. Ich zwang mich, den Kopf nicht zu senken. Die Augen nicht zu schließen. Hinzusehen. Zu sehen. Ein halbnackter Soldat. Ein Körper wie der eines wilden Tieres. Von schwarzen zottigen Haaren überwuchert.

Ein Nagel in die rechte Hand. Ein Stöhnen.

Ein junger Soldat. Derselbe, der mir heute morgen geholfen hatte, mich mit Jesus zu treffen. Ach, wie ihm der Schweiß herunterläuft! Ach, wie angsterfüllt er mit seinen günen Oliven-Augen zu mir herüberblickt. Denn ich knie am nächsten.

Ein Nagel in die linke Hand. Ein Aufkeuchen.

Ein Nagel in die Füße. Ein Schrei.

Ich knie wie auf Glasscherben. In meine Knie schneiden sich tief die Knochen der früher hier Gepeinigten ein. Und die spitzen Steine von Golgatha. Ich kralle mich in die Erde. Meine Nägel brechen ab. Der trockene Wind versengt mir das Gesicht. Zwischen den Zähnen knirscht der verfluchte Staub Jerusalems. Meine Ohren dröhnen. Vor Schmerz. Gleich werden die Trommelfelle platzen. Von Blut überströmt. Die Menge blökt, wie eine zum Schlachten getriebene Herde. Die Augen nicht schließen. Schauen. Sehen.

Kein einziger Jünger Jesu ... Nur – Johannes! Und Jesu unglückselige Mutter. Einige der Frauen, die ihm folgten. Den Kopf nicht senken. Die Augen nicht schließen.

Ich hielt es nicht aus ... Ich schaffte es nicht. Ich rollte mich zusammen. Ich steckte den Kopf zwischen die Knie. Oh, lass mich nur nicht den Blick des Gekreuzigten treffen. Ich fühlte seine Qual wie die Hitze eines unvorstellbar großen Feuers.

Die Zeit blieb stehen. Mit unmenschlicher Anstrengung zwang ich mich, ihn wieder anzusehen. Und da schrie Jesus mit voller Stimme auf: »*Vater, in deine Hände übergebe ich meine Seele!*«

Es war, als ob riesige weiße und rote Blüten sich von seinem herabhängenden Kopf entfalteten, sich über den Himmel ausbreiteten, über die Erde, über Paradies und Hölle, über die unzähligen Menschengeschlechter, über die Lebenden, über die Verstorbenen und die noch nicht Geborenen, über alle Ewigkeit.

Als ich die Augen öffnete, sah ich karges Grasland, Erdklumpen, Käfer, Kieselsteine. Ich erinnerte mich, was Jesus das letzte Mal zu mir sagte: »Du wirst mich überall finden. Sage das den anderen.«

»Und der Tod wird besiegt sein, besiegt sein, besiegt sein!« wimmerte ich und fiel aufs Gesicht.

Ich hatte es gesagt. Doch niemand hörte mich. Die Frauen wehklagten und kreischten. Ihre schmerzerfüllten Stimmen bohrten sich wie glühendes Metall in meine Ohren, in jede Ader. Nur Jesu Mutter schwieg.

Gegen Abend kamen zwei geheime Jünger von Jesus. Joseph aus Arimathia und Nikodemus. Joseph war ein reicher Mann und Mitglied der Synode. Er war es, dem es gelang, den Körper des Herrn von Pilatus freizukaufen und die Erlaubnis zu erhalten, ihn zu bestatten. Wir nahmen Jesus vom Kreuz. Als sie sahen, dass sie ihre Beute verloren, kreischten die Raubvögel ohne Unterlass. Der schauerliche Ton klang noch tagelang in meinen Ohren nach.

Wir beeilten uns, denn die Nacht brach herein und danach war Sabbat.

Ich rieb den zermarterten, erkalteten Körper Jesu mit Myrrhe und Aloe-Öl ein, die Nikodemus mitgebracht hatte. Ich dachte: solche Liebkosungen sind mir nun also bestimmt. Und das, was ich berührte, war schon nicht mehr Jesus. Auch ich selbst fühlte mich ganz woanders. Hier waren nur meine Hände, Beine, der wunde Rücken und die Brust, die verweinten Augen, der schmerzende Kopf ... Ich fühlte, dass ich mich nie mehr würde finden, zusammensetzen, aufreihen können, wie in ein reißendes Gewässer gefallene Perlen.

Wir legten Jesus in ein neues Grab, wo noch niemand beerdigt worden war.

Die Frauen brachten Sträuße duftender Wiesenblumen.

Danach brachen alle in die Stadt auf. Petrus nahm ich im Vorbeigehen ein Messer aus der Hand. Dasselbe, mit dem er dem Soldaten in Gethsemane ein Ohr abgeschnitten hatte. Die Klinge funkelte rot auf im Licht der untergehenden Sonne.

»Maria, was willst du damit?« rief Petrus.

Wir waren allein, Auge in Auge. Die Übrigen entfernten sich bereits auf dem gewundenen Pfad in Richtung Jerusalem.

»Was denkst du denn?« fragte ich, hielt mir die geschliffene Klinge an die Kehle und lachte heiser.

Ich erschrak selbst vor meinem nicht wiederzuerkennenden Kichern. Ich schnitt mir ein Haarbüschel ab. Das zweite. Und das dritte. Doch die süße Versuchung, mir mit der Klinge über den Hals zu fahren – sie wich nicht von mir. Schnipp ... schnipp ... schnipp ... Schwarze Locken fielen um meine Füße wie zerfetzte

Fledermäuse … Ich habe das einmal als Kind gesehen. Ein Kater riss ein Fledermausnest in Stücke und verstreute im ganzen Hof kohlschwarze Fetzen. Und jetzt sahen meine eigenen Haare wie verkohlt aus. Mit grauen Strähnen. Obwohl sie einst wie glühendes Kupfer glänzten. Lange her. Lange her. Lange her.

Petrus sah mich an und flüsterte mit weit aufgerissenen Augen: »Maria … Maria … Maria …«

»So«, sagte ich und ließ das Messer sinken. »Ich, Petrus, bleibe hier.«

Als führte mir jemand die Hand, hielt ich mir die Klinge noch einmal an die Kehle. Doch ich war schon hundertmal stärker als die Versuchung, mich umzubringen. In meinen Ohren dröhnte es. Ich wurde von einer unmenschlichen Leichtigkeit erfasst. Einer unmenschlichen. Ich gab Petrus das Messer. Er nahm es und ging ohne ein weiteres Wort.

Ich blieb ganz allein. Ich fühlte keine Verzweiflung mehr, auch keinen Schmerz. Nur unermessliche Sehnsucht, unbeschreibliches Warten. Auf wen könnte ich noch warten, nach wem mich sehnen, welche Hoffnung noch haben, fragte ich mich selbst. Ich fand keine Ruhe. Ich konnte keine Minute still dasitzen. Die ganze Nacht ging ich die Wand des Grabkellers entlang, hin und zurück, hin und zurück … Erst in der Frühe, als der Tau fiel, setzte ich mich hin und döste ein wenig. Aber auch der Traum war voll Sehnsucht, unbeschreiblichem Warten, grenzenloser Hoffnung …

Den ganzen Tag rührte ich mich nicht von der Stelle, beobachtete, wie mein Schatten einen Kreis beschrieb. Es war sehr heiß. Kaum hatte ich die Augen geschlossen, erschienen die schauerlichen Szenen der vergangenen Tage. Ich sah wieder, wie Jesus ausgepeitscht wurde: Ein zwei drei vier fünf sechs sieben acht neun zehn elf zwölf dreizehn vierzehn fünfzehn sechzehn siebzehn achtzehn neunzehn zwanzig einundzwanzig zweiundzwanzig dreiundzwanzig vierundzwanzig fünfundzwanzig sechsundzwanzig siebenundzwanzig achtundzwanzig neunundzwanzig dreißig einunddreißig zweiunddreißig dreiunddreißig vierunddreißig fünfunddreißig sechsunddreißig siebenunddreißig achtunddreißig neununddreißig Hiebe …

Ein halbnackter Soldat. Ein Körper wie der eines wilden Tieres. Von schwarzen zottigen Haaren überwuchert.

Ein Nagel in die rechte Hand. Ein Stöhnen.

Ein Nagel in die linke Hand. Ein Aufkeuchen.

Ein Nagel in die Füße. Ein Schrei.

Mit aller Kraft versuchte ich diese quälenden Bilder unter meinen Lidern zu vertreiben, doch sie kehrten wieder und immer wieder zurück. Ein zwei drei vier fünf sechs sieben acht neun zehn elf zwölf dreizehn vierzehn fünfzehn sechzehn siebzehn achtzehn neunzehn zwanzig einundzwanzig zweiundzwanzig dreiundzwanzig vierundzwanzig fünfundzwanzig sechsundzwanzig siebenundzwanzig achtundzwanzig neunundzwanzig dreißig einunddreißig zweiunddreißig dreiunddreißig vierunddreißig fünfunddreißig sechsunddreißig siebenunddreißig achtunddreißig neununddreißig Hiebe ... Ein halbnackter Soldat. Ein Körper wie der eines wilden Tieres. Von schwarzen zottigen Haaren überwuchert.

Ein Nagel in die rechte Hand. Ein Stöhnen.

Ein Nagel in die linke Hand. Ein Aufkeuchen.

Ein Nagel in die Füße. Ein Schrei.

Sehnsucht. Hoffnungsvolles Warten. Um mich herum herrschte unendliche Ungewissheit. Vor meinen Augen absolute Offenheit. Ich hatte keine Wahl. Nur Sehnsucht. Erwartung. Hin und wieder dachte ich: Bin ich noch Mensch? Würde mich ein Vorübergehender wahrnehmen? Oder bin ich vielleicht schon durchsichtig geworden? Ein absolutes Nichts?

Und wieder: Peitschenhiebe. Der Kreuzweg. Die Kreuzigung. Das Herunternehmen vom Kreuz. Jemand wirft den Dornenkranz weg. Es baumelt die leblose Hand, aus der Nikodemus den Nagel herausgezogen hat. Maria legt ein weißes Laken auf die mit Blut und Schweiß begossene Erde ...

Gegen Abend kam Jesu Mutter. Sie brachte mir einen Krug Wasser und einen kleinen Laib Brot. Aus irgendeinem Grund erinnerte ich mich daran, wie sie einst in Galiläa durch die Menge hindurch zu ihrem Sohn vorzudringen versuchte. Damals war ihr Haar noch schwarz und glänzte in der Sonne. Jemand sagte Jesus: »Da ist deine Mutter.« Er aber zuckte nur die Achseln und sagte, ohne sich zu ihr umzuwenden: »Die, die meines Vaters Willen ausführen, sie sind mir Mutter und Schwester und Bruder...«

»Du solltest etwas essen«, sagte Maria und setzte sich neben mich.

Lange saßen wir so da. Aneinandergeschmiegt und schweigend. Die Grillen zirpten. Die Sonne ging unter. Schließlich flüsterte die Mutter Jesu: »Judas hat sich erhängt.«

»So?« sagte ich nur träge. Denn mit welchen Worten hätte ich diese Nachricht aufnehmen sollen?

»Mir scheint, dass es für Jesus schmerzlich wäre, das zu erfahren. Schmerzlicher als Judas' Verrat. Viel schmerzlicher. Dass Judas in so schwarze Verzweiflung gestürzt ist! Warum glaubte er nicht an die unendliche Gnade Gottes? Jesus sprach unzählige Male davon. Du erinnerst dich doch?«

»Ja. Er pflegte zu sagen, dass wir alle Kinder des Himmlischen Vaters seien. Dass Gott seine Sonne sowohl für die Guten als auch für die Bösen aufgehen lasse. Er schickt den Regen sowohl auf die Gerechten als auch auf die Ungerechten. Jesus sagte immer, dass man einem Sünder nicht sieben Mal, sondern siebenundsiebzig Mal vergeben müsse ...«

»So ist es. Und Judas scheint die Worte meines Sohnes nicht einmal gehört zu haben. War denn alles, was Jesus sprach, nur wie Perlen vor die Säue geworfen? Hat der Wind all seine Worte fortgetragen?«

Ich wusste nicht, was ich ihr antworten sollte. Maria stand auf, küsste mich auf die Stirn und ging weg.

Ich blieb wieder allein. Ich nahm das Brot, das Maria gebracht hatte. Ich wollte nichts essen. Deshalb zerbröckelte ich es und streute es den Vögeln hin. Nur das Wasser trank ich gierig.

Es dunkelte. Ich sah, wie am Himmel einer nach dem anderen die Sterne aufflammten. Plötzlich spürte ich etwas entsetzlich Schweres auf mich fallen – wie die Seele eines Selbstmörders, die keine Ruhe findet. Ich wollte sterben! Mich erhängen, wie Judas? Verhungern, Tag für Tag weder Brot noch Wasser anrühren? Oder mir vielleicht die Kehle durchschneiden oder die Adern am Handgelenk, damit mit dem heißen Blut mein ganzer Lebensatem bis zum letzten Tropfen herausfließen würde?

Ich hatte nichts Scharfes bei mir. Doch ich wusste auch einen anderen Weg. Erst einmal muss man die Hand etwas über dem Ellbogen abbinden. Das könnte ich mit einem Fetzen meines Kleides tun. Dann lange eine Faust machen. Als ob du mit dem in deinem Inneren brodelnden Hass kämpftest, den du auf keine andere Weise überwinden kannst. Die Adern werden anschwellen, sich an die Oberfläche durchwinden wie blaue Würmer nach dem Regen. Dann sie durchbeißen. Meine Zähne sind scharf. Und auf den Tod warten.

Als ich noch ganz klein war, sah ich auf dem Marktplatz von Magdala eine Frau. Sie hockte in einem Holzkäfig und zeigte keine Anzeichen von Leben, wenn die Leute sie anspuckten, mit faulen Eiern, mit matschigen Früchten und Steinen bewarfen. Sie hatte ihre drei Kinder ermordet. Auf die Frau wartete die Todesstrafe, doch zuerst der Weg durch ganz Galiläa, damit man sie sich auf dem Markt wie eine Höllenbrut anschauen könnte. Aber in Magdala nahm sie sich selbst das Leben. In der Nacht. Als die Wachen eingeschlafen waren. Einer, der nahe beim Käfig lag, wachte am Morgen in einer warmen dampfenden Lache auf. Das war ihr Blut …

Jetzt war auch tiefe Nacht. Wenn jemand kommen sollte, dann erst gegen Abend des folgenden Tages. Ich hatte mehr als genug Zeit. Ja, das war alles, was ich hatte. Endlose, sinnlose, vergebliche Zeit. Leere Tage und noch leerere Nächte. Was konnte ich mit dieser unermesslichen Zeit ohne Jesus auf der Welt noch anfangen?

Ich erhob mich entschlossen. Ich konnte die Erde neben Jesu Grab nicht mit meinem sündigen Blut begießen. Ich wollte wie ein wildes Tier zum Sterben eine abgelegene, einsame Höhle finden. Ich ging von unbeschreiblicher Leichtigkeit erfüllt durch die Dunkelheit.

Unweit von hier befand sich ein großer Garten. Ich ging umher und suchte nach einem Ort, wo ich das durchführen könnte, wozu ich fest entschlossen war. Ich bemerkte gar nicht, wie es zu tagen begann. Ich setzte mich ins taunasse Gras und begann zu weinen. Ich fühlte mich so schwer, dass ich unter der Last einschlief.

Als ich aufwachte, war es schon heller Tag. Die Frühlingsfarben erschienen unglaublich leuchtend, blendeten das Auge geradezu. Die schrecklichen Wünsche der Nacht hatte jemand wie mit einer leichten Zauberhand entfernt.

»Ewige Ruhe dir, unglücklicher Judas«, sagte ich laut.

Ich spazierte im Garten umher. Die Vögel zwitscherten, auf einem Stein wärmte sich eine Eidechse in der Sonne, ein Lamm und ein Eselchen rupften am saftigen Gras. Mit einem Mal wurde ich von großer Freude ergriffen, kniete mich hin und begann zu beten: »Herr, was für eine Fülle deiner Geschöpfe! Du erschufst sie mit Weisheit, die Erde ist voll von ihnen! Du sendest deinen Geist, und Leben entsteht, und du erneuerst das Gesicht der Erde!« Doch gleich nach dieser Freude rollte eine Woge bittersten Jammers heran. Alles, was ich auch ansehen mochte, zeigte mir nur eines: »Jesus wird keine weißen Lilien mehr erblicken, auch keine im Gras glitzernde Blindschleiche mehr, kein singendes Rotkehlchen, keinen blühenden Apfelbaum ...« Ich fing zu weinen an.

»Frau, was weinst du?« fragte plötzlich jemand ganz in der Nähe.

Ich dachte, es sei der Gärtner. Ich bedeckte mein Gesicht mit den Händen und schluchzte nur noch lauter. Ich wollte mit niemandem sprechen. Und schon gar niemanden sehen. Sollte er mich doch in Ruhe lassen.

»Was weinst du, Maria?« wiederholte er.

Das war die Stimme von Jesus! Ich konnte mich nicht irren. Das war die Stimme von Jesus! Ich wagte mich nicht umzudrehen. Das war die Stimme von Jesus! Ich sah aus einem Augenwinkel über die Schulter.

Jesus stand in ein weißes Gewand gehüllt einige Schritte von mir entfernt und lächelte.

»Rabbi!« schrie ich auf und kroch auf Knien zu ihm. Mein Körper wurde heiß, als ob ich in ein Feuer geworfen wäre. Doch im Geist fühlte ich nicht die geringste Verwunderung.

»Rabbi ...«

»Maria«, sagte Jesus und streckte die Hand aus, »berühre und halte mich nicht! Gehe hin und erzähle allen, was du gesehen hast. Sie sollen nicht mehr um mich trauern und mich beweinen.«

»Jesus, Jesus, was soll ich jetzt tun? Verlass mich nicht! Nimm mich mit!«

Ich stand taumelnd auf. Ich wollte näher zu Jesus gehen, doch eine unbegreifliche Kraft hielt mich zurück.

»Maria, halt mich nicht fest. Ich bin noch nicht zu meinem Vater aufgefahren. Gehe zu meinen Brüdern und Schwestern. Sage ihnen, ich gehe zu meinem Vater und eurem Vater, zu meinem Gott und eurem Gott!«

Das weiße Kleid Jesu leuchtete hundertmal heller als die Sonne und blendete mich. Ich schloss die Augen. Durch das unbeschreibliche Licht konnte ich nicht einmal mehr Jesu Gesicht erkennen. So wie es geschieht, wenn man in die heiße Mittagssonne schaut, verlor ich für einen Moment das Augenlicht. Als ich wieder sehen konnte, war Jesus verschwunden.

Außer Atem rannte ich zum Grab zurück. Der Stein war zur Seite gerollt. Der Keller war leer. Auf dem Boden lag zerknittert das Leichenhemd.

Ich lief allen die gute Nachricht verkünden. Ich flog, als ob mir jemand Flügel an die Beine gebunden hätte. Jesus war überall. In jedem von mir angetroffenen Mann und in jeder Frau. In jedem Greis und in jedem Kind. In der Luft, auf der Erde und im Himmel. Plötzlich, die Sonne schien noch immer, plätscherte ein warmer Regen los. Jesus war in jedem Leben spendenden Tröpfchen. Ich hatte Lust zu rufen und zu rufen: »Rabbi, Rabbi, wie schön ist die Welt unseres Herrn!«

Gegen Abend überkamen mich wieder Traurigkeit und Einsamkeit. Es dunkelte. Es regnete. Irgendwo in der Ferne kläffte ein Hund.

Und ich ging in die Wüste hinaus.

»Und ich ging in die Wüste hinaus, nur so kann ich das Gefühl beschreiben, das mich heute Morgen überkam …«, sagte Vika und lächelte bitter.

»Und wissen Sie vielleicht auch den Grund für dieses Gefühl?« Norma ordnete mit Hingabe die von Vika mitgebrachten gelben Rosen in der Vase.

»Es war wohl, weil ich wieder den Alptraum hatte ...«

»Welchen?«

»Mit viel Blut. Letztes Mal erzählte ich davon.«

»Könnten Sie den Traum irgendwie interpretieren?« fragte Norma und roch affektiert an den Blumen.

Vika fand die Psychotherapeutin diesmal sehr abweisend.

»Ja. Könnte ich. Ich glaube, der Traum bedeutet das Ende. Die alten Gefühle fließen wie Blut aus mir heraus. Bis zum letzten Tropfen. Bis zum letzten Atemzug. Als ich diese blutige Überschwemmung zum ersten Mal träumte – da endete meine Beziehung mit Go. Das zweite Mal die mit Paulius. Die Beziehung, doch nicht die Liebe. Heute Nacht endete die Liebe. Deshalb ... gab es besonders viel Blut.«

»Das heißt, unser beider Arbeit war nicht vergeblich? Nicht umsonst haben wir uns drei Monate lang abgemüht«, flötete Norma und tätschelte dabei Vikas Schulter.

»Nein. Nicht umsonst. Ich habe Paulius vergessen. Obwohl die letzten Nächte und Tage besonders schwer waren ...«

»Weshalb?«

»Besonders schwer.« Vika wich etwas vor Norma zurück, die nach Schweiß roch, und setzte sich. »All die Erinnerungen ... Ich hätte nie gedacht, dass ein Mensch so viele anhäufen kann. Ich fühlte mich, als wäre mir die Haut abgezogen worden und mein ganzer Körper blutete von Erinnerungen. Ich kann es nicht beschreiben. Jeder Augenblick meines Lebens explodierte und Erinnerungs-Splitter flogen herum. Tausende und Abertausende. Was ich auch immer ich tat, alles flimmerte von unzähligen Erinnerungen. Ich mochte mich in der Nacht, wenn ich plötzlich erwachte, auf die andere Seite drehen oder duschen gehen, den Morgenkaffee trinken, die Treppe hinuntergehen, die Zeitung aus dem Briefkasten holen, draußen spazieren gehen ... Überall sah ich sein Gesicht, seine Augen, seine Hände, hörte seine Stimme ... Ich glaubte den Verstand zu verlieren. Keine Minute des Vergessens. Weder im Schlaf noch beim Gang durch die Stadt, den ich immer so liebte. Keine Erleichterung. Erinnerungen, Erinnerungen, Erinnerungen. Und schließlich – dieser Traum! Jetzt weiß ich es ganz sicher, dass alles zu Ende ist. Ja – alles ist zu

Ende.« Vika schüttelte den Kopf, wollte irgendetwas Großes, Unsichtbares, doch Aufdringliches vertreiben.

»Haben Sie je daran gedacht, dass Sie noch einen Entschluss fassen könnten – sich von Go scheiden zu lassen?«

»Vielleicht. Ich weiß es einfach nicht. Ich dachte oft daran. Als Paulius mich verließ, fühlte ich, dass dies die beste Gelegenheit wäre, mich auch von Go zu trennen. Er kam kaum mehr aus dem Krankenhaus. Er erkannte mich meistens gar nicht. Und auch wenn er mich erkannte, dann war er so übel gelaunt, als ob ich die Hauptschuldige an seinem Unglück wäre. Aber je länger ich eine Scheidung erwog, desto klarer wurde mir, dass ich vor Go nicht mehr davonlaufen konnte. Denn gerade er ist mein wirklicher Lohn. Anders gesagt – meine Strafe. Es hat keinen Sinn, zu fragen, warum und wofür. Strafe, das ist alles. Jemand sagte einmal weise, dass es nach dem Tod keine Hölle gibt. Kein Jüngstes Gericht. Das Jüngste Gericht findet hier und jetzt statt. Und die Hölle ist auf dieser Erde. Mich hat man ziemlich hart verurteilt ...«

»Ich hoffe, dass unsere Arbeit hier Sie die Kategorien von Schuld, Lohn, Strafe hat klarer erkennen lassen. Vielleicht werden Sie jetzt alles ein wenig nüchterner betrachten?«

»Ja«, murmelte Vika und rutschte hin und her wie ein ungeduldiges Schulmädchen. »Natürlich.«

»Sie waren eine ausgezeichnete Patientin«, sagte Norma, beugte sich über Vika und küsste sie auf die Stirn. »Jetzt sind Sie ein freier Mensch, spüren Sie das?«

»Ja, ich spüre es.« Vika sah spöttisch in Normas blaue, wässrige, kindlich naive Augen. »Ein völlig freier Mensch. Dann könnte ich jetzt schon gehen?«

»Sie sind keine von den wirklich Dankbaren.« Norma lächelte schief. »Die Patienten wollen sich meist nicht an all ihre Probleme erinnern. Sie sehen in uns nicht nur Zeugen ihrer Verzweiflung, sondern auch einen Teil ihres Schmerzes. Als ob in ihren Geständnissen etwas Schändliches gewesen wäre, an das wir sie immer wieder erinnern ...«

»Nein. Ich fühle nichts dergleichen. Nur Dankbarkeit, die ich nicht einmal auszudrücken vermag.« Vika zog vorsichtig ihre Finger aus Normas warmen, starken Händen.

»Ich habe bemerkt, dass Sie meine Berührungen nicht sehr mögen. Sie sind doch intelligent genug und glauben nicht etwa, dass es so etwas wie bei Gerda ist? Bei unserer Arbeit finde ich nicht nur emotionalen, sondern auch Körperkontakt wichtig.«

»Ich verstehe. Ich reagiere sehr empfindlich auf Berührungen. Ich brauche immer etwas Raum um mich und fühle mich gar nicht wohl, wenn jemand zu weit darin eindringt. Aber Sie haben mir sehr geholfen, wirklich. Ich würde mich gern mit Ihnen zu einer Tasse Kaffee oder einem Glas Wein treffen. Um mich mit Ihnen einmal über ganz andere Themen zu unterhalten ...«

»Das wäre sehr nett.«

»Ja, unbedingt ... Aber heute habe ich eine wichtige Verabredung. Ich bin etwas in Eile.« Vika ging schon zur Tür und bat Norma mit den Augen, gehen zu dürfen.

Norma roch an dem Parfüm, das ihr Vika geschenkt hatte. Sie tupfte sich etwas davon hinter die Ohren. »Hervorragend. Ich mag ›Priscilla Presley‹. Und Sie, sind Sie vielleicht in eine neue Romanze geraten?«

»Fast ...« Vika öffnete die Tür. »Ich rufe Sie morgen an. Wirklich. Danke. Adieu.«

Vika schlug die Tür laut zu. Obwohl das vielleicht auch der Wind war. Sie atmete tief durch und ging pfeifend auf die Straße. Es war ein heißer, schwüler, staubiger Abend. Die Wüste. Irgendwo weit weg rollte der Donner. Vika sah sich um, als ob sie sich in einer völlig fremden Stadt befände.

Ihr war schwindlig. Nach einigen Schritten lehnte sie sich an einen staubigen Baum. Plötzlich hörte sie ein Rauschen, etwas streifte ihr Gesicht und fiel vor ihre Füße. Es war ein kleiner weißer Vogel. Ein Papagei. Vika bückte sich und nahm ihn in die Hand. Der Vogel zwitscherte, breitete seine Flügelchen aus, flatterte ängstlich, doch Vika hielt ihn fest. Sie steckte den verängstigten, piepsenden, zappelnden Vogel in ihre rote Handtasche.

Dann ging sie zu einer Telefonzelle. Sie wählte eine Nummer, warf jedoch keine Münze ein. Eine Männerstimme meldete sich und der Automat unterbrach das Gespräch sofort. Vika kauerte sich in eine Ecke der Telefonzelle. Sie öffnete vorsichtig die Handtasche. Der Vogel sah sie mit einem roten runden Auge an. Mit einer Hand hielt sie ihn fest, mit der anderen suchte sie nach Kleingeld. Sie fand es. Wieder wählte sie die Nummer. Dieselbe Stimme. Sie hängte den Hörer mit einer verkrampften Bewegung ein. Sie kaute ein wenig auf ihren Lippen herum und rief dann zum dritten Mal an. Ihre Hand zitterte.

»Hallo, ich bin's«, flüsterte sie und bekam vor Aufregung die Worte kaum heraus.

»Das dachte ich mir schon. Du rufst immer wie ein Geheimagent an. Nie sagst du was, wenn ich das erste Mal abnehme ...« Der Mann lachte.

»Das kommt daher, dass ich Angst vor dir habe. Es gelingt mir nicht immer beim ersten Mal, die Aufregung zu überwinden ...«

Die Frau wartete, was der Mann sagen würde, aber er schwieg.

»Ich möchte mich mit dir treffen.«

Der Mann schwieg.

»Ich bitte dich. Wenigstens für einige Minuten.«

Der Mann schwieg.

»Ich bitte dich ... Hörst du mich?«

»Ich höre dich.«

»Ich bitte dich wirklich. Ich verspreche, vernünftig zu sein. Nur für ein paar Minuten. Bitte, bitte.« Sie hockte in einer Ecke der Telefonzelle und bedeckte mit einer Hand ihr Gesicht.

»Gut. Ich rufe dich in den nächsten Tagen an.«

»Nein. Jetzt! Jetzt ... Ich bitte dich inständig. Ich habe keine Zeit mehr zum Warten. Auch keine Kraft mehr ... Ich will jetzt sofort einen Schlussstrich ziehen. Verstehst du?«

Der Mann schwieg.

»Hörst du mich?«

»Ja.«

»Was tust du gerade?«

»Ich sehe fern.«

»Etwas Interessantes?«

»Die CNN-Nachrichten.«

»Bitte lass uns für heute Abend etwas ausmachen.«

»Du hast dir schon wieder irgendeine Dummheit ausgedacht ...«

»Nein. Ich schwöre – keine Dummheiten. Ich komme gerade von der Psychotherapeutin. Ich habe dir von ihr erzählt, erinnerst du dich? Alles ist zu Ende. Verstehst du?«

»Ja. Alles ist zu Ende. Wozu sich also noch treffen?«

»Ich bitte dich. Das letzte Mal.«

Der Mann schwieg.

»Bitte. Ich will mich mit dir treffen. Zum letzten Mal. Ich flehe dich an. Ich falle vor dir auf die Knie und flehe dich an.« Sie war wirklich auf die Knie gefallen.

»Ich rufe dich in einer halben Stunde an. In dieser Zeit denk nach, ob es das wert ist.«

»Ich rufe aus einer Telefonzelle an.«

»Dann geh eine halbe Stunde spazieren. Oder geh nach Hause ...«

»Nein. Ich halte es keine halbe Stunde aus.«

Der Mann schwieg.

»Siehst du immer noch fern?«

»Ja.«

»Stör ich dich?«

»Ja.«

In der Handtasche zwitscherte der Papagei.

»Hör mal! Ich habe so ein kleines, reizendes, nettes Ding. Ich will es dir unbedingt schenken.«

»Du denkst dir dauernd irgendwelche Drehbücher aus. Sie taugen nichts, Vika.«

»Ich bitte dich zum letzten Mal. Zum letzten Mal! Lass mich zu dir kommen. Für fünf Minuten.«

Der Mann schwieg. Er drehte den Fernseher lauter.

»Bitte, lass mich –«

»Also gut. Komm. Aber es ist völlig sinnlos. Du hast selbst gesagt, dass alles zu Ende ist.«

»Ja! Alles ist zu Ende. Ich komme. Ich bin in einer halben Stunde da. Danke, Paulius!«

Vika lief, so schnell sie konnte. Sie kam ins Schwitzen. In ihren Schläfen hämmerte es. Das rechte Augenlid zuckte. Ihr Herz schlug wie verrückt. Sie bekam Seitenstechen. Sie versuchte sich selbst zu helfen, indem sie sich vorstellte, dass sich so ein Mensch fühlte, der zum Schafott geführt wurde. Die Hexe, die von der Menge bespuckt auf dem Esel in den Tod reitet. Die Hexe …

Als sie zu Paulius' Haus kam, wurde sie fast ohnmächtig vor Angst. Während sie die Treppe hinaufstieg, schwand ihre letzte Kraft. Im Treppenhaus gab es kein Licht.

Sie fand die Tür zu Paulius' Wohnung offen vor. Daraus fiel ein dünner gelber Lichtstrahl in die Dunkelheit. Vika trat zögernd ein. Der Fernseher meldete blechern Neuigkeiten von einem Zwischenfall in Südafrika.

»Ich bin's …«, flüsterte sie ganz leise.

Niemand kam.

»Ich bin's«, sagte Vika schon lauter und rief schließlich laut heraus: »Paulius, ich bin's!« Vika zog den sich ängstlich duckenden Papagei aus der Handtasche. Sie stand im Korridor und fühlte, wie ein Zittern ihre Beine hinaufstieg und langsam durch den ganzen Körper kroch. Sie lehnte sich an die Wand. Endlich erschien Paulius.

»Hallo!« sagte er, wie wenn nichts wäre.

Sie überreichte ihm den Papagei. »Vor kurzem hattest du Geburtstag. Ich möchte dir gratulieren.«

»Danke, aber was soll ich mit dem unglücklichen Vogel anfangen?« sagte Paulius trocken, als er den Papagei aus ihren Händen entgegennahm.

»Du kannst einen Käfig kaufen. Es ist ein Weibchen.«

Der Papagei entkam, flog wie wahnsinnig durchs Zimmer und schlug laut mit den Flügeln. Vika bedeckte ihr Gesicht mit den Händen. Und Paulius sah gleichgültig zu, wie das zu Tode erschrockene Geschöpf herumflog, bald gegen die Decke, bald gegen die Wände prallte.

»Die Arme«, sagte der Mann, und da zwitscherte der Papagei einmal und landete auf seiner Schulter.

»Das wär's dann. Mach's gut.«

»Komm doch rein. Du kannst eine Zigarette rauchen.«

»Nein.«

»Komm nur, komm …«

Vika trat geduckt ins Zimmer, als ob Paulius hinter ihr eine

Peitsche schwingen würde. Sie wühlte in der Handtasche, erinnerte sich dann aber, dass sie keine Zigaretten hatte. »Ich habe nichts zu rauchen.«

»Ich kann dir eine anbieten.«

»Was, du hast angefangen zu rauchen?«

»Nein, ab und zu kommen Menschen zu mir, die ihre Probleme einfach nicht ohne Zigarette darlegen können. Es kommt vor, dass sie vergessen, welche mitzubringen. Für Leute wie dich habe ich immer etwas da.« Er gab Vika eine geblümte Schachtel »Eve«.

»Erstklassige Zigaretten kaufst du ihnen, oder vielmehr – den Frauen«, sagte Vika bissig, während sie sich die lange, weiße Zigarette mit dem blumenverzierten Filter anschaute. »Die Leute mit Problemen sind wahrscheinlich nur Frauen? Oder vielleicht *eine* Frau?«

»Es sind auch Frauen darunter. Die hat irgendeine von ihnen liegen lassen. Ich weiß, dass du Luxuswaren magst. Aber du kannst auch ›Kosmos‹ oder ›Klaipėda‹ haben. Ich habe alles da ...«

Der Papagei flog zwitschernd im Zimmer herum. Vika zündete sich die Zigarette an. Paulius zog einen Stuhl hinter dem Tisch hervor. Er setzte sich, schlug die Beine übereinander und verschränkte die Arme. Vika sah sich um. Es gab keine weitere Sitzgelegenheit, und so hockte sie sich auf den harten Rand des asketischen Priester-Betts. Im Fernsehen bedrohten einander zwei mit Revolvern bewaffnete Männer. Der polnische Übersetzer kam ihrem schnellen amerikanischen Slang kaum nach. Der Papagei flatterte aufgeregt im Zimmer umher und verursachte einen schwachen Luftzug.

»Wo soll ich die Asche hintun?«

Paulius stand auf, nahm einen hölzernen Aschenbecher vom Tisch und stellte ihn auf den Boden, ihr vor die Füße.

Er setzte sich wieder in derselben Pose hin und fing an, nervös mit den Beinen zu wippen. Eine Weile starrte er konzentriert auf den Bildschirm, als ob von der Rauferei zweier Cowboys das Schicksal der Menschheit abhinge. Der Papagei ließ sich auf dem Bücherregal ganz oben unter der Decke nieder und schaute, den Kopf zur Seite geneigt, nach unten.

»Kannst du vielleicht den Fernseher ausmachen?«

»Bitte.«

Paulius machte ihn aus und setzte sich wieder hin, die Arme verschränkt, das linke Bein nervös wippend. Das Papageienweibchen zwitscherte, schoss im Sturzflug herab und landete wieder auf seiner Schulter.

»Siehst du, sie hat dich sofort lieb gewonnen.«

»Trotzdem, ich weiß wirklich nicht, was ich mit ihr anfangen soll ...«

»Keine Vorschrift verbietet es dem Priester, einen Vogel zu halten. Denk doch mal nach, sowohl Franz von Assisi als auch Oskaras Milašius ...«

Sie verstummte ganz plötzlich und lächelte verzerrt. Paulius sah Vika aufmerksam an, jedoch ohne jedes Gefühl, wie eine Sache. Sie bemerkte, dass er dunkle Säcke unter den Augen hatte und sein Gesicht gealtert und schmaler geworden war.

»Ich kann dir nicht helfen, Vika ...«

»Ich verstehe.«

»Und ich kann nicht länger dein Beichtvater sein, Zeuge und Teilhaber deiner geheimsten Phantasien. Dazu sind Tagebücher da ...«

»In mich war mal ein Mann verliebt, der mir immer seine Tagebücher gab. Und ich las sie ...«

»Fandest du das angenehm?«

»Nein. Das war die allerschlimmste Foltermethode.«

»Siehst du ...«

»Aber du bist ein Priester, deshalb kannst du meine Beichte nicht zurückweisen.«

»Kann ich nicht. Aber da gibt es doch noch eine ganz einfache menschliche Ebene ... Du quälst mich absichtlich.«

»Nein.«

»Vika, ich begreife deine Absicht. Indem du mir die intimsten Dinge in deinem Leben beichtest, hoffst du mich eifersüchtig zu machen. Du willst beweisen, wie sehr dich andere Männer begehren. Ich kenne das. Du willst mich um jeden Preis davon überzeugen, wieviel ich verloren habe, indem ich dich abwies. Doch das musst du mir nicht erst beweisen. Du bist eine intelligente Frau, mir geht es einfach nicht in den Kopf, wie du solche Dummheiten machen kannst.«

Vor Vikas Augen schwammen große Flecken mit grell leuchtenden Rändern. »Du bist der einzige Mensch, an den ich glaube und dem ich vertraue. Deshalb kann ich nur zu dir zur Beichte kommen.«

»Beichten gehst du nicht zu einem Menschen. Sondern zu einem Priester. Zu einem Vermittler zwischen dir und Gott. Die Person des Priesters, seine menschlichen Eigenschaften haben nicht den geringsten Einfluss auf die Qualität deiner Beichte noch deiner Buße.«

»Ach, wie in einer Katechismus-Lektion«, seufzte Vika, bückte sich und machte die Zigarette aus. »Wenn dem so wäre, dann würdest du gar nicht bemerken, dass ich es bin, die dir die Beichte zuflüstert. Es müsste dir doch ganz egal sein, ob ich es bin oder irgendeine andere Frau ...«

»Ja, es müsste mir völlig egal sein.«

Eine Zeit lang sahen sie einander schweigend an. Vika sah Paulius' Gesicht von zitternden und strahlenden Flecken umgeben. Ihr wurde ganz schwach. Sie wandte sich ab und flüsterte: »Warum glaubst du mir denn nicht? Denkst du wirklich, dass ich dich nur anlüge? Dass ich das absichtlich mache? Mit dir spiele? Drehbücher, die nichts taugen, wie du am Telefon gesagt hast ... Die Beichten sind alles, was mich noch mit dieser Welt verbindet.«

»Und was ist mit der tödlichen Krankheit, von der du im Frühling gesprochen hast?« Paulius lächelte ironisch.

»Auch da habe ich nicht gelogen. Muss es denn eine exakte Diagnose geben? Krebs ... Leukämie ... AIDS ... Das Leben ohne dich ist für mich auch eine tödliche Krankheit. Ich habe nicht gelogen, als ich sagte, dass ich ein Kind von dir will und dass nur dies mich vor dem Tod erretten könne.«

»Du weißt, das ist unmöglich.«

»Paulius, es gibt nichts Unmögliches. Aber was soll's ... Es tut sehr weh, dass du mir nicht glaubst.«

»›Nicht glauben‹ ist nicht ganz der richtige Ausdruck. Ich weiß nicht, wie ich das Gefühl beschreiben soll, das deine Ausbrüche in mir hervorrufen. Sie sind nicht die ganze Wahrheit. Vielleicht weißt du selbst nicht, dass du dich anlügst. Dich, nicht nur mich. In deinen Gefühlen ist etwas Unechtes.«

»Nein nein nein, Paulius, nein ...« Sie schüttelte benommen den Kopf. »Was sagst du da – nicht die ganze Wahrheit ... Die Liebe zu dir war das einzig Wahre in meinem Leben! Jene furchtbare Nacht des dreizehnten Januar ...«

»Um Gottes willen, lass diese Dinge hier aus dem Spiel.«

»Lass mich ausreden. Du warst drinnen im Parlament und hast den Freiwilligen die Letzte Ölung erteilt, ich war draußen. In jener schrecklichen Nacht, als die kleinen Jungen von den Dächern der umliegenden Häuser dauernd riefen ›Panzer, Panzer, Panzer!‹ und wir unten standen, beteten ... Wir sahen alle dem Tod in die Augen in jener Nacht ... Nur im Angesicht des Todes kann der Mensch zurückblicken und in einem Augenblick sein ganzes Leben sehen ... Mit Details, die schon längst aus dem Gedächtnis gelöscht oder dort nie fixiert worden zu sein schienen. In jener Nacht begriff ich, dass es in meinem Leben nur eine wichtige Sache gab – die Liebe zu dir. Sonst gab es nichts Bedeutendes. Und wird es auch nicht geben! Deshalb dachte ich ohne jedes Grauen an den Tod, als ich das Dröhnen der rundherum auffahrenden Panzer hörte. Nach und nach lösten sich all die unzähligen Details aus meinem Leben in Luft auf. Es blieb nur ein weißer, reiner, kalter Raum übrig. Und im Zentrum dieses Raumes leuchtete die Liebe zu dir. Sie war unvergleichlich viel stärker als die Angst vor dem Tod. Auch in der ersten Nacht des Moskauer Putsches, als der Tod wiederum gar nicht weit weg war, denn ich saß mit meinem Journalistenausweis im Parlament, fühlte ich dasselbe. Mir wurde wieder bewusst, dass es in meinem Leben nur eines gegeben hatte: die Liebe zu dir. Weißt du, dass du mich vor genau einem Jahr verlassen hast? Heute ist der zweite September. Damals war es ebenfalls entsetzlich schwül und heiß. Wie in der Wüste. Und es donnerte genauso. Wegen dieses Jahrestags bin ich zu dir gekommen. Wage es nicht, mein Verhalten ein Drehbuch zu nennen, das nichts taugt!« Vika drehte sich endlich um und sah Paulius in die Augen.

»Auch den Papagei hast du aus dem Anlass gekauft?«

»Nein. Der Papagei kam von selbst angeflogen.«

»Du lügst schon wieder.«

Beide lachten. Vika zündete sich noch eine Zigarette an. Der Papagei flog einmal rundherum und hockte sich auf die Lampe.

»Hast du das Mönchsgelübde abgelegt, wie du es vor einem Jahr vorhattest?«

»Nein. Ich habe beschlossen, dass es noch nicht an der Zeit ist.«

»Dann hast du also damals mich angelogen.«

»Nein. Damals verlangtest du unbedingt nach einer Erklärung. Ich begriff, dass es für dich leichter wäre, wenn unsere Trennung irgendeinen Grund hätte.«

»Das heißt, du hast gelogen. Ich aber lüge dich nie an, Paulius.«

»Du lügst dich selbst an. Du willst die ganze Last dieser Epoche mir allein aufbürden. Unsere Wege kreuzten sich in schrecklich schweren Zeiten, und wir blieben für eine Weile zusammen. Alles hat sich verheddert. Sowohl das, was in uns geschah, als auch das um uns herum. Ich verstehe deine Einsamkeit, Verängstigung, Desorientierung in dieser Lawine der Veränderungen. Ich habe mich bemüht, dir zu helfen, so gut ich es konnte. Doch jetzt kehrt langsam alles wieder in geordnete Bahnen zurück. Es kommt die Zeit, wieder ein normales Leben zu führen ...«

»Ich werde nie wieder ein normales Leben haben. Ohne dich ist es für mich leer und sinnlos.« Sie lehnte sich an die Wand, sie fühlte sich körperlos, gewichtslos und hatte Angst, in Ohnmacht zu fallen.

»Vika, versteh doch – es ist zu Ende. Du sagtest es selbst, als du herkamst. Es war vor mehr als einem Jahr zu Ende. Schon damals geschah etwas, was nicht zu reparieren ist.«

»Was?«

»Du weißt, dass Kinder manchmal beim Spielen einfach so zu streiten anfangen. Scheinbar ganz ohne Grund reißt ein lustiges Spiel plötzlich ab. Beide packen ihre Spielsachen zusammen und ziehen traurig, vielleicht sogar wütend in verschiedene Richtungen ab. Das ist alles. Weiterspielen ist unmöglich.«

»Du meinst, genau das sei uns passiert?«

»Ja.«

»Warum hast du das nicht vor einem Jahr gesagt?«

»Damals fiel mir dieser Vergleich nicht ein ...«

»Ein ganz untauglicher Vergleich, wenn du es wissen willst!«
»Vielleicht.«
»Ich spielte nicht. Du spieltest. Und dir wurde das Spiel langweilig. Aber ich liebte dich und liebe dich noch immer.«
»Nein, Vika. Du musst ganz einfach begreifen, dass alles zu Ende ist. Eine wahnsinnige, sinnlose Hoffnung, mehr nicht, bindet dich an mich.«
»Was für eine Hoffnung könnte ich haben? Denk mal selbst darüber nach!« Sie sprach ganz leise und ausdruckslos. »Du bist ein Priester. Ich bin die Frau eines Irren. Na, was für eine Hoffnung könnte ich haben?«
»Ich kann es mir nicht vorstellen. Aber du hast sie. Du klammerst dich an ihr fest wie ein Ertrinkender an einen Strohhalm. Sogar jetzt und hier.«
Sie schauten einander wieder lange forschend an. Der Papagei schlief auf der Lampe ein. Vika fühlte sich wie schwerelos. Sie war ganz vom Rausch des Sich-Fallen-Lassens erfüllt, wie sie ihn schon einige Male in den Therapiesitzungen erlebt hatte.
»Ich habe alles unternommen, um dich zu vergessen. Ich ging sogar zu der dummen Therapeutin. Jeden Monat steckte ich ihr die Hälfte meines Hungerlohns zu. Aber es hat nicht funktioniert! Ich habe dich nicht vergessen. Was schlägst du noch vor? Elektroschocks? Lobotomie? Was? Ich kann dich nicht vergessen ...«
»Du willst nicht.«
»Nein, ich will nicht!«
»Dann nimm dich zusammen und wolle. Jetzt. Sofort!« Paulius klatschte in die Hände und schreckte den Papagei auf, der wieder anfing, unter der Decke herumzuflattern und laut mit den Flügeln zu schlagen.
»Ich kann mir kein Leben ohne Liebe zu dir vorstellen.«
»Es wird sich ein anderer finden.«
»Nein. Wird er nicht. Ich kann dieses Hindernis, das sich vor mir aufbaut, nicht überwinden. Ich bemühe mich mit aller Kraft, doch ich kann nicht drüberspringen ...«
»Du springst eben nicht hoch genug.« Er lächelte, stand auf, trat zu ihr, schaute ihr von oben herab direkt in die Augen und sagte: »Hör zu. Ich nehme dir die Hoffnung. Jede noch so kleine

Hoffnung in Bezug auf mich. Du hast die ganze Welt mit ihren unbegrenzten Möglichkeiten, ihrem unerschöpflichen Liebespotential, ihrer schöpferischen Kraft, mit Milliarden von Menschen, unermesslichen Hoffnungen. Nur ich existiere nicht darin. Du hast alles, hör genau zu, alles außer mir. Du hast das Wichtigste – die Freiheit. Als du mich liebtest, hattest du sie völlig verloren. Du wirst meine Wohnung verlassen und spüren, dass du ein neuer, wunderbar freier Mensch bist.«

»Du sprichst wie meine Therapeutin. Wenn ich durch deine Tür hinausgehe, falle ich in einen Abgrund. Ich werde umkommen!«

»Du bist wahnsinnig verbohrt.« Paulius setzte sich wieder, lehnte sich zurück, faltete die Hände hinter dem Kopf und streckte die Beine von sich. »Ich stelle mir vor, wie ein anderer mit dir fertig würde. Du würdest die halbe Zeit mit blauen Flecken herumlaufen. Du würdest dich nie mehr an ihn erinnern wollen. Ich kann das leider nicht ...« Er sah sie mit halb geschlossenen Augen an.

»Du müsstest eigentlich wissen, dass wirkliche Grausamkeit nichts mit körperlicher Brutalität zu tun hat.«

»Also verstehen wir dieses Wort verschieden. Grausamkeit ...«

»Wir verstehen vieles verschieden. Und du kennst die Frauen nicht. Die Grausamkeit siegt nicht über die Liebe ...«

»Vika, ich kann mir vorstellen, welches Gewirr von Ambitionen, unterdrückten Sehnsüchten und Wünschen du bewältigen musst. Ich weiß, dass du ohne Vater aufgewachsen bist ... Aber du musst dir klar machen, dass man das Leben nicht wie eine amateurhafte Schachpartie spielen kann. Man darf das schon allein deshalb nicht, weil die Figuren, die du herumschiebst oder schlägst, lebendig sind ...«

»Ich weiß. Aber es macht mich traurig, wenn du Banalitäten redest. Ich habe dieses Leben verloren. Verspielt. – Ich fühle mich sehr schwach. Bevor ich zu dir kam, habe ich eine Menge Beruhigungstabletten geschluckt, um nicht solche Angst zu haben«, log sie, um wenigstens in irgendeiner Weise ihre völlige Erschöpfung zu rechtfertigen. »Bring mir etwas Wasser, ich bitte dich ...«

Paulius verließ das Zimmer und kam mit einer Tasse Wasser

zurück. Er sah zu, wie sie gierig trank und immer wieder den roten Abdruck ihres Lippenstifts vom weißen Rand wegwischte. Als sie ausgetrunken hatte, stellte sie die Tasse auf den Boden und zündete sich noch eine Zigarette an. Der Papagei kam vom Bücherregal herabgeschwirrt und landete auf Paulius' Schulter.

»Du scheinst zu ihrem Herrchen bestimmt zu sein. Hab noch ein bisschen Geduld. Ich rauche diese Zigarette zu Ende und dann gehe ich. Mein Leben – zu Ende –«, murmelte sie und fühlte sich wie ein Verurteilter, dem vor der Hinrichtung noch das Recht auf einen letzten Wunsch gewährt wurde.

»Zu Ende, zu Ende ... Du hast dir das in den Kopf gesetzt und wiederholst es wie ein Papagei ...« In seiner Stimme schwang Verärgerung mit.

»Denk doch mal nach, was mich erwartet. Ich werde einen verrückten, halb gelähmten Fleischberg pflegen. Und das ist es dann auch schon.«

»Du kannst dich von ihm scheiden lassen.«

»Du redest schon wieder wie meine Therapeutin. Habt ihr euch etwa abgesprochen?«

»Jeder vernünftige Mensch würde dir dasselbe empfehlen. Du kannst dich wirklich von ihm scheiden lassen.«

»Du weißt, dass ich das nicht kann. Das Gewissen würde mich plagen ...«

»Dann bemüh dich, das Pflegen eines Kranken als sinnvoll anzusehen.«

»Ich bekomme Mitleid mit mir selbst, jedes Mal, wenn ich an sein Bett trete.«

»Gerade erst hast du von Selbstvernichtung gesprochen, und jetzt tust du dir schon selbst leid. Wenn dein ganzes Leben nur aus Selbstzerstörung besteht, wenn du einfach nicht willst, dass deine Tage fröhlich und sinnerfüllt sind, warum bedauerst du dich dann?«

»Ich weiß nicht.«

»Du weißt es nicht?« rief Paulius aus und stand plötzlich auf. »Also gut, gehen wir.«

Der Vogel zwitscherte verzweifelt, flog durch das Zimmer und in den Korridor hinaus.

»Wohin?«

»Wirst du schon sehen. Nimm die Zigaretten mit und komm.«

Vika folgte ihm in den Korridor. Der Papagei hockte auf der Garderobe. Paulius öffnete die Wohnungstür. »Nun komm schon! Das Leben muss man unverzüglich neu beginnen.«

Vika wurde es plötzlich mulmig. »Warte kurz, ich komme gleich ...«

Paulius schnippte nervös mit den Fingern.

Vika verschwand ins Badezimmer. Sie setzte sich auf die Toilette, nahm jedoch die Zigarette nicht aus dem Mund. Sie hörte, wie Paulius im Korridor mit dem Papagei sprach. Ihr wurde heiß vom Gedanken daran, dass er hörte, welche fürchterlichen Laute ihre erschrockenen Gedärme machten.

»So, da bin ich«, rief sie viel zu munter, als sie endlich in den Korridor hinaustrat.

»Ausgezeichnet. Fahren wir.«

Vika stieg tastend die Treppe hinunter. Ihr dämmerte, dass die Heldin eines ganz gewöhnlichen Melodrams die Situation ausnutzen und dem Mann direkt in die Arme fallen würde. Sie lachte bitter vor sich hin. Sie begriff plötzlich, dass sie, so wie Paulius es vorhergesagt hatte, mit jedem Schritt größere Freiheit spürte.

Draußen war es schon kühl. Die Nacht roch nach Herbst. Hinter dichten violetten Wolken lugte hin und wieder der schräge grünliche Mond hervor.

»Warte hier auf mich«, sagte Paulius und ging in die Dunkelheit.

Vika wartete, von einem Bein auf das andere hüpfend, und wunderte sich über den noch nie gespürten Geschmack der wundervollen Freiheit. Sie glaubte, dass Paulius nicht wiederkommen würde. Dass er sie so, genau so, ganz allein stehen lassen würde. Er kam jedoch mit dem Auto angefahren und öffnete ihr die Beifahrertür.

Vika setzte sich. Sie sah, dass der Porzellanengel, den sie ihm geschenkt hatte, nicht mehr am Spiegel hing. Sie war ganz verwundert darüber, dass so eine Kleinigkeit ein solches Stechen im Herzen verursachen konnte.

»Weißt du, ich habe schon einmal eine ähnliche Situation geträumt: Ich sah dein Auto auf einem Parkplatz, trat näher, sah durchs Fenster und bemerkte, dass mein Talisman nicht mehr da war. Ich erwachte wie von körperlichem Schmerz. Ich weinte bis zum Morgen ...«

»Er ist ganz einfach zerbrochen.«

»Ganz einfach ... Weißt du, was Freud dazu sagen würde?«

»Ja. Lass uns losfahren.«

»Funktioniert das Kassettengerät? Mir ist eingefallen, dass ich eine Kassette dabeihabe.«

»Es funktioniert. Gib her.«

Paulius steckte die Kassette hinein. Es war Chris Rea: ›The Road to Hell‹.

»Wunderbar.« Paulius klatschte in die Hände. »Du willst sagen, dass diese Kassette Zufall ist wie der Papagei?«

»Ja. Ich konnte doch nicht wissen, dass du mich im Auto spazieren fahren würdest.«

Paulius lachte und fuhr aus dem Hof hinaus.

»Wohin fahren wir?« fragte Vika mit heiserer Stimme, als der Wagen an ihrem Haus vorbeiraste, denn sie hatte eine undeutliche Hoffnung verspürt, dass sie diese Nacht zusammen verbringen würden.

»Du wirst schon sehen.«

»Wirst du mich irgendwo in einen Graben werfen?« Sie zwang sich zu kichern.

»Vielleicht.«

»So wirst du es mir heimzahlen?«

»Mal sehen.«

Als sie aus der Stadt hinausgefahren waren, öffnete Paulius das Fenster ganz nach unten und wendete die Kassette.

Vika fachte mit letzter Kraft die Freude in sich an und öffnete ebenfalls das Fenster auf ihrer Seite. Ein feuchter Wind strömte herein, und sie fühlte sich an ihren ersten Ausflug erinnert.

Der Wagen raste mit wahnwitziger Geschwindigkeit dahin. Es begann zu regnen. Die Lichter der entgegenkommenden Autos streuten sich in langen, dünnen Blütenblättern, wie gelbe Chrysanthemen.

Vika streckte die Beine aus, lehnte den Kopf zurück und blickte zu den schwarzen Baumwipfeln, die sich am tintenblauen Himmel ausbreiteten. Die rechte Hand streckte sie hinaus. Der Regen hörte auf. Ein schneidender Wind raubte ihr den Atem. Sie schloss die Augen und fühlte sich wie ein Engel, der nach Nirgendwo fliegt. Ach, Glückseligkeit, wo bist du, wo bist du? Die süße, betörende Entspannung von vorhin war wie weggeblasen. Die Feder spannte sich wieder. Vika spürte Schmerz im Nacken und im Rücken. Paulius pfiff vor sich hin. Vika kam es so vor, als ob ihr gestreckter Körper wie ein Stock sei, der dieser berauschenden Situation in die Speichen gesteckt wurde. Diese Metaphern, meine Liebe …

»Wohin fährst du mich?«

»Geheim.«

»Weißt es denn zumindest du?« Vika versuchte sich an Paulius zu schmiegen, aber er wich ihr aus und versuchte nicht einmal, diese Bewegung irgendwie zu tarnen.

»Ja. Ich weiß es.«

Der Wagen bog von der Schnellstraße ab auf einen schmalen Feldweg mit vielen Löchern. Es begann wieder zu nieseln. Paulius wendete den Wagen immer noch pfeifend und fuhr zurück auf die Straße.

»Du irrst umher.«

»Nein. Das ist ein taktisches Manöver.«

»Damit ich den Rückweg nicht mehr finde?«

»Ja.«

Sie sah ihn an. Sein Gesicht erschien ihr völlig fremd. Jetzt fing auch sie zu pfeifen an. Die Spannung war fast unerträglich.

Der Wagen glitt auf eine Nebenstraße und ließ die Pfützen aufspritzen. Sie durchrasten ein dunkles Städtchen, das leer war wie in einem Bergmanschen Traum. Schließlich blieb er bei einer großen, einer schwarzen Höhle gleichenden Baumgruppe stehen.

»Wir sind da.«

»Und wo sind wir denn?«

»Ich habe dich schon einmal hergebracht. Erinnerst du dich an das hölzerne Kirchlein?«

»Ja … Damals dufteten die Traubenkirschen und sangen die Nachtigallen.«

»Jetzt regnet es.«

Die Frau lachte, starrte den Mann an und bemühte sich dabei, in der Dunkelheit seinen Gesichtsausdruck zu erkennen. Sie dachte, vielleicht würde er sie im Wagen lieben wollen. Sie legte ihm vorsichtig den Kopf auf die Schulter. Paulius strich ihr mit einer gefühllosen Hand über das Haar und fragte gleichgültig: »Fahren wir zurück?«

»Ich gehe ein bisschen spazieren. Wartest du auf mich?«

»Ja.«

Vika stieg aus. Der Regen wurde stärker. Sie ging einige Schritte auf dem Pfad weiter und trat dann auf die Wiese. Ihre Beine wurden sofort ganz nass. Plötzlich war ein Rascheln zu hören. Etwas Kleines, Hartes, Schweres schlug gegen ihre Waden, kreischte seltsam auf, ein schwarzes Etwas huschte über die Straße und verschwand. Vikas Herz begann wie irrsinnig zu klopfen. Dieses kleine Geschehnis schien ihr ein besonders schlechtes Omen zu sein. Sie rannte zum Wagen zurück und sprang hinein. Paulius hatte den Kopf auf das Lenkrad gebeugt. Als sie einstieg, sah er nicht einmal hoch.

»Sag etwas Schönes! Ich bitte dich! Nur ein einziges Wort.«

Der Mann schwieg.

»Bitte ...«

Paulius lachte heiser und lehnte sich zurück. Er schwieg.

»Ich rauche eine Zigarette und dann fahren wir, ja?«

»Gut.«

»Ich fühle mich so wohl«, log sie.

»Freut mich«, sagte er trocken und schnippte mit den Fingern.

Vika ließ ein Streichholz aufzischen. Sein Gesicht, das Gesicht eines Fremden, tauchte aus der Dunkelheit auf.

»Verzeih mir«, flüsterte sie. »Verzeih mir für alles. Verzeih mir, wenn ich dich irgendwann verletzt habe. Wenn ich dich gequält habe – verzeih mir. Bist du mir nicht böse?«

»Warum sollte ich böse auf dich sein? Fahren wir?«

»Nein. Bleiben wir noch. Ein wenig. Ich habe noch nicht zu Ende geraucht.«

Paulius wendete schweigend die Kassette.

»Habe ich dich oft verletzt? Mit meinen Reden, Beichten, Handlungen?« Die Tränen schnürten Vika schon die Kehle zu.

»Ja. Oft.«

»Du mich aber auch.«

»Dann sind wir also einander nichts schuldig.«

»Geh ich dir auf die Nerven?«

»Jetzt sind die Zeiten so, dass wir alle einander auf die Nerven gehen. Aber meistens habe ich Angst vor dir.«

»Ich vor dir auch.«

»Siehst du. Schon wieder bleiben wir einander nichts schuldig.«

»Warum hast du Angst vor mir?«

»Wahrscheinlich verstehe ich dich manchmal einfach falsch. Fahren wir«, seufzte er.

Vika warf die Kippe weg und schloss das Fenster.

»Paulius«, sagte sie plötzlich, beugte sich zu ihm und drückte fest seine Schulter, »ich bitte dich inständig. Fahren wir zu mir. Ich möchte diese Nacht so sehr mit dir verbringen. Nur diese einzige Nacht. Ehrenwort – die letzte Nacht. Danach brauchen wir uns nie mehr zu sehen. Ich bitte dich. Ich flehe dich an ...«

»Nein!« unterbrach er sie und ließ den Motor an. »Das ist unmöglich. Ich will dich nicht mehr. Ich fände es unangenehm, mich neben dich zu legen. Ich könnte meinen Körper nicht dazu zwingen, den deinen zu lieben. Verzeih mir.«

Vika wich von ihm zurück und drückte eine Wange an die kalte Scheibe. Die Feder war wieder gerissen. Ihr Körper entspannte sich und zerfloss völlig. Sie erinnerte sich an den Traum – als ob alles Blut aus ihr herausgeflossen wäre. Alle Kraft und alles Leben. Bis zum letzten Tropfen. Bis zum letzten Atemzug.

»*This is the road to hell*«, sang Chris Rea.

»Ich habe plötzlich die Freiheit, die absolute Freiheit gespürt. Gott, ist das ein furchtbares Gefühl.«

Paulius schwieg.

Der Wagen raste mit wahnwitziger Geschwindigkeit dahin. Die Straße war ganz leer. Im Licht der Scheinwerfer glitzerte der Asphalt wie der Rücken einer gigantischen Schlange.

Der Wagen raste einen Hügel hinauf, schoss am Rand eines steilen Abhangs entlang. Die Felder unten sahen aus wie schwarze, tiefe Gewässer, auf denen hie und da Bauernhöfe aufblitzten wie Schiffe. Am Horizont hingen die Lichter der Stadt.

»Wie hoch oben wir sind.« Vika schmiegte sich an Paulius.

Paulius' Gesicht war verkrampft, die Gesichtsmuskeln zuckten. Wer war dieser fremde Mann? Woher kam er? Warum? Vika umarmte ihn mit einer jähen Bewegung. Mit den Beinen stieß sie sich an der Tür ab. Sie legte sich mit ihrem ganzen Gewicht auf den Mann. Mit einer Hand drückte sie seinen plötzlich schweißüberströmten Hals. Mit der anderen drehte sie wie wahnsinnig am Lenkrad. Der Wagen geriet außer Kontrolle. Der Mann schrie sie an: »Was tust du, bist du verrückt?«

sie lachte denn sie erwartete einen kampf der wagen drehte sich
wie ein spielzeugwolf auf der glatten straße irgendwer
drückte mit der hand oder vielleicht mit dem fuß
die hupe man hörte ein irrsinniges hupen die
bremsen quietschten der wagen durchbrach
den sicherheitszaun hing einen augen-
blick auf dem rand des steilen
abhangs und
stürzte
in
die
Tiefe
die frau schrie
der mann schwieg
der wagen risseingewirr
vonbüschengrassteinenerd
klumpenmitsichdasgewirrrollte
hinunter und schlug am Fuß des Hügels
auf der Wagen kam auf dem Dach zu liegen
die Räder drehten sich noch in der für einen
Augenblick eintretenden Stille hörte man immer noch
das dumpfe Grollen der vom Hügel herunterrutschenden Steine.

Plötzlich krachte eine Explosion. Das Echo rollte über die durchnässten Felder. Das ganze Auto ging augenblicklich in Flammen auf. Das Feuer verbreitete ein dumpfes Tosen. Im Einzelgehöft bellten die Hunde. Es regnete.

Es tagte.

Lilian Faschinger im dtv

»Diese Autorin ist eine leidenschaftliche Erzählerin, eine, die sich auf die Kraft ihrer Sprache verläßt und der das Entwickeln eines Plots sichtbares Vergnügen bereitet.«
Meike Fessmann in der ›Süddeutschen Zeitung‹

Magdalena Sünderin

Roman

ISBN 3-423-**12430**-X

Sieben Morde, sieben Liebesaffären, eine Tour de force durch halb Europa sowie durch alte und neue literarische Mythen: die Geschichte einer Mörderin aus Leidenschaft. »Eine fulminante Scheherazade ... Amüsant, boshaft-witzig, hintersinnig.« (Cornelia Staudacher in der ›Stuttgarter Zeitung‹)

Wiener Passion

Roman

ISBN 3-423-**12925**-5

In Wien stößt die amerikanische Sängerin Magnolia Brown auf ein fast hundert Jahre altes Schriftstück: die Lebensbeichte der Mörderin Rosa Havelka. Es ist ein bewegender, erschütternder Bericht. Magnolia ist seltsam gefesselt ... »Ein hinreißender Roman – bunt, spannend, skurril. Und voll Sympathie für den verführerischen Geist der Stadt.« (Joachim Campe in der ›Berliner Morgenpost‹)

Frau mit drei Flugzeugen

Erzählungen

ISBN 3-423-**12353**-2

Äußerlich scheint alles normal. Und doch ist die Welt, die man in diesen zehn Erzählungen betritt, nicht ganz geheuer. »Zupackend wie ein Psychothriller regen die Geschichten die Phantasie an ... Aber niemals – und jedesmal ist man von neuem überrascht – kommt der Schluß so wie erwartet.« (Hella Kaiser im Berliner ›Tagesspiegel‹)

Ivan Klíma im dtv

»Ivan Klíma macht süchtig.«
Der Tagesspiegel

Liebe und Müll
Roman
ISBN 3-423-12058-4

»Ein wunderbares Buch, das mit entwaffnender Unbefangenheit von einer großen emotionalen (und erotischen) Verwirrung erzählt.« (Philip Roth)

Meine ersten Lieben
Erzählungen
ISBN 3-423-12309-5

Sechs Erzählungen von Ivan Klíma über seine ersten Lieben, geprägt von leiser Wehmut – und von seinem unverwechselbaren Humor.

Ein Liebessommer
Roman
ISBN 3-423-12339-7

Alles setzt David aufs Spiel, um seiner jungen schönen Geliebten zu gefallen: Karriere, Geld, Familie. Ist es wirklich Liebe oder nur eine verhängnisvolle Leidenschaft? – Ein Liebesroman für alle, die keine Liebesromane mögen.

Warten auf Dunkelheit, Warten auf Licht
Roman
ISBN 3-423-12742-2

»Was war das, die Zukunft? Sie war eine Zeit, die alles in Frage stellte, was ihr vorausgegangen war.« Pavel Fuks, Träumer und Zauderer, wird durch den Umbruch 1989 in der ČSSR beruflich und privat aus der Bahn geworfen. – Der große Wende-Roman über die neue Freiheit im Osten.

Milan Kundera im dtv

»Kunderas Werk ist die Comédie humaine
des 20. Jahrhunderts.«
Kvéstolav Chvatík

Abschiedswalzer
Roman
ISBN 3-423-12429-6

In einem Kurort umarmen sich acht Personen im Rhythmus eines Walzers, der immer schneller wird ... Die ernsthaftesten Fragen werden hier mit einer Leichtigkeit gestellt, die uns begreifen läßt, daß uns die moderne Welt selbst um das Recht auf das Tragische gebracht hat.

Der Scherz
Roman
ISBN 3-423-12521-7

Mit einer Postkarte, die als Scherz gedacht war, stürzt der Student Ludvik sich ins Unglück. Er wird von der Universität relegiert ... Vordergründig eine ČSSR-Satire, eigentlich ein Buch über »die grundlegende Problematik des Individuums, das ... doch nur Spielball ist«. (FAZ)

Das Leben ist anderswo
Roman
ISBN 3-423-12730-9

Jaromil, der Held des Romans, ist jung, talentiert und – ein Dichter. Seine ehrgeizige Mutter fördert sein Talent und begleitet ihn ein Leben lang überallhin.

Das Buch vom Lachen und Vergessen
Roman
ISBN 3-423-12790-2

Im Lachen und Vergessen findet sich die ganze Ambivalenz menschlicher Gefühle, über die Milan Kundera einfühlsam und fesselnd zugleich schreibt.

Erika Pluhar im dtv

»Ich werde aus dem, was unwissend, unvorbereitet, haltlos und rücksichtslos gelebt wurde, Geschichten machen.«
Erika Pluhar

Marisa
Rückblenden auf eine Freundschaft
ISBN 3-423-20061-8
Zwei Schülerinnen des Max-Reinhardt-Seminars: Schön, begabt und faul die eine, Marisa Mell, pflichtbewußt und scharf beobachtend die andere, Erika Pluhar. Die liebevolle, »wahre« Geschichte zweier ungleicher Schauspielerinnen.

Als gehörte eins zum andern
Eine Geschichte
ISBN 3-423-20174-6
und dtv großdruck
ISBN 3-423-25196-4
Plötzlich sitzt er an ihrem Tisch, legt seine Hand auf ihre – und sie kommen sich näher, als es zwei Menschen guttut.

Am Ende des Gartens
Erinnerungen an eine Jugend
ISBN 3-423-20236-X
»Wer sie von der Bühne her kennt, hört ihre Stimme, sieht ihr verschmitztes Lächeln.« (Oberösterreichische Nachrichten)

Matildas Erfindungen
Roman
ISBN 3-423-20429-X
»Eine turbulente Groteske über weibliche und männliche Abhängigkeit – gewürzt mit einer kräftigen Dosis Erotik.« (Gala)

Der Fisch lernt fliegen
Unterwegs durch die Jahre
ISBN 3-423-20564-4
Erika Pluhar ist auch auf der Bühne des Lebens aktiv: Briefe, Aufsätze, Reden und politische Stellungnahmen. Einblicke in das Leben einer eindrucksvollen Frau.

Verzeihen Sie, ist das hier schon die Endstation?
Roman
ISBN 3-423-20600-4
Eine besondere Liebesgeschichte in den Hügeln über Wien. »Ein kluger Lebensroman voller Poesie und wundersamer Leichtigkeit.« (Brigitte)

Binnie Kirshenbaum im dtv

»Wer etwas vom Seiltanz über einem Vulkan lesen will, also von den Erfahrungen einer kühnen Frau mit dem männlichen Chaos, dem sei Binnie Kirshenbaum nachdrücklich empfohlen.«
Werner Fuld in der ›Woche‹

Ich liebe dich nicht und andere wahre Abenteuer
ISBN 3-423-**11888**-1
Zehn ziemlich komische Geschichten über zehn unmögliche Frauen.

Kurzer Abriß meiner Karriere als Ehebrecherin
Roman
ISBN 3-423-**12705**-8
Eine junge New Yorkerin, verheiratet, linkshändig, hat drei außereheliche Affären nebeneinander. »Am Ende fragt sich der Leser amüsiert: Gibt es eine elegantere Sportart als den Seitensprung?« (Franziska Wolffheim in ›Brigitte‹)

Mermaid Avenue
Roman
ISBN 3-423-**12787**-2
Ich, meine Freundin und all diese Männer ... Mona und Edie haben sich im College kennengelernt und sofort Seelenverwandtschaft festgestellt. Sie sind entschlossen, ein denkwürdiges Leben zu führen. Und dabei lassen sie nichts aus.

Als hielte ich den Atem an
Roman
ISBN 3-423-**12979**-4
Lila ist Lyrikerin. Über Sex weiß sie alles, nur die Liebe war ihr bislang noch fremd.

Keinen Penny für nichts
dtv premium
ISBN 3-423-**24128**-4
Verrückte Geschichten von verletzlichen Frauen, leichtsinnig und mit abgrundschwarzem Humor.

Entscheidungen in einem Fall von Liebe
Roman · dtv premium
ISBN 3-423-**24347**-3
Eine jüdische New Yorkerin kommt nach München. Ist Liebe die Antwort auf heikle Fragen nach der Vergangenheit?

Kleine Philosophie der Passionen
Flohmärkte
ISBN 3-423-**20610**-1

Gioconda Belli im dtv

»Die große Poetin Nicaraguas, eine der wichtigsten Stimmen in der Literatur Lateinamerikas.«
Abendzeitung

Bewohnte Frau
Roman
ISBN 3-423-11345-6
Die junge Architektin Lavinia führt in ihrer lateinamerikanischen Heimat das unbeschwerte Leben einer unabhängigen Frau aus der Oberschicht. Dann aber verliebt sie sich in Felipe, der mit der Untergrundbewegung des Landes zusammenarbeitet … »Ein Buch zum Verschlingen in einer Nacht.« (Marianne Kröger)

In der Farbe des Morgens
Gedichte
ISBN 3-423-11565-3

Tochter des Vulkans
Roman
ISBN 3-423-11678-1
Sofia fühlt sich in ihrer Ehe mit dem patriarchalischen René eingesperrt. Aber die rebellische Frau weiß sich zu wehren …

Zauber gegen die Kälte
Erotische Gedichte
ISBN 3-423-12577-2

Waslala
Roman
ISBN 3-423-12661-2
Faraguas, eine vergessene Welt am Amazonas. Mit dem amerikanischen Journalisten Raphael begibt sich die junge Melisandra auf eine von Leidenschaft und Abenteuern gezeichnete Reise ins Innere des Landes. Mit ihm will sie Waslala finden, den Ort der ewigen Träume …

Wenn du mich lieben willst
Gesammelte Gedichte
ISBN 3-423-12722-8

Die Verteidigung des Glücks
Erinnerungen an Liebe und Krieg
ISBN 3-423-13015-6
Zwischen Liebe, Widerstand und Revolution: Gioconda Belli erzählt ihr abenteuerliches Leben. – »Die beste Autobiographie, die ich seit Jahren gelesen habe. Einfach unvergeßlich.« (Salman Rushdie)